Manfred Überfeld
281279

Diogenes Taschenbuch 130/xi

de
te
be

Die Menschliche Komödie

sätziger freiwillig um fünfzehnhunderttausend Franken zu berauben, so würde sie mir lächelnd den Rücken drehen, und ihre beste Freundin würde mich für einen üblen Spaßmacher halten; wenn ich ihr im Überschwang der Liebe die Reize eines bescheidenen Lebens und mein Häuschen am Ufer der Loire rühmen und im Namen unserer Liebe Verzicht auf ihr Pariser Leben heischen wollte, so wäre das zunächst eine tugendhafte Lüge; ich könnte dabei vielleicht auch eine traurige Erfahrung machen und das Herz einer solchen jungen Dame verlieren, die Bälle und Schmuck und für den Augenblick auch mich liebt. Irgendein schlanker Offizier mit wohlfrisiertem Schnurrbart, der Klavier spielt, für Lord Byron schwärmt und gut zu Pferde sitzt, würde sie mir entführen... Was tun, meine Herren? Erbarmen! Einen Rat!"
Der ehrbare Puritaner, den ich schon erwähnt, hatte bis dahin kein Wort von sich gegeben. Jetzt zuckte er die Achseln und sagte:
„Schafskopf, warum hast du ihn gefragt, ob er aus Beauvais wäre?"

☆

BALZAC

Die Menschliche Komödie

Werkausgabe in vierzig Bänden in Übersetzungen
von Walter Benjamin, Otto Flake, Emmi Hirschberg,
Else von Hollander, Hugo Kaatz, Paul Mayer,
Rosa Schapire, Ernst Weiss, Paul Zech
und vielen anderen
im Diogenes Verlag

Das Haus zur ballspielenden Katze
Erzählungen. detebe 130/I

Zwei Frauen
Roman. detebe 130/II

Modeste Mignon
Roman. detebe 130/III

Albert Savarus
Erzählungen. detebe 130/IV

Die falsche Geliebte
Erzählungen. detebe 130/V

Die Grenadière
Erzählungen. detebe 130/VI

Honorine
Erzählungen. detebe 130/VII

Beatrix
Roman. detebe 130/VIII

Die Frau von dreißig Jahren
Roman. detebe 130/IX

Vater Goriot
Roman. detebe 130/X

Oberst Chabert
Erzählungen. detebe 130/XI

Der Ehekontrakt
Erzählungen. detebe 130/XII

Ursula Mirouet
Roman. detebe 130/XIII

Eugenie Grandet
Roman. detebe 130/XIV

Pierrette
Erzählungen. detebe 130/xv
Junggesellenwirtschaft
Roman. detebe 130/xvi
Nebenbuhler
Erzählungen. detebe 130/xvii
Verlorene Illusionen
Roman. detebe 130/xviii
Geschichte der Dreizehn
Erzählungen. detebe 130/xix
Cäsar Birotteaus Größe und Niedergang
Roman. detebe 130/xx
Das Bankhaus Nucingen
Erzählungen. detebe 130/xxi
Glanz und Elend der Kurtisanen
Roman in zwei Bänden. detebe 130/xxii–xxiii
Die Geheimnisse derFürstin von Cadignan
Erzählungen. detebe 130/xxiv
Tante Lisbeth
Roman. detebe 130/xxv
Vetter Pons
Roman. detebe 130/xxvi
Volksvertreter
Erzählungen. detebe 130/xxvii
Die Kleinbürger
Roman. detebe 130/xxviii
Eine dunkle Geschichte
Erzählungen. detebe 130/xxix
Die Königstreuen
Roman. detebe 130/xxx
Die Bauern
Roman. detebe 130/xxxi
Der Landarzt
Roman. detebe 130/xxxii
Der Landpfarrer
Roman. detebe 130/xxxiii
Die Lilie im Tal
Roman. detebe 130/xxxiv

Die tödlichen Wünsche
Roman. detebe 130/xxxv

Buch der Mystik
Erzählungen. detebe 130/xxxvi

Das ungekannte Meisterwerk
Erzählungen. detebe 130/xxxvii

Der Alchimist
Roman. detebe 130/xxxviii

Der verstoßene Sohn
Erzählungen. detebe 130/xxxix

Katharina von Medici
Roman. detebe 130/xl

Honoré de Balzac

Oberst Chabert

Erzählungen

Diogenes

MIT FREUNDLICHER GENEHMIGUNG DER
ROWOHLT VERLAG GMBH, REINBEK BEI HAMBURG
VERÖFFENTLICHT ALS DIOGENES TASCHENBUCH, 1977

100/77/E/I
ISBN 3 257 20451 5

Inhalt

HONORÉ DE BALZAC · OBERST CHABERT

☆

„SEHT NUR! DA KOMMT WIEDER EINMAL unser alter Militärfilz!"
Dieser Ruf entschlüpft dem Munde eines Schreibers, der zur Art derer gehörte, die man in den Anwaltsstuben Hans Dampf in allen Gassen nennt, und der im Augenblick damit beschäftigt war, mit mächtigem Appetit in ein Stück Brot hineinzubeißen. Nun brach er ein Stückchen Krume ab, rollte es zu einem Kügelchen, das er in heiterster Laune durch das Fenster schleuderte, auf dessen Rahmen er sich stützte. Wohl gezielt, schnellte das Kügelchen wieder zur Höhe des Fensters empor, nicht ohne den Hut eines Unbekannten getroffen zu haben, der gerade über den Hof des Hauses schritt. Es war ein Gebäude in der Rue Vivienne, hier wohnte Derville, der Rechtsanwalt.
„Halt! Simonnin," sagte der Bureauvorstand und unterbrach die Addition einer Spesenrechnung, „lassen Sie Ihre Albernheiten, oder ich setze Sie vor die Tür. Ein Klient mag arm sein wie eine Kirchenmaus, ein Mensch bleibt er doch, Teufel noch mal!"
Der Hans Dampf in allen Gassen ist im allgemeinen, wie Simonnin im besonderen, ein Junge von dreizehn oder vierzehn Jahren, der in allen Anwaltsstuben dem Bureauvorstand unterstellt ist. Er hat sich um dessen Besorgungen und Liebesbriefe zu kümmern, die er auf seinen Gängen zu den Gerichtsvollziehern und zum obersten Gerichtshof mit zu erledigen hat. Solch ein Kind

weiß fast nie etwas von Mitleid, es ist ungezogen und unerziehbar, dafür aber versteht es Gassenhauer zu erfinden, der Spott bricht ihm aus allen Poren, nicht minder die Gier nach Geld und der Hang zum guten Leben. Es benimmt sich wie ein Pariser Gassenjunge, denn das ist seine Natur, und die Schikane ist die Bestimmung seines Daseins. Und doch haben alle diese kleinen Laufburschen ein altes Mütterchen, das unter dem Dache haust und mit dem sie alles teilen: ihre dreißig oder vierzig Franken, die sie als Monatsgehalt beziehen.

„Wenn es aber ein Mensch ist," sagte Simonnin, „weshalb nennen Sie ihn einen alten Militärfilz?" Dabei ahmte der Junge die Art eines Schülers nach, der seinen Herrn Lehrer bei einem Fehler ertappt. Nun machte er sich wieder an sein Brot und an seinen Käse, wobei er den Rücken an das Fensterkreuz stützte, denn er hielt sich aufrecht wie ein altersmüder Gaul, ein Bein um das andere gerankt und immer auf der äußersten Kante seines Schuhes.

„Welchen Streich könnten wir nur diesem sonderbaren Kauz spielen?" sagte leise der dritte Bureauangestellte (er nannte sich Godeschal), während er sich mitten in seiner Überlegung unterbrach. Es handelte sich eben um eine Bittschrift, die von dem vierten Schreiber ausgefertigt und von zwei eben aus der Provinz gekommenen Neulingen kopiert wurde. Ohne Pause fuhr er in seinem Texte weiter fort: „... aber in seiner hochherzigen und wohlwollenden Weisheit hat seine Majestät, Ludwig der Achtzehnte... (alles in Worten auszuschreiben, hören Sie wohl, Desroches, Sie weiser Mann, der Sie die Sache ins reine schreiben sollen) ... im Augenblicke, da sie die Zügel der Regierung wieder ergriff, verstanden (na, was hat er denn verstanden, der dicke Hanswurst?), hat seine Majestät die hohe Berufung verstanden, zu welcher sie von der göttlichen Vorsehung auserwählt war! ..... (Ein Ausrufungszeichen und noch sechs Punkte dazu. Man ist beim obersten Gerichtshofe so bigott, daß man solches gerne sieht) und ihr erster Gedanke war, wie es das Datum der weiter unten angezogenen Verordnung erweist, alles Unheil wieder gutzumachen, das auf die schrecklichen und fürchterlichen Wirrnisse der Umsturzperiode zurückgeht, indem sie ihren allzeit getreuen und zahlreichen Dienern (zahlreich ist eine feine Schmeichelei, die denen beim obersten Gericht wohlgefallen muß), also seinen Getreuen alle noch nicht verkauften Güter wiedererstattet, sei es, daß sie zu dem ordentlichen oder außerordentlichen Gut der königlichen Krone gehören mögen, sei es endlich, daß sie sich unter den Stiftungen öffentlicher Natur befinden, denn dies ist und bleibt erweislich der Sinn und Geist der berühmten und so loyalen Ordonnanz, erteilt am ... Halt!" sagte Godeschal zu den drei Angestellten, „diese verdammte Phrase hat meine Seite bis an den Rand angefüllt. Nun seht mal," fuhr er fort, indem er mit seiner Zunge den Rücken des Schreibheftes anfeuchtete, um besser die dicken Blätter des Stempelpapiers umwenden zu können, „nun seht mal, wenn ihr ihm einen Streich spielen wollt, braucht ihr ihm bloß zu sagen, daß unser Chef für seine Klienten nur zwischen zwei und drei Uhr morgens zu sprechen ist, wir wollen sehen, ob er dann kommt, der alte

Schurke." Und Godeschal setzte die begonnene Phrase fort: „erteilt am ... Sind Sie so weit?" fragte er.

„Ja", schrien die drei Kopisten.

Alles ging seinen Gang weiter, die Bittschrift, das Plaudern und die Verschwörung.

„Erteilt am ... Nun, Vater Boucard, wann ist die Ordonnanz ergangen? Die Punkte auf die i gesetzt! Donnerwetter! Das füllt die Seiten!"

„Donnerwetter", wiederholte einer der Kopisten, bevor noch Boucard, der erste Angestellte, hatte antworten können.

„Was? Sie haben Donnerwetter hingeschrieben?" fragte Godeschal, indem er einen von den Neulingen anstarrte, mit tödlichem Ernst und lustigem Spott zugleich.

„Freilich hat er," sagte Desroches, und beugte sich über die Kopie seines Nachbarn, „er hat hingemalt: Die Punkte auf die i gesetzt und Donnerwetter noch dazu mit f."

Alle Angestellten brachen in ein dröhnendes Lachen aus.

„Aber, lieber Herr Huré, Sie halten Donnerwetter für einen juristischen Ausdruck und dabei geben Sie vor, Sie seien aus Mortagne?" rief Simonnin.

„Radieren Sie es aus", sagte der Bureauvorsteher.

„Wenn der Richter, der diese Spesenrechnung prüft, so etwas zu Gesicht bekäme, würde er sagen, daß man sich über ihn lustig macht. Sie würden dem Chef Unannehmlichkeiten bereiten. Also, keine solchen Dummheiten mehr, Herr Huré. Ein Normanne darf eine Bittschrift nicht schlenderhaft schreiben. Auch bei den Schreibern gilt das Kommando: Schultert das Gewehr!"

„Erteilt am..." fragte Godeschal. „Sagen Sie mir doch wann, Boucard!"
„Juni 14", antwortete der Vorstand, ohne seine Arbeit zu unterbrechen.
Ein Pochen an der Tür der Anwaltsstube zerschnitt die Phrase der weitschweifigen Bittschrift. Fünf Angestellte wie ein einziger Mann, mit blitzenden Augen voller Spott, mit gekräuselten Haaren auf den Köpfen, alle blickten nach der Tür, nachdem sie mit Stentorstimme Herein gerufen hatten. Boucard hatte sein Gesicht in einem Aktenheft eingemuffelt und ließ sich nicht darin stören, die Spesenrechnung auszuarbeiten.
Das Bureau war ein großer Raum. Natürlich fehlte der mächtige Ofen nicht, so wie er in allen Vorhöllen der Schikane zu finden ist. Die Röhren liefen schräg durch das Zimmer und trafen sich in einem Marmorkamin, auf dessen Platte man ein paar Stücke Brot, dann dreieckige Schnitten Fromage de Brie und frische Schweinskotteletten sah, neben Gläsern, Flaschen und einer Tasse Schokolade für den Vorstand des Bureaus. Der Duft all dieser Speisen mischte sich wunderbar mit dem Brodem des Ofens, der über alles Maß geheizt wurde, dazu kam noch der eigentümliche Odeur der Schreibstuben und der aufgehäuften Masse Makulatur, alles in allem eine so starke Mischung, daß darin der Gestank eines Fuchses spurlos untergegangen wäre. Der Fußboden war mit Kot bedeckt und mit den Resten Schnees, den die Angestellten mitgebracht hatten. Nahe beim Fenster befand sich das Zylinderbureau des ersten Schreibers, diesem benachbart ein kleiner Tisch für den zweiten. Der zweite „erledigte" im Augenblick den

obersten Gerichtshof. Es war zwischen acht und neun Uhr morgens. Die Schreibstube hatte als einzigen Schmuck große gelbe Zettel, Ankündigungen von Beschlagnahmen, Verkäufen, Versteigerungen, sowohl zwischen Mündigen als zwischen Unmündigen, endgültige oder provisorische Erkenntnisse, die üblichen Ruhmestitel aller Anwaltsbureaus. Hinter dem Bureauvorstand erhob sich ein ungeheurer Aktenschrank, der die Mauer von unten bis oben bedeckte. Jedes Fach war vollgestopft mit Aktenmassen, aus denen Etiketten und rote Heftfäden heraushingen, wie sie den Prozeßakten ihr eigentümliches Aussehen verleihen. In den unteren Fächern des Schrankes häuften sich blaugeränderte Aktendeckel, die durch den Gebrauch vergilbt waren und auf denen man die Namen der „fetten" Klienten lesen konnte, deren saftige Angelegenheiten gerade jetzt im Dunst schmorten. Die schmierigen Fensterscheiben ließen nur wenig Licht herein. Es gibt ja überhaupt wenig Pariser Bureaus, in denen man im Februar vor zehn Uhr ohne künstliche Beleuchtung schreiben kann, denn sie sind alle das Opfer einer, im übrigen verständlichen, Vernachlässigung. Alle Welt kommt hin, keine Menschenseele verweilt in ihnen, kein persönliches Interesse ist einem so banalen Raum verknüpft, weder der Anwalt, noch die Parteien, noch die Angestellten legen Wert auf die Eleganz eines Raumes, der für die einen ein Treffpunkt, für die anderen ein Durchgangsraum, für den Anwalt sein Laboratorium ist. Das schmutzige Mobiliar vererbt sich von einem Anwalt zum anderen mit solcher Gewissenhaftigkeit, daß viele Bureaus noch Fächer und Tischladen mit Aufschriften besitzen, die auf eine längst überholte Art der Rechtsprechung hindeuten. Nun, dieses geräumige, staubbedeckte, düstere Bureau hatte, wie alle seiner Art, irgend etwas, das die Parteien anwiderte, und das ihm den Stempel einer ekelhaften Scheußlichkeit aufdrückte. Wenn freilich die feuchten, dunklen Sakristeien, wo die Gebete wie Pfeffer oder Zucker zugewogen und nach Gewicht bezahlt werden, nicht auf der Welt wären und ebensowenig die Magazine der Trödler, wo Lumpen und Fetzen sich umhertreiben als die Symbole der Erbärmlichkeit alles Lebens im allgemeinen und unserer Illusionen im besonderen – wenn diese zwei Schmutzwinkel der Poesie nicht geschaffen wären, dann bliebe die Schreibstube eines Anwalts das scheußlichste aller Gemächer, wo Menschen zusammenkommen. Aber sind denn die Spielhöllen, die Säle in den Gerichten, die Kabinettlein der öffentlichen Häuser oder die Lotteriebureaus etwas Besseres? Nein, es ist das gleiche. Und warum? Vielleicht deshalb, weil hier das Drama der menschlichen Seele sich in ihrem Innern abspielt. Was kann dann der umgebende Raum viel bedeuten? Ebensowenig, wie er einem großen Denker oder einem Ehrgeizigen von Rang nicht das mindeste bedeuten kann. So erklärt sich die Einfachheit solcher Menschen in äußeren Dingen.

„Wo ist mein Federmesser?“

„Ich bin gerade bei meinem Frühstück.“

„Du kannst dich aufhängen. Was soll ich mit meinem Tintenfleck auf der Bittschrift beginnen?“

„Still, meine Herren!“

Diese Ausrufe brachen im selben Augenblick los,

als der alte Klient die Türe schloß. Er tat es so demütig, daß seine Bewegung unnatürlich wurde. So sind die Unglücklichen. Der Unbekannte versuchte ein Lächeln, aber seine Gesichtsmuskeln erschlafften, als er auf den blitzend unverschämten Gesichtern der sechs Angestellten vergeblich auch nur nach einem Schimmer von Freundlichkeit suchte. Er war es offenbar gewohnt, Menschen einzuschätzen, denn er wandte sich sehr höflich an den Hans Dampf in allen Gassen, in der Hoffnung, der Knirps würde ihm höflich antworten.

„Bitte, kann ich den Herrn Chef sprechen?"

Der boshafte Laufbursche antwortete dem armen Mann nicht, sondern tippte nur mit den Fingern der linken Hand gegen sein Ohr, wie um zu sagen: „ich bin taub. Leider."

„Was wünschen Sie, mein Herr?" fragte Godeschal, nicht ohne einen Bissen Brot hinunterzuschlingen, groß genug, eine Vierpfünderkanone damit zu laden. Dann schwenkte er sein Taschenmesser hin und her, kreuzte die Beine und hob dabei den freien Fuß bis zu Gesichtshöhe empor.

„Mein Herr, ich bin heute zum fünften Male hier," sagte der arme Kerl, „ich möchte Herrn Derville sprechen."

„Geschäftlich?"

„Ja. Aber ich kann die Angelegenheit nur dem Chef auseinandersetzen..."

„Der Chef schläft. Wenn Sie ihn in einer schwierigen Angelegenheit zu Rate ziehen wollen... er arbeitet richtig so erst gegen Mitternacht. Aber wenn Sie uns Ihre Angelegenheit vortragen wollen, können wir ebensogut wie er..."

Der Unbekannte stand unbeweglich da. Scheu blickte er um sich wie ein Hund, der sich in eine fremde Küche eingeschlichen hat, und Angst hat, man könnte ihn prügeln.

Es ist eine Wohltat ihres Berufes, daß Anwaltsangestellte nie Angst vor Dieben haben. So ließen sie denn auch den Militärfilz, von jedem Verdacht unbehelligt, die Räumlichkeit studieren, wo er vergebens nach einem Stuhl Umschau hielt.

Aber die Anwälte haben ihr System, das ihnen zu möglichst wenig Stühlen in ihren Bureaus rät. Der gewöhnliche Klient, müde des Wartens, aufrecht auf seinen lahmen Beinen, macht sich davon, zwar unter Schimpfen und Schelten, aber er nimmt wenigstens nicht die Zeit in Anspruch, deren Preis und Wert, nach den Worten eines alten Prokurators, in keiner Kostenrechnung gebührend in Anschlag zu bringen ist.

„Ich hatte bereits die Ehre," sagte der Unbekannte, „Sie davon in Kenntnis zu setzen, daß ich meine Angelegenheit ausschließlich Herrn Derville vorlegen kann. Ich will daher warten, bis er sich erhebt."

Boucard hatte endlich seinen Kostenvoranschlag beendet. Der Duft seiner Schokolade stieg ihm in die Nase, nun verließ er seinen Rohrstuhl, kam zum Kamin, maß den alten Mann von Kopf bis zu Fuß, betrachtete seinen schäbigen Reitrock und machte eine Grimasse, die nicht wiederzugeben ist. Offenbar dachte er, wie immer man den Mann ausquetschte, ein Heller würde dabei doch nicht herauszubekommen sein. Er setzte daher ein bündiges, kurzes Wort in die Diskussion, um dem Bureau eine schlechte Kundschaft zu ersparen.

„Die Herren haben Ihnen die Wahrheit gesagt. Der Chef arbeitet nur nachts. Ist Ihre Angelegenheit dringend, dann kann ich nur raten, um ein Uhr morgens wiederzukommen."
Stumpfsinnig glotzte der Klient den Bureauvorsteher an und blieb stehen wie ein Stock. Die Angestellten kannten die Parteien der Prozesse, alle Wandlungen in ihren Zügen waren ihnen vertraut, auch die eigentümlichen Launen, die auf Unentschlossenheit und Grübelei zurückgehen. Sie ließen sich daher beim Essen nicht stören, und machten beim Kauen nicht weniger Lärm, als die Pferde es an ihrer Krippe tun und kümmerten sich nun nicht im geringsten um den Alten.
„Mein Herr, so werde ich heute abend kommen", sagte der Alte, der zäh, wie alle Unglücklichen, den Menschen hier ihren Mangel an Menschlichkeit ins Gewissen rufen wollte. Denn die einzige Waffe, die das Elend noch besitzt, ist, die Justiz und die sogenannte Wohltätigkeit zu schreienden, offenkundigen Ungerechtigkeiten zu zwingen. Und haben die Unglücklichen die Gesellschaft der Lüge überführt, dann werfen sie sich nur um so inniger an die Brust Gottes, um sich da zu bergen.
„Hat der Kerl nicht einen Mordschädel?" sagte Simonnin, ohne abzuwarten, daß der Alte die Tür schloß.
„Er sieht aus wie aus dem Grabe gestiegen", antwortete der Schreiber.
„Es ist irgendein alter Oberst, der den rückständigen Sold zurückfordert", sagte der Vorstand.
„Nein, es ist ein alter Hausbesorger", sagte Godeschal.

„Wetten, daß er von Adel ist“, schrie Boucard.
„Ich wette, er war Portier“, antwortete Godeschal. „Die Portiers sind die einzigen Wesen auf der Welt, die über solche verfilzte, ölige, unten ausgefranzte Mäntel verfügen, wie es der Mantel dieses alten Biedermannes ist. Habt ihr nicht seine Stiefel bewundert, die Wasser ziehen, oder seine Halsbinde, die ihm als Hemde dient? Er hat unter den Brücken geschlafen.“
„Er könnte ein Edelmann sein und doch Portiersdienste verrichtet haben“, rief Desroches. „Auch das hat sich schon begeben.“
„Nein,“ antwortete Boucard mitten in der Brandung des Gelächters, „ich halte dafür, er war Bierbrauer zur Zeit der Revolution und Oberst unter der Republik.“
„Aber ich setze eine Loge für die ganze Gesellschaft aus, wetten, daß er nie Soldat gewesen?“
„Einverstanden“, antwortete Boucard.
„Mein Herr, mein Herr!“ rief der kleine Schreiber, indem er die Fenster öffnete.
„Was tust du, Simonnin?“ fragte Boucard.
„Ich rufe ihn und will ihn fragen, ob er Oberst oder Hausmeister ist. Wenn einer es weiß, ist er es.“
Alle Angestellten lachten. Aber der Alte stieg bereits wieder die Treppe empor.
„Was sagen wir ihm?“ rief Godeschal.
„Laßt mich nur machen!“ antwortete Boucard.
Der arme Alte kam schüchtern mit gesenkten Blicken zurück, vielleicht wollte er nicht seinen Hunger zeigen, wenn er gar zu gierig die Nahrungsmittel auf dem Kamin ansah.
„Mein Herr,“ sagte Boucard, „wollen Sie doch die

Freundlichkeit haben, uns Ihren Namen zu nennen, damit der Chef weiß, wer ..."
„Chabert."
„Oberst, gefallen zu Eylau?" fragte Huré, der noch nichts gesagt, und nur darauf gelauert hatte, einen Witz beizutragen.
„Derselbe, mein Herr!" antwortete der Alte mit der Einfachheit eines alten Römers. Und er zog sich zurück.
„SSSsssssttttt!"
„Abgeblasen!"
„Puff!"
„Oh!"
„Ah!"
„Bummmm!"
„Eine gelungene Nummer!"
„Trinn, trinn, lala, trinn, trinn!"
„Hereingefallen!"
„Herr Desroches, Sie werden gratis ins Theater gehen", sagte Huré dem vierten Schreiber und gab ihm einen Stoß gegen die Schulter, stark genug, einen Ochsen umzuwerfen.
Das war ein Wirbelsturm von Geschrei, Gelächter und Ausrufen. Wenn man es nachahmen wollte, müßte man alle Geräusche der Welt zu Hilfe nehmen.
„In welches Theater wollen wir gehen?"
„In die Oper!" rief der erste.
„Übrigens," versetzte Godeschal, „die Wahl des Theaters stand mir frei. Ich kann euch, wenn ich will, ins Flohtheater führen."
„Das Flohtheater ist kein Schauspielhaus", sagte Desroches.
„Was ist denn eigentlich ein Schauspielhaus?"

nahm Godeschal das Wort, „wir wollen uns erst einmal über den Begriff juristisch klar werden. Was habe ich verwettet? Eine Vorstellung im Schauspielhaus. Was ist ein Schauspielhaus? Eine Stätte, allwo man schaut..."
„Nach diesem System könnten Sie uns ebensogut auf den Pont Neuf führen, eine Stätte, allwo man schaut, wie unten die Seine fließt", unterbrach ihn Simonnin.
„Allwo man schaut gegen Entgelt", setzte Godeschal fort.
„Man schaut gegen Entgelt eine Menge Dinge, die doch kein Theater sind. Ihre Begriffsdefinition ist nicht exakt."
„Aber! Aber! Wollen Sie mich überhaupt anhören?"
„Sie sind nicht recht bei Verstand, mein Kind", sagte Boucard.
„Ist Curtius ein Schauspielhaus?" sagte Godeschal.
„Nein," erwiderte der Oberschreiber, „sondern ein Wachsfigurenkabinett."
„Ich setze hundert Franken gegen einen Sou," nahm Godeschal den Faden wieder auf, „daß das Kabinett von Curtius alles in allem ein Unternehmen darstellt, dem alle näheren Merkmale eines Schauspiels zukommen. Es stellt dar eine Stätte, wo man etwas zu sehen bekommt und zwar gegen Entgelt, das sich nach der Güte der Plätze richtet, und dem Preis, den man anlegen will..."
„Und Schnick und Schnack", sagte Simonnin.
„Nimm dich in acht, daß du nicht eine Ohrfeige erwischst, Kerl", sagte Godeschal.
Die anderen zuckten die Achseln.
„Übrigens, ist es denn sicher, daß sich der alte

Affe nicht über uns lustig gemacht hat?" sagte er, indem er seine Beweisführung preisgab, die sowieso im Gelächter der anderen erstickte. „Tatsache ist: Oberst Chabert ist tot, seine Gattin hat sich wieder verehelicht, mit dem Grafen Feraud, Mitglied des Staatsrates. Frau Gräfin ist eine von unsern Klientinnen."

„Die Verhandlung wird auf morgen vertagt", sagte Boucard. „An die Arbeit, meine Herren! Hols der Teufel! Hier wird nichts geschafft. Machen Sie doch Ihre Bittschrift fertig, sie muß vor der Sitzung der vierten Kammer unterzeichnet sein. Heute findet die Verhandlung statt. Vorwärts!"

„Wäre er wirklich der Oberst Chabert gewesen," sagte Huré, „hätte er dann nicht seinen Fuß am Hinterteil unseres witzigen Freundes Simonnin abgewischt, als der einen Tauben mimte?" und dieser Schluß schien ihm beweisender als alle Beweisgründe Godeschals.

„Dieweil noch alles in der Schwebe ist, einigen wir uns auf eine Loge im zweiten Rang der Comédie Française, wir wollen Talma als Nero sehen. Simonnin kann ins Parterre gehen." Auf diese Worte hin setzte sich der Vorstand an seinen Tisch und die andern taten desgleichen.

„Erteilt im Juni des Jahres eintausend-acht-hundert-und-vierzehn alles in Buchstaben ausgeschrieben ..." sagte Godeschal, „haben Sie das?"

„Ja", antworteten die beiden Kopisten, und das Gekritzel der Federn auf dem Stempelpapier begann mächtig zu ertönen, nicht anders als hundert summende Maikäfer, von Schulkindern in Tüten eingeschlossen.

„Und so hoffen wir, daß die Herren, die das Tribunal zusammensetzen... Halt, ich muß meine Phrase noch einmal richtig durchgehen, denn ich kapiere mich selbst nicht mehr."

„Sechsundvierzig... man hat auch so etwas schon gesehn... und drei sind neunundvierzig", sagte Boucard.

Nachdem er seinen Satz überlesen hatte, diktierte Godeschal: „So hoffen wir, daß die Herren, die das Tribunal zusammensetzen, nicht weniger groß denken werden als der glorreiche Verfasser der Ordonnanz, und daß sie nach Gebühr mit den erbärmlichen Prätentionen aufräumen werden, die von der Großkanzlei der Ehrenlegion erhoben worden sind und daß sie vielmehr das Recht fassen werden im weitesten Sinne, in welchem wir selbes Recht geltend machen."

„Herr Godeschal," sagte der kleine Laufbursche, „wünschen Sie ein Glas Wasser?"

„Simonnin, du Lausejunge," sagte Boucard, „sattle und zäume deine Rosse, nimm dieses Paket und fort zum Invalidenhause!"

„... den wir hier geltend machen im Interesse von Frau... (ausgeschrieben) Frau Gräfin Grandlieu..."

„Was?" schrie der Vorstand, „Sie haben allen Ernstes vor, eine Bittschrift in Sachen Gräfin Grandlieu kontra Ehrenlegion zu verfassen, eine Angelegenheit, die auf Kosten des Bureaus geht, eine Akkordarbeit? Sie sind wahrhaftig ein Trottel! Wollen Sie wohl sofort ihre Kopien und ihr Original in die Ecke schmeißen? Übrigens können wir sie für die Affäre Navarreins kontra Findelhaus später verwenden. Aber es ist spät, ich will eben noch ein Plazet erwirken mit einer einstweiligen Verfügung und werde selbst zum Gericht gehen."

Diese Szene stellt als Musterblättchen einen von tausend Freudentagen dar, über die man später, in Erinnerung an die schöne Jugend sagen wird: War das eine herrliche Zeit!

Gegen ein Uhr morgens pochte der angebliche Oberst Chabert an die Tür des Maître Derville, Rechtsanwalts am Tribunal der ersten Instanz des Seine-Departements. Der Pförtner antwortete, Herr Derville sei noch nicht zurück. Der Greis berief sich auf die zugesagte Zusammenkunft und stieg die Treppe zu dem berühmten Rechtskundigen empor, der trotz seiner Jugend für den hervorragendsten Juristen des Gerichtshofes galt. Der mißtrauische Bittsteller schellte und war dann nicht wenig erstaunt, als er sah, wie der Bureauvorstand auf der Tafel des Speisesaales seines Chefs die zahlreichen Aktenbündel in eben der Reihe ordnete, in der sie morgen „darankommen" sollten. Nicht weniger erstaunt war der Angestellte, aber er grüßte höflich und bat den Alten Platz zu nehmen, was dieser auch tat.

„Meiner Treu, lieber Herr, ich hatte schon gedacht, daß Sie einen Scherz gemacht haben, als Sie mir gestern eine so frühe Stunde für die Konsultation bestimmten", sagte der Alte mit dem falschen Humor eines zugrunde gerichteten Mannes, der sich mit Gewalt zu einem Lächeln zwingen will.

„Es war ein Scherz der Schreiber und doch die Wahrheit", sagte der Vorstand, ohne seine Arbeit zu unterbrechen. „Herr Derville hat diese Stunde gewählt, um Prozesse zu prüfen, Möglichkeiten zu erwägen, Zug um Zug alles vorzuschreiben und die Verteidigung zu entwerfen. Seine außerordentliche Klugheit entfaltet sich nie freier als in diesem Augenblick, dem einzigen, der ihm diese völlige Ruhe gewährleistet, die nötig ist, wenn man auf geniale Eingebungen kommen soll. Sie sind, mein Herr, seitdem er Anwalt ist, erst der dritte Klient, dem er Konsultation zu nächtlicher Stunde zugesteht. Nach seiner Rückkunft wird nun der Chef jede Angelegenheit durchsprechen, alles aktenmäßig überlesen und so drei oder vier Stunden an die Sachen wenden. Dann wird er mir ein Klingelzeichen geben und mir seine Absichten auseinandersetzen. Von morgens zehn bis zwei Uhr nachmittags empfängt er seine Klienten, den Rest des Tages verwendet er auf seine Zusammenkünfte. Abends geht er in Gesellschaft, denn er hat große Verbindungen aufrechtzuerhalten. Er hat also nur die Nacht für sich, um die Prozesse zu durchleuchten, die Arsenale der Gesetzbücher zu durchstöbern und seine Schlachtenpläne zu entwerfen. Er will keinen Prozeß verlieren. Denn er liebt seine Kunst. Er übernimmt nicht, wie viele seiner Kollegen, jede Art von Prozeßangelegenheit. Dies ist sein Leben, das Dasein eines außergewöhnlich tätigen Geistes. Auch verdient er viel Geld."

Schweigend hörte der Alte diese Auseinandersetzung an, und sein sonderbares Gesicht bekam einen so stupiden Ausdruck, daß der Vorstand, nach einem prüfenden Blick, sich keinen Augenblick länger um ihn kümmerte.

Bald trat Derville ein, in Gesellschaftskleidung. Der junge Advokat blieb einen Moment starr, als

er im Halbdunkel den sonderbaren, seltsamen Gast warten sah. Der Oberst Chabert stand stramm und steif wie eine Figur aus Wachs im Kabinett Curtius, dort, wohin Godeschal seine Kollegen hatte führen wollen. Man hätte sich über seine Unbeweglichkeit nicht weiter aufgeregt, hätte nicht ohnehin sein Anblick wie der eines Menschen aus einer anderen Welt gewirkt. Der alte Soldat war dürr und mager. Seine Stirn, mit Absicht unter der glatt anliegenden Perücke verborgen, gab ihm einen Hauch von Geheimnis. Die Augen schienen mit einem feinen Schleier bedeckt, als hätte sich ein trübes Perlmutterhäutchen darüber gelegt, worin sich bläulich die Reflexe der Kerzen spiegelten. Das Gesicht bläulichblaß, scharf wie eine Messerschneide und, wenn man den banalen Ausdruck nicht scheut, bei lebendem Leibe tot. Der Hals war eingeschnürt von einer schmierigen schwarzseidenen Kravatte. Und der Schatten barg so kräftig den Körper unterhalb dieser Linie, die das dunkle Tuch gezogen hatte, daß ein Mensch mit ein wenig Phantasie diese Erscheinung für einen Schattenriß, von ungefähr an die Wand geworfen, hätte halten können oder für ein Gemälde von Rembrandt ohne Rahmen. Die Ränder des Hutes, der die Stirn des Alten deckte, warfen einen breiten, schwarzen Streifen auf das Antlitz.
Ein eigentümliches, obgleich ganz natürliches Spiel von Licht und Schatten, ließ in strengen Gegensätzen die weißen Falten und Furchen, die eisigen Winkel und das ausgelaugte, leichenartige Wesen des Gesichtes bizarr hervortreten. Dazu noch die völlige, maskenhafte Starre, der versteinerte Leib, der erloschene Blick, dazu ein ungewisser

Ausdruck trauriger Verblödung, mit allen demütigenden Anzeichen der Idiotie, mußte dies nicht aus der Erscheinung des Mannes etwas Unbeschreibliches machen, das menschliche Worte auszudrücken zu schwach sind? Aber ein guter Beobachter und gar ein Rechtsanwalt, hätte außerdem in dieser Ruine eines Mannes noch Spuren tiefen Leidens gesehen, die Zeichen eines Jammers, der ihn Schritt für Schritt erniedrigt hatte, wie ewig fallende Tropfen selbst ein Marmorbild entstellen mögen. Ein Arzt, ein Dichter, ein Beamter, sie hätten eine Tragödie geahnt beim Anblick dieses Mannes, dieser edlen Schreckensgestalt, der man wenigstens eines nicht abstreiten konnte: den grotesken Phantasiefiguren gleich zu sein, wie sie die Maler spielend am Rande ihrer Radierungen hinzeichnen, wenn sie mit Freunden plaudern.

Beim Anblick des Advokaten lief über den Unbekannten ein krampfhafter Schauer, vergleichbar dem Erschrecken des Dichters, wenn ihn ein unvermutetes Geräusch aus seinen holden Träumen reißt, mitten in der Nacht, im Schweigen. Der Alte zögerte keinen Augenblick, die Kopfbedeckung abzunehmen und den Advokaten zu begrüßen. Ohne Zweifel war aber das Schutzleder seines Hutes sehr fett, denn seine Perücke blieb daran kleben, ohne daß er's merkte, und man erblickte plötzlich einen Schädel, schauderhaft verunstaltet durch eine Narbe von einem Ende zum andern, beginnend am Hinterhaupt und erst über dem rechten Auge endend, ein breiter flammend roter Streifen. Das plötzliche Verschwinden der schmierigen Perücke, die der Mann getragen, um seine starke Narbe zu verbergen, gab den zwei jungen Rechtskundigen nicht gerade Lust zum Lachen. So furchtbar war der gespaltene Schädel anzusehen. Was konnte man anderes denken, wenn man diese Narbe sah, als: Auf diesem Wege ging der Geist dieses Menschen dahin!

Ist es nicht der Oberst Chabert – ein Soldat ohne Furcht und Tadel ist es auf jeden Fall!

„Mein Herr," sagte Derville, „mit wem habe ich die Ehre zu sprechen?"

„Mit dem Obersten Chabert."

„Welchem?"

„Dem bei Eylau gefallenen", antwortete der Alte. Als sie diesen sonderbaren Satz hörten, warfen sich Chef und Schreiber einen Blick zu, der sagen sollte: Der Mann ist verrückt.

„Mein Herr," setzte der Oberst fort, „ich hätte sehr den Wunsch, Ihnen allein das Geheimnis meiner Lage mitzuteilen."

Eine immerhin bemerkenswerte Eigenschaft ist die Unerschrockenheit der Advokaten. Sei es, weil sie gemeiniglich eine große Anzahl Menschen zu empfangen gewohnt sind, sei es das tiefe Gefühl für den Schutz, den ihnen die Gesetze angedeihen lassen, sei's das Vertrauen auf ihre Mission, sie treten ohne Furcht und Zagen über jede Schwelle, wie es die Ärzte tun und die Priester. Derville gab dem Schreiber ein Zeichen, und er verschwand.

„Mein Herr," sagte der Rechtsanwalt, „während des Tages bin ich nicht sehr sparsam mit meiner Zeit, aber während der Nacht wiegt mir jede Minute schwer. Bitte, seien Sie kurz und bündig. Nähere Aufklärungen werde ich selbst erbitten, falls sie notwendig scheinen sollten. Sprechen Sie!"

Er ließ den sonderbaren Klienten Platz nehmen, setzte sich vor seinen Tisch, dann blätterte er, während er seine ganze Aufmerksamkeit auf die Unterredung mit dem ehemaligen Oberst konzentrierte, in seinen Aktenheften.

„Mein Herr," begann der Verstorbene, „vielleicht ist Ihnen nicht unbekannt, daß ich bei Eylau ein Kavallerieregiment geführt habe. Ich hatte viel Glück bei dem berühmten Angriff, den Murat befohlen hat, und der die Wagschale des Sieges zu unsern Gunsten sinken ließ. Sehr zum Unglück für mich aber ist mein Tod ein historisches Ereignis, niedergelegt in den Victoires et Conquètes, wo er mit allen Details dargestellt ist. Wir hatten kaum die drei Linien der Russen durchbrochen, als sie sich alsobald hinter uns schlossen und uns zwangen, in entgegengesetzter Richtung nochmals durchzubrechen. Im Augenblick, da wir die Reihen der Russen zerschmettert haben und zum Kaiser zurückgaloppieren, stoßen wir auf das Gros der feindlichen Reiterei. Ich stürze mich auf diese Eisenköpfe. Zwei russische Offiziere, wahre Enakssöhne, werfen sich zugleich auf mich. Der eine schmettert mir einen Säbelhieb auf den Kopf, so übermächtig, daß er alles außer einer seidenen Mütze, die ich gerade unter dem Helme trug, in Splitter schlägt. Diese Wunde öffnet mir den Schädel breit. Ich stürze vom Pferde. Murat eilt mir zu Hilfe, er sprengt über meinen Leib, er und seine Leute, fünfzehnhundert Mann. Mehr waren's nicht. Mein Tod wird dem Kaiser gemeldet, der klug, wie er war (und er liebte mich auch ein wenig, unser Herr und Meister), wissen wollte, ob es denn keine Möglichkeit gäbe, den Mann zu retten, dem er diesen machtvollen Reiterangriff verdankte. Um mich aufzufinden und zum Verbandsplatz zu bringen, entsandte er zwei Chirurgen, denen er, vielleicht so nebenhin, denn er war mitten in seiner Arbeit, gesagt haben mochte: ‚Seht doch nach, ob nicht zufällig mein armer Chabert doch noch lebt!' Die zwei jungen Dächse, die mich eben von den Hufen zweier ganzer Regimenter überritten gesehen hatten, glaubten es mir wahrscheinlich nicht schuldig zu sein, meinen Puls zu fühlen, und sie sagten, ich sei tot. Das Protokoll über mein Hinscheiden wurde demnach in allen Regeln festgesetzt, wie sie das Militärrecht vorschreibt.

Als der junge Advokat hörte, daß sein Klient sich mit außerordentlicher Klarheit ausdrückte und daß seine Erzählung, so sonderbar sie klang, doch einer gewissen Wahrscheinlichkeit nicht entbehrte, ließ er seine Aktenhefte sein, stützte seinen linken Arm auf den Tisch, sein Gesicht auf seine Hand und sah den Klienten festen Blickes an.

„Wissen Sie, mein Herr," unterbrach er den Alten, „daß ich der Anwalt der Gräfin Ferraud bin, der Witwe des Obersten Chabert?"

„Meiner Frau? Gewiß. Denn ich habe gerade Sie aufgesucht, nach tausend nutzlosen Wegen und Gesuchen bei Juristen, die mich für einen Irrsinnigen erklärt haben. Mein Unglück erzähle ich Ihnen im folgenden. Lassen Sie mich vor allem die Tatsachen feststellen, Ihnen klarlegen, wie alles möglich war, was wirklich geschah. Einige Details, die nur unser Vater im Himmel wissen kann, kann ich nur erzählen, wie sie wahrscheinlich vor sich gegangen sind. Offenbar haben meine Wunden zu einem Starrkrampf geführt, und mich so in eine Verfassung gebracht, die man, wie ich glaube, Dämmerzustand nennt. Wie anders könnte ich's sonst erklären, daß man mich, nachdem man mich nach altem Kriegsbrauch vom Kopf bis zum Fuß ausgeplündert, in die Totengrube für die Mannschaft warf? Hier möchte ich mit Ihrer Erlaubnis eine Einzelheit erwähnen, die ich erst nach dem Ereignis erfahren habe, das man füglich meinen Tod nennen kann. Ich habe im Jahre 1814 in Stuttgart einen alten Wachtmeister meines Regimentes getroffen. Dieser liebe Mann, der einzige, der mich wiedererkennen wollte und von dem ich dann gern noch weiteres erzähle, hat mir das Geheimnis meiner Rettung erklärt, dergestalt, daß mein Gaul ein Geschoß in die Flanke erhielt im gleichen Augenblick, da ich selbst fiel. Pferd und Reiter purzelten also wie ein Kartenhaus zusammen. Beim Sturze drehte ich mich nach rechts oder links, jedenfalls legte sich der Leib meines Pferdes über mich, und so schützte er mich vor dem Zertretenwerden und vor neuen Wunden.

Als ich zu mir kam, mein Herr, war ich in einer so fürchterlichen Lage, erstickte in einem so grauenhaften Dunst, daß ich Ihnen keinen Begriff davon geben kann, und hätte ich auch Zeit, bis morgen weiter zu erzählen. Das bißchen Luft war Fäulnisbrodem. Ich wollte mich regen, nirgends war Raum. Öffnete ich die Augen, gab es nur Grabesdunkel ringsum. Die geringe Menge Luft zum Atmen, die ich noch erhaschte, gab mir eine schrecklichste Drohung von Gefahr und blitzschnell Klarheit über meine Lage. Ich sah ein: dort, wo ich jetzt war, erneuerte sich die Atmosphäre nicht, sterben mußte ich. Dieser Gedanke verjagte das Gefühl des körperlichen Schmerzes, durch das ich erwacht war. Meine Ohren beginnen zu dröhnen, ich höre oder glaubte zu hören, wie der Haufen von Kadavern seufzt und stöhnt, wer kann es sagen, und mitten unter ihnen ich. Dunkel ist die Erinnerung an diesen Augenblick, mein Gedenken verworren, tiefer waren die Eindrücke des Leides, das mich erwartete, und sie sind es, die mein Hirn verstört haben, und doch erlebe ich jetzt noch Stunden, da ich nachts erwache und die Leichen unter mir erstickt stöhnen höre. Aber es gibt noch etwas, das fürchterlicher ist als alle Schreie, das ist die Totenstille, die ich sonst in keinem Winkel der Welt gefunden habe, das wahre eisige Schweigen der Gruft. Endlich recke ich meine Hand aus, taste um mich, entdecke einen leeren Raum zwischen meinem Kopfe und dem wirren Haufen Menschenfleisch über mir. Nun kann ich diese Entfernung ausmessen, die man aus mir unbekannten Gründen frei gelassen hatte. Dank der Unbekümmertheit, mit der man uns in aller Eile wie Kraut und Rüben herabgeschaufelt hatte, hatten sich zwei menschliche Körper über mir gekreuzt in der Weise, wie es Kartenblätter tun, aus denen sich ein Kind ein Schloß baut. In aller Hast fahre ich mit meinen Händen um mich und finde zum Glück einen abgehauenen Arm, einen Heraklesarm, eine riesige Gliedmasse, der ich mein Dasein verdanke. Denn ohne diese unerhoffte Hilfe wäre ich zugrunde gegangen. Aber mit einer Wut, die Sie verstehen werden, machte ich mich daran, die Leichname, die sich zwischen uns und der Erdschicht befanden, ich sage uns, als ob's noch einen Lebenden außer mir gegeben hätte, mit möglichster Schnelle fortzuräumen. Ich ging fest darauf los, denn – ich lebe noch, mein Herr. Weiß ich, wie ich's fertigbrachte, die Schicht aus Menschenfleisch zu durchbrechen, die zwischen mir und der Oberwelt lag? Sie werden sagen, drei Arme sind etwas. Und diesem Hebel aus Fleisch und Blut, den ich mit allem Raffinement handhabte, verdankte ich immer etwas Luft, die zwischen den Kadavern angesammelt war. Ich sparte mit jedem Atemzug. Endlich sehe ich den Tag! Aber überall Schnee. Jetzt erst merkte ich meine offene Wunde. Zum Glück hatte sich mein eigen Blut oder das meiner Kameraden oder die Haut meines armen Pferdes, was weiß ich, durch die Gerinnung in ein natürliches Schutzpflaster verwandelt. Trotz dieses Schutzes fiel ich in Ohnmacht, kaum daß mein Schädel den Schnee berührt hatte. Indessen konnte doch das wenige an Wärme, das ich noch in mir hatte, den Schnee zum Schmelzen bringen rings um mich, und ich fand mich, als ich wieder zu Bewußtsein kam, in der Mitte einer kleinen Erdgrube. Nun schrie ich aus Leibeskräften, solange ich nur konnte. Aber als die Sonne stieg und doch alles schwieg, hatte ich also kaum Aussichten, daß mich einer hörte. Gab es überhaupt Menschen auf dem öden Felde? Ich richtete mich auf, indem ich meine Füße auf den Rücken der Toten unter mir stützte, die kräftige Körper hatten. Sie verstehen, es war nicht der Augenblick, ihnen zu sagen: Achtung dem Mutigen, den Unglücklichen! Kurz, mein lieber Herr, ich mußte zu meinem Schmerz oder besser zu meiner

Wut sehen, wie diese gottverdammten Deutschen lange – lange genug, glauben Sie es mir – ausrissen, da sie eine Stimme hörten und keinen Menschen sahen, endlich aber ward ich befreit von einer Frau, sie war so mutig oder so von Neugierde geplagt, daß sie sich meinem Kopfe näherte, der nicht anders wie ein Pilz aus der Erde geschossen war. Die Frau holte sofort ihren Mann herbei, beide trugen mich in ihre arme Hütte. Wie es scheint, hatte ich einen neuen Anfall des Dämmerzustandes, gestatten Sie diesen Ausdruck, um Ihnen einen Zustand zu schildern, von dem ich zwar keine rechte Ahnung habe, der aber nach den Berichten meiner Wirtsleute eine Folge meiner Krankheit gewesen sein muß. Sechs Monate zwischen Leben und Tod. Ich sprach nicht oder redete irre. Endlich brachten mich die Leute ins Hospital zu Heilsberg. Begreifen Sie, mein Herr, aus dem Grabe war ich aufgestiegen, nackt, wie aus dem Mutterleibe. Und als ich eines schönen Morgens, sechs Monate nachher, mich erinnerte: Ich bin der Oberst Chabert, und ich habe meinen Verstand wieder! und als ich dann von meinem Wärter mehr Respekt forderte, als er einem armen Teufel zubilligen mochte – brachen in diesem Augenblick alle Zimmergenossen in ein tolles Gelächter aus. Zum Glück für mich war der Arzt persönlich für meine Genesung eingestanden und hatte sich, schon aus Eigenliebe, für seinen ‚Fall' interessiert. Als ich nun in Verfolg meines früheren Daseins zu sprechen begann, da ließ der brave Mann, Sparchmann heißt er, in den Formen des üblichen Landesrechtes feststellen, auf welche wunderbare Weise ich aus der Totengrube gestiegen, wann, Stunde und Tag, mich meine Wohltäter gefunden, ihr Name, ferner Art und genaue Lage meiner Wunden, hierzu verschiedene Protokolle, Verhöre und eine exakte Personalbeschreibung. Nun sehen Sie, lieber Herr, ich besitze weder diese wichtigen Schriftstücke noch die Erklärung, die ich bei dem Notar von Heilsberg abgegeben habe, um meine Identität festzustellen. Denn seit dem Tage, da ich aus dieser Stadt infolge der Ereignisse des Krieges vertrieben ward, bin ich umhergeirrt wie ein Landstreicher, ich bettelte um mein Brot, als ein Irrer wurde ich verlacht, so oft ich meine Abenteuer erzählte, und nie hatte ich die paar Pfennige, um mir die Akten zu verschaffen, die meinen Bericht beglaubigen und mich der menschlichen Gesellschaft zurückgeben konnten. Oft genug kam's vor, daß mich meine Schmerzen ein halbes Jahr in einer Kleinstadt zurückhielten, wo man zwar dem kranken Franzosen Hilfe nicht versagen mochte, aber man sparte deshalb doch nicht mit Spott gegen den, der Oberst Chabert sein wollte. Lange Zeit versetzte mich dieses Lachen, dieser Spott in Wut und Raserei, was mir sehr geschadet hat. Das war der Grund, weshalb man mich in Stuttgart wie einen Tollhäusler hinter Schloß und Riegel gebracht hat. Um die Wahrheit zu gestehen, Sie werden dies nach meiner Erzählung begreifen, wird es immer Gründe gegeben haben, einen Mann wie mich einsperren zu lassen. Zwei Jahre Gefangenschaft mußte ich erdulden, tausendmal und mehr mußte ich von meinem Wärter die Worte hören: ‚Ein armer Irrer, er bildet sich ein, er sei der Oberst Chabert!‘ Und man antwortete ihm: ‚Ja, sehr arm und mitleidswert.‘

So wurde ich überzeugt, daß mein Schicksal nie wirklich sich begeben; ich wurde traurig, still, nannte mich nicht mehr den Obersten Chabert, bloß um aus der Haft zu entkommen, Frankreich wiederzusehen. Oh, Paris! Paris! Welch ein Traum ..."

Er setzte den Satz nicht fort, versank in tiefes Brüten. Derville störte ihn nicht.

„Eines schönen Tages im Frühjahr", fuhr er fort, „gab man mir den Laufpaß und zehn Taler, indem man vorgab, ich spräche schon sehr vernünftig und nenne mich nicht mehr Oberst Chabert. Ich schwöre es, damals und auch jetzt, manchmal wenigstens, ist mir mein Name verhaßt. Ich will nicht mehr ich sein. Mein Recht tötet mich. Hätte mir meine Krankheit doch alle Erinnerung an einst genommen, ich wäre glücklich gewesen, hätte unter irgendeinem Namen mich zum Dienste im Heer gemeldet und wäre, kann man es wissen, heute Feldmarschall in Rußland oder Österreich."

„Mein Herr," sagte der Advokat, „Sie bringen alle meine Gedanken durcheinander. Ich glaube zu träumen. Bitte, halten Sie einen Augenblick inne."

Traurig antwortet der Oberst: „Sie sind der einzige, der mich je ruhig angehört hat. Kein Rechtsanwalt wollte mir die zehn Goldstücke vorstrecken, um aus Deutschland die Papiere für meinen Prozeß holen zu lassen."

„Welchen Prozeß?" fragte der Anwalt, der während der Erzählung seines Klienten völlig die jammervolle Situation vergessen hatte, worin sich der Arme befand.

„Aber, mein Herr, ist denn die Gräfin Ferraud nicht meine Frau? Sie besitzt eine Rente von dreißigtausend Franken und gibt mir nicht einen Heller. Und nun, wenn ich dies einem Rechtsanwalt, einem Menschen mit gesundem Menschenverstand sage, wenn ich vorschlage, ich, der Bettler, gegen einen Grafen und eine Gräfin gerichtliche Klage zu erheben, wenn ich, der Tote, mich erhebe, gegen eine Todeserklärung, einen Heiratspakt und gegen Geburtsdokumente, dann setzt man mich vor die Tür, entweder mit eiskalter Höflichkeit, Sie kennen diese Art, sich eines Unglücklichen zu entledigen, oder brutal, wenn man glaubt, ich wäre ein Intrigant oder ein Irrer. Ich war unter Toten begraben, nun bin ich's unter Lebenden, unter Akten, Tatsachen, unter der ganzen Gesellschaft, die nichts anders will, als mich von neuem begraben."

„Bitte, wollen Sie nun fortfahren", sagte der Anwalt.

„Wollen Sie!" rief der unselige Alte und riß die Hand des jungen Mannes an sein Herz, „das erste höfliche Wort, das ich höre, seit..."

Der Oberst weinte. Dankbarkeit erstickte seine Stimme. Es gibt eine unwiderstehliche Beredsamkeit des Blickes und der Gebärde, im Schweigen selbst, die nie lügt. Sie überzeugte den Anwalt und rührte ihn tief.

„Hören Sie, mein Herr," sagte er seinem Klienten, „heute abend habe ich im Spiel dreihundert Franken gewonnen. Ich kann gut und gern die Hälfte der Summe dem Glück eines Menschen opfern. Ich werde die Untersuchung beginnen, werde vor allem Maßnahmen treffen, Ihnen die nötigen Unterlagen und Akten, von denen Sie eben sprachen, zu verschaffen. Bis die Protokolle ankommen, gebe ich Ihnen fünf Franken täglich. Sind Sie der Oberst Chabert, werden Sie die Geringfügigkeit der Summe entschuldigen bei mir, der sein Vermögen erst noch erwerben will. Fahren Sie fort."

Der vorgebliche Oberst blieb einen Augenblick lang starr und ohne Regung. Die Schwere seines Unglücks hatte ihm wohl die Kraft zu glauben genommen. Wenn er seinem militärischen Rang, seinem Reichtum, sich selbst nachjagte, so trieb ihn vielleicht nur ein unerklärliches, geheimes Gefühl, dessen tiefsten Keim wohl jedes Menschenherz kennt. Wir verdanken ihm die Untersuchungen und Experimente der Alchimisten, die leidenschaftlichen Wege des Ehrgeizes, die Entdeckungen der Sternkunde, der Physik, alles dessen, was den Menschen treibt, vielfältiger, reicher und größer zu werden: durch Taten oder Geist. In Chaberts Gedanken war das ego eine Sache zweiter Ordnung geworden, nicht anders als der Gewinn und offenbare Vorteil für den Wettenden weniger schwer wiegt als der Spaß am Gewinnen selbst und die befriedigte Eitelkeit, gewonnen zu haben. Mußten nicht seine Worte wie ein Wunder auf einen Mann wirken, der seit zehn Jahren von seiner Frau, von Recht und Gesetz, ja von der ganzen sozialen Welt ausgeschlossen und zurückgestoßen war? Jetzt sollte er bei einem Anwalt die zehn Goldstücke finden, die man ihm immer wieder seit so langer Zeit verweigert hatte, verweigert von soviel Personen und unter so vielen Vorwänden. Der Oberst glich jener Dame, die zehn Jahre im Fieber gelegen hat und, endlich geheilt, nur ihre Krankheit gewechselt zu haben glaubt.

Es gibt ein Glück, so stark, daß man nicht daran glauben kann, der Augenblick der Freude ist da, aber er ist wie ein Blitz, der zerschmettert. Wen wundert es dann, daß die Dankbarkeit dieses Armen so stark war, daß er sie auszudrücken nicht imstande war? Oberflächlichen Menschen hätte er kalt erscheinen müssen, aber Derville ahnte eine Welt von Redlichkeit hinter dieser stumpfen Ruhe. Ein Betrüger wäre beredter gewesen.
„Wo blieb ich gerade stehen?" fragte der Oberst mit der Naivität eines Kindes oder eines Soldaten, denn das Kind erstirbt nie im wahren Soldaten, und immer gibt es Soldatisches in der Seele des Kindes, vor allem in Frankreich.
„In Stuttgart. Sie verließen das Gefängnis", antwortete der Anwalt.
„Sie kennen meine Frau?" fragte der Oberst.
„Ja", sagte Derville und neigte seinen Kopf.
„Wie sieht sie aus?"
„Immer zum Entzücken."
Der Alte machte eine Geste, er schien einen geheimen Kummer in sich zu begraben, ernst und feierlich in seinem Verzicht, ein Mann, im Blut und Feuer der Schlachtfelder erprobt und bewährt.
„Mein lieber Herr", begann der Oberst mit einem Anflug von Heiterkeit, denn er atmete auf, der arme Oberst, er verließ zum zweitenmal das Grab, er hatte eben eine weniger leicht lösbare Schneedecke zum Schmelzen gebracht als es die war, die damals seinen Kopf in Frost gepanzert hatte, er weitete die Brust, als verließe er einen dumpfen Kerker. „Mein Herr," sagte er, „wäre ich ein niedlicher, hübscher Junge, keiner meiner Schicksalsschläge hätte mich getroffen. Die Frauen

glauben nur denen, die alle Worte mit süßen Phrasen spicken. Dann laufen sie, fliegen sie, reißen sich in Stücke, keine Intrige ist ihnen zu verwickelt, keine Tatsache zu unwahrscheinlich, sie sind der reine Teufel, wenn es um den Mann ihres Herzens geht. Wie hätte ich jetzt eine Frau fesseln können? Ich hatte ein Totenkopfgesicht, gekleidet war ich wie ein Sanskülott, ich hatte wohl mehr Ähnlichkeit mit einem Eskimo als mit einem Franzosen, trotzdem ich einst in Jugendtagen der niedlichste, hübscheste aller nach Muskat und Parfüm duftenden Männer gewesen war, ich, Chabert, geadelt unter meinem Kaiser! Kurzum, gerade an dem Tage, da man mich wie einen alten Köter auf die Straße warf, begegne ich dem Wachtmeister, von dem ich Ihnen schon erzählt habe. Der Kamerad hieß Boutin. Der arme Kerl und ich bildeten das schönste Paar Schandmähren, das ich jemals gesehen. Ich traf ihn auf der Promenade. Ich erkannte ihn, ihm war's unmöglich, zu erkennen, wer ich war. Wir gehen zusammen in die Schenke. Nun, als ich ihm meinen Namen nenne, geht Boutins Mund vor Lachen auseinander wie ein Mörser, der krepiert. Dieses Lachen hat mir bitter weh getan. Es zeigte mir erbarmungslos, was aus mir geworden war. Man konnte mich also nicht wiedererkennen, selbst das Auge meines treuesten, ergebensten, dankbarsten Freundes konnte es nicht. Ich hatte einst Boutin das Leben gerettet, aber dies war nur eine abgetragene Dankesschuld. Ich will Ihnen die Sache erzählen. Die Szene fand statt in Ravenna, Italien. Der Ort, wo mich Boutin vor einem Dolchstoß rettete, war gerade nicht ein adeliger

Salon. Zu dieser Zeit war ich nicht Oberst, sondern einfacher Kavallerist wie Boutin. Zum Glück hingen mit dieser Affäre Details zusammen, die nur uns beiden bekannt sein konnten. Ich erzähle sie ihm und sein Glaube wächst. Und dann kommt die sonderbare Erzählung meiner seltsamen Abenteuer. Wohl waren, wie er sagte, meine Augen, meine Stimme ganz verändert, ich hatte weder Haare, noch Brauen, noch Zähne, ich war weiß wie ein Albino, und doch mußte er schließlich den Obersten im Bettler wiedererkennen, nach tausend Kreuz- und Querfragen, die ich siegreich ohne Schwanken beantwortete. Nun berichtete er mir seine Schicksalsfahrten, sie waren nicht minder seltsam als die meinen. Er kam von den Grenzen Chinas, dort hatte er durchbrechen wollen, als er aus Sibirien entkommen. Von ihm hörte ich den unseligen Feldzug nach Rußland und die erste Abdankung Napoleons. Ich habe nie einen bitterern Schmerz empfunden, als bei dieser Nachricht. Was waren wir mehr als zwei merkwürdige Ruinen, nachdem wir über den Erdball hingerollt, wie im Ozean Kiesel von einem Ende des Weltmeeres zum andern hinrollen. Wir beide hatten gesehen: Ägypten, Syrien, Spanien, das russische Reich, Holland, Deutschland, Italien, Dalmatien, England, China, die Tartarei und Sibirien. Es fehlte uns nur noch Indien und Amerika. Und endlich hier! Kurz und gut, Boutin, der besser auf den Beinen war, nahm es auf sich, voraus nach Paris zu reisen und so schnell als möglich meine Frau von meinem Zustand zu verständigen. Ich schrieb also an Frau Chabert einen Brief mit allen Einzelheiten. Es war der vierte, hören Sie wohl! Hätte ich Eltern gehabt, mir wäre all dies nicht zugestoßen. Aber ich bin ein Findelkind, ich gestehe es Ihnen frei, mein Erbe war meine Courage, meine Familie ist die ganze Welt, mein Vaterland Frankreich, mein Schutz und Schirm unser Vater im Himmel. Aber nein: ich hatte einen Vater: unsern Kaiser. Wenn er doch noch lebte, der liebe, gute, wenn er „seinen" Chabert sehen könnte (so nannte er mich), wenn er mich in meiner Lage sähe, sein Zorn wäre fürchterlich. Aber unsre Sonne ist erloschen, wer hat jetzt nicht Frost? Immerhin, die politischen Umwälzungen hätten wohl auch das Schweigen meiner Frau erklären können. Boutin reist also ab. Er war glücklich und konnte es sein, denn er besaß zwei wundervoll dressierte weiße Bären, von denen konnte er leben. Ich konnte ihn nicht begleiten. Meine Schmerzen erlaubten mir längere Reisen nicht. Als wir schieden, weinte ich. Ich begleitete ihn, solange es mir meine Krankheit gestattete, mit ihm und seinen Bären Schritt zu halten. In Karlsruhe bekam ich einen Anfall von Nervenschmerzen im Kopfe, sechs Wochen lag ich auf dem Stroh einer Herberge. Ich würde kein Ende finden, wollte ich Ihnen alles Ungemach meines Bettlerlebens erzählen. Die seelischen Leiden, gegen welche die physischen verblassen, fordern indessen weniger das Mitleid heraus, nur: man sieht sie nicht. Ich erinnere mich, vor dem Portal eines Gasthofs in Straßburg geweint zu haben, wo ich früher einmal ein Fest gegeben, nun erhielt ich nichts, nicht einmal ein Stück Brot. Ich hatte die Reiseroute, die ich einschlagen sollte, mit Boutin verabredet. Ich fragte in jedem Postbüro nach Briefen und Geld für mich. Ich kam bis nach Paris. Gefunden habe ich weder Brief, noch auch Geld. Kann ein Mensch mehr Verbitterung in sich hineinwürgen? – ‚Boutin wird nicht mehr am Leben sein', sagte ich mir. Und tatsächlich war der Arme bei Waterloo gefallen. Ich vernahm die Kunde von seinem Tode erst später und durch Zufall. Zweifelsohne waren seine Bemühungen bei meiner Frau ergebnislos. Ich kam nach Paris am gleichen Tag wie die Kosaken. Für mich war's Kummer auf Kummer. Wenn ich Russen in Paris sah, hatte ich vergessen, daß ich keine Schuh an den Füßen, keinen Deut in der Tasche hatte. Gewiß, mein Herr, meine Kleider hingen in Fetzen an mir herab. Die Nacht vor meiner Ankunft brachte ich im Walde von Claye zu. Die Nachtkälte verursachte eine Krankheit, weiß ich, welche?, deren erster Anfall mich ergriff, als ich den Faubourg Saint-Martin überquerte. Vor der Schwelle eines Eisenhändlers fiel ich ohnmächtig zusammen. Als ich erwachte, befand ich mich in einem Bett des Hospitals. Einen Monat blieb ich da, glücklich genug. Bald ward ich entlassen. Zwar ohne Geld, aber in guter Gesundheit und auf dem feinen Pflaster von Paris. Voller Freude eilte ich sofort in die Rue du Montblanc, wo meine Frau in meinem Palais wohnen mußte. Aber die Rue du Montblanc hieß nun Rue de la Chaussee-d'Antin. Ich sah mein Palais nicht mehr. Es war verkauft, demoliert. Häuserspekulanten hatten in meinem Garten mehrere Neubauten errichtet. Ich wußte nicht, daß meine Frau sich mit dem Grafen Ferraud vermählt hatte, niemand konnte mir Auskunft geben.

Schließlich begab ich mich zu einem alten Rechtsanwalt, der früher meine Angelegenheiten verwaltet hatte. Der Ehrenmann war tot und seine Geschäfte hatte ein junger Advokat übernommen. Dieser teilte mir zu meinem Erstaunen mit, daß über meine Hinterlassenschaft das Erbteilungsverfahren eingeleitet war, es war liquidiert, meine Frau war verheiratet und hatte zwei Kinder zur Welt gebracht. Als ich sagte, ich sei der Oberst Chabert, lachte er mir so unverschämt ins Gesicht, daß ich ihn ohne ein Wort der Entgegnung verließ. Mein Stuttgarter Gefängnis ließ mich an das Pariser Irrenhaus denken, ich wollte vorsichtig zu Werke gehen. Nun aber wußte ich doch wenigstens, wo meine Frau wohnte und ging zu ihr, Hoffnung im Herzen. Nun wohl," sagte der Oberst und seine ganze angesammelte Wut entlud sich in einer Gebärde von erschütternder Wucht, „man empfing mich nicht, wenn ich einen falschen Namen gebrauchte; nannte ich aber den meinen, setzte man mich vor die Tür. Ich wollte die Gräfin sehen, wenn sie aus dem Theater, von einem Ball zurückkam; frühmorgens erwartete ich sie stundenlang, ganze Nächte blieb ich wie angewachsen vor der Einfahrt. Mein Blick drang tief ins Innere des Wagens, der blitzschnell vorbeirollte, und so sah ich meine Frau, die mein war und nicht mehr ist. Von diesem Tage an lebte nur der Gedanke an Rache in mir." Der Alte schrie mit rauher, erstickter Stimme, er richtete sich vor Derville hoch auf. „Sie weiß, daß ich lebe, sie hat, seit meiner Rückkunft, drei Briefe von mir erhalten, alle handschriftlich. Sie liebt mich nicht mehr. Ich aber weiß nicht, liebe ich sie, hasse ich sie? Ich ersehne sie, ich verfluche sie. Ihr Glück verdankt sie mir allein, ihr Vermögen, alles. Sie hat nicht den Finger für mich gerührt. Manchmal ... was soll nur werden?“

Bei diesen Worten sank der alte Soldat auf den Stuhl, unbeweglich lehnte er da. Derville schwieg. Er sah seinen Klienten an.

„Die Sache ist nicht einfach,“ sagte er endlich mechanisch, „selbst wenn die Aktenstücke, die wir aus Heilsberg erwarten, echt sind, auch dann weiß ich nicht sicher, ob wir sofort durchdringen. Der Prozeß geht Zug um Zug durch drei Instanzen. Man muß mit ganz klarem Kopf die Sache durchdenken, denn sie hat ihresgleichen nicht.“

„Oh“, sagte der Oberst und hob mutig sein Haupt, „wenn ich unterliege, werde ich zu sterben wissen, aber nicht allein.“

Jetzt war alles Greisenhafte verschwunden. Die Augen eines Tatmenschen blitzten im Gefühl der Begierde und der Rache zugleich.

„Man wird vielleicht einen Vergleich anstreben müssen“, sagte der Anwalt.

„Vergleich?“ wiederholte der Oberst Chabert. „Bin ich am Leben, bin ich tot?“

„Mein Herr,“ begann der Advokat, „ich will hoffen, daß Sie sich meinem Rat nicht verschließen werden. Ihre Sache ist meine Sache. Sie werden bald erfahren, welchen Anteil ich an Ihrer Angelegenheit nehme, die in den Annalen der Justiz ohne Präjudiz dasteht. Aber bis dahin will ich Ihnen eine Zeile an meinen Notar mitgeben, der Ihnen gegen Quittung alle zehn Tage fünfzig Franken übermitteln wird. Es wäre nicht recht schicklich, wenn Sie sich hier bei mir in diesem Hause Hilfe sollten suchen gehen. Denn, wenn Sie der Oberst Chabert sind, darf es nicht so aussehen, als ob Sie sich von irgendeines Menschen Gnade erhielten. Ich strecke Ihnen diese Summe auch nur vor. Sie haben ein Vermögen wiederzugewinnen. Sie sind reich."

Dieser Ausspruch, so zart gefühlt, machte den Alten weinen. Derville erhob sich schroff, denn es darf sich ein Anwalt nicht rühren lassen. Er ging in sein Kabinett, kam mit einem offenen Brief zurück. Als der arme Mann den Brief in Händen hielt, merkte er, daß zwei Goldstücke in der Hülle waren.

„Bezeichnen Sie mir, bitte, genau die Akten, geben Sie mir den Namen der Stadt und der Provinz", sagte der Anwalt.

Der Oberst diktierte alles und korrigierte die Orthographie der Ortschaft. Dann nahm er seinen Hut in eine Hand, bot die andere, seine schwielige Rechte, dem Anwalt und sagte einfach: „Nach dem Kaiser sind S i e der Mensch, dem ich am meisten verdanke. Sie sind ein Mann von Ehre."

Der Anwalt legte seine Hand in die des Obersten, führte ihn auf die Treppe, leuchtete ihm herab und verabschiedete sich von ihm.

„Boucard," sagte Derville zu seinem Bureauvorstand, „ich habe da eine Geschichte gehört, die mich vielleicht fünfundzwanzig Goldstücke kosten wird. Komme ich um das Geld, es soll mich nicht gereuen. Denn ich habe dann den genialsten Komödianten unserer Zeit gesehen."

Als der Oberst auf der Straße stand, und im Lichte einer Laterne die zwei Louisdors aus der Tasche zog, betrachtete er sie einen Augenblick lang.

Zum ersten Male seit zehn Jahren sah er Gold. „Jetzt werde ich Zigarren rauchen können", dachte er.

☆

UNGEFÄHR DREI MONATE NACH DIESER nächtlichen Besprechung kam der Notar, der dem Oberst seine Rente regelmäßig ausgezahlt hatte, zu Derville, um eine wichtige Angelegenheit mit ihm zu besprechen und begann damit, die sechshundert Franken zurückzufordern, die er dem alten Militär vorgestreckt hatte.

„Du leistest dir also das Vergnügen, die alte Armee auszuhalten", sagte lachend der Notar, ein junger Mensch namens Crottat, der früher Bureauvorstand gewesen war und vor kurzem seine Kanzlei erworben hatte, nachdem sein ehemaliger Chef nach einem riesigen Bankrott flüchtig geworden war.

„Dank dir, mein Lieber, daß du mich an diese Affäre erinnerst. Meine Menschenliebe wird nicht über sechshundert Franken hinausgehen. Ich fürchte, ich war das Opfer meines Patriotismus."

In diesem Augenblick sah Derville auf dem Tische die Aktenstöße, die sein Vorstand für ihn vorbereitet hatte. Seine Augen blieben bei eigentümlichen Poststempeln haften, langen, quadratischen, dreieckigen, roten und blauen, welche die Postämter Preußens, Österreichs, Bayerns und Frankreichs nacheinander einem Briefe aufgeklebt.

„Ah," sagte er lachend, „hier die Lösung des Rätsels. Wir wollen sehen, ob ich der Gefoppte bin."

Er nahm den Brief und öffnete ihn, konnte ihn aber nicht lesen, denn er war deutsch geschrieben.

„Boucard," rief er, „lassen Sie, bitte, sofort diesen Brief übersetzen und kommen Sie dann gleich wieder." Dabei öffnete er halb die Tür seines Kabinetts und reichte den Brief seinem Angestellten hinaus.

Der Berliner Notar, an den er sich gewandt, schrieb ihm, die angeforderten Schriftstücke würden ihn einige Tage nach diesem Briefe erreichen. Sie befänden sich völlig in Ordnung und alle Legalisierungsformalitäten wären erfüllt, um überall rechtskräftig zu sein. Außerdem teilte er mit, alle Zeugen der derart beglaubigten Ereignisse existierten in Preußisch-Eylau. Die Frau, die dem Grafen Chabert das Leben gerettet, lebe noch in der Nähe von Heilsberg.

„Es wird ernst", rief Derville, als ihm Boucard den Inhalt des Briefes mitteilte. „Aber, sag doch, mein Junge," wandte er sich an den Notar, „ich werde Recherchen brauchen, die in dein Fach schlagen. Hat nicht bei dem alten Gauner Roguin . . ."

„Ach, Gauner . . . wir sagen lieber Opfer des Berufs", unterbrach ihn lachend der junge Notar.

„Nun, war's nicht dieses Opfer seines Berufes, das seinem Klienten eine Million unterschlagen und viele Familien an den Bettelstab gebracht hat, war es nicht Roguin, der die Liquidation der Masse Chabert geordnet hat? Fast scheint mir, als hätte ich derlei in unsern Akten Ferraud gesehn."

„Gewiß," antwortete Crottat, „ich war derzeit der dritte Schreiber, ich selbst habe diese Liquidation kopiert und genau studiert. Rosa Chapotel, Ehefrau und Witwe nach Hyacint, genannt Chabert, Graf des Kaiserreichs, Inhaber des Großkreuzes der Ehrenlegion. Heirat ohne Ehekontrakt, daher

Gütergemeinschaft. Soweit ich mich dessen entsinne, betrugen die Aktiven sechshunderttausend Franken. Vor seiner Heirat hatte der Graf Chabert ein Testament zugunsten der Waisenhäuser gemacht, denen er ein Viertel des Vermögens zusagte, das sich im Augenblick seines Hinscheidens vorfinden würde. Der Staat erbte zu einem andern Viertel. Wir hatten eine Versteigerung, einen Verkauf und die Teilung, so daß die Anwälte gut verdient haben. Bei der Liquidation schenkte das Ungeheuer, das damals Frankreich regierte, der Witwe des Obersten durch ein Dekret den Anteil des Staates."

„So würde denn heute das persönliche Vermögen des Obersten nicht mehr als dreihunderttausend Franken betragen?"

„Eine einfache, logische Folgerung, mein Alter", sagte Crottat. „Manchmal zeigt auch ihr Advokaten Spuren eines gesunden Menschenverstandes, obwohl ihr, wie man euch nachsagt, nicht schlechter für als gegen eine und dieselbe Partei plädieren könnt..."

Der Oberst, dessen Adresse auf der Quittung des Notars vermerkt war, wohnte im Fauborg Saint-Marceau, Rue de Petit-Banquier, bei einem alten Wachtmeister der kaiserlichen Garde, namens Vergniaud, der Viehzüchter geworden war. Derville kam im Wagen hin, aber er war gezwungen, zu Fuß seinen Klienten aufzusuchen, denn sein Kutscher weigerte sich, sich in eine ungepflasterte Straße zu wagen, deren Wagengeleise und Tümpel viel zu tief gingen für die Räder seines Kabrioletts. Der Anwalt sah sich nach allen Seiten um, schließlich fand er in dem Teil der Straße, der nach der

Stadt zu liegt, zwischen zerbröckelnden, aus Erdmassen gefügten Mauern zwei aus Bruchsteinen erbaute, baufällige Eckpfeiler und zwischen ihnen eine Durchfahrt, die trotz der Prellböcke von den Einfahrenden stark beschädigt war. Diese Pfeiler trugen einen mit Ziegeln gedeckten Vorbau, und auf der Giebelwand stand in roten Lettern zu lesen: Vergniaud, Viezichter. Rechts von dem Namen sah man ein paar Eier, links eine Kuh, alles in weißer Farbe gemalt. Das Tor war offen und blieb sichtlich während des ganzen Tages so. Im Innern eines geräumigen Hofes erhob sich, dem Eingang gegenüber, ein Haus, wenn man diese Bezeichnung auf ein Bauwerk anwenden darf, wie es in der Umgebung von Paris oft zu sehen ist, ein miserables Ding, mit nichts auf der Welt zu vergleichen, nicht einmal mit den schlechtesten Hütten auf dem Lande, denn es hat von diesen Hütten nur die Erbärmlichkeit, nicht ihre Romantik. Denn draußen in der frischen, reinen Luft haben die Strohhütten noch einen gewissen Zauber, das Grün ringsum, ein Hügel, ein Weg, der sich durch Gelände schlängelt, Rebengewinde, eine lebende Hecke, die moosumgrünten Dächer, Pflug und Egge im Winkel. Aber in Paris ist es nur Elend und Verfall. Das Haus war gewiß nicht alt und doch drohte es in Trümmer zu zerfallen. Kein Baumaterial war zu seinem eigentlichen Zwecke verwandt; alles stammte vom Abbruch; den gibt es ja täglich in Paris. Ein Fensterladen war aus Brettern zusammengefügt, die einst als Schild eines Modewarenladens gedient hatten, und man las noch den alten Namen in aller Deutlichkeit. Kein Fenster glich dem andern, alle waren an unmöglichen Stellen in die Mauern gebrochen. Das Erdgeschoß war scheinbar noch der wohnlichste Teil, aber es war auf einer Seite erhöht, auf der andern schienen die Räume tief unter dem Niveau der Straße zu liegen. Zwischen dem Tore und dem Hause befand sich ein mächtiger Schmutztümpel, Abwaschwasser und Regenwasser mischten sich in seinem trüben Spiegel. Die Grundmauer, auf der sich das verwahrloste Wohnhaus erhob, und die fester gebaut schien als der Rest, war umgeben von vergitterten Käfigen, wo Kaninchen ihre sprossende Zucht hatten. Rechts vom Torwege fand sich, von der Vorratskammer überragt, ein Kuhstall, der mit dem Wohnhause durch eine Milchkammer in Verbindung stand. Linker Hand war ein Hühnerhof, ein Pferdestall und ein Schweinekoben. Alles war mit elenden weißen Holzschindeln gedeckt, die notdürftig übereinander genagelt waren. Zwischen ihnen sah Binsenwerk hervor. Wie überall, wo das Mahl für den Bauch von Paris vorbereitet wird, zeigten sich auch hier Zeichen der Überhastung, die das Fertigwerden zur bestimmten Stunde erzwingt. Die großen Milchkannen aus Weißblech, in denen man die Milch transportiert, die Töpfe, in denen die Sahne aufbewahrt wird, lagen wie Kraut und Rüben vor der Milchkammer, zwischen ihnen trieben sich die Tücher umher, mit denen man den Verschluß dichter macht. Die Fetzen und Lumpen zur Reinigung flatterten in der Luft, an Stricken mit Heftklammern befestigt. Ein friedliches Roß (eine Rasse, die man nur bei Milchhändlern findet), hatte sich einige Schritte von der Milchkarre entfernt und stand vor dem Stalle, dessen Tür geschlossen war. Eine Ziege knabberte das Laub eines kraftlosen, vergilbten Weinstocks ab, welcher die zerfallende Mauer des Hauses bekleidete. Ein Kätzchen hatte sich neben die Sahntöpfe hingesetzt und naschte.

Als Derville kam, erhoben sich kreischend vor Erschrecken die Hühner in die Lüfte, und der Hofhund begann zu bellen.

„Ist es möglich? Hier kann der Mann leben, der einmal das Schicksal einer Schlacht entschieden hat?" sagte Derville zu sich, indem er mit einem Blick die ganze Erbärmlichkeit des Ortes umfaßte.

Die Wohnung war nur unter dem Schutze von drei halbwüchsigen Jungen geblieben. Der eine war auf einen mit Grünfutter beladenen Karren geklettert und warf von dort Steine in den Rauchfang eines benachbarten Hauses, in der Hoffnung, sie würden in den Suppentopf fallen. Der andere gab sich Mühe, ein Schwein wie über eine Treppe einen Karren heraufzuführen, der an die Erde gesenkt dastand, während der dritte, auf der andern Seite des Wagens hängend, nur darauf lauerte, daß das Schwein endlich oben stünde, um dann mit ihm Wippe zu spielen. Als Derville fragte, ob hier Herr Chabert wohne, mochte keiner antworten, sondern sie glotzten ihn alle blöden Geistes an, wenn man die Worte blöd und Geist verknüpfen darf. Er wurde wütend über das höhnisch foppende Wesen der drei Lausejungen, und konnte es, wie viel Erwachsene es Kindern gegenüber tun, nicht unterlassen, sich in einen Schwall halb wütender, halb gutmütiger Schmähworte zu ergießen, und sofort begannen die Jungen mit einem plumpen Lachen wiehernd zu antworten. Derville wurde böse. Der Oberst hörte dies und kam in Eile aus einer kleinen Stube, die neben der Milchkammer gelegen war; nun trat er auf die Schwelle des niedrigen Zimmers mit seiner ganzen, unerschütterlichen soldatischen Ruhe. Er hatte zwischen den Zähnen eine „fein angerauchte" Pfeife (die Raucher werden mich verstehen), eine gemeine weiße Tonpfeife, die man Nasenwärmer oder Gurgelkratzer nennt. Er hob den Schirm einer unglaublich schmierigen Mütze, erblickte Derville und watete schnell durch die Mistpfütze, denn er wollte möglichst rasch seinen Wohltäter begrüßen. Mit freundlich kameradschaftlichem Ton rief er den Jungen zu: „Habt acht!" Die Kinder schwiegen sofort still und bezeugten so achtungsvoll den Respekt, den ihnen der alte Soldat einexerziert hatte.

„Aber warum haben Sie mir nicht geschrieben?" sagte der Alte zu Derville. „Bitte, gehen Sie den Kuhstall entlang. Nein, hier, da ist der Weg gepflastert", rief er, da er sah, wie der Anwalt sich angesichts seiner reinen Schuhe und der Mistpfütze nicht recht entscheiden konnte. Der Anwalt sprang von Stein zu Stein und kam endlich zu der Tür, über deren Schwelle der Oberst getreten. Freilich schien Chabert in schrecklicher Verlegenheit, den Anwalt in dem Zimmer zu empfangen, das er bewohnte. Beim besten Willen konnte Derville nur einen einzigen Stuhl in der Stube entdecken. Das Lager des Obersten bestand aus einigen Bündeln Stroh, auf welche die Wirtin zwei oder drei Fetzen ausgebreitet hatte, Reste ehemaliger Teppiche, wie sie die Milchhändler gern zum Austapezieren und Polstern der Sitze in den Karren verwenden. Der Estrich war nichts anderes als gestampfter Lehm. Die Wände waren voll Salpeter, zeigten Sprünge und Risse, und von ihnen ging ein so feuchter Schwaden aus, daß man die Mauer, an der der Oberst schlief, noch mit einer Matte aus Schilf hatte decken müssen. Der berühmte verfilzte militärische Reitrock hing an einem Nagel an der Wand. Zwei schäbige Stiefelpaare lehnten in einem Winkel. Nirgends gewahrte man eine Spur frischer Wäsche. Auf der wurmstichigen Tischplatte lagen die Bulletins de la grande armée, im Neudruck von Plancher. Sie waren in der Mitte aufgeschlagen, schienen die einzige Lektüre des Obersten zu sein. Sein Gesicht strahlte heiter und ruhig mitten im Elend. Sein Besuch bei Derville hatte, so schien es, seine Gesichtszüge verändert, der Anwalt fand sie gemildert, von innerer Leuchtkraft erhellt, wie sie jede Hoffnung verleiht.

„Stört Sie der Rauch meiner Pfeife?" fragte er, und schob dem Anwalt einen Sessel hin, dessen Strohgeflecht halb in Fransen ging.

„Aber, Oberst, wie hausen Sie hier!"

Diese Worte waren Derville durch das Mißtrauen entrissen, das eine Berufskrankheit aller Anwälte ist, wohl auch ein Effekt der furchtbaren Erfahrungen, der grauenhaften Dramen, die sie aus der Nähe sehen müssen und denen sie sich nicht entziehen können. „Sieh mal," dachte er, „wo ist mein Geld geblieben? Hat er es nicht dazu verwandt, den drei Todsünden des Militärs zu fröhnen, als da sind: Wein, Spiel und Weiberfleisch?"

„Es ist nicht zu leugnen, lieber Herr, durch Luxus zeichnen wir uns hier nicht eben aus. Es ist ein feldmäßiger Unterstand, verschönt durch Freundschaft. Aber ...“ und hier warf der Oberst dem Rechtsmenschen einen tiefen Blick zu, „keinem habe ich Böses getan, ich habe nie einen Menschen zurückgestoßen, kann ruhig schlafen.“

Der Anwalt dachte, es wäre kein Zeichen von Zartgefühl, den Oberst zu fragen, was er mit dem Gelde begonnen, das er ihm vorgestreckt hatte und sagte bloß: „Warum kamen Sie nicht nach Paris, sie hätten da ebenso billig leben können, hätten es aber um so viel besser gehabt.“

„Aber,“ meinte der Oberst, „die guten Leute, bei denen ich jetzt bin, haben mich seinerzeit aufgenommen, haben mich ein Jahr ohne Entgelt verpflegt. Sollte ich sie verlassen, als ich ein wenig zu Gelde kam? Und dann ist der Vater der drei Jungen ein alter Ägypter ...“

„Wie, ein Ägypter?“

„Ja, wir nennen die alten Troupiers so, die den Feldzug in Ägypten mitgemacht haben. Ich war auch dabei. Wir alle, die dort waren, sind uns Brüder, und nun gar Vergniaud, der in meinem Regiment gedient hat. Wir haben den letzten Tropfen Wasser in der Wüste geteilt. Und dann habe ich auch den drei Lausejungen das Lesen und Schreiben noch nicht völlig beigebracht.“

„Nun, dann hätte er Sie doch ein wenig besser unterbringen können, für Ihr Geld.“

„Ach was,“ sagte der Oberst, „seine Kinder schlafen auf der Streu nicht anders als ich. Seine Frau und er haben auch kein besseres Lager. Es sind arme Leute, so ist es nun einmal. Sie haben eine Sache angefangen und die geht über ihr Vermögen. Aber, wenn ich meine Güter erst wieder einmal habe, alles ... Na ja, Schluß.“

„Oberst, morgen oder doch bald soll ich Ihre Akten aus Heilsberg bekommen. Ihre Wohltäterin lebt noch.“

„Verdammtes Geld! Daß ich nie genug habe,“ rief der Oberst und schleuderte seine Pfeife auf den Boden.

Eine schön angerauchte Pfeife ist etwas wertvolles für einen Raucher. Aber diese Bewegung kam ihm so von Herzen, es lag so viel Noblesse in ihr, daß alle Raucher und selbst die Tabakregie ihm diese Verletzung der heiligen Tabakmajestät verziehen hätten. Engel hätten die Stücken aufheben müssen ...

„Oberst, Ihre Sache ist verwickelt über alle Maßen“, sagte Derville. Er verließ das Zimmer, um draußen in die Sonne zu gehen.

„Mir erscheint sie das einfachste auf der Welt“, sagte der alte Soldat. „Man hat angenommen, ich sei tot. Aber ich lebe. Ich bin da. Man gebe mir meine Frau zurück, mein Geld. Man gebe mir den Rang eines Generals, der mir gebührt, denn ich bin am Vorabend der Schlacht bei Eylau in die nächsthöhere Rangklasse gerückt.“

„So einfach gehen die Dinge nicht in der Welt des Rechts vor sich“, sagte Derville. „Hören Sie mich ruhig an. Sie sind der Oberst Chabert, ich bin gern damit einverstanden, aber es handelt sich darum, eben dieses Faktum formell Leuten zu beweisen, die das stärkste Interesse daran haben, Ihre Existenz zu leugnen. Was ist zu tun? Ihre Protokolle werden angestritten werden. Das heißt, die Vorfragen, zehn oder zwölf an der Zahl, müssen vorerst im Feststellungsverfahren beantwortet werden. Alle kommen sie im Berufungswege bis an den obersten Gerichtshof, das heißt, es werden ebensoviel kostspielige Prozesse geführt werden müssen, die sich in die Länge ziehen, ich mag so viel Tempo hereinbringen, als ich nur kann, es geht seinen Weg. Ihre Gegner werden einen Lokalaugenschein und eine Personenprüfung verlangen. Widersetzen können wir uns nicht. Möglicherweise muß man den Lokalaugenschein in Preußen vornehmen. Aber setzen wir die günstigere Eventualität, rechnen wir damit, daß das Gericht ohne weiteres anerkennt, Sie seien der Oberst Chabert. Können wir wissen, wie sich die Justiz zu der in gutem Glauben eingegangenen Doppelehe der Gräfin Ferraud stellt? In Ihrer Sache ist der entscheidende Punkt außerhalb des geschriebenen Rechts. Urteilen läßt sich da nur nach der Stimme des Gewissens und des Gefühls, wie das Geschworenenkollegium urteilt, das in den bizarren Rechtssachen gewisser Strafprozesse sein Votum nach dem Herzen abgibt. Das sind eben Grenzfälle. Sehen Sie, Sie haben keine Kinder aus Ihrer Ehe, das neue Ehepaar hat deren zwei. Es ist möglich, daß das Gericht jenes Eheband als aufgelöst erklärt, bei dem sich die geringeren Bindungen befinden, zugunsten jenes Ehebandes, wo die stärkeren sind, alles unter der Voraussetzung von Treu und Glauben bei allen Beteiligten. Wären Sie wohl in einer guten moralischen Position, wenn Sie, in ihrem Alter und unter den eben bestehenden Voraussetzungen auf Biegen und Brechen Ihren Anspruch auf eine Frau durchfechten wollten, die Sie nicht mehr liebt? Dann stünden auf der Gegenseite Ihre Frau und ihr Mann, zwei einflußreiche Personen, die ihren Einfluß auf den Gerichtshof auch geltend zu machen verstehen. Der Rechtsstreit hat daher Elemente, die schon ihre Schwierigkeiten und Härten haben. Sie würden alt und grau werden und Kummer und Sorge würden Ihnen nicht erspart bleiben."

„Und mein Vermögen?"

„Glauben Sie an ein großes Vermögen?"

„Hatte ich nicht dreißigtausend Franken jährliche Rente?"

„Mein lieber Oberst, Sie haben vor Ihrer Vermählung, im Jahre 1799 ein Testament gemacht, das ein Viertel den Waisenhäusern zusprach."

„Das ist wahr."

„Nun sehen Sie doch! Man glaubte Sie tot, man mußte ein Inventar aufnehmen, eine Liquidation durchführen, damit die Waisenhäuser zu ihrem Gelde kämen. Mußte. Aber Ihre Frau hat sich keine Gewissensbisse gemacht, die Armen um das Geld zu bringen. Es gibt ein Inventar: Aber dabei hat man zweifelsohne des baren Geldes keine Erwähnung getan, ebensowenig des Schmuckes. Mit minimalen Summen hat man das Silberzeug angesetzt. Die Einrichtung hat man um ein Drittel niedriger bewertet, sei es, um Ihrer Frau einen Gefallen zu tun, sei es, um die Erbschaftssteuer zu erniedrigen, vielleicht auch deshalb, weil die Schätzkommissare persönlich für die Schätzungssumme haften. So hat man schließlich eine Vermögensaufnahme zustande gebracht, die keinen höheren Geldwert als sechshunderttausend Franken repräsentierte. Ihrerseits besaß die Witwe den Anspruch auf die Hälfte. Man hat alles verkauft und sie hat alles unverzüglich auf eigene Rechnung zurückgekauft, sie hat den Rahm von allem abgeschöpft. Den Waisenhäusern verblieben nur

fünfundsiebzigtausend Franken. Nun erbte außerdem, wohlgemerkt, da Sie Ihrer Frau in dem Testament keine Erwähnung tun, der Staat einen Teil und auf diesen Teil, der dem Fiskus zukommt, hat der Kaiser durch ein Dekret zugunsten Ihrer Witwe verzichtet. Wie hoch beliefe sich nun Ihr Anspruch? Nur auf dreißigtausend Franken. Und davon sind die Unkosten abzuziehen."
„Und das heißt bei Euch Gerechtigkeit?" sagte der Oberst ganz entgeistert.
„Aber, sicherlich ... freilich ..."
„Nun, eine nette Sache!"
„Sie ist wie sie ist, mein armer Oberst. Sie sehen, so leicht, wie Sie sichs dachten, ist die Angelegenheit nicht. Frau Gräfin kann sogar den Teil behalten, der ihr aus der Hand des Kaisers zugekommen ist."
„Aber sie ist keine Witwe. Das Dekret ist ungültig ..."
„Zugegeben. Aber streiten und Prozesse führen kann man um alles. Hören Sie mich an, bitte! Wie die Dinge heute liegen, wäre ein Vergleich, sowohl für Sie wie für die Gräfin, die weitaus beste Lösung. Sie würden eine Summe gewinnen können, die Ihren gesetzlichen Anspruch weit übertrifft."
„Ich soll also meine Frau verkaufen?"
„Wenn Sie erst achtzigtausend Franken Rente besitzen, finden Sie in Ihrer Lage tausend Frauen, die besser zu Ihnen passen und die Sie vor allem tausendmal glücklicher machen würden. Ich habe vor, noch heute die Gräfin aufzusuchen, ich will das Terrain sondieren. Aber ich wollte erst Sie verständigen, bevor ich den Schritt unternehme."

„Wir wollen beide hin zu ihr ...“
„Jetzt? Wie Sie gehen und stehen? Nein, liebster Herr Oberst, nein und nochmals nein. Sie könnten mit einem Schlage Ihren Prozeß verlieren ...“
„Kann ich ihn gewinnen?“
„In allen Stücken“, antwortete Derville. „Aber mein teurer Oberst Chabert, Sie vergessen eines: Ich bin nicht reich, meine Praxis ist nicht vollständig abgelöst. Sollen nun die Gerichte Ihnen eine vorläufige Zahlung zugestehen, das heißt einen Vorschuß auf Ihr künftiges Vermögen, so kann das erst dann sein, wenn die Behörden sagen: Ja, Sie sind der Oberst Chabert und Großritter der Legion d'honneur.“
„Ach ja, ich bin Großritter der Legion, ich dachte nicht mehr daran“, sagte der Oberst naiv.
„Aber bis dahin? Muß man nicht“, sagte Derville, „Prozeß führen, das heißt, Anwälte bezahlen, Erkenntnisse anfordern und bezahlen, Gerichtsvollzieher in Bewegung setzen, zahlen und dann doch auch selbst leben? Die Kosten des vorläufigen Instanzenwegs beliefen sich, von heute auf morgen, auf zwölf- bis dreizehntausend Franken. Ich habe sie nicht. Ich habe genug zu keuchen unter der Last der Zinsen, die ich dem Mann schuldig bin, der mir das Geld für meine Praxis geliehen hat. Und das sind enorme Beträge. Und Sie, haben Sie diese Summe?“
Große Tränen rannen aus den verwitterten Augen des armen Soldaten und glitten über seine faltigen Wangen hinab. Angesichts solcher Schwierigkeiten verlor er allen Mut. Wie ein böser Alb lastete das Gespenst dieser Welt, dieser Gesellschaft und dieser Gerichte auf ihm.

„So will ich,“ schrie er, „will zum Sockel der Vendômesäule hintreten, dort laut rufen: Ich bin's, der Oberst Chabert, der das große Karré der Russen bei Eylau gesprengt hat. Die Gestalt aus Erz, sie wird mich wiedererkennen.“

„Und ohne Zweifel wird man Sie ins Irrenhaus stecken.“

Bei dieser gefürchteten Anspielung sank der Mut des Offiziers.

„Und nicht die geringste günstige Möglichkeit im Kriegsministerium?“

„Ach, die Bureaus,“ sagte Derville, „sprechen Sie dort vor, aber nicht ohne ein rechtsgültiges Protokoll, das Ihre Todeserklärung für null und nichtig erklärt. Die Bureaus wollten am liebsten alle Leute des Kaiserreichs unter die Erde bringen.“

Starr, unbeweglich, seelenlosen Blicks, in grenzenlose Verzweiflung versunken, so stand der Oberst da. Das Militärrecht, kurz und bündig, entscheidet mit ja und nein, schuldig oder unschuldig und es entscheidet fast immer richtig. Es war das einzige Recht, das Chabert kannte. Jetzt sah er den Schlangenknoten von Schwierigkeiten, der zu entwirren war, nun begriff er, wieviel Geld man brauchte, um ihrer Herr zu werden, und nun erhielt der arme Soldat eine tödliche Wunde dort, wo die Männlichkeit des Mannes sitzt, im Willen. Es schien ihm unmöglich, ewig in Prozessen zu leben, tausendmal einfacher war es für ihn, arm zu bleiben, sich als einfacher Kavallerist in einem Regiment einstellen zu lassen, wenn man ihn annehmen wollte. Seine seelischen und körperlichen Leiden hatten seinen Organismus in den lebenswichtigsten Teilen und Organen lange schon zermürbt. Er streifte eine Krankheit, für die die Medizin noch keinen Namen hat, deren Sitz wie der Nervenapparat wandert und wechselt, ein Leiden, das man Seelenlähmung des Unglücks nennen könnte. Dieses Leiden war schwer, aber noch war's unsichtbar, noch konnte es ein glücklicher Augenblick heilen. Er war wie aus Eisen. Sollte sein Organismus ganz zugrunde gerichtet werden, bedurfte es nur eines neuen Hindernisses. Das mußte die geschwächten Kräfte vollends zerstören, das Herz mußte zum Stocken, zum Zittern und Flattern gebracht werden. Er war nicht der erste, der durch Kummer getötet wurde.

Dem Anwalt konnten die Zeichen tiefster Bedrückung nicht entgehen.

„Mut, Mut," sagte er, „schließlich muß sich alles zum Guten wenden. Nur eins bedenken Sie. Können Sie sich mir ganz anvertrauen, ganz? Können Sie blind das Resultat annehmen, das ich selbst für das beste halte?"

„Tun Sie, was Sie wollen!"

„Ja, aber Sie geben sich in meinen Willen, wie ein Mensch, der in den Tod geht."

„Muß ich denn nicht auf Stand, Namen verzichten? Erträgt das ein Mensch?"

„Ich sehe es nicht so", sagte der Anwalt. „Wir wollen in aller Güte einen Vergleich anstreben, um Ihre Todeserklärung und Ihren Heiratskontrakt beide ungültig zu erklären, damit Sie zu Ihrem Recht kommen. Sie werden selbst, dank dem Einfluß des Grafen Ferraud, in den Listen der Armee zum General avancieren und zweifellos eine Pension erhalten."

„Dann nur zu!“ sagte Chabert. „Sie haben mein Vertrauen ganz.“
„Ich sende Ihnen also eine Vollmacht zur Unterschrift“, sagte Derville. „Leben Sie wohl. Mut, nur Mut! Wenn Sie Geld brauchen, wenden Sie sich an mich!“
Chabert ergriff warm die Hand des Anwalts, dann blieb er stehen, den Rücken an die Mauer gelehnt, er hatte nicht mehr die Kraft, ihm anders als mit dem Auge zu folgen.
Wie alle Leute, die das Gerichtsverfahren nicht kennen, war er vor dem drohenden Kampfe erschrocken. Nun war während dieser Unterredung zu widerholten Malen hinter dem Eckpfeiler der Toreinfahrt die Gestalt eines Mannes sichtbar geworden, der auf der Straße stand, um den Schluß der Unterredung abzupassen, und die sich sofort an Derville heranmachte, als er ging. Es war ein alter Mann in blauem Kittel, einer weißen bauschigen Leinenhose, wie sie die Brauergesellen tragen. Auf dem Kopf trug er eine Mütze aus Otterfell. Sein Gesicht war braun, voller Falten und Runzeln, aber es zeigte eine gesunde Röte auf den Backen, Zeichen schwerer Arbeit und Ergebnis der Einwirkung der frischen Luft.
„Verzeihung, mein Herr,“ sagte er zu Derville und hielt ihn am Arme fest, „ich möchte mir die Freiheit nehmen, Sie um ein Wort zu bitten. Denn als ich Sie mit unserem General sprechen sah, habe ich mir gedacht, vielleicht sind Sie sein Freund.“
„So, so?“ sagte Derville, „weshalb interessiert Sie das? Und wer sind Sie?“ setzte er mißtrauisch hinzu.

„Ich? Louis Vergniaud", antwortete der andere sofort. „Ich habe Ihnen nur zwei Worte zu sagen."

„Nun, dann sind Sie auch derjenige, der den Grafen Chabert so famos untergebracht hat, wie ich ihn angetroffen habe?"

„Verzeihen Sie, entschuldigen Sie, mein werter Herr, er hat doch das schönste Zimmer. Ich hätte ihm ja meine Stube gegeben, aber ich habe nur die eine. Ich hätte dann im Stall geschlafen. Ein Mann, der so viel gelitten hat, wie er, und der meine Würmer lesen lehrt, ein General, ein Ägypter, der erste Leutnant, unter dem ich gedient habe... Das muß man sehen, so was sieht man nicht noch einmal! Mit einem Wort, besser hätte ich ihn gar nicht unterbringen können. Ich habe mit ihm alles geteilt. Viel ist es ja nicht. Brot, Milch, Eier. Aber im Kriege ist es wie im Kriege. Alles aus gutem Herzen. Aber er hat uns drangekriegt!"

„Er?"

„Kein anderer. Drangekriegt, das ist das rechte Wort. Ich habe mich in eine Sache eingelassen, die über meine Kraft ging. Er sah es wohl. Das war ihm zuwider und er machte sich daran, meinen Gaul zu striegeln. Ich zu ihm: ‚Was fällt dir ein, General?' ‚Ach was,' sagt er, ‚das Müßiggehen tut mir weh, und die Kunst des Pferdestriegelns habe ich mit der Muttermilch eingesogen.' Nun habe ich Wechsel im Höchstwerte meiner Milchwirtschaft einem gewissen Grados in Zahlung gegeben... Sie kennen ihn, mein Herr ..."

„Aber, lieber Freund, ich habe keine Zeit für Ihre Erzählungen. Sagen Sie mir nur das eine, wie der Oberst Sie drangekriegt hat."

„Hat er auch, mein werter Herr, so wahr ich Louis Vergniaud heiße und meine Frau dieserhalb geweint hat. Er wußte nun durch Nachbarn, daß wir nicht das Geld hatten, den ersten Wechsel einzulösen. Da geht der alte Bärenhäuter hin, packt alles zusammen, was Sie ihm gegeben haben, und bezahlt den Wechsel. Ist das nicht tückisch? Und dabei wissen meine Frau und ich, der arme Kerl hat keinen Tabak, den er doch so liebt. Aber jetzt, jetzt hat er Tag für Tag seine Zigarren und sollte ich mich in Stücke schneiden lassen, er soll sie künftig haben. Nein, er hat uns drangekriegt. Nun sehen Sie, ich wollte Sie bitten, denn wir wissen durch ihn, Sie sind ein Ehrenmann, Sie möchten uns so einhundert Taler leihen auf unser Geschäft, um ihm einen Anzug machen zu lassen und sein Zimmer einzurichten. Er wollte uns aus den Schulden freimachen, aber er hat uns nur tiefer in die Tunke hereingeritten ... und drangekriegt.

Und das unter Freunden! Er hätte uns diesen Schimpf nicht antun dürfen. Auf meine Ehre, so wahr ich Louis Vergniaud heiße, lieber wollte ich meinen Leichnam verpfänden, als Ihnen diese Summe schuldig bleiben ..."

Derville sah den Viehzüchter an und machte ein paar Schritte zurück, um das Haus, den Hof, die Mistpfützen, die Ställe, Kaninchen und Kinder noch einmal anzusehen.

Meiner Treu, dachte er, ich glaube, es gehört unzertrennlich zur Tugend, daß man nicht der besitzenden Klasse angehört. „Du sollst deine hundert Taler haben und mehr. Aber nicht ich werde sie dir geben, sondern der Oberst wird reich genug

sein, um dir zu helfen, und dieses Vergnügen will ich ihm nicht nehmen."
„Wann wird das sein? Bald?"
„Sicherlich!"
„Da dran wird meine Frau tausend Freude haben."
Und das gegerbte Gesicht des Viehzüchters wurde nochmal so schön.
Nun, sagte Derville zu sich, als er in sein Kabriolett stieg, vorwärts zu unserm Gegner. Wir wollen alles aufbieten, daß wir seine Karten sehen, er aber unsere nicht. Vielleicht ist die Partie mit einem Zuge zu gewinnen. Man müßte die Gräfin durch Schreck überrumpeln. Sie ist eine Frau. Wovor erschrecken Frauen? Aber Frauen erschrecken nur, wenn ...
Er begann, sich in die Situation der Gräfin hineinzudenken, er versank in eine innere Betrachtung, wie sie die großen Politiker anstellen, die ihre Pläne kühn entwerfen und das Geheimnis der feindlichen Kabinette zu ertasten suchen.
Sind denn nicht auch Anwälte Politiker, nur daß sie nicht Staats-, sondern Privatgeschäfte leiten?
Ein Blick auf die Lage des Grafen Ferraud und seiner Gattin ist hier nötig, um das Genie des Anwalts würdigen zu können.

☆

DER GRAF FERRAUD WAR DER SOHN EINES alten Rates am Pariser Parlamente, der während der Schreckensherrschaft emigriert war. So rettete er sein Leben und verlor sein Vermögen. Unter dem Konsulate kehrte er zurück. Treu ergeben blieb er den Interessen Ludwigs XVIII., in dessen näherer Umgebung sein Vater vor der Revolution gelebt hatte. Er gehörte also zu den hohen Adelskreisen des Faubourg Saint-Germain, die nobel allen Verführungskünsten Napoleons widerstanden. Man sprach viel von den Fähigkeiten des jungen Grafen (damals nannte er sich einfach Ferraud), so kam es, daß der Kaiser sein besonderes Augenmerk auf ihn wandte, denn der Kaiser konnte oft ebenso glücklich sein darüber, daß er ein Mitglied des alten Adels für sich gewonnen, wie daß er in einer Schlacht gesiegt hatte. Man versprach dem Grafen, er solle seinen Titel wiedererhalten, ebenso seine Güter, soweit sie nicht verkauft waren, man zeigte ihm in der Ferne einen Ministerstuhl, einen Senatorensitz. Der Kaiser scheiterte. Der Graf war zur Zeit des „Todes" Chaberts ein Mann von sechsundzwanzig Jahren, zwar ohne Vermögen, aber mit vollendeten Umgangsformen. Er hatte Erfolge, die sich der Faubourg Saint-Germain wie seine eigenen anrechnete, auf die er stolz war und mit Recht. Aber die Gräfin Chabert wußte aus der Hinterlassenschaft ihres Mannes so immense Vorteile zu ziehen, daß sie achtzehn Monate später ungefähr vierzigtausend Franken Rente besaß. Ihre Verheiratung mit dem jungen Grafen überraschte im Faubourg Saint-Germain keinen Menschen. Napoleon war glücklich darüber, daß in dieser Heirat sich zwei verschiedene Kreise nach seinem Wunsche vereinten, deshalb überließ er der Gräfin den Anteil der Hinterlassenschaft, der dem Fiskus gehörte. Aber Napoleons Hoffnung ward noch einmal getäuscht. Es war für die Gräfin nicht allein eine Herzensheirat; sondern vor allem war sie geblendet durch den Gedanken, in diese exklusive Gesellschaft einzutreten, welche trotz ihrer Demütigung auch jetzt den kaiserlichen Hof beherrschte. Ihre Ehe bot ihr ebensoviel erfüllte Wünsche im Bereich der Leidenschaft wie der Eitelkeit. Sie sollte eine Dame der großen Welt werden. Als der Faubourg Saint-Germain die Gewißheit hatte, daß die Ehe des jungen Grafen keine Absage an die alten Ideale bedeute, öffneten sich die Salons für seine Frau. Es kam die Restauration. Die politische Laufbahn des Grafen war nicht eben blendend. Er verstand wohl die Forderungen Ludwigs XVIII., die Schwierigkeiten seiner Lage, er gehörte zu dem kleinen Kreis derer, die darauf warteten, „daß der Abgrund der Revolution sich endgültig schließe", denn in der Phrase des königlichen Sendschreibens, die so sehr von den Liberalen bespöttelt wurde, barg sich ein politischer Sinn deutlich genug für die Eingeweihten. Immerhin, die Ordonnanz, die in der langen Phrase bei Beginn dieser Erzählung zitiert wird, eben diese Enunziation hatte für ihn die Rückgabe zweier Forste und eines Landgutes zur Folge, deren Wert während der Zwangsverwaltung sehr gestiegen war. Obwohl der Graf nun Staatsrat und Generaldirektor war, betrachtete er seine amtliche Stellung erst als den Beginn seiner Laufbahn. Denn in ihm lebte der Geist eines unersättlichen Ehrgeizes, und so hatte er sich als Sekretär einen alten, ruinierten Anwalt zur Seite gesetzt, einen Mann namens Delbecq, der mehr als nur gerissen war, der alle Schleichwege der Schikane und Rechtsverdrehung kannte, und diesem Menschen überließ er die Verwaltung seines Besitzes ganz. Der abgefeimte Praktiker hatte seine Stellung bei dem Grafen richtig erfaßt, und aus diesem Grunde war er ehrlich, aus reiner Berechnung. Denn er konnte hoffen, dank der Fürsprache des Grafen, für dessen Vermögen er sich nun mit letzter Kraft einsetzte, wieder zu einem Amte zu gelangen. Sein jetziges Benehmen strafte seine frühere Aufführung derart Lügen, daß man glaubte, er sei nur verleumdet worden. Mit dem Takt und dem Feingefühl, die mehr oder weniger allen Frauen eigen sind, überwachte die Komtesse, die dem Intendanten ihres Mannes bis in die Nieren sah, alle seine Schritte und wußte diese auch so zu lenken, daß sie vor allem für ihren persönlichen Besitz einen beträchtlichen Vermögenszuwachs erreichte. Sie verstand es, Delbecq einzureden, sie inspiriere alle Pläne ihres Mannes, und sie hatte ihm versprochen, ihn zum Gerichtspräsidenten erster Instanz in einer der größten Städte Frankreichs zu machen, wenn er sich ganz ihren Interessen unterordne. Das war die Zusage einer unabsetzbaren Stellung, und damit die Möglichkeit, sich später gut zu verheiraten und als Deputierter eine große politische Karriere einzuschlagen. Für dieses Versprechen wäre er für die Gräfin bis in die Hölle gegangen. Keine Chance einer Börsenhausse noch einer spekulativer Wertsteigerung von Grund und Boden, die sich in Paris für einen findigen Kopf während der ersten drei Jahre der Restauration ergab, ließ er im Interesse der Gräfin ungenutzt vorübergehen. So konnte er das Vermögen seiner Schützerin verdreifachen, und zwar um so leichter, als der Gräfin kein Mittel zu gewagt war, wenn sie nur ihr Vermögen schnell um Unsummen vermehren konnte. Sie verwendete das Beamteneinkommen ihres Mannes zur Führung des Haushaltes, um ihre eigenen Einnahmen kapitalisieren zu können. Delbecq gab sich zu allen Schlichen einer maßlosen Habsucht her, ohne sich über die tieferen Beweggründe klar zu werden. Denn diese Art Mensch kümmert sich nur um Geheimnisse, deren Schlüssel ihnen irgendwie wertvoll werden kann. Im übrigen fand der Anwalt das Motiv der nackten Habsucht und des wütenden Durstes nach Gold so verbreitet unter fast allen Pariserinnen, und dann bedurfte es eines so immensen Vermögens, um die ehrgeizigen Ansprüche des Grafen nach allen Richtungen zu fördern, daß Delbecq bisweilen in der Habsucht der Gräfin nur ihre Methode sah, für den Mann zu arbeiten, dem sie sich von Grund ihres Herzens gegeben hatte und weiter gab. Die Gräfin aber verbarg ihre Geheimnisse vor jeder Menschenseele. Auf dem Grunde ihres Herzens lagen die Schicksalswürfel, Tod und Leben, und da ist auch der Punkt, von wo aus der Knoten dieser Erzählung sich entwirrt.

☆

ZU ANFANG DES JAHRES 1818 STAND DIE Restauration auf scheinbar unerschütterlichen Grundlagen da. Ihre Regierungsprinzipien, von erhabenen Geistern zusammengefaßt, schienen für das Reich eine Zeit neuer Blüte einleiten zu sollen, und in diesem Sinn änderte sich auch der Charakter der Pariser Gesellschaft. Die Gräfin Ferraud befand sich nun in dem sonderbaren Falle, zugleich eine Liebes-, eine Verstandes- und Namensehe geschlossen zu haben. Sie war noch jung und schön, sie war eine Weltdame, bewegte sich am Hofe, war reich aus eigenem Vermögen nicht weniger als durch den Besitz des Gatten, der, auserwählt und berufen unter den Männern der Königspartei, und persönlich mit dem Monarchen befreundet, wie geschaffen schien für ein Ministerium. Zu allem anderen zählte sie zur Aristokratie und genoß deren Glanz mit. Mitten in ihrem Glück traf sie eine Art moralischer Krebskrankheit. Es gibt Regungen des Gefühls, die eine Frau von weitem ahnt, mag der Mann auch alle Mühe daransetzen, sie vor ihr zu verbergen. Als der König zum erstenmal zurückkehrte, konnte sich der Graf eines leisen Bedauerns über seine Ehe nicht erwehren. Die Witwe des Obersten Chabert konnte ihm keine wichtige Verbindung schaffen, er stand allein und ohne Stütze da in einer dornenvollen, an Widersachern überreichen Laufbahn, ohne sich der sicheren Leitung eines Menschen anvertrauen zu können. Möglicherweise hatte er auch, bei näherem Zusammenleben, einige Lücken in der Erziehung seiner Frau bemerkt, die sie erst recht unfähig an einer aktiven Mitwirkung an seinen Plänen machen mußten. Ein Wort, das er zufällig einmal über die Ehe Talleyrands fallen ließ, gab der Gräfin Licht über die Lage, denn er hatte angedeutet, ohne es in Worten gradaus zu sagen, daß er, stünde er noch einmal vor der Wahl einer Gattin, anders wählen würde. Welche Frau wird jemals ein solches Bedauern verzeihen? Ist dies nicht schlimmer als alle Beleidigungen, alle Verbrechen, enthält es nicht den Keim der Zurückweisung? Aber wie tief mußte diese Wunde im Herzen der Gräfin werden, wenn sie bedachte, es könne ihr erster Gatte zurückkehren! Kann man das ermessen? Sie hatte gewußt, daß er lebte, sie hatte ihn zurückgestoßen. Dann kam eine Zeit, da hörte sie nichts mehr von ihm. Sie wiegte sich in dem Wahn, er sei bei Waterloo mit den Adlern und Standarten der kaiserlichen Garde untergegangen wie sein Freund Boutin. Trotzdem legte sie es darauf an, den Grafen durch das stärkste Band zwischen Menschen zu fesseln: durch die Kette aus Gold. Sie wollte so reich werden, daß allein schon ihr unermeßlicher Besitz die zweite Ehe unlösbar machte, falls zufällig der Oberst Chabert noch einmal auftauchen sollte. Und er war auch aufgetaucht: sie konnte es sich nicht erklären, warum der gefürchtete Zweikampf noch nicht begonnen hatte. Vielleicht hatten Kummer, Krankheit und Sorgen sie doch von diesem Manne befreit. Vielleicht war er halb irrsinnig, und nur die Irrenanstalt konnte ihn zur Vernunft bringen. Sie wollte weder Delbecq noch die Polizei auf seine Spuren hetzen, denn sie hatte Angst, einen Menschen über sich selbst zu setzen oder das Unheil noch zu beschleunigen. Es gibt in Paris nicht nur diese eine Gräfin Ferraud, die, mit einem ungeheuren moralischen Übel behaftet, dicht neben einem Abgrund nachtwandelt. Menschen wie sie bekommen eine Schwiele an der Stelle ihres Schmerzes, dann können sie noch lachen und fröhlich sein.

Es gibt einen ungelösten Punkt in der Situation des Grafen Ferraud, sagte Derville am Ende seiner langen Überlegung zu sich, als sein Wagen in der Rue de Varennes, vor dem Hause der Gräfin hielt. Wie kann es sein, daß der Graf, reich, mit dem Könige befreundet, noch nicht Pair de France geworden ist? Es ist vielleicht ein Wesentliches in der Politik des Königs, wie mir Frau de Grandlieu eröffnet hat, daß er der Pairie eine höhere Bedeutung dadurch geben will, daß er sie nicht leicht vergibt. Und schließlich ist der Sohn eines Staatsrates nicht ein Fürst Rohan. Der Graf Ferraud könnte nur durch einen besonderen Weg in die höchste Kammer kommen. So vielleicht, daß er im Falle der Scheidung seiner Ehe, sehr zur Genugtuung des Königs, mit der Hand der Tochter eines alten Senators auch dessen Sitz in der Kammer erhielte, vorausgesetzt, daß der alte Senator keine Söhne und Erben hat. Jedenfalls ein schwerer Klotz, der, vor die Füße unsrer Gräfin geworfen, ihr Schrekken einjagen kann, dachte er, indem er die Treppe emporstieg.

Derville hatte, ohne es zu wissen, den Finger an die empfindlichste Stelle der Wunde gelegt.

Nun wurde er von der Gräfin in einem hübschen Speisesaal, den man im Winter benützte, empfangen. Sie war gerade beim Frühstück und spielte mit einem Äffchen, das durch eine dünne Kette an einem mit Blech eingefaßten Ständer festgehalten war. Sie trug ein elegantes Hauskleid. Die Locken hatte sie nachlässig emporgerafft, sie sahen unter einem Häubchen hervor, dies gab ihr ein niedliches Aussehen. Silber, Email, Elfenbein glitzerten auf der Tafel. Wundervolle Blumen in kostbaren Porzellanvasen standen neben der Hausfrau. Als der Anwalt die Frau des Grafen Chabert in ihren reichen Luxus gebettet sah, sie, die sich an ihrem Mann bereichert hatte und nun auf den höchsten Höhen der Pariser Gesellschaft strahlte, während der unselige Gatte bei einem Viehzüchter Wand an Wand mit dem lieben Vieh leben mußte, da sagte der Anwalt zu sich: Was ist die Moral der Geschichte? Doch nur, daß eine Frau weder als Gatten noch als Geliebten einen Mann anerkennen wird, der in altes, verfilztes Militärzeug gekleidet ist, der eine Perücke aus Hundehaar auf seinem kahlen Schädel trägt, und der zerrissene Stiefel an den Füßen hat. Ein boshaftes, vernichtendes Lächeln war das äußere Zeichen dieser halb philosophischen, halb stichelnden Beobachtung, die einem Manne zufliegen mußte, der so wie dieser den fabelhaftesten Platz in der Gesellschaft hatte, um in ihre letzten Gründe und Untergründe hinabzuleuchten, trotz der Lüge und Heuchelei, mit der die meisten Pariser Familien ihre Familiengeheimnisse zu decken versuchen.

„Guten Tag, lieber Derville", sagte die Gräfin und ließ sich nicht darin stören, dem Äffchen Kaffee zu verabreichen.

„Meine gnädige Frau," sagte er schroff, denn der herablassende Ton, mit dem die Gräfin ihn angesprochen, ärgerte ihn doch, „ich habe eine ernste Angelegenheit mit Ihnen zu besprechen."

„Oh, das ist schlimm, der Graf ist nicht anwesend."

„Oh, das ist ausgezeichnet, meine Gnädigste. Schlimm wäre es, wenn er unserer Unterredung beiwohnte. Ich weiß übrigens durch Delbecq, daß Sie Ihre Angelegenheiten selbst in Ordnung zu bringen lieben, ohne den Herrn Grafen damit zu langweilen."

„Nun, gut, so will ich Delbecq kommen lassen."

„Trotz seiner Klugheit könnte er uns hier nichts nützen", sagte Derville. „Hören Sie, meine Gnädige, ein Wort wird genügen, um Sie ernster zu stimmen. Der Graf Chabert ist am Leben."

„Mit solchen tollen Scherzen wollen Sie mich zum Ernst zwingen?" antwortete sie mit sprudelndem Lachen.

Aber sie war gebändigt durch den fremdartig kalten und durchbohrenden Blick, mit dem ihr Derville bis auf den Grund des Herzens sah.

„Meine verehrte Gräfin," sagte er mit klarem, schneidendem Ernst, „Sie übersehen vielleicht nicht ganz die Größe der Gefahr. Ich will nicht sprechen von der absolut sicheren Echtheit der Protokolle, noch von der Sicherheit und Verläßlichkeit und Unanfechtbarkeit der Belege, die unverbrüchlich die Existenz des Grafen Chabert beweisen. Ich bin nicht der Mann, mich mit einer schlechten Sache zu befassen, Sie wissen es. Wenn Sie sich der Ungültigkeitserklärung der Todesurkunde widersetzen, verlieren Sie den ersten Prozeß. Ist aber diese Frage zu unsern Gunsten gelöst, werden alle andern im selben Sinne entschieden."

„Wovon dann wollen Sie mit mir sprechen?"

„Weder vom Obersten, noch von Ihnen. Nicht mehr auch von Ausarbeitungen und Aktenfolgen, die ein geistreicher Advokat mit allen den seltsamen Anekdoten dieser Angelegenheit ausschmücken könnte, und wozu auch die Briefe gehören müßten, die Sie von Ihrem ersten Mann erhielten, bevor Sie die Ehe mit dem zweiten eingingen."

„Falsch, falsch," schrie sie mit der ganzen Zornesglut einer eleganten Dame, „ich habe nie Briefe vom Obersten Chabert erhalten. Wenn einer sich für ihn ausgibt, so kann es nur ein Intrigant, ein entsprungener Verbrecher sein. Mich schaudert es schon beim bloßen Gedanken. Kann denn der Oberst von den Toten auferstehen? Bonaparte hat mir durch einen Adjutanten sein Beileid aussprechen lassen, und ich beziehe bis zum heutigen Tage eine Pension von dreitausend Franken, die seiner Witwe von der Kammer zugesprochen ist. Ich habe recht und tausendmal recht, alle Chabert zurückzuweisen,, die sich an mich herangemacht haben und werde alle zurückweisen, die noch kommen sollten."

„Zum Glück sind wir allein, gnädige Frau, wir können ungeniert lügen", sagte er kalt, denn es ergötzte ihn, den Zorn der Gräfin noch heißer anzustacheln, um dann, (jeder Advokat kennt diese Methode, selbst ruhig zu bleiben und den Partner sich in tolle Wut hineinreden zu lassen), ihre wohlgehüteten Geheimnisse zu erreichen. So wollen wir es einmal auf ein Duell ankommen lassen, sagte er sich und dachte sich eine Schlinge aus, die er der Gräfin legen wollte, um ihr ihre Schwäche zu beweisen.

„Der Empfangsschein des ersten Briefes liegt noch vor, verehrte Gräfin," sagte er mit lauter Stimme, „und dieser Brief enthielt Wertpapiere..."

„O nein, Wertpapiere enthielt er nicht."

Lächelnd antwortete der Anwalt: „Sie haben also doch diesen Brief erhalten? Sie haben sich schon in der ersten Schlinge gefangen, die Ihnen ein Anwalt gelegt hat, und dabei glauben Sie noch, mit der Justiz spielen zu können?"

Die Gräfin errötete und erblaßte, sie verbarg ihr Gesicht in den Händen. Dann schüttelte sie alle Beschämung ab und sagte mit eiserner Stirn, wie sie Frauen ihrer Art haben: „Nun, da Sie der Anwalt des angeblichen Obersten Chabert sind, machen Sie mir doch die Freude ...“

„Meine Gnädige,“ unterbrach sie der Anwalt, „ich bin in diesem Augenblick Ihr Anwalt ebensogut wie der des Obersten Chabert. Glauben Sie, ich wollte gern eine so wertvolle Klientin wie Sie verlieren? Aber Sie hören mich ja nicht an ...“

„Sprechen Sie, bitte“, sagte sie, nicht ohne Anmut.

„Ihr Vermögen stammt von dem Obersten, trotzdem haben Sie ihn zurückgestoßen. Ihr Vermögen ist immens, Sie lassen ihn betteln. Meine sehr verehrte Frau, die Anwälte können gut reden, besser aber noch die Tatsachen. Und es trifft sich hier ein Tatbestand, der die öffentliche Meinung sehr gegen Sie einnehmen könnte.“

„Aber, mein Herr,“ sagte die Gräfin, die es nicht mehr ertrug, auf dem glühenden Rost geschmort zu werden, „zugegeben, daß Ihr Oberst Chabert am Leben ist, so werden die Behörden doch meine zweite Ehe aufrecht erhalten, denn es sind Kinder da. Meine ganze Schuld an Herrn Chabert werden dann nur zweihundertfünfzigtausend Franken sein.“

„Meine Gräfin, es steht noch gar nicht so fest, wie sich die Gerichte in Fragen des Herzens stellen werden. Wohl haben wir auf der einen Seite eine Mutter mit ihren Kindern, aber auf der andern einen Mann, dessen Unglück zum Himmel schreit. Er ist vorzeitig gealtert. Durch Sie. Durch ihr Nein. Wo soll er noch eine Frau finden? Und dann, können die Richter das Recht auf den Kopf stellen? Ihre erste Ehe ist voll und ganz legal, sie hat außerdem die Priorität. Aber noch eins, Sie tragen in dieser Sache solch dunkle, hassenswerte Farben, daß Sie einen Gegner dort finden könnten, wo Sie ihn am wenigsten vermuten. Da ist die Gefahr, vor der ich Sie warnen möchte."

„Ein neuer Gegner? Und wer?"

„Der Herr Graf Ferraud."

„Er hat für mich zuviel Liebe und zuviel Achtung für die Mutter seiner Kinder."

„Ach, sprechen Sie nicht in die Luft", unterbrach sie der Anwalt. „Heute hat der Graf durchaus keine Lust, sein Eheband zu lösen, und ich will gern glauben, daß er Sie anbetet, aber lassen Sie erst einen kommen, der ihm sagt: ‚Ihre Ehe kann gelöst werden, denn Ihre Frau wird in der öffentlichen Meinung als Verbrecherin dastehen...'".

„Er wird mich verteidigen."

„Nein, das wird er nicht."

„Und aus welchem Grunde sollte er mich preisgeben?"

„Um die einzige Tochter eines Pair de France zu heiraten. Denn dann könnte er durch eine königliche Ordonnanz selbst Pair werden."

Die Gräfin wurde sehr bleich.

Jetzt haben wir sie, dachte der Anwalt. Schön, nun halte ich dich, und die Sache des armen Obersten gewinnt.

„Und dann," setzte er laut fort, „der Graf Ferraud hätte um so weniger mit Gewissensbissen zu kämpfen, als ein Mann, mit Ehre gekrönt, General, Graf, Großritter der Ehrenlegion, kein schlechter Ersatz für den Grafen Ferraud sein müßte. Und wenn dieser Mann seine Frau zurückverlangt...?"

„Genug, genug, mein Herr! Sie sind und bleiben mein Anwalt", sagte sie. „Was nun?"

„Vergleichen", sagte Derville.
„Liebt er mich noch?" antwortete sie.
„Kann es anders sein?"
Bei diesem Wort hob die Gräfin den Kopf. Ein Hoffnungschimmer leuchtete in ihren Augen. Sie rechnete vielleicht darauf, die Zärtlichkeit des ersten Mannes irgendwie auszuspielen und durch Weiberlist den Prozeß zu gewinnen.
„Ich werde Ihre Befehle erwarten, Frau Gräfin. Ich muß wissen, ob Sie unsere Akte unterzeichnen wollen, oder ob Sie zu mir kommen wollen, um die Grundlagen eines Vergleichs zu bestimmen." Nun grüßte er und ging.
Acht Tage nach diesen zwei Besuchen, an einem schönen Junimorgen, kamen die zwei Gatten, die ein fast übernatürliches Geschick geschieden, von den entgegengesetztesten Punkten von Paris einander entgegen, um sich im Bureau ihres gemeinsamen Anwalts zu begegnen. Der reichlich gegebene Vorschuß Dervilles hatte es Chabert gestattet, sich nach seinem Rang zu kleiden. Der Tote kam in einem sehr anständigen Wagen angefahren. Seinen Kopf bedeckte eine Perücke, die seinem Gesichtsschnitt angepaßt war, sein Anzug war von schönem Blau. Er hatte weiße Wäsche an und trug unter seiner Weste das rote Band der Großritter der Ehrenlegion. Während er seine alten Gewohnheiten des Wohlstands auffrischte, fand er auch seine Soldateneleganz wieder. Sein Gesicht, ernst und voller Geheimnisse, aber mit Spuren von Glück und Hoffen, schien jünger und voller, er ähnelte nicht mehr dem alten Militärfilz, so wenig ein alter Pfennig einem frisch geprägten Goldstücke ähnelt. Leicht hätten die Leute auf

der Straße in ihm eine der schönsten Ruinen der alten Armee erkannt, einen Helden, in dessen Gestalt sich unsere nationale Ehre widerspiegelt und in dem sie ganz zur blendenden Erscheinung geworden ist, wie noch ein Stück Eis alle Sonnenstrahlen funkelnd bricht. Er hielt sich aufrecht. Die alten Soldaten sind alle wie aus Büchern oder Bildern geschnitten. Als der Graf seinen Wagen verließ, um zu Derville zu gehen, bewegte er sich mit dem leichten Schwung der kräftigsten Jugend. Kaum hatte er sein Coupé gewendet, als ein schöner Wagen mit einem großen Wappen ankam. Die Gräfin Ferraud entstieg ihm in einer einfachen Toilette, die aber vorteilhaft ihre schlanke Taille offenbarte. Sie hatte einen hübschen rosa unterfütterten Hut auf, der scharmant ihr Gesicht umrahmte, die Konturen dämpfte und alles verjüngte.
Wenn sich auch die Klienten verjüngt hatten, das Bureau blieb dasselbe und zeigte das gleiche Bild, mit dem diese Erzählung begonnen hat. Simonnin war beim Frühstück, seine Schultern lehnten am Fensterrahmen, er sah sich durchs Fenster das Himmelsblau an, das von vier Mauern des Hofes düster eingerahmt war.
„Ah,“ rief der Laufbursche, „wer will um einen Sitz im Theater wetten, daß der Oberst Chabert General und Ordensritter ist?“
„Der Chef ist ein fabelhafter Hexenmeister“, sagte Godeschal.
„Können wir ihm also heute keinen Streich spielen?“ fragte Desroches.
„Seine Frau tut es, die Gräfin Ferraud“, sagte Boucard.

„So kommt's," meinte Godeschal, „daß eine Frau zwei Männern wird dienen müssen . . ."
„Hier sind sie", antwortete Simonnin.
In diesem Augenblick trat der Oberst ein und verlangte Derville.
„Er erwartet Sie, Herr Graf", sagte Simonnin.
„Du bist also nicht taub, kleiner Schelm", sagte Chabert und ergriff den Hans Dampf in allen Gassen am Ohr und beutelte ihn tüchtig, sehr zur Freude der Schreiber, die mitten im Lachen den Obersten nicht aus den Augen verloren, sondern mit einer Neugierde betrachteten, die einer so sonderbaren Persönlichkeit gebührte.
Der Graf Chabert war schon bei Derville, als seine Frau ins Bureau trat.
„Sagen Sie doch, Boucard, jetzt wird sich eine einzigartige Szene beim Chef abspielen. Die Dame kann dann alle geraden Tage zu dem Grafen Chabert gehen und sich an den ungeraden ihrem andern Gatten widmen."
„An den Schalttagen, wer ist dann an der Reihe?"
„Schweigt doch! Man kann uns hören", sagte ernst der Bureauvorstand. Ich habe nie ein Bureau gesehen, wo man sich so über die Klienten lustig gemacht hat wie hier."
Derville hatte den Grafen in sein Schlafzimmer geführt, als die Gräfin eintrat.
„Meine gnädige Gräfin, ich wußte nicht," sagte er, „ob es Ihnen genehm sein wird, den Herrn Grafen Chabert zu sehen, und so habe ich Sie beide separiert. Aber wenn Sie wünschen . . ."
„Mein Herr, ich danke Ihnen für Ihre Zuvorkommenheit!"
„Ich habe eine Reinschrift vorbereitet, die alle Be-

dingungen eines Vergleichs enthält, der sofort zwischen den Parteien geschlossen werden kann. Ich werde abwechselnd von einem zum anderen gehen, um beiden Interessen alternativ gerecht zu werden."
„Nun, mein Herr, lassen Sie uns sehen", sagte die Gräfin mit einigen Spuren Ungeduld.
Derville las:
Zwischen den Endesgefertigten
Herrn Hyacinth, genannt Chabert, Graf, Feldmarschall und Großordensritter der Ehrenlegion, wohnhaft in Paris, Rue du Petit-Banquier, einerseits
Und der Frau Rose Chapotel, Ehefrau des oben erwähnten Herrn Grafen, geborenen ..."
„Ach, lassen wir diese Einleitungen, wir wollen zu den Bedingungen kommen."
„Meine Gnädigste," sagte der Anwalt, „diese Einleitung entwickelt Punkt für Punkt die Lage, in der Sie und er sich augenblicks befinden. Sodann müssen Sie in Punkt eins in Gegenwart dreier Zeugen, und zwar zweier Notare und eines Viehzüchters, des früheren Wirtes Ihres Mannes, die ich alle ins Vertrauen gezogen habe, und die tiefstes Schweigen über alles bewahren werden, anerkennen, daß das Individuum, das in den Akten und den Beilagen näher bezeichnet wird und dessen Standeszugehörigkeit sich übrigens in einer Notariatsakte Ihres Notars Alexander Crottat durchgeführt vorfindet, daß dieses Individuum identisch ist mit dem Grafen Chabert, Ihrem ersten Mann.
Punkt zwei, verpflichtet sich der Graf Chabert mit Rücksicht auf Ihr Glück, von seinen Rechten keinen Gebrauch zu machen, ausgenommen die Fälle,

die das Schriftstück selbst vorsieht. Und diese Fälle", sagte Derville gleichsam in Klammern, „sind nichts anderes als die Ausführung der Klauseln dieses geheimen Vertrages. Seinerseits", setzte er fort, „wird sich Oberst Chabert einverstanden damit erklären, Zug um Zug ein Verfahren anzustreben und durchzuführen, das seine Todeserklärung als ungültig und seine Ehe mit Ihnen als geschieden erklärt."

„Das paßt mir ganz und gar nicht, ich will keinen Prozeß", sagte die Gräfin. „Sie wissen warum."

Ohne sich aus seiner Ruhe bringen zu lassen, fuhr der Anwalt fort: „Durch Punkt drei verpflichten Sie sich, unter dem Namen Hyacinth, Graf Chabert eine lebenslängliche Rente von achtzigtausend Franken zu stiften, im Grundbuch eingetragen, deren Kapital nach dem Tode des Grafen an Sie zurückfällt."

„Viel zu teuer!" rief die Gräfin.

„Wollen Sie sich auf eine niedrigere Summe vergleichen?"

„Vielleicht."

„Was wollen Sie also, gnädige Frau?"

„Ich will, ich will keinen Prozeß, ich will..."

„Daß er tot bleibt", sagte zornig Derville, indem er sie unterbrach.

„Mein Herr, wenn es achtzigtausend kosten soll, werden wir lieber klagen."

„Ja, wir werden Klage führen", schrie mit heiserer Stimme der Oberst, riß die Tür auf und stand in seiner ganzen Größe vor seiner Frau, die eine Hand an der Brust, die andere gegen den Estrich gesenkt, eine Gebärde, der das Gedenken an sein Abenteuer furchtbare Wucht verlieh.

„Er ist es“, sagte die Gräfin zu sich.
„Zu teuer!“ wiederholte der alte Soldat. „Ich habe Ihnen fast eine Million gegeben, und nun schachern Sie um mein Unglück. Aber gerade jetzt will ich Sie und Ihr Vermögen. Noch ist die Gütertrennung nicht erfolgt, unser Ehebund ist nicht gelöst.“
„Aber der Herr ist doch nicht Oberst Chabert“, schrie die Gräfin und spielte Komödie.
„Aber nein,“ sagte der Alte mit prachtvoller Ironie, „wollen Sie Beweise? Ich habe Sie im Palais Royal aufgezwickt ...“
Die Gräfin wurde blaß wie die Wand. Als er sie unter ihrer Schminke erblassen sah, kam dem alten Soldaten zu Bewußtsein, daß er eine Frau beleidige, für die er einst Feuer und Flamme gewesen, er faßte sich und hielt inne. Aber er empfing einen so giftgetränkten Blick, daß er fortfuhr: „Sie waren damals bei der ...“
„Ich bitte Sie sehr, Herr Anwalt,“ sagte die Gräfin, „Sie werden es entschuldigen, wenn ich Sie verlasse. Ich bin nicht hergekommen, um mir solche Scheußlichkeiten anzuhören.“
Sie erhob sich und ging. Derville stürzte ihr nach, aber sie war wie fortgeflogen. Als er in sein Kabinett trat, fand der Anwalt den Obersten in einem Wutanfall mit Riesenschritten hin und her gehen.
„Damals nahm man sich seine Frau, wo man sie fand. Ich hätte besser wählen sollen, es ist meine Schuld. Was soll mir das schöne Gesicht? Sie hat kein Herz.“
„Aber, Herr Oberst, hatte ich nicht recht, als ich Sie bat, nicht zu kommen? Wohl bin ich jetzt überzeugt von Ihrer Identität. Als Sie da her-

vorkamen, ging in der Gräfin eine Bewegung vor sich, die alles sagte. Aber Sie haben Ihren Prozeß verloren, denn jetzt weiß Ihre Frau, daß Sie nicht wiederzuerkennen sind."

„Ich schlage sie tot."

„Unsinn! Dann faßt man Sie und köpft Sie wie einen Halunken. Übrigens würden Sie den Todesstreich verfehlen. Und man darf nie seine Frau verfehlen, wenn man sie töten will. Das wäre nicht zu verzeihen. Sie großes Kind, lassen Sie mich Ihre Tolpatschigkeiten wieder gutmachen. Gehen Sie jetzt. Aber passen Sie gut auf. Sie wäre durchaus imstande, Ihnen Fallstricke zu legen und Sie ins Irrenhaus zu bringen. Ich will ihr unsere Akten vorlegen, das schützt uns am besten vor jeder unliebsamen Überraschung."

Der arme Oberst gehorchte seinem jungen Wohltäter und entfernte sich, Entschuldigungen stotternd. Langsam stieg er die Stufen der dunklen Treppe hinab, verloren in düstere Gedanken, unter der Last neuer Sorgen, mit einer frischen Wunde, die ihn um so schmerzlicher traf, als sie die innerste Wurzel seiner Seele verletzt hatte. Da hörte er das Rascheln eines Frauenkleides, und an der untersten Stufe der Treppe erschien seine Frau.

„Kommen Sie, mein Herr", sagte sie und nahm seinen Arm mit einer Gebärde unbeschreiblicher Vertraulichkeit, wie sie nur Menschen kennen, die einmal sehr gut miteinander gewesen sind.

Diese Bewegung der Gräfin, der Tonfall ihrer Stimme, der wieder anmutig und fein geworden war, war das nicht genug, um dem Obersten die Ruhe wiederzugeben? Und so ließ er sich zu ihrem Wagen führen.

„Bitte, steigen Sie ein", sagte sie, als der Bediente den Wagentritt herabgelassen hatte.
„Wohin, gnädigste Gräfin?" fragte der Diener.
„Nach Groslay", sagte sie.
Die Pferde setzten sich in Gang und nun ging es quer durch ganz Paris.
„Mein Herr", sagte die Gräfin zum Obersten und der bloße Klang ihrer Stimme ließ Gefühle in ihm wach werden, die im Leben eines solchen Mannes sich nie wiederholen und um derentwillen man lebt.
In diesen Stunden bebt alles: Herz, Nerven, Fibern, Gesicht, Seele und Körper, alles zittert, alles ist in tiefster Bewegung. Das Leben, das Dasein scheint nicht mehr in unserem Innern beschlossen, es strömt aus uns reich hervor, sprudelt und sprüht, es teilt sich mit wie ein Hauch, es setzt sich fort, im Blick, in der Betonung eines Wortes, in jeder Gebärde, so wirkt unser Wollen bestimmend, zwingend auf den andern neben uns. Der alte Soldat zitterte wie Espenlaub bei dieser schrecklichen Anrede: mein Herr! Aber bedeutete dies denn nicht auch eine Bitte, einen Vorwurf, ein Hoffen und Verzweifeln, Fragen und Antworten? Man konnte alles mit diesem einen Worte sagen. Nur eine Komödiantin konnte so viel Überredung in ein paar Silben fassen, so viel Gefühle in einen Ton zwingen. Die Wahrheit, die Echtheit ist nicht so reich in ihrer Ausdrucksfähigkeit, sie kann nicht alles nach außen umsetzen, aber sie läßt ahnen, was im Innern vorgeht.
Der Oberst schämte sich tief seines Verdachtes, seiner Forderungen, seines Zornes gar, er senkte

seine Blicke, damit man seine Verwirrung nicht erkenne.

„Mein Herr,“ sagte die Gräfin nach einer kaum wahrnehmbaren Pause, „ich habe Sie wohl erkannt.“

„Rosine,“ sagte der alte Soldat, „dieses eine Wort schüttet den reinsten Balsam auf meine Wunden.“ Zwei dicke Tränen rollten heiß in die Hände seiner Frau. Er zog sie an sich, er wollte ihr seine väterliche Zärtlichkeit beweisen.

„Mein Herr,“ begann sie wieder, „haben Sie es denn nicht gefühlt, wie furchtbar schwer es mich ankam, in einer so falschen Situation mich vor einem Fremden zu zeigen? Muß ich schon über mich erröten, dann sei es wenigstens im Kreise der Meinen. Sollte dies Geheimnis nicht in unserm Herzen begraben bleiben? Sie werden mich entschuldigen, wenn ich dem Unglück eines Menschen gegenüber kalt blieb, an dessen Existenz ich zu glauben nicht vermochte. Ich habe Ihre Briefe erhalten,“ sagte sie mit Lebhaftigkeit, als auf den Zügen ihres Mannes seine Gedanken klar lesbar erschienen, „ich habe sie erhalten, aber erst dreizehn Monate nach der Schlacht bei Eylau. Sie waren offen, schmutzbedeckt, die Schrift kaum zu entziffern, und da dachte ich, da schon die Unterschrift Napoleons auf meinen neuen Heiratskontrakt gesetzt war, da habe ich gedacht – es treibe ein geschickter Betrüger sein Spiel mit mir. Um nicht die Ruhe des Grafen Ferraud zu stören und die Bande der Familie zu lockern, habe ich mich gegen einen falschen Chabert zu schützen versucht. War das nicht recht, sagen Sie!“

„Ja, das war recht“, sagte er. „Ich bin der dumme

Lümmel, ein Tier, eine plumpe Bestie, daß ich nicht besser die Folgen einer solchen Lage voraussehen konnte. Aber wohin führst du mich", rief er aus, als er die Barriere von la Chapelle vor sich erblickte.

„Auf mein Landgut, bei Groslay, im Tale von Montmorency. Dort wollen wir in Ruhe darüber nachdenken, welchen Weg wir aus unseren Schwierigkeiten suchen können. Ich kenne meine Pflichten. Ich gehöre Ihnen nach dem Gesetz, aber nicht de facto. Es kann Sie doch unmöglich reizen, daß wir das Gespött von ganz Paris werden. Lassen wir die Öffentlichkeit im Dunkeln über eine Lage, die mich ein wenig lächerlich macht, und setzen wir unsere Würde obenan. Sie lieben mich noch," sagte sie mit einem traurigen, milden Blick, „aber war ich nicht berechtigt, ein anderes Band zu knüpfen? In all diesen Widrigkeiten sagte mir eine innere Stimme, ich solle mich auf Ihre nur zu bekannte Güte verlassen. Und habe ich unrecht daran getan, Sie als einzigen und ersten Richter über mein Los entscheiden zu lassen? Seien Sie Richter und Partei in einem! Ich überliefere mich ganz dem Adel Ihres Charakters. Sie müssen mir in Ihrer Güte alles verzeihen, was aus unschuldigem Irren erwachsen ist. Ich will Ihnen nämlich gestehen, ich liebe den Grafen Ferraud. Ich glaubte, ich dürfte es. Ich erröte bei diesem Geständnis nicht vor Ihnen. Es mag Sie kränken, aber es macht Ihnen keine Schande. Tatsachen kann ich Ihnen nicht verbergen. Als das Schicksal mich zur Witwe machte, hatte ich Mutterfreuden noch nicht erfahren."

Der Oberst machte seiner Frau mit der Hand

Zeichen, um sie um Stillschweigen zu bitten, und so fuhren sie eine halbe Meile, ohne zu sprechen. Chabert glaubte die zwei Kinder vor sich zu sehen.
„Rosine?"
„Mein Herr?"
„Die Toten haben also unrecht, wiederzukommen?"
„Nein, nein, nein! Undankbar bin ich nicht. Glauben Sie das nicht! Nur vergessen Sie nicht, Sie finden eine liebende Gattin, eine Mutter, wo Sie eine Ehefrau verlassen haben. Es geht über meine Kraft, Sie zu lieben, aber ich weiß, wie unendlich viel ich Ihnen schulde, alle Neigung einer Tochter will ich Ihnen widmen."
„Rosine," sagte der Alte mit sanfter Stimme, „ich denke nicht mehr im Bösen an dich. Wir wollen alles vergessen", flüsterte er mit einem Lächeln, dessen mildes Licht immer der Abglanz einer großen Seele ist. „Ich bin nicht so brutal, um Zeichen von Liebe bei einer Frau zu suchen, die mich nicht mehr liebt."
Die Gräfin warf ihm einen Blick voll von Dankbarkeit zu, so dankbar, daß der arme Chabert am liebsten wieder in seine Totengrube zu Eylau zurückgekehrt wäre. Nur wenige Menschen haben die Kraft zu solchen Entschlüssen, aber sie werden durch das Gefühl belohnt, alles für die geliebte Person getan zu haben.
„Mein Freund," antwortete die Gräfin, „von all dem später und mit ruhigerem Sinn."
Das Gespräch nahm eine andere Wendung, denn es war unmöglich, noch weiter über das alte Thema zu sprechen. Obwohl die Ehegatten oft auf ihre bizarre Situation zurückkamen, sei's durch

Anspielungen, sei's ganz im Ernst, hatten sie doch eine reizende, kleine Reise, während deren sie einander gegenseitig die Ereignisse ihrer gemeinsamen Vergangenheit und auch die Zeiten des großen Kaisers ins Gedächtnis zurückriefen. Wie fein verstand es die Gräfin, den Erinnerungen etwas Holdes, Zartes zu geben, und um jedes Wort einen Mantel von Melancholie und Wehmut zu breiten, und dabei doch ihre Würde nie zu vergessen. Sie ließ die Liebe wieder aufleben, ohne die Begier zu wecken, ließ den ersten Gatten alle seelischen Schätze sehen, die sie inzwischen erworben, und ihr einziger Wunsch schien, ihn daran zu gewöhnen, er möge sein Glück darin suchen, in ihr die geliebte und liebende Tochter zu sehen. Der Graf hatte eine Gräfin des Kaiserreichs verlassen, er fand eine Gräfin der Restaurationszeit in ihr wieder. Endlich kamen die Gatten quer durchs Gelände auf einen schmaleren Weg, und dann zu einem mächtigen Park, tief in dem kleinen Tal, das die Hügel von Margency von dem hübschen Städtchen Groslay trennt. Die Gräfin besaß hier ein wundervolles Haus, in dem der Graf, als er ankam, alle Vorbereitungen für sich und für sie getroffen fand. Das Unglück ist ein Talisman, der die natürlichen Kräfte unserer Seele verstärkt. Er erhöht die Bosheit und das Übelwollen bei den Bösen, bei den Guten aber steigert er den Edelgehalt der reinen Herzen. Das schlimme Geschick hatte den Obersten noch mehr hilfsbereit und gütig gemacht, als ers gewesen, er konnte daher tiefer in die Falten einer leidenden Frauenseele dringen, als sonst die Männer meist. Und doch, so wenig mißtrauisch er war, konnte er

einen Gedanken nicht unterdrücken: „Sie waren also sicher, mich hierher mitzubekommen?"
„Ja," sagte sie, „wenn es der Oberst Chabert war, der mir als Kläger gegenüberstand."
Sie wußte dieser Antwort allen Schein der Wahrheit zu geben, und so verscheuchte sie das leise Mißtrauen, dessen sich der Oberst jetzt sogar schämte. Während der ersten drei Tage war die Gräfin bezaubernd und anbetungswert gegen ihren ersten Mann. Zarte Vorsorge, immerwährende Freundlichkeit waren ihre Mittel, alle Spuren von Kummer auszulöschen, so wollte sie die Verzeihung für alles Schwere erbitten, das, nach ihrem Geständnis, ohne böse Absicht, durch sie über ihn gekommen war. Sie entfaltete für ihn, ohne den Schleier von Melancholie zu heben, der alles umgab, unbeschreiblichen Reiz, dem er, wie sie ihn kannte, nicht zu widerstehen vermochte. Denn wir können alle in gewissen Dingen nicht widerstehen, es gibt eine Art Herzenstakt oder geistige Grazie, gegen die wir machtlos sind. Er mußte Anteil an ihrem Geschick nehmen, sie wollte ihn ganz weich, ganz ihren Wünschen gefügig, um rücksichtslos über ihn herrschen, mit ihm schalten und walten zu können. Sie war zu allem entschlossen, ihr Ziel mußte sie erreichen, sie wußte noch nicht, was sie aus diesem Menschen machen wollte, aber aus der Gesellschaft sollte und mußte er verschwinden und ausgelöscht werden für immer. Am Abend des dritten Tags fühlte sie, daß sie, aller Anstrengung ungeachtet, nicht die Unruhe verbergen konnte, die sie diese fragwürdigen Schleichwege kosteten. Sie wollte sich einen Augenblick lang erholen und stieg zu ihren

Zimmern herauf, setzte sich an den Schreibtisch. Jetzt warf sie die Maske der Ruhe und der Freundlichkeit ab, die sie vor Chabert trug, nun glich sie einer Komödiantin, die todmüde nach einem schweren fünften Akt sich in ihre Garderobe schleppt, wie leblos niedersinkt. Noch lebt sie im Publikum unter einem Bilde weiter, das sie selbst nicht mehr ist. Schnell beendete sie ein Schreiben an Delbecq, worin sie ihn aufforderte, in ihrem Namen zu Derville zu gehen, sich alle Akten, die den Oberst Chabert betrafen, zur Kopierung vorlegen zu lassen und dann sofort nach Groslay zu kommen. Kaum hatte sie den Brief beendigt, als sie auf dem Korridor den Schritt des Obersten hörte, welcher, unruhig geworden, sie aufsuchte.

„Mein Gott," sagte sie laut, „ich möchte sterben. Wer kann so weiterleben . . ."

„Aber nein, was haben Sie?" fragte der gute Mann.

„Ach nichts."

Sie stand auf, ließ den Obersten allein und ging herab, um ungestört mit ihrer Kammerfrau sprechen zu können. Sie schickte sie nach Paris und gab ihr den Brief an Delbecq mit, den sie eben geschrieben und der nach der Lektüre wieder abzuliefern war. Dann setzte sie sich auf eine Bank, wo sie der Oberst sehen konnte. Und in der Tat suchte er sie bereits, eilte herbei und setzte sich zu ihr.

„Rosine," sagte er, „was haben Sie?"

Sie antwortete nicht. Der Abend war wundervoll ruhig. Er strömte eine himmlische Ruhe aus, die Luft der Juninacht war süß und rein, tief das Schweigen ringsum, ferne konnte man im Park die Stimmen von Kindern hören, eine zarte Melodie zu der überirdischen Schönheit der Landschaft.

„Sie antworten nicht?“ fragte der Oberst seine Frau.

„Mein Gatte...,“ sagte die Gräfin, dann konnte sie nicht weiter, machte eine Pause und fuhr errötend fort, „wie soll ich ihn denn nennen, den Grafen Ferraud?“

„Nenne ihn ruhig deinen Gatten, mein armes Kind,“ sagte er in seiner ganzen Güte, „ist er doch der Vater deiner Kinder.“

„Nun raten Sie mir,“ begann sie von neuem, „wenn er mich fragt, was ich hier getan, wenn er erfährt, daß ich mich mit einem Unbekannten eingeschlossen habe, was ihm dann sagen? Hören Sie, mein Herr,“ wiederholte sie mit ihrer ganzen Würde, „entscheiden Sie mein Los, ich bin zu allem entschlossen.“

„Meine Liebe,“ sagte der Oberst und ergriff die Hände seiner Frau, „ich habe mich entschieden, mich ganz Ihrem Glück zu opfern.“

„Aber das ist unmöglich“, sagte sie mit einer krampfhaften Bewegung. „Denken Sie doch daran, daß Sie durch eine authentische Unterschrift auf sich selbst verzichten müßten...“

„Wie das?“ sagte der Oberst, „genügt Ihnen nicht mein Wort?“

Die Bezeichnung „authentisch“ hatte im Herzen des Alten, fast gegen seinen Willen, Mißtrauen erweckt. Er blickte seine Frau ernst an, und sie errötete unter diesem Blick. Sie mußte die Augen senken. Er hatte Angst, er müsse sie verachten. Seine Frau fürchtete, sie hätte sein Gefühl naiver

Scham verletzt, die erprobte Ehrlichkeit eines Mannes, dessen edlen Charakter, dessen primitive Tugend sie kannte. Zwar hatten nun diese Gedanken leichte Wolken in den Seelen zusammengezogen, doch bald verbreitete sich wieder das Gefühl der Eintracht zwischen ihnen. Und zwar so. Ein Kinderruf ertönte in der Ferne.

„Julius, lasse deine Schwester in Frieden", rief die Gräfin.

„Wie? Ihre Kinder sind hier?"

„Ja, aber ich habe ihnen verboten, Sie zu stören."

Der alte Soldat wußte das hohe Maß von Zartgefühl und Takt zu würdigen, das die Gräfin in ihr Benehmen gelegt, und nahm ihre Hand, um sie zu küssen.

„Lassen Sie doch die Kinder kommen", sagte er. Das kleine Mädchen eilte herbei, um sich über den Bruder zu beklagen.

„Mama!"

„Mama!"

„Er hat..."

„Sie hat..."

Die Kinderhände streckten sich gegen die Mutter aus, und die hohen Stimmen mischten sich miteinander. Wie schön war diese Szene anzusehen!

„Arme Kinder," rief die Gräfin und konnte ihren Tränen nicht mehr Halt gebieten, „ich muß euch verlassen. Wem wird das Gericht sie zusprechen? Eine Mutter wird sich nie auf einen Vergleich einlassen. Ich will sie haben, ich, ich allein."

„Sind Sie es, der unser Mütterchen weinen macht?" sagte Julius und warf zornige Blicke auf den Obersten.

„Ruhe, Julius", sagte die Mutter gebieterisch.

Die Kinder blieben still und sahen ihre Mutter und den Unbekannten mit einer Neugierde an, die Worte nicht schildern können.
„Oh, oh," sagte sie, „wenn man mich vom Grafen Ferraud scheidet, dann lasse man mir nur meine Kinder, und ich will zu allem ja sagen."
Das war das entscheidende Wort, das den ersehnten Effekt machte.
„Ja", rief der Oberst, als beende er einen Satz, den er innerlich längst zu Ende gedacht „unter die Erde! Unter die Erde muß ich. Ich habe es mir schon einmal gesagt."
„Kann ich ein solches Opfer annehmen?" antwortete die Gräfin. „Haben früher Menschen ihr Leben darangegeben, um die Ehre ihrer Geliebten zu retten, so haben sie es doch nur ein einziges Mal getan. Sie aber würden Tag für Tag Ihr Leben dahingeben. Nein, nein, das ist unmöglich. Würde es nur um Ihre Existenz gehen, dann wäre es nicht so schlimm. Aber unterzeichnen: ‚Ich bin nicht Chabert', anerkennen: ‚ich bin ein Betrüger', die Ehre opfern, jede Stunde des Tages eine Lüge sagen, das geht über Menschenkraft. Denken Sie es doch aus! Nein. Hätte ich nicht meine armen Kinder, ich wäre mit Ihnen längst geflohen ans andere Ende der Welt."
„Aber," sagte Chabert, „kann ich denn nicht hier leben, in Ihrem kleinen Pavillon, wie einer Ihrer Verwandten. Ich bin verbraucht wie eine ausgeschossene Kanone, was brauche ich mehr als ein wenig Tabak und den Constitutionel?"
Die Gräfin verlor sich in Tränen. Und nun begann zwischen ihr und dem Obersten ein Wettstreit in Edelmut, wobei der Oberst Sieger blieb. Als er nun

eines Abends diese Mutter mitten unter ihren Kindern sah, konnte er dem rührenden Zauber dieses Familienbildes nicht widerstehen, hier auf dem Lande, im Dämmer, im Schweigen wirkte der Frieden besonders stark. Er faßte den Entschluß, unter den Toten zu bleiben, er scheute nicht mehr ein „authentisches“ Protokoll, er fragte nur, was soll ich tun, um auf immer das Glück der kleinen Familie sicher zu gründen.
„Tun Sie, was Sie wollen,“ antwortete die Gräfin, „ich erkläre Ihnen, ich will mich nicht mehr in diese Angelegenheit einmischen. Ich darf es nicht.“
Seit einigen Tagen war Delbecq da. Er war wörtlich den Befehlen der Gräfin gefolgt, und so hatte er völlig sich das Vertrauen des alten Soldaten zu erwerben gewußt. Und so machte sich denn am nächsten Morgen zu früher Stunde der Oberst mit dem abgetanen Anwalt auf den Weg nach Saint Leu-Taverny, wo Delbecq bei dem Notar hatte einen Schriftsatz ausfertigen lassen. Dieses Protokoll war aber in derart wüsten Ausdrücken abgefaßt, daß der Oberst die Kanzlei schroff verließ, nachdem er das Schriftstück überflogen.
„Tausend Donner! Da wäre ich ja ein Lump! Bin ich denn ein Fälscher?“ schrie er.
„Mein Herr,“ sagte Delbecq, „ich rate Ihnen, sich nicht zu übereilen. Ich würde an Ihrer Stelle eine Rente von mindestens dreißigtausend Franken aus dem Prozeß herausschinden, denn die Gräfin würde sie zahlen.“
Aber der Ehrenmann blitzte den ausgedienten Schuft nur mit einem zornigen Blick an, dann eilte er fort, die Brust von tausend widerstrebenden Empfindungen zerrissen. Mißtrauen, Wut,

Mitleid und Groll gingen durcheinander, bis er sich etwas beruhigte. Er trat durch eine Mauerlücke in den Park von Groslay, ging langsamen Schrittes weiter, um sich auszuruhen und endlich alles ungestört durchdenken zu können, er suchte ein kleines Zimmer auf, das oben in einem Gartenpavillon gelegen war, mit der Aussicht auf den Weg nach Saint-Leu.

Die Allee war mit feinem gelben Sande hoch bestreut, und die Gräfin, die sich zufällig in dem Gartenpavillon aufhielt, hörte nicht den Obersten kommen. Sie war zu gespannt auf den Ausgang der Unternehmung, um auch nur die mindeste Aufmerksamkeit den sachten Schritten ihres Mannes auf dem Sande zu widmen. Er aber bemerkte von seiner Seite die Gräfin erst dann, als er fast vor ihr stand.

„Nun, mein lieber Delbecq, hat er unterzeichnet?", fragte die Gräfin ihren Intendanten, den sie jenseits der Hecke allein daherkommen sah.

„Nein, Frau Gräfin. Ich weiß nicht, was in den Kerl gefahren ist. Der alte Klepper ist in die Höhe gegangen."

„Wir müssen ihn also ins Narrenhaus sperren," sagte sie, „wir lassen ihn nicht los, da wir ihn einmal haben."

Der Oberst fand plötzlich seine ganze Jugendkraft wieder, er setzte in einem kühnen Sprung über die Hecke, stand in Blitzesschnelle vor dem Intendanten und knallte ihm ein so saftiges Paar Ohrfeigen auf die Backen, wie sie nur je ein Sachwalter eingesteckt hat.

„Schreibe es dir hinter die Ohren, daß die alten Klepper noch ausschlagen können!" sagte er.

Als der erste Zorn verraucht war, fühlte der Oberst nicht mehr die Kraft, über die Hecke zurückzuspringen. Er hatte die Wahrheit in ihrer ganzen abstoßenden Nacktheit gesehen. Das Wort der Gräfin und die Antwort des Intendanten hatten das Komplott entschleiert, dem er zum Opfer hatte fallen sollen. Alle Liebe und Freundschaft war nur der Köder gewesen, sich daran zu fangen. Dieser Vorfall wirkte wie ein Tropfen des schärfsten Giftes, jetzt kamen die schweren seelischen und körperlichen Leiden des Obersten wieder.

Er kehrte auf Umwegen durch das Gartentor zu dem Kiosk zurück, er kam nur mühselig weiter, ein gebrochener Mann. Es gab keinen Frieden für ihn, keine Atempause, keine Gnade. Er mußte, und zwar ohne Zögern, mit dieser Frau einen ihm von Herzensgrund verhaßten Kampf aufnehmen, von dem ihm Derville gesprochen, er mußte sich in die Ränke und Schliche der Gerichtsschikane einlassen, sich von Galle nähren, jeden Morgen seinen Kelch Bitternis trinken. Und dann, welch schrecklicher Gedanke, woher das Geld nehmen, das man für die ersten Instanzen brauchte? Das Leben ekelte ihn an, hätte er Pistolen gehabt, so hätte er sich den Schädel zertrümmert. Dann verfiel er wieder in das Schwanken und Zaudern, das seit der Unterredung mit Derville auf dem Hofe des Viehzüchters seine moralische Kraft gebrochen hatte. Endlich kam er vor dem Kiosk an, stieg in das obere Zimmer empor, aus dessen Fenstern man einen so zauberhaften Ausblick auf die schöne Landschaft hatte. Dort traf er seine Frau.

Die Gräfin sah mit vollendeter Ruhe auf die

Landschaft hinaus, die Starrheit ihres Gesichtes war nicht zu durchdringen. Solche eiserne Züge haben alle Frauen, die zum Letzten entschlossen sind. Sie trocknete die Augen, als hätte sie geweint, sie spielte wie verträumt mit einem langen rosenfarbigen Bande ihres Gürtels. Und doch, trotz ihrer scheinbaren Sicherheit, konnte sie ein Zittern nicht unterdrücken, als sie ihrem verehrungswürdigen Wohltäter unter die Augen kam, der aufrecht, mit gekreuzten Armen, bleich, mit düsterer Stirn vor ihr stand.
„Gnädige Frau,“ sagte er und blickte sie so scharf an, daß sie erröten mußte, „gnädige Frau, ich verdamme Sie nicht. Ich verachte Sie. Jetzt danke ich dem Zufall, der uns auseinandergebracht hat. Ich spüre keine Rachsucht in mir, ich liebe Sie auch nicht mehr. Sie können nun ruhig leben, auf mein Wort und meine Ehre bauen, dies ist sicherer als alles Gekritzel aller Notare von Paris. Ich will von Ihnen nichts. Ich werde nie den Namen zurückverlangen, den ich berühmt gemacht habe. Ich bin nur ein armer Teufel jetzt, genannt Hyacinth, er will nichts als sein Plätzchen an der Sonne. Adieu...“
Die Gräfin warf sich ihm zu Füßen, wollte ihn an den Händen zurückhalten, aber er stieß sie mit Schauder zurück und sagte: „Rühren Sie mich nicht an!“
Wer könnte die Haltung der Gräfin beschreiben. als sie die Schritte ihres Mannes verklingen hörte. Aber dann sah sie, eisklar, wie alle starken Verbrecher oder wie alle unzähmbaren Egoisten der hohen Gesellschaft, sie sah, daß sie von heute an den Frieden ihres Hauses auf dem Wort eines ehr-

lichen Offiziers aufbauen konnte und auf seiner Verachtung.

Der Oberst Chabert verschwand. Der Viehzüchter sagte Bankrott an und wurde Droschkenkutscher. Vielleicht betrieb der Oberst zu dieser Zeit ein ähnliches Gewerbe. Vielleicht auch stürzte er, einem fallenden Stein im Abgrund vergleichbar, mit unaufhaltsamer Schnelligkeit in die Tiefe, um endlich unter dem elenden Moder und Lumpenflickwerk zu enden, das auf den Straßen von Paris wuchert.

☆

SECHS MONATE NACH DIESEN EREIGNISSEN dachte Derville, der weder vom Grafen noch von der Gräfin etwas erfahren, es sei doch sicherlich ein Vergleich geschlossen worden, und man hätte die Verträge nur aus schlechtem Willen bei einem andern Anwalt ausfertigen lassen. Eines Morgens rechnete er die an den Oberst vorgeschossenen Beträge zusammen, fügte die eigenen Spesen hinzu und bat die Gräfin Ferraud, beim Grafen Chabert den Betrag zu reklamieren, denn er nahm an, sie wüßte, wo sich ihr erster Mann aufhielt.

Schon am nächsten Tage richtete der Intendant des Grafen Ferraud, der kürzlich zum Präsidenten des Tribunals erster Instanz in einer großen Stadt Frankreichs war ernannt worden, folgenden unverschämten Brief an Derville:

„Mein Herr!

Die Frau Gräfin Ferraud beauftragt mich, Ihnen Mitteilung zu machen, daß Ihr Klient durchaus das in ihn gesetzte Vertrauen mißbraucht hat, und daß selbes Individuum, das unter dem Namen des Obersten Chabert auftrat, zugegeben hat, sich eines falschen Namens und Titels rechtswidrig bedient zu haben.

Genehmigen Sie usw. Delbecq."

„Man trifft doch, auf meine Ehre, Menschen, die verboten dumm sind. Sie heißen Menschen, aber sie sind es nicht. Man sei also ein Mensch und edelmütig, großzügig, Menschenfreund und Anwalt... und kann sich begraben lassen mit alledem. Die Geschichte hat mich zweitausend Franken gekostet."

Einige Zeit nach Empfang dieses Briefes suchte Derville im Justizpalast einen Advokaten auf, um mit ihm zu sprechen. Dieser Anwalt plädierte beim Kriminalgericht. Der Zufall wollte es, daß Derville bei der sechsten Kammer eintrat, und zwar gerade in dem Augenblick, da der Vorsitzende einen Mann namens Hyacinth wegen Vagabondage zu zwei Monaten Gefängnis verurteilte, mit der sofortigen Verfügung, er sei nach Abbüßung der Strafe ins Depot zu Saint Denis abzuführen, was nach der Rechtsprechung der Polizeipräfekten ständiges Gefängnis bedeutete. Bei dem Namen Hyacinth wurde Derville auf den Angeklagten zwischen den zwei Gendarmen aufmerksam und erkannte in der Person des Mannes auf der Anklagebank den angeblichen Oberst Chabert. Der alte Soldat trug ein ruhiges, unbewegliches, fast verträumtes Aussehen zur Schau. Trotz seiner Lumpen, trotz des Elends, das nur zu deutlich auf seinen Zügen geschrieben stand, verriet er noch die Spuren von Stolz und Adel. Sein Blick hatte den Ausdruck eines Stoikers, den ein Rich-

ter nicht hätte verkennen dürfen. Aber, fällt einmal ein Individuum in die Hände der Justiz, so ist es kein Mensch mehr, nur eine anonyme Person, eine Tatbestandsfrage, eine Rechtsfrage, so wie er in den Augen eines Statistikers zu einer bloßen Ziffer gesunken ist.
Als der alte Soldat in die Kanzlei zurückgeführt wurde, um dann später mit einer Horde Vagabunden, die man gerade aburteilte, abtransportiert zu werden, machte Derville von seinem Rechte Gebrauch, als Anwalt überall im Justizpalast frei ein- und auszugehen, er begleitete ihn daher nach der Kanzlei und sah sich ihn aus der Nähe an, ebenso die sonderbaren Bettlergestalten, unter denen er sich befand. Das Vorzimmer der Kanzlei bot in diesem Augenblick ein Schauspiel, das leider weder die Gesetzgeber, noch die Menschenfreunde, noch die Dichter genügend kennen. Wie alle Brutstätten der Schikane, so ist auch dieses Vorzimmer ein dunkler und übelriechender Raum, an dessen Wänden sich schwarz gewordene Holzbänke hinziehen; sie sind abgenutzt durch das ewige Kommen und Gehen der armen Teufel, die sich hier treffen, um jeder Spezies menschlichen Elends ein Stelldichein zu geben, bei dem keiner fehlen mag. Ein Dichter würde sagen, daß das Licht sich schämt, in diesen widerwärtigen Winkel zu leuchten, durch den tausend unselige Menschen hindurchgegangen sind. Und so gibt es nicht ein Fleckchen hier, wo nicht ein geplantes oder begonnenes Verbrechen seinen Platz gefunden hat, keine Stelle, wo nicht ein Mensch, durch die erste, kleine Schramme der gerichtlichen Strafe angeritzt, eine Laufbahn be-

gonnen, die unweigerlich zum Schafott oder zum Selbstmord führen mußte. Was in Paris unter die Räder gerät, hier brandet es gegen die schimmligen Mauern an, und aus tausend unsichtbaren Lettern müßte ein Freund des Menschengeschlechtes die Motive von ebensoviel Selbstmorden entziffern, über welche heuchlerische Schriftsteller falsche Klage führen, ohne nur den kleinsten Schritt dagegen tun zu wollen. Was sich auf diesen Mauern geschrieben zeigt, ist das Vorwort zu den Dramen des Richtplatzes und zu den Schauern der Morgue.

Jetzt saß der Oberst Chabert unter diesen willensharten Missetätern, die sich mit der schrecklichen Livree des Jammers eingekleidet hatten. Bald schwiegen sie, bald unterhielten sie sich in gedämpftem Ton, denn drei Gendarmen im Dienst gingen hin und wieder, und ihre langen Säbel klirrten über das Pflaster des Korridors.

„Nun, erkennen Sie mich?" sagte Derville zu dem alten Soldaten und stellte sich hinter ihn.

„Gewiß, mein Herr", antwortete Chabert und stand auf.

„Nun, wenn Sie ein Ehrenmann sind, wie können Sie in meiner Schuld bleiben?"

Der alte Krieger errötete wie ein junges Mädchen, das die Mutter wegen heimlicher Zusammenkünfte aushorcht.

„Wie? Frau Ferraud hat Sie nicht bezahlt?" schrie er laut.

„Bezahlt?" sagte Derville. „Sie hat mir geschrieben, Sie seien ein Betrüger."

Der Oberst hob seine Augen. Wunderbar war diese Geste des Erschreckens und der Verwünschung, als wolle er den Himmel anrufen zum Zeugen dieses neuen Betrugs.

„Mein Herr," sagte er und dämpfte mit Gewalt seine Stimme herab, „verlangen Sie von den Gendarmen die Gefälligkeit, daß ich in die Kanzlei eintreten darf, und ich will Ihnen ein Mandat unterschreiben, auf das Sie sicherlich bezahlt werden."

Derville gab dem Unteroffizier einen Wink, und es wurde ihm erlaubt, seinen Klienten in die Kanzlei zu führen, wo Hyacinth ein paar Zeilen an die Gräfin Ferraud schrieb.

„Schicken Sie diesen Brief an sie, und Sie sollen alles zurückerhalten, Vorschüsse und Spesen. Glauben Sie mir, mein Herr, wenn ich Ihnen meine Dankbarkeit noch nicht bezeugt habe, wie ich sie Ihnen für Ihre guten Dienste schulde, die Dankbarkeit ist um nichts weniger da", und er legte seine Hand auf die Brust. „Ja, sie ist hier, voll und ganz. Aber was vermögen die Unglücklichen. Sie lieben, das ist alles."

„Wie kann das sein," fragte Derville, „haben Sie denn keine Rente mit ihr ausgemacht?"

„Ach, sprechen Sie mir nicht davon!" antwortete der alte Militär. „Meinen Widerwillen gegen die Äußerlichkeiten des Lebens können Sie nicht ermessen. Die andern mögen diese Dinge interessieren, ich aber habe eine Krankheit acquiriert, sie heißt: Ekel vor allem, was wie ein Mensch aussieht. Denke ich an Napoleon auf Sankt Helena, so ist mir alles hier unten gleich. Ich kann nicht mehr dienen, das ist mein Unglück. Schließlich," setzte er hinzu mit einer kindlichen Gebärde, „besser ist's, sich in seinen Gefühlen Luxus zu erlauben als in seinen Kleidern. Ich fürchte keines Menschen Tadel mehr."

Der Oberst setzte sich wieder auf seine Bank. Derville ging. Als er in sein Bureau kam, sandte er Godeschal (damals war er zweiter Schreiber) zur Gräfin Ferraud, die, nachdem sie das Billett gelesen, unverzüglich den geschuldeten Betrag an Derville auszahlen ließ.

Gegen Ende des Monats Juni des Jahres 1840 kam einmal Godeschal (zur Zeit Anwalt) nach Ris, und zwar in Gesellschaft Dervilles, seines Vorgängers. Als sie an die Straße kamen, die von der Chaussee nach Bicêtre, dem Irrenhaus von Paris, abzweigt, bemerkten sie im Schatten einer Esche einen armen, alten, ganz verkommenen Mann, einen aus der Zahl derer, die das große Los der Bettler gezogen haben und in Bicêtre wohnen, während die armen Frauen in der Salpetrière ihr Unterkommen gefunden haben. Dieser Mann, einer der zweitausend Insassen des Altersasyles, saß auf einem Meilenstein, und sein ganzer Verstand schien einzig darauf konzentriert, eine unter den Invaliden wohlbekannte Kunst zu üben, nämlich den Tabak im Schnupftuche an der Sonne zu trocknen, vielleicht um die Wäschereiunkosten zu sparen. Bekleidet war der Greis mit der fuchsigen Gewandung, die das Hospiz seinen Insassen gibt als schreckliche Livree der Armut.

„Sehen Sie doch, Derville," sagte Godeschal zu seinem Reisebegleiter, „sehen Sie doch diesen Alten da. Ähnelt er nicht den Spukgestalten, wie sie uns aus deutschen Büchern kommen? Und doch lebt so was und ist schließlich glücklicher als wir."

Derville nahm sein Lorgnon, betrachtete den

Armen, ließ sich einen Laut der Überraschung entschlüpfen und sagte: „Mein Lieber, dieser Alte ist ein ganzes Heldengedicht oder, wie die Romantiker es nennen, ein Drama. Bist du je der Gräfin Ferraud begegnet?“

„Gewiß. Sie ist eine Frau von Geist und sehr angenehm, nur gar zu sehr Frömmlerin.“

„Dieser alte Armenhäusler ist ihr legitimer Gatte, Graf Chabert, ehemaliger Oberst, und zweifelsohne war sie es, die ihn hergebracht hat. Wenn er im Armenhause wohnt, statt in einem Palais, so ist es einzig und allein deshalb, weil er die hübsche Gräfin daran erinnert hat, daß er sie einmal, wie einen Fiaker, an öffentlichem Ort aufgenommen hat. Noch erinnere ich mich des Furienblicks, den sie ihm zugeschleudert hat.“

Da dieser Anfang Godeschals Neugierde erregt hatte, erzählte ihm Derville den ganzen Roman. Zwei Tage nachher, Montag morgens, kehrten die zwei Freunde wieder nach Paris zurück. Am Wege warfen sie einen Blick nach Bicêtre, und Derville schlug vor, den Obersten aufzusuchen. In der Mitte des Weges trafen die Anwälte den Obersten, auf einem Baumstumpf sitzend. Er hielt einen Stock in der Hand und zeichnete Runen in den Sand. Als sie ihn genau ansahen, konnte es ihnen nicht entgehen, daß er anderswo als in der Anstalt sein Frühstück genommen.

„Guten Tag, Oberst Chabert!“ sagte Derville.

„Nichts mehr von Chabert, kein Chabert mehr! heiße Hyacinth“, antwortete der Greis. „Bin kein Mensch mehr, nur die Numero 164, Saal 7.“ Dabei sah er Derville mit ängstlichem Ausdruck an, mit der Furcht eines hilflosen Kindes oder Greises. „Sie wollen den zum Tod verurteilten Mann sehen?“ sagte er nach einer Pause. „Er ist nicht verheiratet. Er ist glücklich.“

„Armer Kerl“, sagte Godeschal. „Wollen Sie etwas Geld für Tabak?“

Mit der ganzen schelmischen Naivität eines Pariser Gassenjungen streckte der Oberst eifrig seine Hände den zwei Unbekannten hin. Sie gaben ihm jeder ein Zwanzigfrankenstück, er dankte mit stumpfem Blick und murmelte: „Feine Kerle!“ Er spielte Soldat, machte Griffe an einem imaginären Gewehr, und zum Schluß schrie er lachend: „Feuer aus zwei Stücken! Los! Hoch Napoleon!“ Und mit seinem Stock zog er eine wundervolle Arabeske in die Luft.

„Die Art seiner Verwundung hat ihn zum Kind gemacht“, meinte Derville.

„Der – ein Kind?“ rief ein alter Armenhäusler, der zugesehen hatte. „Er hat seine Tage, an denen man ihm besser nicht auf die Hühneraugen tritt. Er ist ein alter Fuchs, hat Verstand und Phantasie für tausend. Aber heute, was wollen Sie, hat er seinen blauen Montag. Sehen Sie, mein werter Herr, im Jahre 1820 war er schon hier. Nun, da kam ein preußischer Offizier, dessen Kalesche den Berg von Villejuif hinauffuhr, zu Fuß hier vorbei. Dieser Offizier plauderte im Gehen mit einem andern, einem Russen oder einem ähnlichen Monstrum derselben Art, und als sie nun unsern Alten erblickten, sagte der Preuße und wollte einen Witz machen: ‚Sehen Sie einen alten Reitersknecht, der schon die Schlacht bei Roßbach mitgemacht hat.‘ – ‚Ich war zu jung, um damals dabei zu sein,‘ antwortet er, ‚aber ich bin alt genug gewesen, um bei Jena meine Pflicht zu tun.' Da hat der Preuße sich rapid fortgemacht und hat kein Wörtchen mehr verlauten lassen."

„Welch ein Geschick!" rief Derville. „Aufgezogen im Hospiz der Findelkinder, wird er im Hospiz der armen Greise sterben, im Altersasyl. In der Zeit, die dazwischen liegt, hat er unter Napoleon Europa und Ägypten erobert."

Wissen Sie, mein Lieber," begann er nach einer Pause, „daß es in unserer Gesellschaft drei Arten Menschen gibt, die ihren Nebenmenschen nicht achten können. Priester, Ärzte und Männer des Rechts. Sie tragen schwarze Kleider, vielleicht tragen sie Trauer um alles Gute, um allen Glauben. Der Unglücklichste von ihnen ist der Anwalt. Kommt der Mensch zum Priester, dann treibt ihn sein Gewissen, der Glauben. Das macht ihn groß, das tröstet die Seele des Mittlers, dessen Werk ohne Freude unmöglich ist. Er macht die Menschen rein, er hilft und macht Böse gut. Aber wir Anwälte, wir sehen die gleichen schlechten Triebe in immer wiederkehrendem Wirbel. Nichts kann sie bessern, und unsere Bureaus sind Brutstätten des seelischen Unrats, die nichts zu reinigen vermag.

Was für Dinge habe ich in meinem Berufe gesehen!

Ich sah einen Vater in einem elenden Loch zugrunde gehen, ohne Geld noch Gut, verlassen von seinen Töchtern, denen er vierzigtausend Franken Rente geschenkt hatte. Ich sah Testamente verbrannt. Ich sah Mütter ihre eigenen Kinder berauben, Gatten Frauen bestehlen, Weiber, die ihre Männer töteten, unter die Erde brachten, indem sie sich der Liebe als Mittel bedienten, sie irrsinnig zu machen oder zur Verblödung zu bringen. Und das alles, um mit dem Herzensfreund in Frieden leben zu können. Ich habe gesehen, wie Frauen den Kindern der ersten Ehe Gewohnheiten böser Art beibrachten, an denen sie sterben sollten, damit die Kinder der Herzensehe reich würden. Ich kann nicht sagen, was alles ich sah, denn es gibt Verbrechen, gegen die jedes Gesetz ohnmächtig ist. Alle Schrecklichkeiten, die ein phantasievoller Dichter erfinden könnte, sind nichts gegen die Wahrheit.

Sie haben es noch vor sich, Bekanntschaft mit diesen fürchterlichen Dingen zu machen.

Ich will aufs Land, dort will ich mit meiner Frau leben.

Paris ist ein Ort des Schreckens."

☆

☆

DOKTOR BIANCHON, EIN ARZT, DEM DIE Medizin eine der geistreichsten physiologischen Theorien zu danken hat und der schon als ganz junger Mensch als hohe Leuchte der Ecole de Paris galt, (sie ist bekanntlich Mittelpunkt der medizinischen Welt Europas), hatte lange Zeit Chirurgie getrieben, bevor er zur Medizin der inneren Krankheiten überging. Denn seine ersten Schritte auf wissenschaftlichem Gebiete wurden geleitet von dem großen französischen Chirurgen Desplein, einem Mann, der zu seiner Zeit strahlend wie ein Meteor an dem Himmel der Wissenschaft aufgegangen war. Selbst Despleins Feinde müssen zugeben, er hätte seine Methode mit ins Grab genommen, deren Geheimnis keinem sonst zugänglich gewesen. Wie alle Genies, starb er ohne Erben. Er trug alles in sich und so begrub er alles mit sich. Der Ruhm der großen Chirurgen gleicht dem der großen Tragöden, sie sind nur während ihres wirklichen Daseins große Menschen und ruhmeswert, ihr Genius wandert mit ihnen in die Grube und niemand weiß nachher, was sie waren, niemand kann es lernen. Schauspieler und Chirurgen, große Sänger, auch Virtuosen, durch deren Kunst die Macht der Musik erst zur eigentlichen blühenden Entfaltung kommt, sie bleiben alle Heroen des Augenblicks. Desplein ist der beste Beweis für die Gleichartigkeit der Geschicke solcher Männer, deren hoher Geist wolkengleich kommt und schwindet.

Sein Name war gestern im vollen Glanz der Berühmtheit. Heute ist er fast vergessen; bleiben wird er nur in den Grenzen seines engeren Faches, und sonst nirgends. Aber bedarf es nicht der unerhörtesten Taten und Ereignisse, wenn der Name eines Gelehrten aus dem Buch seiner Wissenschaft in die großen Annalen des menschlichen Geistes übergehen soll? Und hatte Desplein das Weltumfassende des Wissens, das aus einem einzelnen den Wortführer seiner Zeit macht? Wohl war ihm eine unbeschreibliche Schärfe der Beobachtung eigen. Er durchdrang das Wesen des Kranken oder das Wesen des Leidens durch Einfühlung, die ihm, angeboren oder erworben, immer zur Verfügung stand. Mittels dieser Kraft konnte er nicht nur jede Diagnose mit allen Feinheiten stellen, sondern er hatte auch im höchsten Grade die Fähigkeit, mit schärfster Präzision den Augenblick anzugeben, in dem man operieren mußte, bis auf Stunde und Minute, denn er ließ weder die geheimen Eigenheiten des betreffenden Patienten, noch die dunkleren Strömungen der Natur und der Atmosphäre außer acht. Und wenn ein Mensch so tief im Einklang mit der Natur arbeiten konnte, mußte er das unzerreißbare Band zwischen den lebenden Wesen und den unbelebten Stoffen der Luft aus dem Grund studiert haben, das gegenseitige Verhältnis der Elemente und der Organe klar vor sich sehen wie ein aufgeschlagnes Buch, nur so konnte er seine wichtigen Schlüsse mit untrüglicher Sicherheit ziehen.

War dies nun der geistige Prozeß der Ableitung und der Analogie, wie sie der geniale Cuvier geübt? Wie immer es sei, dieser Mann besaß das

Geheimnis, den Schlüssel des Fleisches, von ihm ließ er sich mit absoluter Sicherheit in die Vergangenheit leiten und blieb seiner Hilfe gewiß für die Zukunft. Auf diese Mittel stützte er sich im gegenwärtigen Augenblick. Hatte er aber all sein Wissen in seiner Persönlichkeit beschlossen wie Hippokrates, Galienus, Aristoteles? Hatte er eine ganze Schule einer neuen Blüte entgegenführen können? Ihr einen Ausblick nach unbekannten Welten eröffnet? Nein. Wohl kann man unmöglich diesem tiefen Beobachter der menschlichen Chemie das antike Wissen der Magie absprechen, das heißt, die Kenntnis und Erkenntnis der Grundkräfte, wie sie miteinander und gegeneinander agieren; klar waren ihm des Daseins Gründe und Untergründe, und er sah das Leben vor dem Leben: aber dann darf man, um gerecht zu sein, nicht verschweigen, daß alles in ihm durch die Grenzen seiner Person gebannt war. War er in seinem menschlichen Dasein durch Egoismus gekettet, so hat Egoismus heute seinen Ruhm verschüttet. Über sein Grab ragt keine Bildsäule, die ernst kündet, daß hier ein Mensch durch Genie der tiefsten Daseinssphäre ihre Geheimnisse auf immer abgerungen hat. Aber vielleicht war die Begabung Despleins eins mit seinem Glauben und folglich sterblich und verweslich. Für ihn war die Lufthülle um die Erde ein fruchtbarer Zeugungsraum, er sah die Erde wie ein Ei in seiner Schale. Und konnte der Gelehrte nicht entscheiden, wer früher dagewesen, Ei oder Henne, so leugnete der Ungläubige beides. Er glaubte nicht an die Vorexistenz des Menschen, noch an seine Unsterblichkeit. Desplein kannte Zweifel nicht, er war Positivist. Sein reiner, offener Atheismus war der gleiche Unglauben wie bei tausend Gelehrten, wie bei den Spitzen der Gesellschaft; gottlos war er bis zur sichersten Gewißheit, gottlos bis zu einem Grade, den gläubige Menschen nie verstehen werden. Konnte es anders sein? Von frühester Jugend hatte er das Seziermesser nicht aus der Hand gelassen, alles hatte er mit seinen unzähligen Apparaten durchsucht und niemals den heiligen Geist gefunden, ohne den kein Glaube leben mag. Er kannte eine Gehirnwelt, eine Nervenwelt und eine aus Muskelfleisch und Blut. Die beiden ersten fühlte der Gelehrte so innig ineinander weben, daß er in den letzten Tagen seines Lebens zur Überzeugung kam, daß der Gehörsinn nicht unbedingt nötig sei zum Hören, noch auch der Gesichtssinn zum Sehen; denn das sympathische Nervengeflecht konnte beide ersetzen, daran war kein Zweifel möglich. So entdeckte Desplein zwei Seelen im Menschen; diese Erkenntnis mußte an seiner Gottlosigkeit zehren und ihr Abbruch tun, wenngleich er noch nicht zu Gott sich bekannte.

Man berichtet, daß dieser Mann bis ans Ende unbekehrt starb, in einem Seelenzustand, worin viele Menschen von Genie enden. Gott allein wird ihnen vergeben.

Das Leben dieses Großen war von kleinlichen Zügen nicht frei, wenn wir seinen Feinden glauben wollen, und sie werden nie müde, seinen Ruhm zu schwärzen. Aber es wäre weit mehr ihre Pflicht, das offenbare Gegenteil darzutun, denn die Neider und Mißgünstigen ahnen nie auch nur im fernsten die geistigen Strömungen, die den Gang eines

Genies da oder dorthin leiten, sondern sie halten sich einfach an oberflächliche Widersprüche, um auf ihnen ihre Anklageschrift aufzubauen und das Verdikt auszusprechen. Wenn aber später der Erfolg die angegriffenen Denkresultate bestätigt, indem er den zwingenden Zusammenhang zwischen Vorbereitung und Wirkung, Voraussetzung und Schluß beweist, es bleibt immer noch etwas von der alten Verleumdung von vornherein. So wurde in unsern Tagen Napoleon von den Zeitgenossen geschmäht, als er seinen Aar die Flügel über England entfalten ließ. Man mußte erst 1824 erleben, um 1804 richtig würdigen zu können und die Transportschiffe von Boulogne.
Man konnte bei Desplein unmöglich seinen Ruhm und sein Wissen zum Ziel eines Angriffs nehmen, und so hielten sich seine Feinde an seinen seltsamen Charakter und an seine Launen. Und dabei war es doch nur, daß er nicht ganz frei war von dem, was die Engländer excentricity nennen. Manchmal ging er in vollendeter Eleganz aus, wie Crébillon der ältere, dann wieder gefiel er sich in einer auffallenden Vernachlässigung in bezug aufs Äußere. Manchmal sah man ihn in der Kutsche, manchmal zu Fuß. Heute war er mild, morgen grob; er erweckte oft genug den äußeren Anschein, er sei besessen nach Geld und furchtbar geizig, aber er war durchaus fähig, sein ganzes Hab und Gut seinen ins Ausland geflüchteten Lehrern anzubieten, die ihm die Ehre erwiesen, es während einiger Tage anzunehmen. So hat kein Mensch Anlaß zu mehr widersprechenden Urteilen gegeben. Wohl war ihm zuzutrauen, daß er, bloß um ein schwarzes Ordensband zu erhalten, dem

die anderen Ärzte vergebens nachjagten, bei Hofe ein Gebetbuch aus seiner Tasche wie zufällig fallen ließ, aber im Grunde seines Herzens, ich bitte es zu glauben, war ihm alles nichts. Zu tief verachtete er die Menschen, denn er kannte sie vom Scheitel bis zur Sohle, er hatte sie dann gesehn, wenn sie sich nicht verstellen konnten, in den feierlichsten und den niedrigsten Augenblicken ihres Daseins.

Bei einem großen Mann ist alles aus einem Guß. Wenn unter diesen gigantischen Naturen einer mehr Talent hat als Geist, so ist immer auch noch sein Geist tausendmal feiner als bei einem Dutzendmenschen, von dem die Rede geht, er sei so fabelhaft geistreich.

Das Genie ist eine Frage der Sittlichkeit. Gewiß kann sich das Ethos auf einem begrenzten Gebiet entfalten, aber wer die Blume erkennt, erkennt gewiß die Sonne.

Hat ein Mann aus dem Munde eines aus Lebensgefahr unmittelbar geretteten Höflings die Frage gehört: „Wie geht es dem Kaiser?“ und darauf geantwortet: Der Höfling ist schon wieder da, der Mensch wird folgen“, so ist ein Mann dieser Art nicht bloß einfach Chirurg oder Internist, er ist auch überwältigend geistreich. So wird ein scharfer, aufmerksamer und stetiger Beobachter des Menschlichen an Desplein den ungeheuren Ansprüchen dieses Mannes ihr Recht nicht versagen können, er wird ihm den Glauben zubilligen müssen, den Desplein auch selbst besaß, daß er als Mann des Staates kaum eine weniger überragende Erscheinung geworden wäre, als er in der Chirurgie wirklich gewesen ist.

Es gab viele Rätsel im Leben Despleins für die, die ihn gekannt haben, und von ihnen haben wir das interessanteste ausgewählt, weil es den Schlüssel zu allen andern enthält, und weil die Schlußfolgerung meines Berichtes alle Anklagen gegen ihn entkräftet.

Von allen seinen Schülern an seinem Hospital war Desplein dem jungen Bianchon am meisten zugetan. Vor seiner Assistentenzeit im Hôtel-Dieu war Horace Bianchon Student, wohnte in einer elenden Pension des Studentenviertels, bekannt unter dem Namen Pension Vauquer. Hier lernte der arme junge Mann die ätzenden Säuren des wahren Elends kennen, und er ging aus ihnen rein und unversehrbar hervor, wie die Diamanten, die allen Einwirkungen ohne Gefahr ausgesetzt werden können. Daran erkennt man große Gaben. Im hitzigsten Feuer der entfesselten Leidenschaften gewinnen sie unzerstörbare Reinheit und bewähren ihre Redlichkeit, sie stärken sich für die Kämpfe, die dem Genie nie erspart bleiben. Arbeit nennt sich ihr tägliches Brot, Ziel und Ende aller Wünsche.

Horace war ein aufrechter junger Mensch; in Fragen der Ehre kannte er weder Vergleiche noch Zugeständnisse; er ging ohne Redensarten aufs Wesentliche; für seine Freunde konnte er sein letztes Hemd versetzen, seine Zeit ganz einer Wache am Bette eines erkrankten Kameraden opfern; er war ein Kamerad, nicht um Dank und Lohn, denn Menschen seiner Art fühlen sich immer beschenkt, selbst wenn sie alles geben. Keiner seiner Freunde konnte sich der Verehrung gegen diese klare Güte ohne Redensarten entschlagen. Viele fürchteten sein Urteil. Aber mit diesen ernsten Eigenschaften war Horace keine Beamtennatur. Weder Puritaner noch Phrasenheld, kannte er keine Angst vor einem kräftigen Fluch, mit dem er einen guten Ratschlag gern begleiten mochte, er schnitt sich gern einmal einen Happen vom „Bratenstück des guten Lebens" herunter, wenn die Gelegenheit sich gerade bot. Er war gut Freund, kein Spielverderber, nicht mehr zimperlich als ein Kürassier, frei und frank, nicht gerade ein Seebär, denn die Seeleute von heute sind durchtrieben schlaue Diplomaten, er aber war ein anständiger Junge, der nichts zu verbergen hat, er ging seines Wegs mit erhobenem Haupt und mit lachender Miene; alles in einem Wort gesagt, er war der Pylades, der treue, für so manchen Orest, wobei wir die Gläubiger als die schlimmsten Plagegeister den alten Furien gleichstellen. Sein Elend trug er mit Freudigkeit, darin zeigte er am besten seinen Mut. Wie alle, die nichts ihr eigen nennen, mochte er keine Schulden machen, war nüchtern wie ein Kamel, schnell wie ein Hirsch, stetig in seinem Gedankengang und in seiner Stellung zur Welt. Bianchons glückliche Zeit begann an dem Tage, da der berühmte Chirurg alle Fehler und Vorzüge an Bianchon in ihrer Gesamtheit erfaßte und damit auch das, was den Doktor Bianchon in gleicher Weise für seine Freunde unersetzbar machte. Wenn der Vorstand einer großen Klinik einen jungen Menschen unter seine Flügel nimmt, dann hat der Junge schon, wie man sagt, einen Fuß im Himmelreich. Desplein ließ sich's nun angelegen sein, den jungen Menschen zur Assistenz in die reichen Häuser mitzunehmen, wo fast immer etwas auch für die Tasche des Gehilfen abfiel, und vor allem war dies der Ort, wo sich, ein unschätzbarer Vorteil, ihm, dem Mann aus der Provinz, die Geheimnisse des Pariser Lebens allgemach entschleierten. Dann ließ er ihn während der Besuchsstunden in seinem Arbeitszimmer, beschäftigte ihn nach Kräften, gab ihm wohl auch den Auftrag, einen reichen Kranken ins Bad zu begleiten. Schließlich bereitete er ihm seine Praxis vor. Konnte es unter solchen Umständen fehlen, daß nach einiger Zeit der Fürst der Chirurgie einen getreuen Jünger neben sich hatte? Zwei Männer: der eine auf der Höhe des Wissens, im stärksten Glanz des Namens und unermeßlich reich. Der andere, das letzte Rad am Wagen, ohne Geld und Namen. Und diese beiden ein Herz und eine Seele. Der große Desplein hatte vor seinem Assistenten keine Geheimnisse. Dem jungen blieb es nicht verborgen, ob eine Dame auf dem Stuhle neben dem Meister Platz genommen oder auf der berühmten Ottomane, die im Arbeitszimmer stand und auf der Desplein schlief. Bianchon kannte alle Abgründe dieses unheimlichen Temperamentes, in dem sich die Kraft eines Stieres mit dem Mut eines Löwen einten. Und dieses Temperament, das in seiner Maßlosigkeit das Innere des großen Mannes sprengte, war der Grund zu seinem Untergang. Er starb an Erweiterung des Herzens. Der jüngere studierte die Widersprüche dieses außerordentlich tätigen Lebens, das System des schmutzigsten Geizes, die Hoffnungen des Politikers, die in der Seele des Arztes lebten, und so konnte er die Enttäuschungen einer Seele vorausahnen, die ihr Metall und ihren Schutz nur außen trug.

Eines Tages meldete Bianchon seinem Meister, daß ein armer Wasserträger aus dem Quartier Saint-Jacques eine furchtbare Krankheit an sich habe, die er seinem Elend und seiner Not verdanke, denn der arme Auvergnat habe seit dem furchtbaren Winter von 1812 sich nur von Kartoffeln erhalten. Desplein ließ im Augenblick alle anderen Kranken sein, eilte, ohne Rücksicht auf seine Pferde, in Begleitung von Bianchon nach der Behausung des Armen und ließ ihn in die von dem berühmten Dubois gegründete Heilanstalt im Faubourg Saint-Denis bringen. Er widmete sich persönlich der Pflege dieses Mannes, gab ihm, nachdem er ihn geheilt, die Summe, die er für ein Pferd und ein Wasserfaß brauchte. Dieser Auvergnate hatte nun folgenden originellen Zug an sich. Einer seiner Freunde wird krank, er bringt ihn sofort zu seinem Wohltäter Desplein und sagt: „Das hätte ich wahrlich nicht geduldet, daß er zur Konkurrenz geht." Und Desplein, ein so mürrischer Grobian er sein konnte, schüttelt dem Wasserträger die Hand, mit den Worten: „Recht hast du, bring sie mir nur alle." Und er bewirkte die Aufnahme des Patienten im Hôtel-Dieu und nahm seiner liebevoll acht.
Nun hatte Bianchon bei seinem Chef schon seit langem eine Vorliebe für die Auvergnaten beobachtet, und unter diesen wieder besonders für die Wasserträger, da aber Desplein seine Kuren im Hotel-Dieu immer mit besonderer Vorliebe und Aufmerksamkeit behandelte, sah der Schüler keinen Widerspruch in dieser Eigenheit.
Als nun eines Tages Bianchon den Platz Saint-Sulpice überquerte, sah er seinen Chef in die Kirche treten. Es war neun Uhr morgens. Desplein, der

im übrigen kaum ohne seinen Wagen auf die Straße kam, war zu Fuß, er hatte sich durch die Rue du Petit Lion herangeschlängelt, nicht anders, als hätte er ein schlechtes Haus zum Ziele. Es versteht sich von selbst, daß der Schüler von Neugierde ergriffen wurde, er kannte zu gut die Lehrmeinungen seines Chefs, der Materialist bis aufs i-Tüpfelchen war, (man weiß, daß das i-Tüpfelchen bei allen Teufelsstreichen des Meisters Rabelais die letzte Höhe bedeutet), nun, Bianchon schlich sich ins Innere der Kirche, und es ist nicht leicht, sein Staunen zu beschreiben, als er den großen Desplein, diesen prinzipienfesten Atheisten, der kein Mitleid mit Engeln kannte, es sei denn, es wäre ihnen mit Messern oder Sägen beizukommen und sie hätten ihre Fisteln und Entzündungen wie alles andere Gewürm, nun, als er diesen Mann des weltlichen Genusses und des Ruhmes demütig auf den Knien beten sah, und zwar vor dem Gnadenbilde der Mutter Gottes, wo er eine Messe hörte, in den Klingelbeutel Geld einwarf und den Armen seine Gabe nicht versagte. Dabei blieb sein Gesicht ernst und sachlich, als wäre er bei einer Operation. Bianchons Staunen war grenzenlos.

Sicher ist er nicht in die Kirche getreten, dachte er, um die medizinischen Probleme zu lösen, welche die Entbindung der heiligen Jungfrau betreffen. Hätte ich ihn nur dabei beobachtet, daß er bei feierlichster Prozession eine Quaste des Thronhimmels über dem Allerheiligsten trug, da wäre ein Lachen Rechtfertigung genug. Aber heute, hier, allein und ohne Zeugen ... das gibt zu denken.

Bianchon wollte auch nur den Schein vermeiden,

als spioniere er das Tun des ersten Chirurgen des Hotel-Dieu aus, deshalb ging er seiner Wege. Es traf sich zufällig, daß ihn für diesen Tag Desplein zu einem Diner im Restaurant eingeladen hatte. Zwischen Dessert und Käse kam Bianchon nach sehr geschickten Vorbereitungen auf die Messe zu sprechen, die er als eitlen Mummenschanz hinstellte.
„Ein kleiner Scherz, ja," sagte Desplein, „der aber mehr Blut der Christenwelt gekostet hat, als alle mörderischen Schlachten Napoleons und alle blutgierigen Blutegel des famosen Broussais. Die Messe ist eine Erfindung der Päpste, die bestenfalls ins sechste Jahrhundert zurückgeht, und die man auf dem alten Spruch „Hoc est corpus" aufgebaut hat. Mit welchen unermeßlichen Strömen Blut hat man das Fronleichnamsfest bezahlt, nur damit die Kirche mit dieser Einrichtung ihren Sieg dokumentieren konnte, den sie in den Fragen des Dogmas von der Allgegenwart Gottes errungen hat. Und dabei hat dieser Glaubenssatz nicht weniger als drei Jahrhunderte lang den Frieden der Kirche gestört. Alle Kämpfe zwischen den Grafen von Toulouse und den Albigensern sind die natürliche Folge dieses Schismas. Die Waldenser und die Albigenser hatten sich dagegen gewehrt, die Neuerung anzuerkennen und mit Recht."
Und jetzt machte sich Desplein mit seiner ganzen Freude und seinem ganzen Temperament des Gottesleugners daran, eine Fülle von Voltaireschem Spott und Hohn über die Dogmen auszuschütten, oder, um es deutlicher zu sagen, er reihte eine Parodie der heiligen Worte an die andere.
„Ist es möglich," dachte Bianchon, „wo bleibt der fromme Beter von heute morgen?"

Er schwieg, er zweifelte jetzt daran, ob er wirklich Desplein in dem Gotteshaus gesehen hatte. Denn Desplein hätte sich gar nicht die Mühe nehmen müssen, Bianchon gegenüber zu lügen, dazu kannten sie einander zu gut, hatten auch über ebenso schwerwiegende Materien oft ihre Ansichten ausgetauscht, ganze Systeme des Weltaufbaus durchdacht und durchgesprochen, hatten an alles die Sonde ihrer Vernunft gelegt oder das Seziermesser ihres: „Ich glaube nicht!"

Drei Monate vergingen so. Bianchon gab der Sache kein besonderes Gewicht, obwohl die Erinnerung eingeprägt blieb. Nun kam eines Tages in diesem Jahr ein Professor der Universität zu Desplein, nahm, in Gegenwart von Bianchon, Despleins Arm und fragte:

„Was hatten Sie denn in Saint-Sulpice vor, mein lieber Meister?"

„Ich habe dort einen Priester zu behandeln, der an Knochenfraß des Knies leidet, und den mir die Frau Prinzessin von Angoulême sehr empfohlen hat", sagte Desplein.

Der Professor gab sich mit dieser Begründung zufrieden, nicht aber Bianchon.

„Er will kranke Knie im Gotteshaus sehen? Nein. Er war dort, um die Messe zu hören", sagte der Assistent zu sich.

Bianchon faßte nun den Plan, Desplein genau zu beobachten. Nun erinnerte er sich deutlich des Tages und der Stunde, da er ihn über die Schwelle des Doms hatte treten sehen, und er nahm sich vor, im nächsten Jahre zur selben Stunde desselben Monats und Tages dort einzutreten, um ihn vielleicht noch einmal zu überraschen. In solchem

Falle würde die regelmäßige Wiederkehr religiöser Anwandlungen eine wissenschaftliche Untersuchung lohnen, denn bei einem Manne wie Desplein konnte es keinen Widerspruch zwischen Gesinnung und Handlung geben.
Im Jahre danach, zur selben Stunde desselben Tages, sah nun Bianchon, der zu jener Zeit nicht mehr Assistent bei Desplein war, den Wagen des Chirurgen an der Ecke der Rue de Tournon und der Rue du Petit Lion halten, während sein Freund mit den vorsichtigen Schritten eines Jesuiten die Mauern des Gotteshauses entlangschlich.
Dann hörte er die Messe wieder am Altare der Mutter Gottes. Und es war Desplein! Chefchirurg, Gottesleugner in petto und frommer Beter durch Zufall. Die Fäden verwirrten sich. Der Wiederholungsfall machte die ganze Verwicklung undurchsichtig. Als Desplein sich erhoben hatte, näherte sich Bianchon dem Sakristan, der die heiligen Geräte der Kapelle in Ordnung hielt und fragte ihn, ob der Herr, der eben gegangen, oft hierherkäme.
„Ich bin zwanzig Jahre hier," sagte der Küster, „und seit dieser Zeit sehe ich viermal im Jahre Herrn Desplein zur Messe erscheinen. Er hat sie gestiftet."
Er hat sie gestiftet! dachte Bianchon voll Staunen, als er sich entfernte. Das ist ein Mysterium, ebensogut wie die unbefleckte Empfängnis, eine Angelegenheit, die, an sich betrachtet, jedem Mediziner als Wunder erscheinen muß.
Es verstrich einige Zeit, ohne daß Bianchon, so befreundet er mit Desplein war, Gelegenheit fand, mit ihm über diese wunderbare Sache zu sprechen, die von seinem sonstigen Leben sich so scharf

abhob. Wenn sie einander bei einem Krankenbette oder in der Gesellschaft trafen, war es schwer, die passende Gelegenheit zu einer vertrauten Aussprache unter vier Augen zu finden. Es ist viel leichter für zwei Männer, einander ihre Geheimnisse anzuvertrauen, wenn sie in ruhiger Stunde, die Füße auf dem Eisengitter vor dem Kamine, den Kopf auf die Hände gestützt oder auf einen Lehnstuhl sanft gebettet, gemächlich miteinander reden können. Endlich, sieben Jahre nachher, nach der Revolution von 1830, als sich der Pöbel gegen den Erzbischof stürzte, und als der Sinn der Republikaner einzig dahin ging, alle vergoldeten Kreuze niederzureißen, die als helle Strahlenfeuer über dem Ozean der Häuser auftauchen, als der Unglauben, treu dem Aufruhr verbündet, sich durch die Straßen wälzte, da überraschte Bianchon seinen Meister noch einmal beim Eintritt in das Gotteshaus Saint-Sulpice. Der junge Doktor folgte ihm dahin, warf sich neben ihm nieder, ohne daß sein Freund ihm das leiseste Zeichen machte oder sonst seine Überraschung bezeugte. So hörten beide die Stiftungsmesse.

„Mein teurer Meister, wollen Sie mir doch", sagte Bianchon beim Verlassen der Kirche, „den Grund dieser Frömmigkeitskomödie sagen? Ich habe Sie schon dreimal bei der Messe überrascht, einen Mann wie Sie! Geben Sie mir doch die Erklärung dieses Rätsels, machen Sie mir den schreienden Widerspruch zwischen Ihren Lehrmeinungen und Ihrem persönlichen Vorgehen verständlich. An Gott glauben Sie nicht, und Sie gehen zur Messe? Mein lieber Meister, darauf dürfen Sie mir die Antwort nicht verweigern."

„Ich mag vielen Frommen ähnlich sehen, Menschen, die nach außen riesig fromm tun, aber die im Herzensgrunde doch Atheisten sind, wie Sie und ich."

Und nun folgte eine Sturmflut boshafter Bemerkungen über gewisse politische Persönlichkeiten, deren bekannteste (jeder weiß, wen ich meine) unserer Zeit eine neue Wiedergeburt der Gestalt des Tartüff von Molière gegeben hat.

„Nein, nach all dem frage ich nicht," sagte Bianchon, „ich wollte bloß das eine wissen, was haben Sie hier getan, und aus welchem Grunde haben Sie diese Messe gestiftet?"

„Auf Ehre, mein lieber Freund, ich stehe mit einem Fuße im Grabe, weshalb sollte ich Ihnen die Anfänge meines Lebens verheimlichen?"

In diesem Augenblick befanden sich Bianchon und der große Mann in der Rue des Quatre vents, in einer der übelsten Gassen von Paris. Desplein stieg die sechs Treppen eines Gebäudes empor, das einem spitzen Obelisken glich.

Das kleine Haustor ging auf einen langen, dunklen Flur, an dessen Ende eine Wendeltreppe begann. Sie war notdürftig durch Fenster erhellt, die auf den Lichthof gingen. Es war ein schimmliges Gebäude. Im Erdgeschoß hauste ein Möbeltrödler und in jedem Stockwerke schien eine andere Art Misère ihr Quartier aufgeschlagen zu haben. Desplein hob seine Arme mit einer Gebärde ungeheurer Wucht: „Zwei Jahre habe ich hier gewohnt."

„Ich weiß es, d'Arthez hat hier gewohnt, und ich selbst bin während meiner frühen Jugend fast täglich hergekommen, wir nannten das Kabinett unter uns die ‚Bude der großen Männer'", sagte Bianchon.

„Die Messe," antwortete Desplein, „die ich eben gehört habe, hängt sehr eng mit Ereignissen zusammen, die sich hier vollzogen haben. Das war zur Zeit, da ich hier wohnte, und zwar im selben Raum, wo auch d'Arthez gewohnt haben wird, und den Sie jetzt daran erkennen, daß vor seinem Fenster Wäsche an einer Leine flattert und daß im Fensterrahmen ein Blumentopf steht. Ich habe so wahnsinnig schwer im Anfang zu kämpfen gehabt, daß ich die Konkurrenz um die Palme des tiefsten Elends in Paris aufnehmen kann. Glauben Sie mir, lieber Bianchon, nichts ist mir erspart geblieben. Hunger, Durst, Geldmangel, keine Schuhe an den Füßen, keine Wäsche am Leibe. Ich habe das Elend mit allen Härten mitgemacht, ich habe in der Bude der großen Männer, die ich jetzt mit Ihnen wiedersehen will, oft genug auf meine erfrorenen Finger geblasen, ich habe da einen Winter lang geschuftet, daß mir der Schädel rauchte, aber im Ernst, ich sah den Atem vor meinem Munde erstarren, wie Sie es an Frosttagen bei Pferden sehen. Weiß ich es heute, woher ich die Kraft nahm, das alles zu überstehen? Ich war allein. Hilfe hatte ich von keiner Menschenseele zu erwarten, keinen Groschen, um Bücher anzuschaffen, noch auch um die Kosten meiner medizinischen Ausbildung zu decken. Ich hatte keinen Freund, denn meine Wesensart, düster, zu Zornesausbrüchen nur zu sehr geneigt, unruhig und innerlich zerrissen, hielt jeden Freund von mir fern. Kein Mensch wollte durch den Schleier meiner schlechten Launen und trüben

Stimmungen meine übermenschliche Anspannung erkennen, deren ich bedurfte, um mich aus der Tiefe der Gesellschaft auf ihre Höhe emporzurobotten. Und so hatte ich, Ihnen kann ich's sagen, vor dem ich kein Mäntelchen umzuhängen brauche, ich hatte doch in meiner Seele den guten Untergrund warmer menschlicher Empfindungen, die zu einem Mann gehören, stark genug, einen Gipfel zu ersteigen, nachdem er lange genug in den Niederungen der Misere umhergetappt ist. Ich hatte keine Stütze in meiner Familie, noch auch in meiner Heimat, es sei denn das minimale Monatsgeld, das man mir sandte. Zu dieser Zeit hatte ich morgens nichts als ein kleines Brot, das der Bäcker an der Ecke mir billiger abließ, da es altbacken war, und ich versüßte es mir mit einem Tropfen Milch. So kostete mich mein Mittagessen nur zehn Centimes. Abendbrot gab's für mich nur jeden zweiten Tag in einer Pension, wo man sechzehn Sous zahlte. Ich gab also im ganzen nur neun Sous täglich aus. Sie können sich wohl selbst denken, welche Sorgfalt ich auf Kleider und Schuhe verwenden konnte.

Ich weiß nicht, ob im späteren Leben die Niedertracht eines lieben Kollegen uns so zu Herzen geht, wie damals, wenn uns, Ihnen wie mir, die Schuhe wie ein grinsender Mund auseinandergingen oder wenn man das ominöse Krachen hörte, das ein Überrock von sich gibt, sobald die Ärmelnähte platzen. Ich trank nur Wasser, den Cafés wich ich in weitem Bogen aus. Zoppi erschien wie das gelobte Land, das nur die Lukullusse der Studentenwelt erreichen.

Bring ich's wohl jemals dazu, dachte ich bisweilen, hier ein Glas Milchkaffee zu trinken, eine Partie Domino zu spielen? Aber in meiner Mühe und Arbeit setzte ich meine ganze Wut als Werkzeug ein, den ganzen Groll, den mir mein Elend verursachte. Ich wollte alles Wissen erwerben, das einer gewinnen kann, um alle Macht in ungeheurer Konzentration in meiner Hand zu sammeln. Ich mußte den Platz oben verdienen. Erreichen würde ich ihn, das wußte ich, sobald ich nur erst einmal aus dem namenlosen Dunkel aufgetaucht. Mich kostete das Öl meiner Lampe mehr als mein Brot. Der Kampf war lang, zäh, ohne Milderung und Pause. Sympathie habe ich mir zu erwerben nie verstanden. Wer Freunde haben will, muß sich mit jungen Menschen gemein machen, man muß auch ein paar Groschen im Sack haben, um mit ihnen einmal einen Tropfen zechen zu können und mit ihnen sich dort zu treffen, wo es Studenten gibt. Ich hatte nichts. Weiß man das noch in Paris, daß nichts eben nichts ist? Sollte ich gelegentlich meine Misere enthüllen, da spürte ich im Halse ein krampfhaftes Würgen, meine Kehle zog sich zusammen mit einem unbeschreiblichen Gefühl, das unsere Kranken kennen, wenn sie glauben, daß eine Kugel aus der Speiseröhre sich erstickend ihnen über den Kehlkopf legt.

Ich bin später Menschen begegnet, die nicht einen Heller ihr eigen nannten und doch alles hatten, und für die die altberühmte Regel nicht gilt: ‚Ein junger Mensch verhält sich zum Verbrechen, so wie ein Fünffrankenstück sich verhält zu X'. Die dummen Glückshänse sagten zu mir: „Ach, warum machen Sie Schulden? Warum gehen Sie schwerwiegende Verpflichtungen ein?" Sie kommen mir gerade so vor, wie die bekannte Prinzessin, die wußte, daß das Volk vor Hunger krepierte. Da tat sie die Frage: Aber weshalb kaufen Sie sich denn keinen Zwieback? Ich sage Ihnen, ich möchte zu gerne einen von den Reichen, die sich über die hohen Honorare für Operationen aufregen, ich möchte einen solchen Menschen allein in Paris sehen, ohne Geld noch Gut, ohne Freunde, ohne Kredit, und gezwungen, mit seinen fünf Fingern sich das Brot zum täglichen Leben verdienen. Was wird er beginnen? Wie wird er seinen Hunger stillen? Bianchon, Sie haben mich sicherlich manches Mal hart und verbittert gesehen, aber das war nur der bittere Nachgeschmack meiner alten Leiden. Ich habe die eiskalte Gleichgültigkeit der Welt, den brutalen Egoismus der Menschen, besonders in der hohen Gesellschaft, zu sehr aus der Nähe gesehen. Kann ich plötzlich alle die Hindernisse vergessen, die mir der Haß, der Neid, die Eifersucht und die Verleumdung in den Weg gelegt haben, um sich zwischen mich und meinen Erfolg zu stellen? In Paris ist es nicht anders: Sehen die Leute, daß ich einen Fuß im Steigbügel habe, dann wollen mich die einen an den Aufschlägen des Ärmels herabzerren, die andern lösen dem Pferde tückisch die Schnalle am Bauchgurt, damit ich stürzen und das Genick brechen soll. Der eine will die Hufeisen abreißen, der andere mir die Peitsche stehlen. Und der aufrichtigste ist noch der, der seine Pistole auf mich abschießt wie auf ein gutes „bewegtes Ziel". Sie haben so viel Talent, mein liebes Kind, nur zu bald werden Sie mitten in dem furchtbaren Kampfe stehen, er endet nie, denn immer ist die Mittelmäßigkeit der Feind des Genies. Verlieren Sie einmal fünfundzwanzig Goldstücke, schon am nächsten Tage schreit man Sie als Spieler aus und Ihre besten Freunde erzählen, Sie hätten Fünfundzwanzigtausend im Hasard verloren. Klagen Sie über Kopfschmerzen, und man sagt, Sie leiden an Gehirnerweichung. Gestatten Sie sich ein schnelles Wort, und man sagt, Sie seien der ärgste Störenfried und Nörgler. Wenn Sie gegen dies Heer von Zwergen Ihre Kräfte sammeln, dann schreien Ihre liebsten Freunde: Seht nur, wie er alles verschlingen will, er hat den Größenwahn, zu herrschen und alles unter seine Ferse zu treten. Was an Ihnen gut ist, wird Ihnen als Fehler angerechnet, Ihre Schwächen werden Laster genannt, Ihr Gutes heißt Verbrechen. Haben Sie jemanden gerettet, so war's nur, weil Sie ihn umbringen wollten. Erholt sich Ihr Patient, rechnen Sie nur darauf, daß es heißen wird, Sie hätten seine vorübergehende Heilung mit seiner ganzen Zukunft erkauft. Und ist er nicht tot, so wird er doch sterben. Straucheln Sie einmal, und schon lacht die Welt und freut sich, daß Sie gefallen sind. Machen Sie eine Entdeckung, bestehen Sie auf Ihren Rechten, dann sind Sie ein schwer zu behandelnder Herr, der keinen von der jungen Generation emporkommen läßt.

So, mein Lieber, kommt es, daß ich an Gott zweifle, aber am Menschen verzweifle ich. Kennen Sie nicht in mir einen Desplein, unendlich verschieden von dem andern, über den jeder nur Böses weiß? Aber wir wollen nicht mehr in diesem Haufen Schmutz herumstochern.

Nun, ich wohnte in diesem Hause, ich bereitete mich auf mein erstes Examen vor, und in der Tasche hatte ich keinen Heller. Sie wissen, wie ichs meine, ich war so weit, so hoch oder so tief, daß ich mir sagte: Alles oder nichts! Ich hatte eine Hoffnung, ich erwartete von daheim einen Koffer voll mit Wäsche, ein Geschenk meiner alten Tanten, die von Paris keine Ahnung haben, anstatt dessen aber führen sie in ihrem Geist Buch über ihre Hemden und mögen dabei auch glauben, daß ihr Herr Neffe mit seinen dreißig Franken sich nur von Wachteln und Rebhühnern nähre. Die Kiste kommt an, während ich auf der Hochschule bin. Das Porto hatte vierzig Franken gekostet. Der Portier, ein Deutscher, Seiler von Beruf, der auf einem Hängeboden hauste, hatte den Betrag ausgelegt und bewahrte als Pfand den Koffer. Ich gehe straßauf und straßab und kann doch keinen Schachzug finden, der mir meinen Koffer wiedergibt ohne die vierzig Franken, die ich doch erst zahlen kann, nachdem ich den Inhalt verkauft habe. Meine Begriffsstutzigkeit sagte mir, daß ich zu nichts anderm taugte als zur Chirurgie. Mein Lieber, die reineren Geister, deren Kraft sich auf edlerem Gebiete entfaltet, sie haben nicht den Kopf für Schliche und Winkelzüge, sie sind arm an Hilfsmitteln, verborgene Quellen aufzuspüren ist nicht ihre Stärke, sie kombinieren zu schwerfällig. Ihr Genie ist der Zufall. Sie suchen nicht, aber es kommt ihnen entgegen. Endlich, nachts, kehre ich zurück, und zwar gleichzeitig mit meinem Nachbarn, einem Wasserträger, einem Manne aus Saint-Flour namens Bourgeat. Wir kannten uns nicht besser und nicht schlechter als tausend

Mieter, deren Zimmer auf denselben Flur hinausgehen, man hört einander während des Schlafes, beim Husten, beim Anziehen und so weiter und schließlich gewöhnt man sich an das Gesicht. Mein Nachbar ließ mich wissen, daß mich der Wirt, dem ich für drei Monate schuldete, gekündigt hatte, morgen sollte ich ziehen. Ihn hatte man herausgeworfen seines Berufes wegen. Diese Nacht war die schwerste meines Lebens.

Woher einen Dienstmann nehmen, der mein armseliges Gepäck, meine Bücher fortschleppte? Wie ihn bezahlen und wie den Portier? Wohin gehen? Fragen, die nicht zu lösen waren. Ich wiederholte sie mir immer wieder in meinen Tränen, wie ein Irrer, der ewig seine gleiche Litanei herunterbetet. Ich schlief. Ein Gutes hat ja die Misere, einen herrlichen Schlaf mit wunderbaren Träumen. Am nächsten Morgen, als ich mein Mahl aus Brot und Milch einnehme, tritt Bourgeat ein und sagt in seinem schlechten Dialekt:

‚Mein liebes Herr Studentchen, bin kein reicher Mann, Findelkind aus dem Findelhaus in Saint-Flour, hab nicht Vater noch Mutter und nicht genug Geld, um zu heiraten. Sie haben wohl auch keine rechte Familie und niemanden, der was springen läßt? Na, hören Sie, ich habe unten mein Handwagerl stehn, kostet mich zwei Groschen die Stunde, unsere Siebensachen haben schon Platz drauf. Wollen wir beide Wohnung suchen, gelt, weil wir schon mal hier herausgeschmissen sind? Es gibt anderswo auch was Besseres, das Paradies ist noch was Höheres.‘

‚Ich weiß es wohl, mein guter Bourgeat, aber so leicht geht das nicht, denn ich habe unten einen

Koffer, in dem sind für hundert Taler Wäsche, damit könnte ich dem Wirt zahlen und dem Portier, was ich schuldig bin. Ich habe keine fünf Franken.'

‚Ach was, man hat schon selbst ein paar Moneten,' antwortete mir lustig Bourgeat und zeigte mir seine fettige Lederbörse, ‚behalten Sie nur Ihre Wäsche.'

Bourgeat bezahlte also meine Miete für drei Monate, auch meine Schuld, und entlohnte den Portier. Dann brachte er alle unsere Habseligkeiten in den Karren, spannte sich vor und zog ihn durch alle Gassen und hielt unweigerlich vor jedem Schild, wo Zimmer zu vermieten standen. Ich stieg hinauf, um die Zimmer anzusehen. Aber mittags irrten wir noch im Quartier latin umher, hatten nichts gefunden.

Der Preis war stets das größte Hindernis. Bourgeat schlug nun vor, bei einem Weinhändler zu Mittag zu essen, an dessen Schwelle wir unsere Karre stehen ließen. Gegen Abend bemerkte ich in dem Rohanschen Hofe, in der Passage du Commerce, oben unter dem Dache, zwei Zimmerchen, getrennt durch eine Treppe. Da konnten wir beide für je sechzig Franken Miete im Jahr wohnen. Nun waren wir untergebracht, mein schlichter Freund und ich. Wir aßen zusammen. Bourgeat, der seine fünfzig Sous im Tage verdiente, hatte ungefähr hundert Taler im Vermögen, und so konnte er bald hoffen, seine Träume in Wirklichkeit umzusetzen, nämlich eine Wassertonne und ein Pferd zu kaufen. Nun lernte er meine Lage kennen, denn er verstand es meisterhaft, meine Geheimnisse herauszubekommen und dabei zeigte er so viel Feingefühl, daß mein Herz jetzt noch zittert, wenn ich mich dessen erinnere. Nun, er verzichtete vorläufig auf die Erfüllung seiner Wünsche. Er war Straßenhändler seit zweiundzwanzig Jahren, nun opferte er das Resultat seines ganzen Lebens, seine hundert Taler für meine Zukunft."

Hier drückte Desplein leidenschaftlich den Arm seines Freundes.

„Er gab mir das Geld für meine Prüfungen. Dieser Mann, hören Sie, lieber Freund, er allein hatte begriffen, daß ich eine Berufung hatte, daß die Vorrechte meines Geistes den Rang vor den seinen hatten. Er gab sich mit mir ab, nannte mich seinen Kleinen, gab mir das Geld für Bücher, manches Mal kam er ganz leise herein, mich arbeiten zu sehen. Endlich traf er, vorsorglich wie eine Mutter, alle Vorkehrung, meine schmale, schlechte Nahrung durch reichliche, kräftige zu ersetzen.

Bourgeat, ein Mann von vierzig Jahren ungefähr, hatte das Aussehen eines Bürgers des Mittelalters, eine gewölbte Stirn, einen Kopf, den ein Maler für ein Modell des Lykurg hätte nehmen können. Der arme Kerl hatte das Herz übervoll von Liebe. Er wußte nicht, wohin damit. Nie war er geliebt worden – nur einmal von einer Pudelhündin, die seit kurzem gestorben war, nun sprach er mir unaufhörlich von ihr und fragte mich, ob es die Kirche wohl gestatte, daß dem Tier Messen für seine Seelenruhe gelesen würden. Sein Pudel war, so sagte er, ein wahrer Christ, der ihn während zwölf Jahren immer in die Kirche begleitet hatte, ohne jemals zu bellen, er hörte die Orgeltöne an, ohne Laut zu geben, und blieb zusammengekauert in einer Stellung wie der eines Beters, mit seinem Herrn gemeinsam die Andacht verrichtend.

Dieser Mann übertrug auf mich sein ganzes Gefühl. Für ihn war ich der einzige Mensch auf der Welt. Ich allein hatte es so schwer. Für mich wurde er die zarteste Mutter, der feinfühligste Wohltäter, endlich der Inbegriff aller christlichen Tugenden.

Traf ich ihn einmal auf der Straße, warf er mir einen verstehenden Blick zu, er schien selbst unter der Last, die er auf seinen Schultern trug, nichts von seinem angeborenen Adel eingebüßt zu haben, er schritt frei dahin, auf seinen Zügen malte sich das Glück, mich gesund und wohlgekleidet zu sehen.

Das war das Herz des Volkes, das sich ergießt, frei entfaltet, die Liebe der Grisette zu einem Menschen der höheren Gesellschaft, aber dieses Gefühl war bei ihm in eine reinere Atmosphäre gewandelt.

Er besorgte alle Wege für mich, weckte mich nachts zur bestimmten Stunde, wenn es dessen bedurfte, er putzte meine Lampe sauber, rieb den Treppenabsatz schneeweiß, er war ein guter Diener, ein guter Vater, und immer wie aus dem Kästchen, sauber wie eine englische Dame. Er führte die Wirtschaft, er sägte das Holz im Winter, alles tat er mit vollendeter Natürlichkeit, nie vergaß er seine Würde, denn er schien zu verstehen: unser großes Ziel adelt alles.

Als ich diesen guten Menschen verließ, um ins Hotel-dieu einzutreten, und meine Assistentenstelle zu bekleiden, da kam in ihm ein schwer ausdrückbarer Kummer an die Oberfläche, er verdüsterte sich zusehends, weil das Ende unseres Zusammenlebens gekommen war. Sein einziger Trost war der, möglichst viel Geld zusammenzuraffen, um die Kosten meiner Dissertation zu bezahlen, und er versprach mir, mich an allen meinen freien Tagen aufzusuchen.

Bourgeat war stolz auf mich, er liebte mich um meinetwillen und um seinetwillen zugleich. Wenn Sie sich einmal meine Doktorarbeit ansehen, werden Sie bemerken, daß sie ihm gewidmet ist. Im letzten Jahre meiner Assistentenzeit verdiente ich schon so viel, um ihm meine Schuld abzahlen zu können, indem ich ihm einen Gaul und ein Wasserfaß kaufte. Er war außer sich vor Zorn, daß ich mich meines Geldes beraubt habe, und doch strahlte er, da er seine geheimsten Wünsche erfüllt sah. Er lachte und schimpfte zugleich, guckte sein Wasserfaß an, sein Pferd, zerdrückte eine Träne im Augenwinkel und sagte: ‚Aber Sie, das ist schlimm, schlimm! Wie konnten Sie so etwas tun? . . . Das Pferd ist stark wie ein Auvergnate.‘ Nie habe ich etwas Rührenderes gesehen als diese Szene.

Bourgeat bestand unbedingt darauf, mir ein in Silber gearbeitetes, chirurgisches Besteck zu schenken, das Sie vielleicht in meinem Arbeitszimmer gesehen haben. Für mich ist es der größte Schatz, den ich besitze. Obwohl ihn meine Anfangserfolge berauschten, ist ihm nie das leisteste Wort, nie die kleinste Gebärde entschlüpft: Ich bin es, dem die Welt diesen Mann verdankt. Und es war doch so, denn ohne ihn hätte die Misere mich umgebracht.

Der arme Kerl hatte sich für mich bis aufs Hemd ausgezogen, er aß nichts als Brot, dessen Rinde er mit Öl einrieb, und das deshalb, damit ich Kaffee haben könne, bei meinen Studien nachts wach zu bleiben.

Er wurde krank. Sie können sich denken, ich habe die Nächte an seinem Lager zugebracht. Ich habe ihn das erstemal auch gerettet. Aber sein Leiden kam nach zwei Jahren mit vermehrter Heftigkeit wieder, und trotz liebevollster Pflege, trotz der erbittertsten Anstrengungen der Wissenschaft konnte der Ausgang nicht zweifelhaft sein. Kein König ward je so gepflegt wie er. Ja, Bianchon, um dieses Leben dem Untergang zu entreißen, habe ich unerhörte Dinge gewagt. Ich wollte, daß er lebe, er mußte noch die Früchte seines Wirkens sehen, alle seine Wünsche und frommen Gelübde sollten sich erfüllen. So wollte ich die einzige Dankesschuld abzahlen, die mein Herz kennt und kennen wird, solang ein warmer Atem in mir ist."

„Nun," setzte er nach einer Weile, tief ergriffen, hinzu, „Bourgeat, mein zweiter, mein wirklicher Vater ist in meinen Armen entschlafen. Was er besaß, hinterließ er mir durch ein Testament, das bei einem Schreiber auf der Straße ausgefertigt war, es war datiert aus dem Jahre, da wir in den Hof Rohan eingezogen waren.

Dieser Mensch hatte einen Köhlerglauben, er liebte die heilige Jungfrau, Mutter Gottes, wie er sein eigen Weib geliebt hätte. Er war glühender Katholik. Aber nie hat er mir ein Wort über meinen Unglauben gesagt.

Als sein Zustand gefährlich wurde, bat er mich,

ja nichts zu versäumen, damit er nur die Tröstungen der Religion erhielte. Ich ließ täglich für ihn die Messe lesen. Oft bekannte er mir nachts seine Furcht um das künftige Leben, er hatte Angst, nicht fromm genug gelebt zu haben. Der arme Kerl! Er schuftete ja vom Morgen bis in die Nacht. Wer sonst soll denn ins Paradies kommen, wenn es überhaupt eins gibt?

Er erhielt die letzte Ölung wie ein Heiliger, und das war er.

Sein Tod war seines Lebens würdig. Seinem Sarge folgte nur ich.

Als ich meinen einzigen Wohltäter zur Erde bestattet hatte, suchte ich Mittel und Wege, ihm zu danken nach seinem Tod. Ich sah: Familie, Freunde, Frau und Kinder hatte er nicht.

Aber er glaubte! Er hatte eine unerschütterliche Überzeugung des Glaubens, daran zu zweifeln hatte ich kein Recht. Oft hatte er mir schüchtern erzählt von Messen für den Frieden Abgeschiedener, er wollte mir dieses nicht zur Pflicht machen, denn er mochte denken, das hieße, die Rückzahlung der Schuld fordern. Kaum daß ich nur irgend konnte, habe ich der Kirche Saint-Sulpice die Stiftungssumme für vier Messen im Jahr hinterlegt. Da dies die einzige Form ist, in der ich Bourgeat etwas geben kann, nämlich die, seinen frommen Gelübden Genüge zu tun, so gehe ich zu Beginn der vier Jahreszeiten in seinem Namen ins Gotteshaus, spreche für ihn die Gebete, die man verrichten muß.

Ich sage mit dem guten Glauben des Zweiflers: Mein Gott, wenn es eine Welt gibt, wohin du nach ihrem Tod die vollendet Guten sendest, dann

gedenke des guten Menschen Bourgeat. Hat er etwas abzubüßen durch Leiden, dann gib mir diese Leiden, auf daß er früher in den Ort eintreten kann, den man das Paradies nennt.
Dies, mein Lieber, ist alles, was ein Mann von meinen Grundsätzen sich gestatten kann. Gott wird ein guter Geselle sein, er wird mir deswegen nicht zürnen. Und ich schwöre Ihnen, ich gebe mein ganzes Hab und Gut darum, könnte nur die Gewißheit des Glaubens, die Bourgeat hatte, in mein Gehirn hinein!"
Bianchon, der Desplein in seiner letzten Krankheit betreute, wagt heute nicht zu behaupten, der berühmte Chirurg sei als Gottesleugner gestorben. Gläubige Seelen werden sich an die Hoffnung halten, der demütige Auvergnate sei gekommen, ihm die Himmelstore zu öffnen, so wie er ihm einst die Tore des Ruhmestempel geöffnet, über dem geschrieben steht:
„Seinen großen Söhnen – das dankbare Vaterland."

☆

HONORÉ DE BALZAC · EL VERDUGO

✩

VON DEM TURM DER KLEINEN STADT Menda hatte es Mitternacht geschlagen. Ein junger französischer Offizier stand an der Brüstung der langen Terrasse, welche die weiten Gärten des Schlosses von Menda umschließt. Er schien versunken in tiefere Gedanken, als man sie sonst einem unbekümmerten, jungen Soldaten zutraut. Aber selten haben Stunde und Landschaft mehr zur Nachdenklichkeit eingeladen. Der herrliche Himmel Spaniens entfaltete eine Kirchenwölbung von reinstem Azur über seinem Haupte, das Funkeln der Sterne und das hingehauchte Licht des Mondes liehen dem wundervollen Tal, das sich in seinem ganzen Zauber zu seinen Füßen ausbreitete, einen unbeschreiblichen Schimmer. Der Offizier, ein Bataillonschef, lehnte sich an einen blühenden Orangenbaum. Hundert Fuß unter sich sah er die Stadt Menda, die sich zum Schutz vor dem Nordwind unter die Felsen geschmiegt zu haben schien, auf deren steiler Höhe das Schloß stand. Wenn er den Kopf wandte, erblickte er das Meer, dessen dunkel strahlendes Gewässer die Landschaft mit einem breiten Streifen Silber umrahmte. Das Schloß war hell beleuchtet. Das fröhliche Getümmel eines Balles, die rauschenden Fanfaren der Orchesterinstrumente, das Lachen der Offiziere und der Tänzerinnen, alles dies erreichte sein Ohr, ohne daß je die tiefe Untermelodie des ferne rauschenden Meeres verstummte. Die herbe Kühle der Nacht ließ seinen Körper, so ermüdet

er von der Hitze des Tages war, wieder aufleben, die Gärten ringsum waren erfüllt von so stark duftenden Bäumen und so süß hauchenden Blumen, daß der junge Mensch wie in ein Bad von Parfüm getaucht war.
Das Schloß Menda gehörte einem spanischen Granden, der es im Augenblick mit seiner Familie bewohnte. Während des heutigen Abends hatte die ältere Tochter des Hauses den Offizier so teilnahmsvoll und zugleich so traurig angesehen, daß das Gefühl des Mitleids, das die Spanierin in ihren Blick gelegt hatte, den Franzosen wohl nachdenklich stimmen konnte.
Klara war schön. Obwohl sie mit drei Brüdern und einer Schwester teilen mußte, schienen doch die Besitztümer des Marquis von Léganès bedeutend genug, um Victor Marchand davon zu überzeugen, daß das junge Mädchen auf eine große Mitgift rechnen konnte. Aber sollte er so kühn sein zu glauben, daß die Tochter des stolzesten aller Granden Spaniens ihm zur Frau gegeben würde, ihm, dem Sohn eines Spezereikrämers von Paris? Und wie waren die Franzosen verhaßt! Stand doch der Graf im besonders dringenden Verdachte des Generals G., des Gouverneurs der Provinz. Man flüsterte von einem Aufstand zugunsten Ferdinands VII., und Victor Marchands Bataillon war in der kleinen Stadt von Menda einquartiert einzig zum Zwecke, die umliegenden Gebiete, die dem Marquis von Léganès gehörten, in Schach zu halten. Eben war eine Depesche von Marschall Ney eingetroffen, die fürchten ließ, daß die Engländer demnächst an der Küste landen würden, und sie bezeichnete den Marquis als den Mann,

der die Verbindung mit der Regierung in London aufrecht erhielt. So kam es, daß Victor Marchand sich trotz des guten Empfangs, den dieser spanische Grande ihm und seinen Soldaten seinerzeit bereitet hatte, dauernd in Reserve hielt. Wenn der junge Offizier sich jetzt zu der Terrasse wandte, von wo er die Stadt und die ihm anvertrauten Landgebiete weithin übersehen konnte, fragte er sich und nicht zum erstenmal, wie sollte er die Freundlichkeit verstehen, die der Marquis ihm unaufhörlich zu bezeugen nicht müde wurde, wie konnte der Frieden dieses ruhenden Landes in Einklang gebracht werden mit der mißtrauischen Unruhe seines Generals? Und im letzten Augenblick schwand diese Überlegung plötzlich mit einem Schlage aus dem Geist des jungen Kommandeurs vor dem Gefühl der Vorsicht und einer höchst begründeten Wißbegierde, denn er hatte eben in dieser Sekunde in der Stadt eine große Anzahl von Lichtern bemerkt. Wohl feierte man das Fest des heiligen Jakob, aber das änderte nichts an seinem Befehl von heute morgen, alles Feuer müsse zur vorgeschriebenen Stunde gelöscht sein. Einzig das Schloß fiel nicht unter diese Maßnahme. Hier und dort sah er zwar die Bajonette der Soldaten an den gewohnten Posten aufblitzen, aber das Schweigen war zu tief, und nichts mochte darauf hindeuten, daß sich die Spanier der wilden Freude eines Fests hingegeben hätten. Er versuchte sich auf irgendeine Weise diese Übertretung, deren die Einwohner sich zweifellos schuldig gemacht, zu erklären, fand aber um so weniger den Schlüssel des geheimnisvollen Vorganges, als er in der Stadt Offiziere zurückgelassen hatte, mit dem Auftrag, die Straßenpolizei und die Inspizierung der Posten zu überwachen. Mit dem ganzen Ungestüm seiner Jahre eilte er ohne den geringsten Verzug durch eine Lücke in der Mauer hinab über die Felsen, um schneller als auf dem gewöhnlichen Wege zu einem kleinen Wachposten zu gelangen, der auf der Seite des Schlosses am Eingang der Stadt aufgestellt war. Da unterbrach ihn ein schwaches Geräusch in seinem Lauf. Er glaubte den Sand der Allee unter dem leichten Schritt einer Frau knirschen zu hören. Er wandte den Kopf, sah aber nichts. Seine Augen wurden überwältigt durch den unbeschreiblichen Glanz des Ozeans. Da wurde er plötzlich eines so furchtbaren Schauspiels gewahr, daß er wie versteinert still blieb, denn er traute seinen Sinnen nicht. Die weißen Strahlen des Mondes ließen ihn in weiter Ferne Segel von Kriegsschiffen erblicken. Er zitterte, wollte sich glauben machen, diese Vision sei nichts als eine optische Täuschung, Spiegelung der Wellen und des Mondes. Aber in diesem Augenblick stieß eine unterdrückte rauhe Stimme den Namen des Offiziers hervor, der eben den Blick auf die Bresche richtete; und dort richtete sich langsam der Kopf des Soldaten auf, der ihn vor kurzem bis ins Schloß begleitet hatte.

„Sind Sie es, Herr Kommandant?“

„Ja, was gibt's?“ antwortete der junge Mann mit leiser Stimme, denn eine Vorahnung ließ ihn sich in acht nehmen.

„Die Schurken rühren sich wie die Würmer, und ich beeile mich mit Ihrer Erlaubnis, Ihnen meine kleinen Beobachtungen mitzuteilen.“

„Vorwärts!“ sagte Victor Marchand.

„Ich bin eben einem Mann aus dem Schloß gefolgt, welcher sich hierher geschlichen hat, eine Laterne in der Hand. Eine Laterne ist etwas Verteufeltes, denn ich glaube nicht, daß dieser gute Christ jetzt um diese Stunde Kerzen anzünden will. Fressen wollen sie uns, das habe ich mir gesagt, und ich begann ihm auf den Fersen zu folgen. Und so, Herr Kommandant, habe ich drei Schritte von hier auf einem Felsstück einen hohen Haufen Reisig entdeckt.“

Ein furchtbarer Schrei mit seinem noch fürchterlicheren Widerhall unten in der Stadt unterbrach den Soldaten. Eine plötzlich aufschießende Helle beleuchtete den Kommandanten. Der arme Grenadier erhielt eine Kugel in den Schädel und fiel. Ein Feuer aus Stroh und trockenem Holz brannte zehn Schritte von dem jungen Mann lichterloh auf. Mit einem Schlage waren die Instrumente und das Lachen im Ballsaal verstummt. Nichts als Totenstille, unterbrochen von Stöhnen. Ein Kanonenschuß dröhnte auf der weiten Fläche des Ozeans.

Kalter Schweiß trat auf die Stirne des jungen Offiziers. Er hatte keinen Degen mit. Seine Soldaten mußten umgekommen sein, die Engländer standen vor der Landung. Er sah sich entehrt, falls er am Leben blieb, er sah sich verloren vor einem Kriegsgericht, und so maß er mit den Augen die Tiefe des Felsenhangs und wollte sich eben herabstürzen, als Klaras Hand die seine erfaßte.

„Flieht!“ sagte sie. „Meine Brüder folgen mir, um Sie zu töten. Am Fuß des Felsens werden Sie Juanitos Pferd finden. Gehen Sie!“

Sie trieb ihn vorwärts. Der junge Mann blickte sie einen Augenblick starr an, dann gehorchte er dem Selbsterhaltungstriebe, der auch den stärksten Mann nicht verläßt, stürzte sich in der angegebenen Richtung in den Park, rannte über die Felsen, die bis jetzt bloß Ziegen betreten hatten. Hinter sich hörte er Klara ihren Brüdern zurufen, sie sollten ihr folgen, er hörte die Schritte seiner Mörder, an seinen Ohren pfiffen immer wieder Kugeln vorbei, aber er erreichte das Tal, fand das Pferd, bestieg es und verschwand wie der Blitz.

In wenigen Stunden erreichte der junge Offizier das Quartier des Generals G., den er mit seinem Generalstab bei der Tafel traf.

„Hier bringe ich Ihnen meinen Kopf", rief der Bataillonschef, leichenblaß und verstört, an der Schwelle. Er setzte sich und begann das furchtbare Abenteuer zu erzählen. Ein schreckliches Schweigen war die Antwort.

„Ich finde Sie mehr unglücklich als tadelnswert", antwortete endlich der furchtbare General. „Sie sind nicht verantwortlich für das Verbrechen der Spanier. Und wenn nicht der Marschall eine andere Entscheidung fällt, so spreche ich Sie frei." Diese Worte mußten dem unglücklichen Offizier einen schwachen Trost geben.

„Was wird der Kaiser dazu sagen, wenn er's erfährt?" flüsterte er.

„Wenn der Kaiser davon hören wird, dann wird er Sie füsilieren," sagte der General, „aber noch ist es nicht so weit. Wir wollen jetzt", setzte er ernsten Tones fort, „nur davon reden, wie wir uns rächen können und wie wir einen heilsamen

Schrecken diesem Lande einjagen, wo man den Krieg wie unter Menschenfressern führt."

Schon eine Stunde später waren ein Regiment Infanterie, eine Kavallerieabteilung und eine Artilleriebrigade auf dem Marsche; der General und Viktor waren an der Spitze dieser Kolonne. Die Mannschaft, der man das Massaker ihrer Kameraden mitgeteilt, war in beispielloser Wut. In Blitzesschnelle ward die Entfernung zwischen dem Standort des Generals und der Stadt Menda durcheilt. Auf dem Wege traf der General ganze Städte in Aufruhr unter Waffen. Alle diese elenden Ortschaften wurden umzingelt und die Einwohner dezimiert.

Nun waren aber durch einen unerklärlichen Zufall die englischen Schiffe draußen liegen geblieben, ohne weiter vorzurücken. Erst später erfuhr man, diese Schiffe hätten bloß Artillerie getragen und wären dem Rest des Transportes vorausgeeilt. So war die Stadt Menda von den Verteidigern, die sich ihr durch die Erscheinung der englischen Segel angekündigt hatten, noch frei und konnte von den französischen Truppen ohne Schwertstreich genommen werden. In ihrem furchtbaren Schrecken wollten sich die Einwohner auf Gnade und Ungnade ergeben, aber in einem aufwallenden Opfergefühl, das dem Spanier nicht fremd ist, machten sich die Franzosenmörder anheischig, sich persönlich dem General zu stellen, denn sie konnten angesichts der bekannten Grausamkeit des Generals im voraus damit rechnen, daß andernfalls die Stadt Menda durch Brand vertilgt und die ganze Bevölkerung hingemordet würde. Der General nahm nun dieses Angebot an und stellte zur Bedingung, daß alle Bewohner des Schlosses, vom letzten Diener bis zum Marquis, in seine Gewalt überliefert würden. Unter der Voraussetzung dieser Kapitulation versprach der General dem Rest der Bevölkerung Gnade zuteil werden zu lassen und seinen Soldaten Plünderung und Brandstiftung in der Stadt zu untersagen. Eine ungeheure Kontribution wurde angeordnet, die reichsten Einwohner stellten sich als Geiseln, um Zahlung innerhalb von vierundzwanzig Stunden zu verbürgen.

Der General traf nun alle Vorsichtsmaßregeln für die Sicherheit seiner Truppen, sorgte für die Verteidigung des Landes und verbot, die Soldaten in den Häusern unterzubringen. Er ließ sie im Freien kampieren, dann stieg er zum Schloß empor und bemächtigte sich dessen mit militärischer Gewalt. Die ganze Familie de Léganès ebenso wie die Dienstboten wurden auf das sorgfältigste bewacht. Man hielt sie in Gesichtsweite geknebelt und gebunden in dem Saale, wo seinerzeit der Ball stattgefunden hatte. Von den Fenstern dieses Raumes aus konnte man die Terrasse, welche die Stadt beherrschte, überblicken. Der Generalstab etablierte sich in einer benachbarten Galerie. Der General hielt nun vor allem Kriegsrat ab, durch welche Maßnahmen man sich gegen die Landung schützen könne. Er sandte einen Adjutanten an Marschall Ney, stellte eine Anzahl Batterien auf die Höhe, und nun konnten der General und sein Stab sich mit den Gefangenen befassen. Zweihundert Spanier, von den Einwohnern ausgeliefert, wurden unverzüglich auf der Terrasse füsiliert. Nach dieser militärischen Exekution befahl der General ebensoviel Galgen auf der Terrasse aufzurichten, als es Gefangene in dem Saale des Schlosses gab. Auch befahl er dem Henker der Stadt, zu kommen. Victor Marchand benützte die Zeit vor dem Diner, um die Gefangenen zu sehen. Bald kehrte er zum General zurück.

„Ich bin erschienen," sagte er mit bewegter Stimme, „Sie um Gnade zu bitten."

„Sie!" antwortete der General mit bitterer Ironie.

„Ach," antwortete Victor, „es handelt sich um eine traurige Gnade. Der Marquis hat gesehen, daß Galgen aufgerichtet wurden. Er hat gehofft, daß Sie die Art der Strafe für seine Familie ändern würden und fleht Sie an, die Adeligen durch das Schwert hinrichten zu lassen."

„Einverstanden", sagte der General.

„Sie bitten außerdem, man möge ihnen den Beistand der Religion zuteil werden lassen und sie von ihren Fesseln frei machen. Sie versprechen keinen Fluchtversuch zu unternehmen."

„Auch damit bin ich einverstanden," sagte der General, „aber Sie bürgen mir dafür."

„Der alte Herr bietet Ihnen außerdem sein ganzes Vermögen, wenn Sie seinen jüngsten Sohn pardonieren wollen."

„Was heißt das," antwortete der Chef, „seine Güter gehören bereits dem König Josef."

Dann überlegte er; Verachtung zeichnete sich auf seiner Stirne ab, und er sagte: „Ich will sogar noch weiter gehen, ich ahne die Bedeutung seiner letzten Bitte. Nun gut, er mag die ewige Dauer seines Namens erkaufen, aber ebenso möge sich immer Spanien seines Verrates und seiner Strafe erinnern. Ich lasse seine Güter, das Leben und sein Vermögen demjenigen seiner Söhne, der das Amt des Henkers übernimmt. Nun gehen Sie und sprechen Sie nicht weiter davon."

Das Diner stand bereit. Die Offiziere an der Tafel befriedigten ihren Appetit, den die Anstrengung noch vermehrt hatte. Nur einer, Victor Marchand, fehlte. Lange hatte er gezögert, dann trat er in den Saal ein, wo die stolze Familie de Léganès schmachtete. Er warf traurige Blicke rings in den Saal, wo noch vor zwei Tagen, hingerissen vom Zauber der Ballmusik, die Häupter der zwei jungen Mädchen und der drei jungen Männer sich im Tanze gewiegt hatten. Er dachte mit Zittern daran, daß sie binnen kurzem rollen sollten, abgeschlagen von dem Schwerte des Henkers. An ihre goldenen Fauteuils gebunden, blieben alle, Vater und Mutter, drei Söhne und zwei junge Mädchen, in völliger Bewegungslosigkeit. Acht Diener standen hinter ihnen, die Hände an den Rücken gebunden. Diese fünfzehn Personen sahen einander ernst an, und ihre stummen Augen verrieten kaum ihre innersten Gedanken. Und doch las man Bekümmernis auf dieser oder jener Stirne und tiefe Trauer, daß ihr Unternehmen mißlungen war. Regungslose Soldaten bewachten diese grausamen Feinde und achteten ihren Schmerz. Eine Regung der Neugier belebte die Gesichter, als Victor erschien. Er gab Befehl, die Verurteilten zu lösen und gab sich selbst die Mühe, die Stricke zu durchschneiden, welche Klara an ihren Stuhl fesselten. Sie lächelte düster. Der Offizier konnte es sich nicht versagen, den Arm des jungen Mädchens zu streifen. Er bewunderte ihre schwarze

Haarflut, ihre biegsame Taille. Es war eine echte Spanierin. Spanischer Teint, spanische Figur, lange, emporgebogene Wimpern und ein Auge, schwärzer als der Flügel eines Raben.

„Ist es Ihnen gelungen?" fragte sie, und bot ihm ein verschleiertes Lächeln, in dem doch noch sehr viel Mädchenhaftes war.

Victor mußte tief seufzen. Er sah nacheinander die drei Brüder und Klara an. Der älteste war dreißig Jahre, klein, schlecht gewachsen, von stolzem, geringschätzigem Wesen, und doch verriet er einen gewissen Adel in seinem Benehmen und schien nicht ganz jenes Herzenstaktes zu entbehren, der zu anderen Zeiten die spanische Galanterie so berühmt gemacht hat. Er nannte sich Juanito. Der zweite, Philipp, war ungefähr zwanzig Jahre alt. Er glich Klara. Ein Maler hätte vielleicht in den Zügen des dritten Sohnes, Manuel, ein wenig von jener römischen Standhaftigkeit entdeckt, die David den Kindern auf seinen republikanischen Bildern gegeben hat. Der alte Marquis mit seinen weißen Haaren schien aus einem Bilde von Murillo herausgetreten zu sein. Bei diesem Anblick warf der junge Offizier seinen Kopf zurück, denn er konnte nicht hoffen, daß eine von diesen vier Personen den Antrag des Generals annehmen würde. Nichtsdestoweniger wagte er Klara alles anzuvertrauen; die Spanierin erbebte, dann fand sie ihre Ruhe und kniete vor ihrem Vater nieder.

„Teuerster," sagte sie, „lassen Sie Juanito schwören, daß er treu Ihren Befehlen gehorchen wird, und wir alle können zufrieden sein."

Die Marquise zitterte vor Hoffnung. Als sie aber,

gelehnt an ihren Gatten, Klaras furchtbares Wort hörte, fiel sie in Ohnmacht. Juanito verstand alles, er bäumte sich auf, wie ein Löwe im Käfig. Victor nahm es auf sich, die Soldaten fortzuschikken, nachdem er vom Marquis das Versprechen völliger Unterwerfung erhalten hatte. Die Diener wurden herausgeführt und dem Henker überliefert, der sie aufhing. Als die Familie nur Victor als Wächter über sich hatte, erhob sich der alte Vater.
„Juanito!" sagte er.
Juanito antwortete nur durch eine Kopfbewegung, die einem Nein gleichkam. Er sank in seinen Stuhl zurück und sah seine Eltern mit traurigen und furchtbaren Augen an. Klara setzte sich auf seine Knie und sagte ganz heiter:
„Mein lieber Juanito, wenn du nur wüßtest, wie süß mir der Tod von deiner Hand sein wird."
Sie breitete den Arm um seinen Hals und küßte ihn auf die Augenlider.
„Ich werde nicht die verhaßte Berührung der Henkershände zu erdulden haben. Du wirst mich von allen künftigen Leiden heilen und – mein lieber Juanito, du wolltest mich doch keinem Mann gönnen."
Ihre Samtaugen schleuderten einen Feuerblick auf Victor, um im Herzen Juanitos neuen Abscheu gegen die Franzosen zu erwecken.
„Mut," sagte sein Bruder Philipp, „sonst ist unser fast königliches Geschlecht erloschen."
Plötzlich erhob sich Klara; die Gruppe, die sich rings um Juanito gebildet hatte, trat auseinander und Juanito, dieses aufrührerische Herz aus Treue, sah seinen alten Vater vor sich stehen und hörte seine feierliche Stimme:

„Juanito, es ist mein Wille."
Der junge Graf blieb ohne Regung, sein Vater stürzte zu seinen Füßen hin. Unwillkürlich folgten Klara, Manuel und Philipp seinem Beispiel. Alle erhoben die Hände gegen den einzigen, der die Familie vor dem Vergessen bewahren konnte, und alle schienen in die Worte des Vaters mit einzustimmen:
„Mein Sohn, hast du keinen spanischen Mut, kein wahres Gefühl, willst du mich lange auf den Knien lassen, darfst du nur an d e i n Leben und d e i n Leiden denken? Ist das mein Sohn?" setzte der Alte hinzu, indem er sich an die alte Gräfin wandte.
„Er willigt ein", rief die Mutter verzweifelnd. Sie sah Juanito mit den Augenbrauen eine Bewegung machen, deren Bedeutung nur ihr bekannt war.
Marequita, die zweite Tochter, lag auf den Knien, ihre Mutter hielt sie mit ihren schwachen Armen umschlungen. Und da sie heiße Tränen weinte, kam ihr kleiner Bruder Manuel herbei, um sie zu schelten. In diesem Augenblick näherte sich der Almosenier des Schlosses und wurde sofort von der ganzen Familie umringt, die ihn zu Juanito hinführte. Victor konnte nicht länger diese Szene ertragen. Er machte Klara ein Zeichen und eilte fort, um einen neuen Versuch beim General zu unternehmen. Er traf ihn in guter Stimmung mitten an der Festtafel, wie er mit seinen Offizieren zechte. Die Gesellschaft begann fröhliche Reden zu führen.
Eine Stunde später kamen hundert der vornehmsten Bewohner auf die Terrasse, um auf Befehl

des Generals Zeugen der Exekution der Familie de Léganès zu sein. Eine Abteilung Soldaten wurde aufgestellt, um die Spanier in Schach zu halten, denen man unter den Galgen Plätze anwies, an denen die Dienstboten des Marquis aufgehängt worden waren. Die Köpfe dieser edlen Bürger berührten fast die Füße der Märtyrer. Dreißig Schritte von ihnen entfernt erhob sich ein Block und es glitzerte ein Richtschwert. Der Henker stand da, um im Falle der Weigerung Juanitos sein Werk zu verrichten. Bald hörten die Spanier im tiefsten Schweigen die Schritte von einigen Personen, den taktmäßigen Schall einer Soldatenabteilung auf dem Marsch und das leise Klirren ihrer Gewehre. Dazu kam der fröhliche Lärm des Festmahls und mischte sich damit, wie einst die Walzerklänge eines Balles die Vorbereitungen des blutigen Verrats überdeckt hatten. Alle Blicke wandten sich gegen das Schloß, und man sah, wie die edle Familie sich mit unglaublicher Sicherheit vorwärts bewegte. Aller Stirnen waren ruhig und heiter. Ein einziger Mann, blaß und gebrochen, stützte sich auf den Priester, der alle Tröstungen der Religion diesem Manne anbot, dem einzigen, der leben sollte. Der Henker verstand ebenso wie jedermann, daß Juanito seinen Platz für einen Tag angenommen hatte. Der alte Marquis und seine Frau, Klara, Marequita und die zwei Brüder knieten einige Schritte vor der Todesstätte nieder. Juanito wurde von dem Priester hingeführt. Als er zur Richtstätte kam, zog ihn der Henker am Ärmel zu sich und gab ihm einige Anweisungen. Der Beichtvater stellte die Opfer so auf, daß sie die Hinrichtung nicht sehen konnten. Aber es waren echte Spanier, die sich aufrecht hielten und Schwäche nicht kannten. Klara stürzte als erste vor ihren Bruder hin:

„Juanito,“ sagte sie, „habe Mitleid mit meinem bißchen Mut und beginne mit mir!“

In diesem Augenblick hörte man die schnellen Schritte eines Mannes. Victor erschien. Klara war schon niedergekniet, ihr blanker Hals schien das Richtschwert zu rufen. Der Offizier erbleichte, aber er fand die Kraft, hinzuzueilen.

„Der General begnadigt dich, wenn du mich heiraten willst“, sagte er mit leiser Stimme. Die Spanierin warf auf den Offizier einen Blick voll Verachtung und Stolz.

„Komm, Juanito“, sagte sie mit ihrer tiefen Stimme.

Ihr Haupt rollte zu Füßen Victors hin. Die Marquise de Léganès bäumte sich in einer plötzlichen krampfhaften Bewegung, als sie diesen Laut hörte. Das war alles.

„Halte ich mich so gut, mein lieber Juanito?“ frug der kleine Manuel seinen Bruder.

„Ach, du weinst, Marequita“, sagte Juanito zu seiner Schwester.

„Ja“, antwortete das junge Mädchen, „ich denke an dich, du wirst sehr unglücklich ohne uns sein.“

Bald erschien die hohe Gestalt des Marquis. Er betrachtete das Blut seiner Kinder, wandte sich gegen die stummen und regungslosen Zuschauer, streckte die Hände gegen Juanito aus und sagte mit lauter Stimme:

„Spanier, ich gebe meinem Sohn den väterlichen Segen. Jetzt, Marquis, tu deinen Schlag ohne Furcht, denn du bist ohne Tadel.“

Aber als Juanito seine Mutter an den Armen des Beichtvaters kommen sah, schrie er auf: „Das ist der Leib meiner Mutter, die mich geboren hat!" Seine Stimme weckte einen Schrei des Abscheus in der Gesellschaft. Der Lärm des Festes und das heitere Lachen der Offiziere verstummte vor diesem furchtbaren Schrei. Die Marquise fühlte, daß der Mut ihres Sohnes zu Ende war. Sie warf sich in verzweifeltem Schmerz über die Balustrade und zerschmetterte ihr Haupt an den Felsen.
Ein Schrei der Bewunderung erhob sich. Juanito war ohnmächtig geworden.
„Mein General", sagte ein Offizier, der etwas angeheitert war, „Marchand erzählt mir eben von dieser Hinrichtung; ich wette, das war nicht Ihr Befehl."
„Haben Sie denn vergessen, meine Herren," schrie der General, „daß von heute in einem Monat fünfhundert französische Familien in Tränen schwimmen werden und daß wir in Spanien sind? Wollt Ihr Eure Knochen hier lassen?"
Nach dieser Ansprache war kein Mensch mehr da, auch kein Unteroffizier, der Lust hatte, sein Glas zu leeren. –
Trotz der hohen Achtung, die er genießt, trotz des Titels „El Verdugo", der Henker, den ihm der König von Spanien als Ehrentitel verliehen hat, wird der Marquis von Léganès von Kummer verzehrt. Er lebt in der Einsamkeit, kaum daß man ihn jemals sieht. Er wartet mit Ungeduld darauf, daß ihm die Geburt eines Erben das Recht gibt, den Schatten sich anzuschließen, die ihn unablässig verfolgen.

☆

☆

DER GRAF VON FONTAINE, DAS HAUPT EINER der ältesten Familien Poitous, hatte der Sache der Bourbonen mit Intelligenz und Mut während der Kämpfe der Vendéer gegen die Republik gedient. Nachdem er allen Gefahren entronnen war, die die royalistischen Anführer in dieser stürmischen Epoche der zeitgenössischen Geschichte bedroht hatten, pflegte er scherzend zu sagen: „Ich bin einer von denen, die sich auf den Stufen des Throns haben töten lassen!" Dieser Scherz hatte etwas Wahres bei einem Manne, den man an dem blutigen Tage von Quatre-Chemins für tot liegen gelassen hatte. Obgleich durch die Konfiskationen ruiniert, weigerte sich dieser getreue Vendéer beharrlich, eine der einkömmlichen Stellungen anzunehmen, die ihm der Kaiser Napoleon anbieten ließ. Unbeugsam in seinen aristokratischen Anschauungen, handelte er auch blind nach diesen Grundsätzen, als er es an der Zeit hielt, sich eine Lebensgefährtin zu wählen. Trotz der verführerischen Angebote eines reichen republikanischen Parvenüs, der sich eine solche Heirat viel Geld hätte kosten lassen, verehelichte er sich mit einem Fräulein von Kergarouet, die vermögenslos, deren Familie aber eine der ältesten der Bretagne war. Von der Restauration wurde Herr von Fontaine überrascht, als er bereits eine zahlreiche Familie besaß. Obwohl es dem vornehm denkenden Edelmann nicht in den Sinn gekommen wäre, eine Gunst für sich zu erbitten, gab er doch dem

Wunsche seiner Frau nach, verließ seinen Landsitz, dessen bescheidener Ertrag kaum für die Bedürfnisse seiner Kinder ausreichte, und ging nach Paris. Angewidert von der Begehrlichkeit, mit der seine alten Kameraden auf die Stellungen und Würden, die die konstitutionelle Regierung zu vergeben hatte, Jagd machten, war er schon im Begriff, auf sein Landgut zurückzukehren, als er einen Brief des Ministers erhielt, in dem ihm eine ziemlich berühmte Exzellenz seine Erhebung zum Range eines Feldmarschalls mitteilte, auf Grund der Ordonnanz, wonach es Offizieren der katholischen Armeen gestattet war, sich die ersten zwanzig Jahre einer fingierten Regierung Ludwigs XVIII. als Dienstzeit anzurechnen. Einige Tage später empfing der Vendéer auch noch, ohne darum gebeten zu haben, sondern von Amts wegen, das Kreuz des Ordens der Ehrenlegion und das Sankt-Ludwigskreuz. Durch diese aufeinanderfolgenden Gnadenbeweise wurde er in seinem Entschlusse wieder schwankend, da er sie dem Umstande zuschreiben zu müssen glaubte, daß der Monarch sich seiner erinnert habe; er begnügte sich nicht mehr damit, seine Familie alle Sonntage, wie er es unverbrüchlich getan hatte, in den Marschallsaal der Tuilerien zu führen und dort, wenn sich die Prinzen in die Kapelle begaben, „Es lebe der König" zu rufen, sondern er suchte um die Gunst einer besonderen Audienz nach. Diese sofort bewilligte Audienz hatte aber keinen besonderen Charakter. Der Saal im Schlosse war voll von alten Dienern, deren gepuderte Köpfe, aus einer gewissen Höhe gesehen, einem Teppich aus Schnee glichen. Hier traf der Edelmann alte

Kameraden, die ihn aber etwas kühl begrüßten; die Prinzen allerdings erschienen ihm „anbetungswürdig" – ein Ausdruck, der ihm in seinem Enthusiasmus entschlüpfte –, als der liebenswürdigste seiner Herrscher, dem der Graf nur dem Namen nach bekannt zu sein glaubte, zu ihm herantrat, ihm die Hand drückte und ihn als den echtesten Vendéer bezeichnete. Trotz dieser Huldigung kam aber keiner der erlauchten Persönlichkeiten auf den Gedanken, ihn über die Höhe seiner Verluste oder der Beträge, die er in generöser Weise den Kassen der katholischen Armee hatte zufließen lassen, zu befragen. Er erkannte ein wenig spät, daß er Krieg auf eigene Kosten geführt hatte. Gegen Ende des Abends glaubte er eine geistreiche Anspielung auf den Stand seiner Vermögensverhältnisse wagen zu dürfen, der dem vieler anderer Edelleute glich. Seine Majestät lachte herzlich, weil jedes Wort, das von Geist zeugte, imstande war, sein Gefallen zu erregen; aber sie antwortete nur mit einem der königlichen Scherze, deren Liebenswürdigkeit mehr zu fürchten war, als ein im Zorn ausgesprochener Tadel. Einer der intimsten Vertrauten des Königs zögerte auch nicht, sich dem schlauen Vendéer zu nähern, und gab ihm mit einer feinen höflichen Bemerkung zu verstehen, daß der Moment noch nicht gekommen sei, wo man den Herrschern seine Rechnung präsentieren könne: auch befanden sich auf dem Tische noch viele Denkschriften, die älter waren als sein Anliegen, und die sicher von Wichtigkeit für die Geschichte der Revolutionszeit waren. Der Graf entfernte sich klüglich aus der verehrungswürdigen Gruppe, die respektvoll einen Halbkreis um die erlauchte Familie bildete; dann, nachdem er seinen Degen, der ihm zwischen seine dünnen Beine geraten war, wieder zurechtgeschoben hatte, begab er sich zu Fuß über den Hof der Tuilerien zu seinem Mietswagen, den er am Quai hatte halten lassen. Mit der Halsstarrigkeit, die den Adel vom alten Schlage auszeichnet, bei dem die Erinnerung an die Liga und die Barrikaden noch nicht erloschen ist, schimpfte er in seinem Wagen so laut, daß er sich dadurch kompromittieren konnte, über die Veränderung, die bei Hofe eingetreten war. „Ehemals", sagte er zu sich, „sprach jedermann frei mit dem Könige über seine privaten Angelegenheiten, die Edelleute konnten nach ihrem Gefallen ihn um eine Gnade und um Geld bitten, und heute soll man, ohne Lärm zu machen, nicht einmal die Rückzahlung von Geldern verlangen können, die man in seinem Interesse vorgestreckt hat? Zum Donnerwetter! Das Sankt-Ludwigskreuz und der Rang eines Feldmarschalls sind doch kein Ausgleich für die dreihunderttausend Franken, die ich rund und nett für die Sache des Königs hergegeben habe. Ich will noch mal mit dem Könige reden, von Angesicht zu Angesicht in seinem Kabinett."

Dieser Vorgang kühlte den Eifer des Herrn von Fontaine um so mehr ab, als seine Gesuche um eine Audienz beständig unbeantwortet blieben. Andererseits mußte er sehen, wie Eindringlinge vom kaiserlichen Hof her mehrfach Chargen erhielten, die unter der alten Monarchie nur den Mitgliedern der besten Häuser vorbehalten gewesen waren.

„Es ist alles verloren", sagte er eines Morgens zu

sich. „Der König ist unzweifelhaft niemals etwas anderes als ein Revolutionär gewesen. Hätten wir nicht seinen Bruder, der nicht wankt und der Trost seiner getreuen Diener ist, dann wüßte ich nicht, in welche Hände eines Tages die Krone Frankreichs geraten könne, wenn diese Art zu regieren so weiter geht. Ihre verdammte konstitutionelle Verfassung ist die schlechteste aller Regierungsformen, und Frankreich wird sich ihr niemals anpassen. Ludwig XVIII. und Herr Beugnot haben uns in Saint-Ouen alles verdorben."

Der Graf, der alle Hoffnungen aufgegeben hatte, schickte sich an, auf sein Landgut zurückzugehen und gab großmütig alle seine Ansprüche auf Schadloshaltung auf. In diesem Moment kündigten die Ereignisse des zwanzigsten März einen neuen Sturm an, der das legitime Königtum und seine Verteidiger mit fortzureißen drohte. Gleich den zartfühlenden Leuten, die einen Diener bei Regenwetter nicht ausschicken, nahm Herr von Fontaine Geld auf seine Besitzung auf, um dem auf der Flucht befindlichen Königshause folgen zu können, ohne zu wissen, ob sein Anschluß an die Emigranten für ihn nutzbringender sein würde, als es seine Hingebung in der vergangenen Zeit gewesen war; da er aber bemerkt hatte, daß die Exilgenossen mehr in Gunst standen, als die Tapferen, die einstmals sich gegen die Aufrichtung der Republik mit bewaffneter Hand aufgelehnt hatten, so durfte er vielleicht hoffen, aus diesem Aufenthalt in der Fremde größeren Vorteil zu ziehen, als durch tätige und gefährliche Dienstleistungen im Lande. Diese Erwägungen eines Hofmanns waren keine Spekulationen ins Blaue hinein, die auf dem Papier glänzende Resultate verheißen, aber bei ihrer Ausführung zum Ruin führen. So wurde er, nach dem Ausspruch des geistreichsten und gewandtesten unsrer Diplomaten, einer von den fünfhundert getreuen Dienern, die das königliche Exil in Gent teilten, und die in einer Anzahl von fünfzigtausend aus ihm zurückkehrten. Während dieser kurzen Abwesenheit des Königshauses hatte Herr von Fontaine das Glück, von Ludwig XVIII. zu Diensten verwendet zu werden; und es fand sich mehr als eine Gelegenheit, da er dem Könige den Beweis großer politischer Zuverlässigkeit und treuer Anhänglichkeit geben konnte. Eines Abends, als der Monarch gerade nichts Besseres zu tun hatte, erinnerte er sich an das Bonmot, das Herr von Fontaine damals in den Tuilerien geäußert hatte. Der alte Vendéer ließ sich eine solche Gelegenheit nicht entgehen und erzählte seine Geschichte geistvoll genug, so daß der König, der nichts vergaß, sich zu geeigneter Zeit daran erinnern konnte. Dem erlauchten Literaten fiel auch die gewandte Form auf, die einige Noten zeigten, mit deren Redaktion der diskrete Edelmann betraut worden war. Dieses unbedeutende Verdienst prägte Herrn von Fontaine dem Gedächtnis des Königs als einen der loyalsten Diener der Krone ein. Nach der zweiten Rückkehr wurde der Graf zu einem der außerordentlichen Sendboten ernannt, die die Departements bereisten und die Aufgabe hatten, über die Begünstiger der Rebellion das entscheidende Urteil zu fällen; aber er machte nur mäßigen Gebrauch von seiner furchtbaren Machtvollkommenheit. Sobald diese temporäre Rechtsprechung erledigt war, konnte sich der bisherige Generalprofoß auf einem der Stühle des Staatsrats niederlassen, wurde Deputierter, als welcher er wenig sprach, aber aufmerksam zuhörte, und änderte seine Anschauungen erheblich. Mehrere den Biographen unbekannt gebliebene Umstände ließen ihn mit dem Könige so vertraut werden, daß der boshafte Monarch ihn einmal beim Hereintreten mit den Worten empfing: „Fontaine, mein lieber Freund, ich würde mir nicht einfallen lassen, Sie zum Generaldirektor oder zum Minister zu ernennen! Weder Sie noch ich könnten, wenn wir ein solches Amt hätten, bei unsern Anschauungen darin verbleiben. Das Repräsentativsystem hat die gute Seite, daß es uns die Peinlichkeit erspart, die wir früher empfanden, wenn wir unsere Staatssekretäre selber fortschicken mußten. Unser Staatsrat ist zu einem Wirtshaus geworden, in das die öffentliche Meinung uns häufig seltsame Reisende schickt; aber schließlich werden wir doch immer wissen, wie wir unsre getreuen Diener unterzubringen haben." Nach dieser boshaften Eröffnung erging eine Ordonnanz, durch die Herr von Fontaine mit der Verwaltung einer Domäne, die Privateigentum der Krone war, betraut wurde. Infolge der verständnisvollen Aufmerksamkeit, mit der er die Sarkasmen seines königlichen Freundes anhörte, kam sein Name immer Seiner Majestät auf die Zunge, sobald eine Kommission gebildet werden mußte, deren Mitglieder reiche Gehälter empfingen. Er war klug genug, über die Gunst, mit der ihn der Monarch beehrte, Stillschweigen zu bewahren, und verstand es, den König durch seine pikante Erzählungskunst bei den vertraulichen Plaudereien gut zu unterhalten, die Ludwig XVIII. ebenso sehr liebte, wie gefällig abgefaßte Billetts, politische Anekdoten und, wenn man sich dieses Ausdrucks bedienen darf, diplomatische oder parlamentarische Kankans, die damals im Überfluß zirkulierten. Man weiß, daß Details über seine „Regierungsbefähigung", ein Ausdruck, den der erlauchte Spötter aufgenommen hatte, ihn außerordentlich belästigten. Dank der Klugheit, dem Geist und der Gewandtheit des Grafen von Fontaine konnte jedes Glied seiner zahlreichen Familie, so jung es auch war, sich schließlich, wie er sich gegen seinen Herrn scherzhaft ausdrückte, wie ein Seidenwurm auf die Blätter des Etats setzen. So erhielt durch königliche Gnade sein ältester Sohn eine hervorragende Stellung in der unabsetzbaren Richterschaft. Der zweite, vor der Restauration einfacher Hauptmann, bekam unmittelbar nach seiner Rückkehr aus Gent das Kommando einer kaiserlichen Legion; dann kam er, anläßlich der Umwälzungen im Jahre 1815, während deren man sich nicht an das Reglement hielt, in die königliche Garde, von da wieder zu den Gardes-du-Corps, wurde dann nochmals zur Linie versetzt und war schließlich, nach der Affäre des Trocadero, Generalleutnant mit einem Kommando bei der Garde. Der Jüngste, zum Unterpräfekten ernannt, wurde bald Generalsteuereinnehmer und Abteilungsdirektor bei der Pariser Stadtverwaltung, wo er vor allen Gefahren gesetzgeberischer Umwälzungen geborgen war. Diese unauffälligen Gnadenbeweise, die ebenso geheim blieben wie die Gunst, in der der Graf stand, ergossen sich, ohne Aufsehen zu erregen, über die Familie. Obgleich der Vater und die drei Söhne nun jeder genügend Sinekuren besaß, um sich des Genusses eines sicheren Einkommens zu erfreuen, das fast so groß war wie das eines Generaldirektors, so erregte ihr Glück, das sie ihrer politischen Stellung verdankten, doch niemandes Neid. In dieser Zeit der ersten konstitutionellen Einrichtungen hatten nur wenige einen richtigen Begriff von den friedlichen Regionen des Budgets, in denen geschickte Günstlinge Ersatz für zerstörte Abteien zu finden verstanden. Der Graf von Fontaine, der sich noch vor kurzem gerühmt hatte, daß er die Verfassung nie gelesen habe, zögerte nicht, seinem erhabenen Herrn zu beweisen, daß er ebensogut wie er den Geist und die Hilfsquellen des „Repräsentativsystems" begriffen habe. Aber trotz der sicheren Karrieren, die sich seinen drei Söhnen eröffnet hatten, trotz der pekuniären Vorteile, die sich aus den vier Stellungen ergaben, stand Herr von Fontaine doch an der Spitze einer zu zahlreichen Familie, als daß er schnell und leicht wieder zu Vermögen hätte kommen können. Seine drei Söhne waren reich an Zukunftshoffnungen, Gunst und Begabung; aber er besaß noch drei Töchter und mußte fürchten, die Güte des Monarchen zu ermüden. Er hatte sich daher vorgenommen, immer nur von einer dieser Jungfrauen mit ihm zu reden, wenn sie die Hochzeitsfackel entzünden wollten. Der König besaß einen zu guten Geschmack, als daß er sein Werk hätte unvollendet lassen wollen. Die Heirat der ältesten mit einem Generaleinnehmer, Planat de Baudry, kam zustande auf Grund eines königlichen Ausspruchs, der nichts kostete und Millionen einbrachte. Eines Abends mußte der Monarch, der schlechter Laune war, lächeln, als er von der Existenz eines zweiten Fräuleins von Fontaine hörte, die er dann mit einem jungen Richter verheiratete, der zwar, es ist wahr, von bürgerlicher Herkunft, aber reich und von großer Begabung war, und den er zum Baron machte. Als aber im nächsten Jahre der Vendéer von Fräulein Emilie von Fontaine sprach, da erwiderte ihm der König mit seiner schwachen rauhen Stimme: „Amicus Plato, sed magis amica Natio.“ Dann, einige Tage später, verehrte er seinem „Freunde Fontaine“ einen ziemlich harmlosen Vierzeiler, den er ein Epigramm nannte, und in dem er über seine drei Töchter scherzte, die er so gewandt unter der Form einer Trinität vorgebracht hätte. Wenn man der Chronik Glauben schenken darf, so hatte der König mit seinem Bonmot auf die göttliche Dreieinigkeit anspielen wollen.

„Würde sich der König nicht herablassen, sein Epigramm in ein Hochzeitsgedicht umzuwandeln?“ sagte der Graf, indem er versuchte, diese Laune zu seinen Gunsten zu lenken.

„Wenn ich auch die Reime dazu fände, so könnte ich doch keinen Sinn hineinbringen“, erwiderte scharf der König, der einen solchen Scherz über sein Dichten, wie milde er auch war, nicht liebte. Von diesem Tage an wurde sein Verkehr mit Herrn von Fontaine weniger freundlich. Die Könige sind widerspruchsvoller, als man gewöhnlich glaubt. Wie fast alle spät geborenen Kinder, war Emilie von Fontaine der von aller Welt verwöhnte Benjamin. Die Kühle des Königs war daher dem Grafen um so schmerzlicher, als niemals eine Heirat schwerer zustande zu bringen war, als die dieser geliebten

Tochter. Um alle diese Schwierigkeiten zu verstehen, muß man sich in das Innere des schönen Hauses begeben, in dem der Leiter der Domäne auf Kosten der Zivilliste untergebracht war. Emilie hatte ihre Kindheit auf dem Familiengute verbracht, wo ihr alle Wünsche der frühen Jugend reichlich erfüllt wurden; ihr geringstes Verlangen war für ihre Schwestern, ihre Brüder, für die Mutter und selbst für den Vater Gesetz. Alle ihre Angehörigen waren in sie vernarrt. Als sie ins Alter der Erwachsenen gelangt war, gerade zu der Zeit, da die Familie sich der größten Gunst der Geschicke erfreute, setzte sie ihr vergnügtes Leben fort. Der Pariser Luxus erschien ihr ebenso selbstverständlich, wie der Reichtum an Blumen und Früchten und wie der Überfluß auf dem Lande, der das Glück ihrer ersten Lebensjahre ausgemacht hatte. Ebenso wie sie niemals in ihrer Kinderzeit auf einen Widerspruch gestoßen war, wenn sie ihre Wünsche nach irgendeinem Vergnügen erfüllt sehen wollte, ebenso sah sie, daß sie nur zu befehlen brauchte, als sie sich im Alter von vierzehn Jahren in den Strudel des Gesellschaftstreibens stürzte. Schrittweise an die Genüsse, die der Reichtum gewährt, gewöhnt, wurden ihr ausgesucht feine Toiletten, reich geschmückte Salons und kostbare Equipagen ebenso unentbehrlich, wie wahre oder falsche schmeichelhafte Komplimente und die Feste und das nichtige Getriebe bei Hofe. Wie die meisten verwöhnten Kinder tyrannisierte sie alle, die sie liebten, und sparte ihre Liebenswürdigkeit für die Gleichgültigen auf. Ihre Fehler wurden mit den Jahren nur immer schlimmer, und ihre Angehörigen sollten bald die bitteren Früchte einer so verderblichen Erziehung zu kosten bekommen. Mit neunzehn Jahren hatte Emilie von Fontaine noch keine Wahl unter den zahlreichen jungen Männern treffen wollen, die Herr von Fontaine mit Absichten zu seinen Gesellschaften einlud. Obwohl sie noch jung war, erfreute sie sich in der Gesellschaft aller Freiheit, die einer geistvollen Frau zugestanden wird. Wie die Könige, hatte sie keine Freunde und sah überall um sich nur Dienstfertigkeit, ein Verhalten, dem auch eine bessere Natur als sie wohl nicht hätte widerstehen können. Kein Mann, selbst kein alter Mann, war imstande, den Ansichten eines jungen Mädchens zu widersprechen, von dem ein einziger Blick auch ein kaltes Herz zu entflammen vermochte. Sorgfältiger als ihre Schwestern erzogen, malte sie ziemlich gut, sprach italienisch und englisch und spielte Klavier so gut, daß andere Spieler an sich verzweifelten; endlich besaß ihre von den besten Lehrern ausgebildete Stimme eine Süße, die ihrem Gesang einen unwiderstehlichen Zauber verlieh. Geistvoll und in allen Literaturen zu Hause, hätte sie an den Ausspruch Mascarilles glauben machen können, daß bedeutende Leute schon alles wissen, wenn sie zur Welt kommen. Es wurde ihr leicht, über die italienische oder die niederländische Malerei, über Mittelalter oder Renaissance zu sprechen, sie gab aufs Geratewohl ihr Urteil über alte und neue Bücher ab und wußte in grausamer geistreicher Weise die Fehler eines Werkes deutlich zu kennzeichnen. Ihre einfachsten Aussprüche wurden von einer in sie vernarrten Menge aufgenommen wie ein „Fetfa“ des Sultans von den Türken. So blendete sie oberflächliche Leute; tiefere Geister erkannte sie mit angeborenem Takt heraus, und ihnen gegenüber entfaltete sie so viel Liebenswürdigkeit, daß sie durch dieses bezaubernde Wesen sich einer strengeren Prüfung entziehen konnte. Hinter dieser verführerischen Oberfläche verbarg sich ein unempfindliches Herz und die vielen jungen Mädchen gemeinsame Anschauung, daß niemand hoch genug gestellt war, um den Adel ihrer Seele begreifen zu können, dazu noch ein Stolz, der sich ebenso auf ihre Herkunft, wie auf ihre Schönheit stützte. Da ihr jedes heiße Empfinden, das früher oder später in dem Herzen einer Frau Verwüstungen anrichtet, fern lag, kam ihr jugendliches Feuer nur in einer maßlosen Sucht nach Auszeichnung, verbunden mit der tiefsten Verachtung der bürgerlichen Kanaille, zum Ausdruck. Sehr hochfahrend gegenüber dem neuen Adel, machte sie alle Anstrengungen, damit ihre Angehörigen sich auf gleichen Fuß mit den berühmtesten Familien des Faubourg Saint-Germain stellen konnten.

Diese Empfindungen waren dem aufmerksamen Auge des Herrn von Fontaine nicht entgangen, der nach der Verheiratung seiner beiden ältesten Töchter mehr als einmal über die Sarkasmen und Bonmots Emilies seufzte. Logisch Denkende werden erstaunt darüber sein, daß der alte Vendéer seine älteste Tochter einem Generaleinnehmer gegeben hatte, der zwar wohl mehrere frühere adlige Güter besaß, vor dessen Namen sich aber der Partikel nicht befand, dem der Thron so viele Verteidiger verdankte, und seine zweite Tochter einem Beamten, dessen Baronie noch zu jung war, um vergessen zu lassen, daß sein Vater Holzhändler gewesen war. Der bemerkenswerte Umschwung in den Anschauungen des Edelmanns, der eintrat, als er sein sechzigstes Lebensjahr erreichte, ein Alter, in dem die Menschen nur selten ihren alten Standpunkt aufgeben, war nicht nur dem Aufenthalt in dem modernen Babylon, wo alle Provinzler schließlich ihre Herbheit einbüßen, zuzuschreiben; die neue politische Meinung des Grafen von Fontaine war auch das Resultat der Ratschläge und der Freundschaft des Königs. Dieser philosophische Fürst hatte Gefallen daran gefunden, den Vendéer zu den Ideen zu bekehren, die der Fortschritt des neunzehnten Jahrhunderts und die Erneuerung der Monarchie forderten. Ludwig XVIII. wollte Parteien schaffen, wie Napoleon Einrichtungen und Männer geschaffen hatte. Der legitime König, der vielleicht ebenso geistvoll war wie sein Rivale, handelte in entgegengesetztem Sinne. Das letzte Haupt des Hauses Bourbon war ebenso bemüht, dem dritten Stand und den Männern des Kaiserreichs, den Klerus inbegriffen, Genüge zu tun, wie der erste der Napoleons sich beeifert hatte, die Grandseigneurs an sich zu ziehen und die Kirche zu bereichern. Vertraut mit den Gedanken des Königs, war der Staatsrat unmerklich einer der einflußreichsten und klügsten Führer der gemäßigten Partei geworden, die im Namen der nationalen Interessen lebhaft eine Einigung der politischen Ansichten wünschte. Er predigte die kostspieligen Prinzipien einer konstitutionellen Regierung und unterstützte mit aller Kraft das Spiel der politischen Schaukel, die seinem Herrn gestattete, inmitten der Umtriebe die Regierung Frankreichs fortzuführen. Vielleicht schmeichelte sich auch

Herr von Fontaine mit dem Gedanken, bei einem der gesetzgeberischen stürmischen Umschwünge, deren merkwürdige Ergebnisse damals auch die ältesten Politiker überraschten, zur Pairswürde zu gelangen. Einer seiner starrsten Grundsätze besagte, daß er in Frankreich keinen andern Adel anerkennen könne als den der Pairs, deren Familien die einzigen seien, die Privilegien besäßen. „Ein Adel ohne Privilegien“, pflegte er zu sagen, „ist ein Griff ohne Messer.“

Der Partei Lafayettes ebenso fernstehend wie der Partei La Bourdonnayes, versuchte er eifrig, die allgemeine Versöhnung durchzusetzen, aus der eine neue Ära und eine glänzende Zukunft für Frankreich entstehen sollte. Er bemühte sich, die Familien, die in seinem Hause verkehrten, und die, die er besuchte, davon zu überzeugen, wie wenig günstige Chancen zurzeit die militärische und die Beamtenkarriere böte. Er empfahl den Müttern, ihre Kinder freien und industriellen Berufen zuzuwenden, indem er ihnen zu verstehen gab, daß die hohen Stellungen beim Heer und bei der Verwaltung schließlich doch ganz konstitutionellerweise den jüngeren Söhnen der Adelsfamilien der Pairs vorbehalten bleiben müßten. Nach seiner Ansicht habe die Nation sich einen genügend großen Anteil an der Verwaltung durch die gewählte Volksvertretung erobert und durch ihre Plätze in der Richterschaft und der Finanz, die, wie er meinte, immer, wie früher auch, das Erbteil der hervorragenden Männer des dritten Standes sein würden. Diese neuen Ideen des Familienhauptes der Fontaines und die klugen Eheschließungen seiner beiden älteren Töchter, die deren Resultat waren, hatten starken Widerstand in seinem Hause erfahren. Die Gräfin von Fontaine blieb ihren alten Grundsätzen treu, die eine Frau, die mütterlicherseits zu den Rohans gehörte, auch nicht gut verleugnen konnte. Aber wenn sie sich auch eine kurze Zeit dem Glück und dem Reichtum, der ihren beiden älteren Töchtern winkte, widersetzt hatte, so fügte sie sich doch nach einigen vertraulichen Aussprachen, wie sie Eheleute abends miteinander zu halten pflegen, wenn sie auf demselben Kopfkissen ruhen. Herr von Fontaine bewies seiner Frau mit kühler genauer Rechnung, daß der Aufenthalt in Paris, die Verpflichtung, hier zu repräsentieren, der Glanz ihres Hauses, der sie für die Entbehrungen, die sie so tapfer miteinander hinten in der Vendée ertragen hatten, entschädigen sollte, und die Ausgaben, die sie für ihre Söhne gemacht hatten, den größten Teil ihres festen Einkommens verschlangen. Man mußte also die Gelegenheit, die sich bot, ihre Töchter so reich zu verheiraten, wie eine göttliche Gnade ansehen und ergreifen. Würden sie nicht eines Tages ein Einkommen von sechzig-, achtzig- oder hunderttausend Franken Rente haben? So vorteilhafte Partien boten sich nicht alle Tage für Mädchen ohne Mitgift. Es wäre auch schließlich Zeit, ans Sparen zu denken, um das Gut der Fontaines zu vergrößern und den alten Landbesitz der Familie wiederherzustellen. Die Gräfin fügte sich, wie es alle Mütter an ihrer Stelle und vielleicht mit schnellerem Entgegenkommen, getan hätten, so überzeugenden Gründen; aber sie erklärte, wenigstens müßte ihre Tochter Emilie so verheiratet werden, daß der

Stolz, den man unglücklicherweise in dieser jungen Seele mit hatte sich entwickeln helfen, zufriedengestellt werden würde.
So hatten die Ereignisse, die eigentlich Freude in dieser Familie hätten hervorrufen müssen, ihr einen kleinen Keim zur Zwietracht eingepflanzt. Der Generalunternehmer und der junge Richter wurden mit zeremonieller Kühle, die die Gräfin und ihre Tochter Emilie um sich zu verbreiten wußten, aufgenommen. Ihr Aufrechthalten der Etikette fand noch ein weit größeres Betätigungsfeld für ihre häusliche Tyrannei: Der Generalleutnant heiratete Fräulein Mongenod, die Tochter eines reichen Bankiers; der Präsident vermählte sich verständigerweise mit einer Dame, deren Vater, zwei- oder dreifacher Millionär, sein Vermögen im Salzhandel erworben hatte; schließlich bekannte sich auch der dritte Bruder zu solchen bürgerlichen Anschauungen, indem er ein Fräulein Grossetête, die einzige Tochter des Generalsteuereinnehmers von Bourges, zur Frau nahm. Die drei Schwägerinnen und die beiden Schwäger fanden so viel Reiz und persönliches Interesse daran, sich in der hohen Sphäre der politischen Machthaber und in den Salons der Faubourg Saint-Germain bewegen zu dürfen, daß sie alle vereint einen Hofstaat um die hochmütige Emilie bildeten. Dieser auf Interesse und Stolz gebaute Pakt war aber doch nicht so fest gezimmert, daß die junge Souveränin nicht häufig Revolutionen in ihrem Hofkreise hervorrief. Szenen, die sich allerdings in gemessenen Grenzen hielten, hatten bei allen Gliedern dieser einflußreichen Familie einen mokanten Ton entstehen lassen, der, wenn

er auch die öffentlich zur Schau getragenen freundschaftlichen Beziehungen nicht wesentlich beeinträchtigte, doch bisweilen im Familienkreise wenig wohlwollende Gefühle zum Ausdruck kommen ließ. So hielt sich die Frau des Generalleutnants für ebenso vornehm wie eine Kergarouet und behauptete, daß ihre schönen hunderttausend Franken Einkommen ihr das Recht gäben, sich ebenso hochfahrend zu benehmen wie ihre Schwägerin Emilie, der sie zuweilen ironisch ihre Wünsche für eine glückliche Ehe aussprach, wobei sie ihr mitteilte, daß die Tochter irgendeines Pairs soeben einen Herrn, der ganz kurz Soundso hieß, geheiratet habe. Die Frau des Vicomte von Fontaine gefiel sich darin, durch den Geschmack und den Reichtum ihrer Toiletten, ihrer Möbel und ihrer Equipagen Emilie auszustechen. Die spöttische Miene, mit der die Schwägerinnen und die beiden Schwäger manchmal die von Fräulein von Fontaine geltend gemachten Prätentionen aufnahmen, erregte bei ihr einen Zorn, den sie kaum durch einen Hagel von boshaften Bemerkungen beschwichtigen konnte. Als das Haupt der Familie die Abkühlung der verschwiegenen und schwankenden Freundschaft des Monarchen verspürte, war er um so mehr in Sorge, als infolge der spöttischen Herausforderung ihrer Schwester seine geliebte Tochter ihre Ansprüche höher schraubte als jemals.

Während die Dinge so lagen, und zu der Zeit, da dieser häusliche Krieg recht ernst geworden war, verfiel der Monarch, bei dem Herr von Fontaine wieder in Gunst zu kommen hoffte, in eine Krankheit, die ihm den Tod bringen sollte. Der große

Politiker, der sein Schiff durch alle Stürme zu steuern verstanden hatte, mußte jetzt unabwendbar unterliegen. In Ungewißheit, auf welche Gunst er in Zukunft würde rechnen können, gab sich der Graf von Fontaine die größte Mühe, seiner jüngsten Tochter die Elite der heiratsfähigen jungen Männer vorzuführen. Wer das schwierige Problem, eine stolze und phantastisch gesinnte Tochter zu verheiraten, zu lösen versucht hat, wird vielleicht verstehen, was für Anstrengungen der arme Vendéer machte. Wäre ihm das nach dem Wunsche seines geliebten Kindes geglückt, so hätte dieser letzte Erfolg den Weg, den der Graf seit zehn Jahren in Paris zurückgelegt hatte, in würdiger Weise abgeschlossen. In der Art, wie seine Familie sich ihre Einkünfte von allen Ministerien erobert hatte, konnte sie sich mit dem Hause Österreich vergleichen, das durch seine Verbindungen ganz Europa an sich zu reißen droht. So ließ sich auch der alte Vendéer nicht abschrecken, immer neue Bewerber vorzustellen, so sehr lag ihm das Glück seiner Tochter am Herzen; aber nichts war amüsanter als die Art und Weise, mit der dieses hochfahrende Wesen ihr Urteil abgab und die Eigenschaften ihrer Anbeter kritisierte. Man hätte meinen sollen, Emilie wäre, wie eine Prinzessin aus arabischen Märchen, so reich und so schön, daß sie das Recht hätte, unter sämtlichen Prinzen der Welt ihre Wahl zu treffen; von ihren Einwänden war einer lächerlicher als der andere: der eine hatte zu dicke Beine oder zu knochige Knien, der andere war kurzsichtig, dieser hätte den Namen Durand, jener hinke, fast alle waren ihr zu dick. Lebhafter, reizender und vergnügter als je, stürzte sie sich, nachdem sie zwei oder drei Bewerber abgewiesen hatte, in den Trubel der Winterfeste und Bälle, wo ihr durchdringender Blick die Tagesberühmtheiten prüfte, und wo sie ein Vergnügen darin fand, Bewerbungen herauszufordern, die sie dann immer zurückwies. Für dieese Celimenenrolle war sie von der Natur mit den erforderlichen Vorzügen überreich ausgestattet worden. Groß und schlank, besaß Emilie von Fontaine ein nach ihrem Belieben hoheitsvolles oder mutwilliges Auftreten. Ihr etwas langer Hals erlaubte ihr, eine reizende Haltung voller Hochmut und Rücksichtslosigkeit anzunehmen. Sie hatte die mannigfaltigsten Gesichtsausdrücke und weiblichen Gesten, die so grausam und so gut zu ihren halblauten Worten und ihrem Lächeln paßten, zur Verfügung. Schönes schwarzes Haar und sehr starke, kräftig geschwungene Augenbrauen verliehen ihrer Physiognomie einen stolzen Ausdruck, den sie mit Hilfe ihrer Koketterie und ihres Spiegels durch Festigkeit oder Süße des Blicks, durch Starrheit oder leichte Bewegung der Lippen, durch Kühle oder Liebenswürdigkeit des Lächelns schrecklich zu machen oder zu mildern verstand. Wenn Emilie ein Herz erobern wollte, dann hatte ihre klare Stimme einen melodischen Klang; aber sie konnte sie ebenso scharf und schneidend erklingen lassen, wenn sie die indiskrete Sprache eines Kavaliers zum Schweigen bringen wollte. Ihr weißer Teint und ihre Alabasterstirn erinnerten an die durchsichtige Oberfläche eines Sees, die sich abwechselnd unter dem Hauch einer Brise kräuselt und ihre heitere Ruhe wiedergewinnt, wenn der Luftzug nachgelassen hat. Mehr als einer von den jungen Männern, die von ihr abgelehnt worden waren, hatte sie beschuldigt, daß sie Komödie spiele; aber sie war dadurch gerechtfertigt, daß sie auch denen, die übel über sie redeten, den Wunsch einflößte, ihr zu gefallen und sich ihrer koketten Geringschätzung zu unterwerfen. Keins der jungen Mädchen, um die man sich drängte, verstand es besser, den Gruß eines begabten Mannes hoheitsvoll zu erwidern, oder ihresgleichen mit beleidigender Höflichkeit wie Untergeordnete zu behandeln und ihre Nichtachtung alle die fühlen zu lassen, die sich mit ihr auf gleiche Stufe stellen wollten. Wo sie sich auch befand, überall schien sie mehr Huldigungen entgegenzunehmen als Liebenswürdigkeiten, und selbst im Salon einer Prinzessin hätte ihr Wesen und ihre Haltung, den Stuhl, auf dem sie Platz genommen, in einen Kaiserthron verwandelt.

Zu spät erkannte Herr von Fontaine, wie sehr die Erziehung seiner Lieblingstochter durch die zärtliche Verwöhnung der ganzen Familie verdorben worden war. Die Bewunderung, mit der einem jungen Mädchen zuerst von der Gesellschaft gehuldigt wird, für die sie sich aber später unvermeidlich rächt, hatte den Stolz Emiliens noch erhöht und ihr Selbstbewußtsein noch wachsen lassen. Der allseitige Diensteifer hatte bei ihr den natürlichen Egoismus verwöhnter Kinder entwickelt, die, ähnlich den Königen, sich über alles, was sich ihnen nähert, lustig machen. Jetzt verbargen noch ihre jugendliche Grazie und der Reiz ihres Geistes vor allen Augen diese bei einem weiblichen Wesen um so häßlicheren Fehler, als die Frau ja nur durch Hingebung und Selbstverleugnung wahrhaft gefallen kann; da aber dem Blick eines guten Vaters nichts entgeht, so machte Herr von Fontaine oftmals den Versuch, seiner Tochter die ersten Seiten in dem rätselhaften Buche des Lebens zu erklären. Das war aber ein vergebliches Unternehmen. Allzuoft mußte er über die launenhafte Unbelehrbarkeit und die ironische Weisheit seiner Tochter seufzen, als daß er bei den schwierigen Versuchen, eine so schlimme Naturanlage zu bessern, hätte verharren können. Er begnügte sich damit, ihr von Zeit zu Zeit Ratschläge voller Liebe und Güte zu geben; aber er mußte zu seinem Schmerze erkennen, daß auch seine zärtlichsten Worte von dem Herzen seiner Tochter wie von Marmor abglitten. Väterliche Augen öffnen sich so spät, daß es für den alten Vendéer mehr als eines Beweises bedurfte, bis er merkte, mit welcher Herablassung seine Tochter ihm ihre seltenen Zärtlichkeitsbezeugungen zuteil werden ließ. Sie glich darin den kleinen Kindern, die ihrer Mutter zu sagen scheinen: „Mach schnell mit deinem Küssen, ich will spielen gehen." Gewiß besaß Emilie auch zärtliches Empfinden für ihre Angehörigen. Aber häufig überkam sie eine plötzliche Laune, wie sie sonst bei jungen Mädchen unerklärlich erscheint; sie blieb dann für sich allein und ließ sich nur selten blicken; sie beklagte sich darüber, daß sie die väterliche und mütterliche Liebe mit Allzuvielen teilen müsse und war auf alle, selbst auf Brüder und Schwestern, eifersüchtig. Und wenn sie dann mit größter Mühe Einsamkeit um sich geschaffen hatte, dann klagte das merkwürdige Mädchen die ganze Welt wegen dieser freiwilligen Vereinsamung und wegen ihres

Kummers, den sie sich selbst verursacht hatte, an. Mit der Erfahrung einer Zwanzigjährigen beklagte sie ihr Los, ohne zu begreifen, daß die wahren Bedingungen des Glückes in uns selber liegen, und verlangte, daß die Dinge der äußeren Welt es ihr gewähren sollten. Bis ans Ende der Welt wäre sie geflohen, um solchen Heiraten, wie sie ihre Schwestern gemacht hatten, zu entgehen; aber trotzdem verspürte sie eine abscheuliche Eifersucht in ihrem Herzen, daß sie sie reich und glücklich verheiratet sehen mußte. Und manchmal mußte ihre Mutter, die ebensosehr wie Herr von Fontaine das Opfer ihres Verhaltens war, auf den Gedanken kommen, daß sie eine Spur von Irrsinn in sich trage. Eine solche Verirrung ist nicht unerklärlich: denn nichts ist verbreiteter als dieser heimliche Stolz im Herzen junger Personen, die zu Familien gehören, die auf der sozialen Leiter eine hohe Stufe einnehmen, und von der Natur mit großer Schönheit beschenkt worden sind. Fast alle diese sind davon überzeugt, daß ihre Mütter, wenn sie das vierzigste oder fünfzigste Lebensjahr erreicht haben, mit den jungen Seelen weder mitfühlen noch ihre Träume verstehen können. Sie reden sich ein, daß die meisten Mütter auf ihre Töchter eifersüchtig sind, daß sie sie nach ihrem Geschmack kleiden, mit der ausgesprochenen Absicht, sie beiseite zu schieben und ihnen die für sie bestimmten Huldigungen zu rauben. Daher rühren häufig die heimlichen Tränen und die stumme Auflehnung gegen die angebliche mütterliche Tyrannei. Trotz dieses Kummers, der echt ist, obwohl er auf einer imaginären Grundlage fußt, haben sie noch die Manie, sich einen Lebensplan zurechtzumachen und sich selbst ein glänzendes Horoskop zu stellen; ihre Verirrung besteht darin, daß sie ihre Träume für Wirklichkeit halten, sie nehmen sich heimlich, nach langem Grübeln, vor, Herz und Hand nur einem Manne zu schenken, der die und die vortrefflichen Eigenschaften haben würde; sie malen sich in der Einbildung einen bestimmten Typ aus, dem ihr Zukünftiger wohl oder übel entsprechen müsse. Wenn sie dann die nötige Lebenserfahrung gewonnen und mit den Jahren ernsthafter über den Lauf der Welt und ihren prosaischen Gang nachgedacht haben, dann verblassen die schönen Farben ihres Idealbildes; und später finden sie eines Tages im Verlauf des Lebens zu ihrem Erstaunen, daß sie ein eheliches Glück ohne die Erfüllung ihrer poetischen Träume gefunden haben. Aber Fräulein Emilie von Fontaine hatte auf Grund solcher Poesie sich in ihrer leicht zu erschütternden Weisheit ein Programm zurechtgemacht, dem ihr Zukünftiger entsprechen müsse, wenn sie ihm ihr Jawort geben solle. Daher ihr Hochmut und ihre Spöttereien.

„Jung und von altem Adel," hatte sie sich gesagt, „muß er auch Pair von Frankreich oder der älteste Sohn eines Pairs sein! Es wäre mir unerträglich, wenn ich nicht an meinem Wagenschlag mein Wappen inmitten der wehenden Falten eines himmelblauen Mantels sehen und nicht beim Rennen von Longchamp durch die große Allee der Champs-Elysées ebenso wie die Prinzen fahren könnte. Mein Vater behauptet ja auch, daß dies eines Tages der höchste Rang in Frankreich sein würde. Außerdem soll er Soldat sein, wobei ich mir vorbehalte, ihn seinen Abschied nehmen zu

lassen, und dann will ich, daß er dekoriert ist, damit man vor uns präsentiert."
Aber diese schon an sich seltenen Eigenschaften würden noch nichts bedeuten, wenn dieses erdachte Wesen nicht auch noch besonders liebenswert, von gutem Aussehen, geistvoll und schlank gewachsen wäre. Die Schlankheit, dieser körperliche Vorzug, so vergänglich er auch, besonders unter der Herrschaft des Repräsentativsystems, war, bildete eine unerläßliche Bedingung. Fräulein von Fontaine hatte sich ein gewisses Idealmaß festgesetzt, das ihr als Modell galt. Der junge Mann, der auf den ersten Blick diesen gestellten Bedingungen nicht entsprach, empfing nicht einmal mehr einen zweiten.

„Mein Gott, sehen Sie doch nur, wie dick dieser Herr ist", das bedeutete bei ihr den Ausdruck äußerster Verachtung.

Wenn man sie hörte, waren schon die Leute von erträglicher Korpulenz keiner Empfindung fähig, schlechte Ehemänner und nicht würdig, zur zivilisierten Gesellschaft zugelassen zu werden. Obgleich ein im Orient hochgeschätzter Vorzug, erschien ihr Fettleibigkeit bei Damen als ein Unglück; beim Manne aber war es ein Verbrechen. Solche paradoxen Ansichten wirkten bei ihr, dank einer gewissen scherzhaften Form der Fassung, amüsant. Trotzdem hatte der Graf das Gefühl, daß die Prätentionen seiner Tochter, deren Lächerlichkeit manchen ebenso klar sehenden, wie wenig nachsichtigen Damen klar werden mußte, später ein verhängnisvoller Anlaß zur Verspottung werden würde. Er fürchtete, daß die merkwürdigen Ansichten seiner Tochter mit dem guten Ton in

Widerspruch geraten könnten. Und er zitterte davor, daß die erbarmungslose Gesellschaft sich vielleicht schon jetzt über eine Person lustig machte, die bereits so lange auf der Szene stand, ohne die Komödie, die sie spielte, zu einem befriedigenden Ende zu bringen. Mancher Mitspieler, ärgerlich über seine Ablehnung, schien nur auf irgendeine Gelegenheit zu warten, um sich zu rächen. Die Gleichgültigen und die Bequemen fingen an, der Sache müde zu werden: Bewunderung hat für das menschliche Geschlecht immer etwas Ermüdendes. Der alte Vendéer wußte besser als jeder andere, daß man mit geschickter Kunst den richtigen Moment wählen muß, um auf der Schaubühne der Welt, des Hofes, des Salons oder des Theaters aufzutreten, daß es aber noch schwerer ist, zur rechten Zeit abzutreten. Daher verdoppelte er in dem Winter, der dem Regierungsantritte Karls X. folgte, im Verein mit seinen drei Söhnen und seinen Schwiegersöhnen seine Anstrengungen, um in den Salons seines Hauses die besten Partien, die sich in Paris und unter den Besuchern aus den Departements boten, zu versammeln. Der Glanz seiner Feste, der Luxus seines Speisesaals und seine mit Trüffeln gewürzten Diners rivalisierten mit den berühmtesten Festtafeln, durch die sich die damaligen Minister die Stimmen ihrer parlamentarischen Anhänger sicherten.

Der ehrenwerte Deputierte wurde daher als einer der einflußreichsten Verderber der parlamentarischen Ehrlichkeit der berühmten Kammer bezeichnet, die an einer Magenverstimmung zu Ende zu gehen schien. Ein merkwürdiger Umstand! Die Versuche, seine Tochter zu verheiraten, erhielten ihn auffallend in Gunst. Vielleicht besaß er insgeheim ein Mittel, um seine Trüffeln zweimal zu verkaufen. Aber diese Anschuldigung von seiten gewisser liberaler Spötter, die mit ihrem Wortschwall über ihren geringen Anhang in der Kammer hinwegtäuschen wollten, fand keinerlei Anklang. Das Verhalten des poitouer Edelmanns war ein so durchaus vornehmes und ehrenhaftes, daß kein einziger der Angriffe, mit denen die boshaften Zeitungen in dieser Epoche die dreihundert Stimmen des Zentrums, die Minister, die Köche, die Generaldirektoren, die Eßfürsten und die offiziellen Verteidiger des Ministeriums Villèle zu überhäufen pflegten, gegen ihn laut wurde. Am Ende dieser Kampagne, während der Herr von Fontaine mehrmals alle seine Truppen aufgeboten hatte, glaubte er, daß diesmal die Versammlung von Bewerbern von seiner Tochter nicht mehr wie ein Blendwerk angesehen werden würde. Innerlich empfand er eine gewisse Genugtuung darüber, daß er seine Vaterpflicht getreu erfüllt hatte. Nachdem er solche Mühe aufgewendet hatte, hoffte er, daß sich unter so viel Herzen, wie diesmal der launenhaften Emilie dargeboten würden, wenigstens eines fände, das sie auszeichnen würde. Nicht imstande, diese Anstrengungen noch ein zweitesmal zu machen, und im übrigen durch das Benehmen seiner Tochter erschöpft, beschloß er gegen Ende der Fastenzeit eines Morgens, als die Kammersitzung seine Anwesenheit nicht allzu dringlich erforderte, mit ihr zu reden. Während ein Kammerdiener kunstvoll auf seinem gelben Schädel das Delta aus Puder abgrenzte, das zusammen mit den herabhängenden Taubenflügeln

die ehrwürdige Frisur vervollkommnete, befahl Emiliens Vater, nicht ohne eine gewisse Aufregung, seinem alten Kammerdiener, dem stolzen Fräulein zu melden, daß es sofort vor dem Familienhaupte erscheinen möchte.
„Joseph,“ sagte er, als seine Frisur beendet war, „nehmen Sie die Serviette fort, ziehen Sie die Vorhänge vor, stellen Sie die Sessel an ihren Platz, schütteln Sie den Kaminteppich aus und legen Sie ihn recht ordentlich wieder hin und machen Sie alles sauber. Vorwärts! Und dann machen Sie das Fenster auf und lassen Sie etwas frische Luft herein.“
Der Graf traf noch verschiedene Anordnungen, die Joseph außer Atem brachten, der, die Absicht seines Herrn verstehend, diesem im ganzen Hause naturgemäß am meisten unordentlichen Zimmer einige Frische verlieh, und dem es schließlich gelang, etwas Harmonie in die Haufen von Rechnungen, Mappen, Bücher und Möbel in diesem Heiligtum zu bringen, wo die Geschäfte der königlichen Domäne abgewickelt wurden. Als Joseph endlich einige Ordnung in dieses Chaos gebracht und, wie in einem Magazin von Neuheiten, die Dinge, die am erfreulichsten anzusehen waren oder durch ihre Farbe dem bureaumäßigen Anstrich einen poetischen Hauch verleihen konnten, in den Vordergrund gerückt hatte, blieb er mitten in dem Labyrinth von Papiermassen, die stellenweise bis auf den Teppich herunter herumlagen, stehen, bewunderte sein Werk, schüttelte den Kopf und verschwand.
Der arme Sinekureninhaber teilte die gute Meinung seines Dieners nicht. Bevor er sich in seinem

riesigen Lehnsessel niederließ, warf er einen mißtrauischen Blick um sich, prüfte mit unzufriedener Miene seinen Hausrock, entfernte einige Tabaksspuren von ihm, putzte sich sorgsam die Nase, legte die Schaufeln und Feuerzangen zurecht, schürte das Feuer, zog seine Pantoffeln herauf, nahm seinen kleinen Zopf, der sich quer zwischen die Kragen der Weste und des Hausrocks geschoben hatte, heraus und ließ ihn gerade herabhängen; darauf fegte er die Asche des Kamins zusammen, die dessen hartnäckiges Versagen bezeugte. Dann nahm der alte Herr endlich Platz, nachdem er noch ein letztesmal sich in seinem Zimmer umgesehen hatte, und hoffte, daß nun nichts mehr Anlaß zu den ebenso lustigen wie unbescheidenen Bemerkungen geben könnte, mit denen seine Tochter seine weisen Ratschläge zu beantworten pflegte. Diesmal wollte er seine väterliche Würde nicht beeinträchtigen lassen. Zierlich nahm er eine Prise Tabak und hustete mehrmals, als ob er sich zum Sprechen anschickte, denn er vernahm den leichten Schritt seiner Tochter, die jetzt, eine Melodie aus dem ‚Barbier' trällernd, hereintrat.

„Guten Morgen, lieber Vater; was wünschen Sie denn so früh von mir?"

Nach diesen Worten, die wie ein Refrain zu ihrem Liede klangen, umarmte sie den Grafen, nicht mit der zärtlichen Vertraulichkeit, die ein so süßer Ausdruck kindlichen Empfindens ist, sondern mit der oberflächlichen Gleichgültigkeit einer Mätresse, die überzeugt ist, daß alles, was sie tut, Freude macht.

„Mein liebes Kind," sagte Herr von Fontaine

würdig, „ich habe dich rufen lassen, um sehr ernsthaft mit dir über dich und deine Zukunft zu reden. Es ist jetzt eine Notwendigkeit geworden, daß du einen Gatten wählst, der dir ein dauerhaftes Glück verheißen kann . . ."

„Lieber Vater," unterbrach ihn Emilie und gab ihrer Stimme den schmeichelndsten Klang, „mir scheint, daß der Waffenstillstand, den wir bezüglich meiner Bewerber geschlossen haben, noch nicht abgelaufen ist."

„Emilie, wir wollen heute über eine so wichtige Angelegenheit nicht scherzen. Schon seit einer gewissen Zeit vereinigen alle, die dich wirklich liebhaben, ihre Anstrengungen, um dich angemessen zu verheiraten, und es wäre undankbar von dir, über diese Beweise von Interesse, die nicht nur ich an dich verschwende, so leicht hinwegzugehen."

Nach diesen Worten und nachdem sie ihren spöttisch prüfenden Blick über das Mobiliar des väterlichen Zimmers hatte hinlaufen lassen, nahm das junge Mädchen sich einen Sessel, der noch am wenigsten von Bittstellern abgenutzt erschien, schob ihn an die andere Seite des Kamins, so daß sie ihrem Vater gegenübersitzen konnte, nahm eine scheinbar so ernste Haltung an, daß man darin unmöglich einen Zug von Spott übersehen konnte, und kreuzte ihre Arme über der reichen Garnitur einer Pelerine à la neige, deren viele Tüllrüschen unbarmherzig zerdrückt wurden. Nachdem sie die sorgenvolle Miene ihres alten Vaters betrachtet hatte, lachte sie und brach endlich ihr Schweigen.

„Ich habe Sie niemals sagen hören, lieber Vater,

daß die Regierung ihre Mitteilungen im Hausrock macht. Aber", fügte sie lächelnd hinzu, „das tut nichts, das Volk darf nicht anspruchsvoll sein. Hören wir also Ihre Gesetzesentwürfe und Ihre offiziellen Vorschläge."

„Es wird mir nicht immer so leicht sein, dir welche zu machen, du junger Tollkopf! Höre mich an, Emilie. Ich habe nicht länger die Absicht, meine Stellung aufs Spiel zu setzen, auf der zum Teil das Vermögen meiner Kinder beruht, indem ich dieses Regiment von Tänzern zusammenbringe, die du dann in jedem Frühjahr laufen läßt. Du bist schon, ohne es zu wissen, der Anlaß zu vielen gefährlichen Feindschaften mit gewissen Familien gewesen. Ich hoffe, daß du heute die Schwierigkeiten deiner und unserer Lage begreifen wirst. Du bist zweiundzwanzig Jahr alt, mein Kind, und seit beinahe drei Jahren hättest du schon verheiratet sein müssen. Deine Brüder und deine beiden Schwestern sind reich und glücklich versorgt. Aber die Ausgaben, mein Kind, die uns diese Heiraten verursacht haben, und die Art, wie du deine Mutter unser Haus zu führen veranlässest, haben unsere Einkünfte dermaßen aufgezehrt, daß ich dir kaum eine Mitgift von hunderttausend Franken geben kann. Von heute ab muß ich an die Zukunft deiner Mutter denken, die für meine Kinder nicht geopfert werden darf. Wenn ich einmal meiner Familie fehlen werde, dann soll Frau von Fontaine nicht von andern Leuten abhängig sein, sondern auch weiterhin die Behaglichkeit genießen können, mit der ich spät genug ihre Aufopferung in meinen unglücklichen Zeiten habe belohnen können. Du siehst, mein

Kind, daß deine unbedeutende Mitgift in keinem Verhältnis zu deinen großen Ansprüchen steht. Und auch dies ist noch ein Opfer, das ich für kein anderes meiner Kinder gebracht habe; sie haben großmütig darauf verzichtet, dereinst einen Ausgleich für diese Bevorzugung eines allzu geliebten Kindes zu verlangen."

„Bei ihren Verhältnissen!" sagte Emilie und schüttelte den Kopf.

„Meine liebe Tochter, du darfst diejenigen, die dich liebhaben, niemals so herabsetzen. Du mußt wissen, daß nur die Armen großmütig sind! Die Reichen haben stets ausgezeichnete Gründe, warum sie nicht auf zwanzigtausend Franken zugunsten eines Verwandten verzichten wollen. Also schmolle nicht, mein Kind, und laß uns ernsthaft miteinander reden. Ist dir unter den jungen Heiratskandidaten nicht Herr von Manerville aufgefallen?"

„Oh ja, er sagt ßön, statt schön, betrachtet immer seine Füße, weil er sie für klein hält und bewundert sich im Spiegel! Außerdem ist er blond, ich liebe die Blonden nicht."

„Nun, und Herr von Beaudenord?"

„Der ist nicht von Adel. Außerdem ist er schlecht gewachsen und dick. Er ist allerdings brünett. Die beiden Herren müßten ihr Geld zusammentun, und dann sollte der eine seinen Körper und seinen Namen dem andern geben, der aber sein Haar behalten müßte; dann ... vielleicht ..."

„Und was hast du gegen Herrn von Rastignac einzuwenden?"

„Frau von Nucingen hat einen Bankier aus ihm gemacht", sagte sie boshaft.

„Und der Vicomte von Portenduère, unser Verwandter?“
„Ein Kind, ein schlechter Tänzer, außerdem hat er kein Vermögen. Alle diese Leute, lieber Vater, haben auch keinen Rang. Zum wenigsten will ich doch Gräfin werden, wie meine Mutter.“
„Du hast also in diesem Winter niemanden gefunden, der...“
„Nein, lieber Vater.“
„Was für einen wünschest du also?“
„Den Sohn eines Pairs von Frankreich.“
„Du bist ja toll!“ sagte Herr von Fontaine und erhob sich.
Er erhob die Augen zum Himmel und schien aus frommen Gedanken ein neues Quantum von Ergebung zu schöpfen; dann warf er einen Blick voll väterlichen Mitleids auf seine Tochter, die bewegt wurde, nahm ihre Hand, drückte sie und sagte zärtlich zu ihr: „Gott ist mein Zeuge, du armes, betörtes Geschöpf, daß ich meine väterlichen Pflichten gegen dich gewissenhaft erfüllt habe; was sage ich, gewissenhaft? Voller Liebe, Emilie. Ja, Gott weiß es, ich habe in diesem Winter dir mehr als einen ehrenhaften Mann zugeführt, dessen Fähigkeiten, Sitten und Charakter mir bekannt waren, und alle waren nach meiner Ansicht deiner würdig. Meine Aufgabe ist erfüllt, mein Kind. Von heute ab bist du selbst Herrin deines Geschicks, und ich fühle mich glücklich und unglücklich zugleich, daß ich der schwersten väterlichen Pflicht enthoben bin. Ich weiß nicht, ob du noch lange meine Stimme hören wirst, die unglücklicherweise niemals streng war; denke aber daran, daß das eheliche Glück nicht so sehr

auf glänzenden Eigenschaften und auf Reichtum beruht, wie auf gegenseitiger Achtung. Solch ein Glück ist, seinem Wesen entsprechend, bescheiden und ohne äußeren Glanz. Geh, mein Kind; wen du mir als Schwiegersohn bringst, der soll meine Zustimmung haben; solltest du aber unglücklich werden, dann bedenke, daß du nicht das Recht hast, deinem Vater Vorwürfe zu machen. Ich werde mich nicht weigern, Schritte für dich zu tun und dir zu helfen; nur muß deine Wahl ernsthaft und endgültig sein: ich werde nicht zum zweitenmal die Achtung, die man meinen weißen Haaren schuldig ist, aufs Spiel setzen."

Der Ausdruck warmer Zuneigung, der sich in der Ansprache ihres Vaters äußerte und ihr feierlicher Ton gingen Fräulein von Fontaine ans Herz; aber sie ließ ihre Rührung nicht gewahr werden, setzte sich dem Grafen, der sich, noch zitternd, wieder niedergelassen hatte, auf die Knie, überhäufte ihn mit Zärtlichkeiten und schmeichelte ihm so reizend, daß sich die Stirn des alten Herrn entwölkte. Als Emilie annahm, daß die peinliche Erregung ihres Vaters sich wieder beruhigt hatte, sagte sie leise zu ihm:

„Ich danke Ihnen herzlich, lieber Vater, für Ihre liebenswürdige Aufmerksamkeit. Sie haben Ihr Zimmer aufgeräumt, weil Sie Ihre Tochter empfangen wollten. Sie haben nicht gedacht, daß sie so töricht und so widerspenstig sein würde. Aber ist es denn, lieber Vater, so sehr schwierig, einen Pair von Frankreich zu heiraten? Sie haben doch selbst behauptet, daß solche zu Dutzenden ernannt würden. Ach, Ihren Rat werden Sie mir doch nicht vorenthalten."

„Nein, mein armes Kind, nein, und ich werde dir mehr als einmal zurufen: Hüte dich! Bedenke doch, daß die Pairie ein noch zu neues Hilfsmittel für unsere Regierungsfähigkeit ist, wie der hochselige König zu sagen pflegte, als daß die Pairs schon ein großes Vermögen besitzen könnten. Und die, die reich sind, wollen noch reicher werden. Der reichste unter allen unsern Pairs hat noch nicht die Hälfte des Einkommens, das der ärmste Lord des englischen Oberhauses besitzt. Deshalb werden alle Pairs von Frankreich nach reichen Erbinnen für ihre Söhne suchen, gleichgültig, wo sie zu finden sind. Diese Notwendigkeit, reiche Heiraten zu machen, wird mehr als zweihundert Jahre andauern. Es ist möglich, daß, wenn du auf den glücklichen Zufall, mit dem du rechnest, wartest, was dich aber deine besten Jahre kosten kann, deine Reize (man heiratet in unserm Jahrhundert ja hauptsächlich aus Liebe!), deine Reize ein Wunder zustande bringen können. Wenn sich hinter einem so frischen Gesicht wie dem deinigen auch noch Weltkenntnis verbirgt, kann man ja auf ein Wunder hoffen. Besitzest du nicht zunächst schon die Fähigkeit, an dem größeren oder geringeren Körperumfang die inneren Vorzüge zu erkennen? Das ist kein geringes Talent. Ich brauche daher einer so klugen Person wie dir nicht alle Schwierigkeit eines solchen Versuches vorzuhalten. Ich bin überzeugt, daß du niemals bei einem Unbekannten Klugheit vermuten wirst, weil er ein hübsches Gesicht, oder moralische Vorzüge, weil er eine gute Haltung hat. Und schließlich bin ich ganz deiner Meinung. daß die Söhne von Pairs die Verpflichtung haben, ein eigenes Wesen und sich besonders auszeichnende Manieren zu besitzen. Obgleich man heutzutage niemandem seinen hohen Rang anmerken kann, werden diese jungen Männer für dich vielleicht ein gewisses Etwas haben, woran du sie erkennst. Übrigens hältst du ja dein Herz am Zügel wie ein guter Reiter, der sicher ist, daß sein Pferd nicht stolpern wird. Also viel Glück, meine liebe Tochter!"

„Sie machen sich über mich lustig, lieber Vater. Aber ich erkläre Ihnen, daß ich mich lieber im Kloster des Fräuleins von Condé begraben will, als daß ich darauf verzichte, die Frau eines Pairs von Frankreich zu werden."

Sie entzog sich den Armen ihres Vaters, und stolz darauf, daß sie Siegerin geblieben war, sang sie beim Fortgehen die Arie „Cara non dubitare" aus der „Heimlichen Ehe". Zufällig feierte die Familie an diesem Tage den Geburtstag eines Mitgliedes. Beim Nachtisch sprach Frau Planat, die Frau des Generaleinnehmers, die ältere Schwester Emilies, ziemlich laut von einem jungen Amerikaner, dem Besitzer eines ungeheuren Vermögens, der sich leidenschaftlich in ihre Schwester verliebt und ihr ganz besonders glänzende Anerbietungen gemacht hatte.

„Ich glaube, das ist ein Bankier", warf Emilie hin. „Ich liebe die Finanzleute nicht."

„Aber Emilie," sagte der Baron von Villaine, der Mann ihrer zweiten Schwester, „da du den Richterstand ebensowenig liebst, so sehe ich nicht, wenn reiche Leute, die nicht von Adel sind, nicht in Betracht kommen, aus welchen Kreisen du dir einen Mann wählen willst."

„Zumal, Emilie, bei deinem Bestehen auf Schlankheit“, fügte der Generalleutnant hinzu.
„Ich weiß selber, was ich will“, erwiderte das junge Mädchen.
„Meine Schwester verlangt einen schönen Namen, einen schönen jungen Mann, schöne Zukunftsaussichten“, sagte die Baronin von Fontaine, „und hunderttausend Franken Rente, kurz einen Mann, wie zum Beispiel Herrn von Marsay.“
„Ich weiß nur so viel, meine Liebe,“ versetzte Emilie, „daß ich keine so törichte Partie machen werde, wie ich solche so viele habe machen sehen. Und im übrigen erkläre ich, um diesen Heiratsdiskussionen ein Ende zu machen, daß ich jeden, der mir noch vom Heiraten redet, als Störer meiner Ruhe ansehen werde.“
Ein Onkel Emilies, ein Vizeadmiral, dessen Vermögen sich kürzlich infolge des Indemnitätsgesetzes um zwanzigtausend Franken Rente vergrößert hatte, ein siebzigjähriger Greis, der sich herausnehmen durfte, seiner Großnichte, in die er vernarrt war, deutlich die Wahrheit zu sagen, erklärte, um der Diskussion ihre Schärfe zu nehmen: „Laßt doch meine arme Emilie in Ruhe! Seht ihr denn nicht, daß sie wartet, bis der Herzog von Bordeaux majorenn ist?“
„Nehmen Sie sich in acht, daß ich Sie nicht heirate, Sie alter Narr!“ entgegnete das junge Mädchen, dessen letzte Worte glücklicherweise im allgemeinen Gelächter verlorengingen.
„Kinder,“ sagte Frau von Fontaine, um diese unbescheidene Bemerkung zu beschönigen, „Emilie wird ebensowenig, wie ihr alle, sich von ihrer Mutter beraten lassen.“

„Nein, wahrhaftig, in einer Sache, die nur mich angeht, werde ich auch nur auf mich hören", sagte Fräulein von Fontaine sehr bestimmt.
Alle Blicke richteten sich jetzt auf das Haupt der Familie. Jeder schien begierig zu sein, zu sehen, wie er sich unter Wahrung seiner Würde dazu stellen würde. Der verehrungswürdige Vendéer genoß nicht bloß in der Gesellschaft großes Ansehen; glücklicher als viele andere Väter, wurde er auch von seiner Familie verehrt, deren sämtliche Mitglieder seine bewährte Fähigkeit, für die Seinigen zu sorgen, anerkannten; ihm wurde daher die respektvolle Achtung entgegengebracht, die englische Familien und einige aristokratische Häuser des Kontinents dem Repräsentanten ihres Stammbaums zu bezeugen pflegen. Es entstand ein tiefes Schweigen, und die Augen der Tischgenossen waren abwechselnd auf das schmollende, hochmütige Gesicht des verwöhnten Kindes und auf Herrn und Frau von Fontaines ernste Mienen gerichtet.
„Ich habe es meiner Tochter Emilie überlassen, über ihr Schicksal selber zu entscheiden", war die Antwort, die der Graf in trübem Tone fallen ließ.
Die Verwandten und die Gäste betrachteten Fräulein von Fontaine mit einem Gemisch von Neugier und Mitleid. Dieses Wort schien anzukündigen, daß die väterliche Güte müde geworden war, gegen einen Charakter anzukämpfen, den die Familie als unverbesserlich kannte. Die Schwiegersöhne sprachen leise miteinander, und die Brüder warfen ihren Frauen ein spöttisches Lächeln zu. Ihr alter Onkel war der einzige, der, als alter

Seemann, es wagte, mit ihr eine Breitseite zu wechseln und ihre Launen zu ertragen, ohne daß er jemals darum verlegen war, ihr Feuer zu erwidern.

☆

ALS ES NACH DER VERABSCHIEDUNG DES Etats durch die Kammer Frühling geworden war, flüchtete die Familie, ein echtes Abbild der parlamentarischen Familien von jenseits des Kanals, die in allen Verwaltungszweigen drin stehen und zehn Parlamentssitze zu vergeben haben, wie eine Vogelhecke in die schönen Gegenden von Aulnay, Antony und Chatenay. Der reiche Generaleinnehmer hatte kürzlich hier ein Landhaus für seine Frau gekauft, die sich nur während der Kammersessionen in Paris aufhielt. Obgleich die schöne Emilie das Bürgerpack verachtete, ging diese Empfindung doch nicht so weit, daß sie die Annehmlichkeiten eines von Bourgeois zusammengebrachten Vermögens verschmähte; sie begleitete also ihre Schwester in die kostbare Villa, weniger aus Freundschaft für ihre Familienangehörigen, die sich dorthin zurückzogen, als weil der gute Ton von jeder Frau, die etwas auf sich hält, gebieterisch verlangt, daß sie Paris während des Sommers meidet. Die grünen Felder von Sceaux erfüllten vortrefflich die Bedingungen, die der gute Ton und die Verpflichtungen gegenüber der Öffentlichkeit verlangten.

Da es ziemlich zweifelhaft erscheint, ob der Ruf des ländlichen Balles von Sceaux jemals über die Grenzen des Seinedepartements hinaus bekannt geworden ist, müssen notwendigerweise einige Einzelheiten über dieses allwöchentliche Fest gegeben werden, das infolge seiner Bedeutung eine öffentliche Einrichtung zu werden schien. Die Umgebung der kleinen Stadt Sceaux genießt einen guten Ruf infolge ihrer Lage, die als reizend gilt. Sie mag vielleicht ziemlich gewöhnlich sein und ihre Berühmtheit nur der Anspruchslosigkeit der Pariser Bourgeois verdanken, die, wenn sie aus der Tiefe ihrer Steinkasten, in denen sie begraben sind, herauskommen, sogar imstande wären, die kahlen Ebenen der Beauce zu bewundern. Immerhin, da sich in dem poetischen schattigen Walde von Aulnay, auf den Hügeln von Antony und in dem Tal von Bièvre auch etliche Künstler, die die Welt gesehen hatten, Fremde, die sehr wählerisch waren, und eine Anzahl hübscher Damen, die einen guten Geschmack besaßen, aufhielten, so kann man wohl annehmen, daß die Pariser recht hatten. Aber Sceaux besitzt noch eine andere, nicht weniger mächtige Anziehungskraft auf den Pariser. Inmitten eines Gartens mit entzückenden Ausblicken befindet sich eine riesige, nach allen Seiten offene Rotunde, mit einem ungeheuren leichten Dach, das von zierlichen Pfeilern getragen wird. Dieser ländliche Baldachin beschirmt einen Tanzsaal. Selten nur versäumen es selbst die zurückhaltendsten Gutsbesitzer aus der Nachbarschaft, ein- oder zweimal während der Saison nach diesem Palaste der dörflichen Terpsichore zu pilgern, entweder in glänzender Kavalkade zu Pferde oder in leichten, eleganten Wagen, die die zu Fuß wandernden Philosophen in Staubwolken einhüllen. Die Hoffnung, hier Damen der vornehmen Gesellschaft zu begegnen und von ihnen gesehen zu werden, die seltener getäuschte Erwartung, hier junge Bäuerinnen zu sehen, die ebenso schlau sind wie Advokaten, läßt am Sonntag zu dem Ball von Sceaux Schwärme von Advokatenschreibern, Äskulapschülern und junge Leute, denen die feuchte Luft der Pariser Hinterläden ihre blasse Gesichtsfarbe und krankhafte Frische erhalten hat, herbeiströmen. Auch eine ganze Anzahl von Ehebündnissen der Bürgerkreise haben ihre erste Anknüpfung bei der Musik des Orchesters, das im Mittelpunkte dieses kreisrunden Saals untergebracht ist, erfahren. Wenn das Dach reden könnte, wie viele Liebesgeschichten hätte es zu erzählen? Diese interessante Mischung machte daher den Ball von Sceaux anziehender als einige andere Tanzlokale in der Umgebung von Paris, vor denen er auch noch durch seine Rotunde, seine schöne Lage und seinen hübschen Garten unbestreitbare Vorzüge besaß. Emilie ließ als die erste den Wunsch laut werden, sich auf diesem Bezirksball „unter das Volk zu mischen“, da sie sich ein außerordentliches Vergnügen davon versprach, sich inmitten dieser Gesellschaft zu bewegen. Man war erstaunt über ihren Wunsch, sich in ein solches Gewühl zu wagen; aber hat das Inkognito für die Großen nicht eine sehr starke Anziehungskraft? Fräulein von Fontaine bereitete es ein Vergnügen, sich diese festlich gekleideten Bürgersleute vorzustellen, sie vergegenwärtigte sich, wie die Erinnerung an einen Blick oder ein bezauberndes Lächeln von ihr in mehr als einem Bürgerherzen haften würde, sie lachte schon im voraus über die Prätentionen der Tänzerinnen und spitzte bereits ihren Bleistift für die Szenen, mit denen sie die Seiten ihres Karikaturenalbums zu füllen gedachte. Daher konnte der Sonntag nicht früh genug für ihre Ungeduld herankommen. Die Gesellschaft der Villa Planat machte sich zu Fuß auf den Weg, um den Rang der Persönlichkeiten, die den Ball mit ihrer Gegenwart beehren wollten, nicht zu verraten. Man hatte zeitig gespeist. Der Maimonat begünstigte diese aristokratische Laune mit seinem herrlichsten Abende. Fräulein von Fontaine war höchst erstaunt, in der Rotunde mehrere Quadrillen von Leuten tanzen zu sehen, die zur guten Gesellschaft zu gehören schienen. Sie bemerkte wohl hier und da einige junge Leute, die ihre Monatsersparnisse daran gewendet hatten, an einem Tage glanzvoll aufzutreten, und unterschied mehrere Pärchen, deren zu ausgelassene Lustigkeit nicht auf ein eheliches Verhältnis schließen ließen; aber statt der erwarteten Ernte blieb ihr nur die Nachlese. Sie war erstaunt, zu sehen, daß das Vergnügen im Perkalkleide dem in Seide so durchaus ähnlich war, und daß die Bourgeoisie mit ebensoviel Grazie, und zuweilen noch mit mehr, zu tanzen verstand, wie der Adel. Die meisten Toiletten waren einfach aber geschmackvoll. Diejenigen, die in dieser Zusammenkunft die Lehnsherren des Territoriums repräsentierten, nämlich die Bauern, verhielten sich, was sie nie geglaubt hätte, taktvoll still in ihrem Winkel. Fräulein Emilie mußte erst eine gewisse Prüfung der verschiedenen Elemente, aus denen sich diese Gesellschaft zusammensetzte, vornehmen, ehe sie einen Anlaß zum Bespötteln fand. Aber es blieb ihr weder die Zeit für ihre boshaften kritischen Bemerkungen, noch die Möglichkeit, eine von den auffallenden Äußerungen, die die

Karikaturisten so gern sammeln, zu erhorchen. Das stolze Geschöpf traf auf diesem weiten Gefilde plötzlich, um eine der Jahreszeit entsprechende Metapher zu gebrauchen, auf eine Blume, deren Glanz und Farben auf sie mit allem Zauber des Neuen wirkten. Es begegnet uns häufig, daß wir ein Kleid, eine Tapete, ein Stück weißes Papier allzu zerstreut betrachten, um sofort einen Fleck oder eine hervorleuchtende Stelle wahrzunehmen, die uns später plötzlich so ins Auge fallen, als ob sie erst in dem Augenblick, da wir sie sehen, entstanden seien; vermöge eines inneren, diesem ähnlichen, Vorgangs sah Fräulein von Fontaine plötzlich in einem jungen Mann den Inbegriff der äußeren Vorzüge, die sie seit so langer Zeit sich erträumt hatte, leibhaft vor sich.
Sie hatte sich auf einem der plumpen Stühle, die den Saal umgaben, niedergelassen, und zwar auf dem äußersten Platz der Gruppe, die ihre Familie bildete, um aufstehen oder nach ihrem Belieben herumgehen und die lebenden Bilder und Gruppen, die sich hier wie bei einer Museumsausstellung darboten, betrachten zu können; ungeniert musterte sie mit ihrer Lorgnette eine Person, die sich zwei Schritte vor ihr befand, und prüfte sie, wie man einen gemieteten Studienkopf oder eine Genreszene kritisiert. Nachdem ihr Blick über das gesamte große lebende Bild des Saales hingegangen war, blieb er plötzlich auf dem Gesicht haften, das wie absichtlich an einer Stelle des Gemäldes in der schönsten Beleuchtung angebracht zu sein und mit der ganzen Persönlichkeit außer jedem Verhältnis zu dem übrigen Rest zu stehen schien. Der einsam und träumerisch dastehende Unbekannte

hatte sich leicht an eine der Säulen, die das Dach trugen, gelehnt und hielt sich mit gekreuzten Armen und geneigtem Haupte in einer Stellung, als ob er sich von einem Maler porträtieren lassen wollte. Obgleich voller Stolz und Anmut, hatte seine Haltung doch nichts Affektiertes. Keine Geste verriet, daß er seinem Gesicht die Dreiviertelansicht, und seinem Kopfe die leichte Neigung nach rechts, wie Alexander, Lord Byron und einige andere große Männer, nur gegeben hatte, um die Aufmerksamkeit auf sich zu ziehen. Sein Blick folgte unverrückt den Bewegungen einer Tänzerin und verriet tiefe Anteilnahme an ihr. Seine schlanke, schön entwickelte Figur erinnerte an die edlen Verhältnisse eines Apollokörpers. Schönes schwarzes Haar lockte sich natürlich über seiner hohen Stirn. Mit einem einzigen Blick bemerkte Fräulein von Fontaine seine feine Wäsche, seine neuen ziegenledernen Handschuhe, die bei einem guten Handschuhmacher gekauft waren, und seine zierlichen Füße mit gut sitzenden Stiefeln aus irländischem Leder. Er hatte sich nicht mit den geschmacklosen Berlocken behängt, die die früheren Zierbengel der Nationalgarde und die Lovelaces der Kontore an sich zu tragen pflegen. Nur ein schwarzes Band, an dem sein Augenglas befestigt war, hing über die Weste von untadeligem Schnitt herab. Niemals hatte die schwer zu befriedigende Emilie bei einem Manne Augen mit so langen und so geschwungenen Wimpern gesehen. Melancholie und Leidenschaft sprachen aus diesem männlichen, olivfarbenen Antlitz. Der Mund schien immer zum Lächeln und zum Öffnen der beredten Lippen bereit zu sein; aber so, daß sich darin nicht Frohsinn, sondern eine gewisse liebevolle Trauer ausdrückte. Der Charakter dieses Kopfes war zu bedeutend und zu eigenartig, als daß man hätte sagen mögen: Das ist ein schöner oder ein hübscher Mann! Nein, er erregte auch den Wunsch, ihn näher kennenzulernen. Auch der scharfsichtigste Beobachter hätte gestehen müssen, daß er ihn für einen Mann von hervorragender Begabung halte, den irgendein besonderes Interesse zu diesem dörflichen Fest hergeführt habe.

Diese Fülle von Beobachtungen machte Emilie in einem einzigen aufmerksamen Moment, in dem dieser bevorzugte Mann nach strenger Prüfung der Gegenstand heimlicher Bewunderung wurde. Jetzt sagte sie nicht: es muß ein Pair von Frankreich sein! Sondern nur: Oh, wenn er von Adel wäre, und das muß er sein ... Ohne ihren Gedanken zu Ende zu denken, erhob sie sich und näherte sich, gefolgt von ihrem Bruder, dem Generalleutnant, der Säule, während sie scheinbar die lustigen Quadrillen betrachtete; aber vermöge eines optischen Kunstgriffs, der den Frauen geläufig ist, verlor sie keine einzige Bewegung des jungen Mannes, dem sie sich näherte, aus den Augen. Der Unbekannte machte den beiden Herankommenden höflich Platz und lehnte sich an eine andere Säule. Emilie, die von der Höflichkeit des Fremden ebenso betroffen war, wie sie es von einer Unhöflichkeit gewesen wäre, begann nun eine Unterhaltung mit ihrem Bruder, wobei sie lauter sprach, als es der gute Ton gestattete; sie nahm verschiedene Kopfhaltungen an, bewegte sich lebhaft und lachte ohne Anlaß, weniger um ihren Bruder zu unterhalten, als um die Aufmerksamkeit des teilnahmlosen Unbekannten auf sich zu ziehen. Aber keiner dieser Kunstgriffe wollte verfangen. Fräulein von Fontaine folgte jetzt der Richtung der Blicke des jungen Mannes und erkannte nun, weshalb er sich nicht um sie kümmerte.

In der Quadrille vor ihr tanzte eine junge blasse Person, die an die schottischen Göttinnen erinnerte, welche Girodet auf seinem Riesengemälde „Französische Krieger von Ossian empfangen" dargestellt hat. Emilie glaubte in ihr eine berühmte Lady zu erkennen, die seit einiger Zeit ein benachbartes Landgut bewohnte. Ihr Kavalier war ein junger Mann von fünfzehn Jahren mit roten Händen, Nankinghosen, einem blauen Rock und weißen Schuhen, der bewies, daß ihre Tanzleidenschaft sie nicht wählerisch in bezug auf ihren Partner machte. Ihren Bewegungen merkte man ihre anscheinende Schwäche nicht an; nur eine leichte Röte verbreitete sich über ihre blassen Wangen, und ihr Teint fing an sich zu beleben. Fräulein von Fontaine näherte sich der Quadrille, um die Fremde, wenn sie auf ihren Platz zurückging, während die Visavis die gleiche Figur ausführten, besser beobachten zu können. Aber der Unbekannte trat jetzt vor, beugte sich zu der hübschen Tänzerin herab, und die neugierige Emilie konnte deutlich die in befehlendem, aber sanftem Tone gesprochenen Worte verstehen:

„Klara, mein Kind, tanze nicht mehr."

Klara machte ein etwas ärgerliches Gesicht, nickte aber gehorsam mit dem Kopfe und lächelte schließlich. Nach dem Tanze legte der junge Mann mit aller Vorsorglichkeit eines Liebenden einen Kasch-

mirschal um die Schultern des jungen Mädchens und wies ihr einen Sitz an, wo sie vor dem Winde geschützt war. Bald darauf folgte Fräulein von Fontaine, die sie aufstehen und außen um den Saal herumgehen sah, wie Leute, die aufbrechen wollen, ihnen unter dem Vorwande, daß sie die Aussichtspunkte des Gartens aufsuchen wolle. Ihr Bruder fügte sich mit spöttischer Gutmütigkeit dieser Laune, draußen so umherzuschweifen. Emilie sah nun, wie das Paar einen eleganten Tilbury bestieg, bei dem sich ein Kutscher in Livree befand: erst in dem Moment, da der junge Mann oben auf dem Kutschersitze die Zügel ordnete, traf sie ein Blick von ihm, der nicht anders war, als wie man mit einem solchen achtlos eine Menschenmenge streift; nachher hatte sie noch die schwache Genugtuung, daß sie ihn zweimal nacheinander den Kopf umwenden sah, und die junge Unbekannte tat desgleichen. War das Eifersucht?
„Ich denke, du hast den Garten nun genügend bewundert," sagte ihr Bruder, „und wir können den Tanzsaal wieder aufsuchen."
„Gern", erwiderte sie. „Glaubst du, daß das eine Verwandte von Lady Dudley war?"
„Lady Dudley kann einen Verwandten bei sich zu Besuch haben," antwortete der Baron von Fontaine, „aber eine Verwandte, nein."
Am nächsten Morgen gab Fräulein von Fontaine dem Wunsche Ausdruck, einen Ausritt zu machen. Unmerklich gewöhnte sie ihren alten Onkel und ihre Brüder daran, sie auf solchen Morgenritten zu begleiten, die, wie sie behauptete, ihrer Gesundheit sehr zuträglich waren. Eigenartigerweise bevorzugte sie hierbei die Umgebungen des Dor-

fes, wo Lady Dudley wohnte. Trotz ihres Umherstreifens zu Pferde sah sie den Fremden nicht so schnell wieder, wie die hoffnungsfreudige Suche nach ihm sie erwarten ließ. Wiederholt besuchte sie den Ball von Sceaux wieder, ohne dort den jungen Engländer zu finden, der wie vom Himmel herabgefallen war, um ihre Träume zu beschäftigen und zu verschönern. Obgleich nichts die entstehende Liebe eines jungen Mädchens so anstachelt wie ein Hindernis, so kam doch für Fräulein Emilie von Fontaine ein Moment, da sie im Begriffe war, diese merkwürdige heimliche Verfolgung aufzugeben, weil sie an dem Erfolge eines Unternehmens verzweifelte, dessen Eigenartigkeit einen Begriff von der Kühnheit ihres Charakters geben kann. Sie hätte in der Tat auch noch lange um das Dorf Chatenay herumirren können, ohne ihren Unbekannten wiederzusehen. Die junge Klara – mit diesem Namen hatte Fräulein von Fontaine sie ja nennen hören – war keine Engländerin, und der für einen Fremden Gehaltene wohnte nicht in den blühenden, duftenden Anlagen von Chatenay.

Eines Abends, als Emilie mit ihrem Onkel ausgeritten war, dem seit Beginn der schönen Tage seine Gicht ziemlich lange Ruhe gelassen hatte, begegnete sie der Lady Dudley. Neben der berühmten Fremden saß in der Kalesche Herr von Vandenesse. Emilie erkannte das hübsche Paar, und ihr Verdacht war sofort verschwunden, wie Träume schwinden. Ärgerlich wie eine vergeblich wartende Frau, riß sie so scharf an den Zügeln, daß ihr Onkel die größte Mühe hatte, ihr zu folgen, so hatte sie ihr Pony losjagen lassen.

„Ich bin anscheinend zu alt geworden, um diese zwanzigjährigen Geister zu verstehen," sagte sich der Seemann und setzte sein Pferd in Galopp, „oder vielleicht ist die heutige Jugend der ehemaligen nicht mehr ähnlich. Aber was hat denn meine Nichte? Jetzt läßt sie auf einmal ihr Pferd so langsam gehen, wie ein Gendarm in Paris auf der Straße patrouilliert. Man möchte beinahe sagen, daß sie den braven Bourgeois dort stellen will, der aussieht wie ein träumender Poet, denn er hat, wie mir scheint, ein Album in der Hand. Aber wie dumm bin ich! Sollte das nicht der junge Mann sein, nach dem wir auf der Suche sind?"

Bei diesem Gedanken mäßigte der alte Seemann den Gang seines Pferdes, um sich seiner Nichte ohne Geräusch nähern zu können. Der Vizeadmiral hatte selber zu viele Streiche im Jahre 1771 und den folgenden, in der Epoche, da die galanten Abenteuer beliebt waren, gemacht, um nicht sofort zu vermuten, daß Emilie rein durch Zufall den Unbekannten vom Ball von Sceaux wiedergetroffen hatte. Ungeachtet des Schleiers, den das Alter über seine grauen Augen gebreitet hatte, konnte der Graf von Kergarouet bei seiner Nichte die Zeichen ungewöhnlicher Erregung erkennen, trotz der Unbeweglichkeit, zu der sie ihr Gesicht zu zwingen versuchte. Der durchdringende Blick des jungen Mädchens war mit einer Art starren Staunens auf den Fremden gerichtet, der ruhig vor ihr herging.

„So ist es!" sagte sich der Seemann, „sie wird ihn verfolgen, wie ein Handelsschiff einen Korsaren verfolgt. Und wenn sie gesehen haben wird, daß er sich entfernt, dann wird sie in Verzweiflung sein, daß sie nicht weiß, ob er sie liebt und ob es ein Marquis oder ein Bürgerlicher ist. Die jungen Menschen müßten immer eine alte Perücke wie mich bei sich haben . . ."

Er trieb sein Pferd aufs Geratewohl vorwärts, so daß das seiner Nichte weiterging und schob es so schnell zwischen sie und den jungen Spaziergänger, daß er ihn zwang, schnell auf den grünen Rasenstreifen zu treten, der den Weg einsäumte. Während er sein Pferd jetzt anhielt, rief der Graf ihm zu:

„Können Sie denn nicht ausweichen?"

„Oh, Verzeihung, mein Herr", antwortete der Unbekannte. „Ich wüßte nicht, daß ich mich bei Ihnen zu entschuldigen hätte, da Sie mich beinahe überritten haben."

„Ach, Freundchen, keine Reden weiter" ,erwiderte der Seemann scharf und in einem Tone, dessen höhnischer Klang etwas Beleidigendes hatte. Gleichzeitig erhob der Graf seine Reitpeitsche, als ob er seinem Pferde einen Hieb versetzen wollte und streifte dabei die Schulter seines Gegners, während er sagte: „Die liberalen Bourgeois sind Kannegießer, und jeder Kannegießer sollte vorsichtig sein."

Der junge Mann stieg bei dieser höhnischen Bemerkung die Straßenböschung hinauf, stellte sich hier mit gekreuzten Armen hin und erwiderte in sehr erregtem Tone:

„Mein Herr, wenn ich Ihr weißes Haar sehe, kann ich eigentlich nicht annehmen, daß es Ihnen noch Spaß macht, ein Duell zu provozieren."

„Weißes Haar?" schrie der Seemann, ihn unterbrechend, „das lügst du in deinen Hals hinein, grau sind sie erst."

Der so begonnene Disput wurde nach wenigen Sekunden so heiß, daß der junge Gegner den gemäßigten Ton, den er bis dahin festzuhalten sich bemüht hatte, fallen ließ. Sobald der Graf von Kergarouet seine Nichte mit allen Anzeichen lebhafter Unruhe sich ihnen nähern sah, nannte er seinem Widersacher seinen Namen und ersuchte ihn, vor der jungen Dame, die seiner Hut anvertraut war, Schweigen zu bewahren. Der Unbekannte konnte ein Lächeln nicht unterdrücken, überreichte dem alten Seemann eine Karte, indem er ihn darauf aufmerksam machte, daß er ein Landhaus in Chevreuse bewohnte, und entfernte sich dann schnell, nachdem er es ihm näher bezeichnet hatte.

„Beinahe hättest du diesen armen Zivilisten verletzt, meine liebe Nichte", sagte der Graf, der sich beeilt hatte, Emilie entgegenzureiten. „Du hast dein Pferd nicht fest im Zügel. Du läßt mich da meine Würde aufs Spiel setzen, damit ich deine Torheiten decke; wärst du bei mir geblieben, so hätte ein einziger Blick oder ein freundliches Wort von dir, wie du sie so nett zu sagen weißt, wenn du nicht rücksichtslos sein willst, alles in Ordnung gebracht, während er so einen Armbruch hätte davontragen können."

„Aber, lieber Onkel, es war doch Ihr Pferd und nicht meins, das die Schuld trägt. Ich glaube wahrhaftig, Sie können nicht mehr reiten; Sie sind nicht mehr der gute Reiter, der Sie noch im letzten Jahre waren. Aber an Stelle dieses leeren Geredes..."

„Teufel nochmal! Das nennst du leeres Gerede, wenn du deinem Onkel Grobheiten sagst?"

„Müssen wir uns nicht erkundigen, ob der junge Mann nicht verletzt ist? Sehen Sie doch, Onkel, er hinkt ja."

„Ach nein, er rennt. Ich habe ihm ordentlich den Kopf zurechtgesetzt."

„Ah so, Onkel, daran erkenne ich Sie."

„Halt, meine liebe Nichte", sagte der Graf und hielt Emilies Pferd am Zügel fest. „Ich sehe keine Notwendigkeit, wegen irgendeines beliebigen Ladenschwengels Umstände zu machen, der überglücklich sein müßte, wenn er von einem reizenden jungen Mädchen oder dem Kommandanten der ‚Belle-Poule' niedergeritten worden wäre."

„Weshalb meinen Sie denn, daß er ein Plebejer ist, lieber Onkel? Mir scheint, daß er sehr gute Manieren hat."

„Alle Welt hat heute gute Manieren, mein Kind."

„Nein, lieber Onkel, alle Welt hat nicht das Auftreten und die Haltung, die nur der ständige Verkehr mit der guten Gesellschaft verleiht; ich bin gern bereit, mit Ihnen zu wetten, daß der junge Mann zum Adel gehört."

„Du hast nicht gerade viel Zeit gehabt, um ihn genau anzusehen."

„Ich sehe ihn ja nicht zum ersten Male."

„Und es ist auch nicht das erstemal, daß du auf der Suche nach ihm bist", erwiderte der Admiral lachend.

Emilie wurde rot, und ihr Onkel weidete sich daran, sie eine Zeitlang in ihrer Verlegenheit zu lassen; dann sagte er: „Emilie, du weißt, daß ich dich wie mein eigenes Kind liebe, und zwar gerade deshalb, weil du die einzige in der Familie bist, die den Ahnenstolz besitzt, den eine vornehme Geburt verleiht. Wer, beim Teufel, hätte ahnen können, daß solche wichtigen Grundsätze heute so selten geworden sein würden? Also, ich will dein Vertrauter sein. Ich sehe wohl, Kleine, daß dieser junge Gentleman dir nicht gleichgültig ist. Still! Die Familie würde uns auslachen, wenn wir unter falscher Flagge segelten. Du weißt, was das bedeutet. Also laß mich dir helfen, Kind. Halten wir die Sache geheim, und ich verspreche dir, daß ich ihn in unser Haus bringen werde."

„Und wann, lieber Onkel?"

„Morgen."

„Aber, lieber Onkel, das verpflichtet mich doch noch zu nichts?"

„Absolut zu nichts, und du kannst ihn beschießen, ihn in Brand stecken und ihn dann wie eine gebrauchte alte Tasse stehenlassen, wenn es dir beliebt. Er wird dann nicht der erste Solche sein, nicht wahr?"

„Du bist so gut, lieber Onkel!"

Sobald der Graf heimgekehrt war, setzte er seine Brille auf die Nase, zog heimlich die Karte aus der Tasche und las: „Maximilian Longueville, Rue de Sentier."

„Sei beruhigt, meine Liebe," sagte er zu Emilie, „du kannst mit aller Gewissensruhe nach ihm angeln, er gehört einer unserer historischen Familien an; und wenn er noch nicht Pair von Frankreich ist, so wird er es unfehlbar werden."

„Und woher wissen Sie das?"

„Das ist mein Geheimnis."

„Kennen Sie denn seinen Namen?"

Der Graf nickte mit seinem grauen Haupte, das einem alten Eichenstamm glich, um den einige

Blätter, die die Herbstkälte zusammentrocknen ließ, sich rankten; auf dieses Zeichen hin begann seine Nichte, ihn die immer wieder neue Macht ihrer Koketterien fühlen zu lassen. Sie verstand die Kunst, den alten Seemann zu umschmeicheln, und überhäufte ihn mit den kindlichsten Zärtlichkeiten und den süßesten Worten; sie ging selbst soweit, ihn zu umarmen, um das ihr so wichtige Geheimnis zu erfahren. Der Alte, der seine Zeit damit verbrachte, sich von seiner Nichte solche Szenen vorspielen zu lassen, und sie oft mit einem Schmuck oder der Überlassung seiner Loge im Théâtre des Italiens bezahlte, gefiel sich diesmal darin, sich bitten und vor allem, sich liebkosen zu lassen. Da er aber sein Vergnügen zu lange ausdehnen wollte, so wurde Emilie böse, ging von Zärtlichkeiten zu boshaften Bemerkungen über, schmollte und näherte sich ihm dann doch wieder, von ihrer Neugier getrieben. Der schlaue Seemann ließ sich von ihr das feierliche Versprechen geben, in Zukunft zurückhaltender, sanfter, weniger eigensinnig und sparsamer zu sein, vor allem aber, daß sie ihm alles sagen würde. Dieser Vertrag wurde geschlossen und mit einem Kusse besiegelt, den er auf Emiliens weiße Stirn drückte; dann nahm er sie in einen Winkel des Zimmers mit sich, setzte sie auf seine Knie, nahm die Karte zwischen zwei Finger, um sie zu verdecken, enthüllte Buchstabe für Buchstabe den Namen Longueville und weigerte sich hartnäckig, sie mehr sehen zu lassen. Dieser Vorgang erhöhte noch Fräulein von Fontaines heimliches Sehnen, die einen großen Teil der Nacht in den herrlichsten Traumbildern, wie sie ihrer Einbildungskraft vorgeschwebt hatten, schwelgte. Dank diesem Vorfall, den sie so oft herbeigesehnt hatte, konnte Emilie jetzt etwas ganz anderes als eine Chimäre als Quelle all der vorgestellten Reichtümer ansehen, mit denen sie ihr künftiges Eheleben ausgeschmückt hatte. Wie alle jungen Personen, die die Gefahren der Liebe und Ehe nicht kennen, schwärmte sie für die trügerischen Äußerlichkeiten der Ehe und der Liebe. Und so keimte in ihr ein Gefühl auf, wie fast alle solche launenhaften Gefühle im jugendlichen Alter entstehen, diese süßen und doch so bitteren Irrtümer, die einen so unheilvollen Einfluß auf die Existenz junger Mädchen ausüben, die so unerfahren sind, daß sie die Sorge für ihr zukünftiges Glück allein auf sich nehmen. Am andern Morgen, während Emilie noch schlief, begab sich ihr Onkel eiligst nach Chevreuse. Hier fand er auf dem Hofe einer eleganten Villa den jungen Mann vor, den er am Abend vorher so rücksichtslos beleidigt hatte; mit der liebenswürdigen Höflichkeit der alten Herren am früheren Hofe ging er auf ihn zu.

„Mein verehrter Herr, wer hätte gedacht, daß ich im Alter von dreiundsiebzig Jahren noch in eine Affäre mit dem Sohne oder dem Enkel eines meiner besten Freunde verwickelt werden könnte! Ich bin Vizeadmiral, mein Herr. Das darf wohl heißen, daß mich ein Duell so wenig bekümmert wie das Rauchen einer Zigarre. Zu meiner Zeit konnten zwei junge Leute erst intime Freunde werden, nachdem sie die Farbe ihres Blutes gesehen hatten. Aber gestern, beim heiligen Kreuz, hatte ich etwas zu viel Rum geladen und bin an Ihnen gekentert. Merken Sie sich: ich würde mich lieber hundert Zu-

rechtweisungen von seiten eines Longueville aussetzen, als seiner Familie den geringsten Kummer bereiten."
Wie kühl sich auch der junge Mann gegen den Grafen Kergarouet zu benehmen suchte, lange konnte er doch nicht der freimütigen Herzlichkeit seines Gegners widerstehen und ließ sich von ihm die Hand drücken.
„Sie wollten ausreiten," sagte der Graf, „lassen Sie sich nicht stören. Wenn Sie aber nichts anderes vorhaben, dann begleiten Sie mich, ich lade Sie heute zum Essen in die Villa Planat ein. Mein Neffe, der Graf von Fontaine, ist ein Mann, den Sie kennenlernen müssen. Potz Wetter, ich habe die Absicht, Sie zur Entschädigung für meine Grobheit fünf der hübschesten Frauen von Paris vorzustellen. Ha, ha, junger Mann, Ihre Stirn glättet sich. Ich liebe die Jugend und freue mich, wenn ich sie glücklich sehe. Das ruft mir die schönen Jahre meiner Jugend zurück, der weder Abenteuer noch Duelle gefehlt haben. Wie war man damals lustig! Heute seid ihr Klugredner geworden, man sorgt sich um alles, als ob es niemals ein fünfzehntes und sechzehntes Jahrhundert gegeben hätte."
„Aber, verehrter Herr, haben wir nicht recht damit? Das sechzehnte Jahrhundert hat Europa die Religionsfreiheit geschenkt, das neunzehnte wird ihm die politische Frei..."
„Ach, reden wir nicht von Politik. Ich bin ein hartgesottener Reaktionär, wissen Sie. Aber ich hindere die jungen Leute nicht, Revolutionäre zu sein, wenn sie nur dem König gestatten, ihre Aufläufe zu zerstreuen."

Einige Schritte weiter, als der Graf und sein junger Begleiter mitten im Gehölz waren, sah der Seemann eine junge, ziemlich schlanke Birke, hielt sein Pferd an, zog eine seiner Pistolen heraus und schoß auf fünfzehn Schritt Entfernung eine Kugel mitten in den Baum.

„Sie sehen, mein Lieber, ich brauche ein Duell nicht zu scheuen," sagte er mit komischer Würde und sah Herrn Longueville an.

„Ich auch nicht," erwiderte dieser, zog schnell seine Pistole, zielte auf das Loch, das die Kugel des Grafen gemacht hatte, und plazierte die seinige dicht daneben.

„Das nenne ich einen wohlerzogenen jungen Mann," rief der Seemann mit einer gewissen Begeisterung.

Während des Rittes, den er mit dem Manne machte, den er schon als seinen Neffen ansah, fand er tausend Anlässe, ihn über all die Kleinigkeiten auszufragen, deren genaue Kenntnis, nach seinem besonderen Kodex, ihn erst zu einem vollkommenen Gentleman machte.

„Haben Sie Schulden?" fragte er seinen Begleiter schließlich nach vielen andern Fragen.

„Nein."

„Wie, Sie bezahlen alles, was Sie kaufen?"

„Pünktlich, mein Herr. Sonst würden wir jeden Kredit und jede Achtung einbüßen."

„Aber Sie haben doch wenigstens mehr als eine Geliebte? Was, Sie werden rot, Kamerad? ... Wie haben sich die Sitten geändert. Mit diesen Ideen von gesetzmäßiger Ordnung, mit dem Kantismus und der Freiheit ist die Jugend verdorben worden. Ihr habt weder eine Guimard, noch eine

Duthé, noch Gläubiger, und ihr versteht nichts von Heraldik; aber, junger Freund, dann habt ihr ja gar keine „Erziehung“ genossen! Merken Sie sich; wer seine Dummheiten nicht im Frühling macht, der macht sie im Winter. Wenn ich mit siebzig Jahren achtzigtausend Franken Rente habe, so ist das wahrscheinlich deshalb, weil ich mit dreißig Jahren das Kapital aufgezehrt hatte . . . oh, in allen Ehren, mit meiner Frau. Aber Ihre Unvollkommenheiten werden mich nicht hindern, Ihren Besuch in der Villa Planat anzukündigen. Denken Sie daran, daß Sie mir versprochen haben, hinzukommen, ich erwarte Sie dort.“

„Was für ein merkwürdiger kleiner Alter,“ sagte sich der junge Longueville, „wie ein junger Teufelskerl; aber wenn er sich auch den Anschein eines Biedermannes gibt – ich traue ihm nicht.“

Am andern Tage gegen vier Uhr, als die Gesellschaft sich in den Salons und im Billardzimmer aufhielt, meldete ein Diener den Bewohnern der Villa Planat „Herrn von Longueville“. Beim Namen des Günstlings des Grafen von Kergarouet strömte die ganze Gesellschaft, bis auf den Billardspieler, der im Begriff war, einen Fehlstoß zu machen, zusammen, um Fräulein von Fontaines Haltung zu beobachten und den Phönix in Menschengestalt zu prüfen, der, im Gegensatz zu so vielen Rivalen, sich eine ehrenvolle Erwähnung verdient hatte. Seine ebenso vornehme wie einfache Kleidung, seine liebenswürdigen Manieren, sein höfliches Wesen, seine weiche Stimme, deren Klang zu Herzen ging, gewannen Herrn Longueville das Wohlwollen der ganzen Familie. Die Pracht der Wohnung des reichen Generaleinneh-

mers schien ihm nichts Ungewohntes zu sein. Seine Unterhaltung war die eines Mannes von Welt, aber jeder konnte leicht merken, daß er eine vorzügliche Erziehung genossen hatte und die besten und ausgedehntesten Beziehungen besaß. Er zeigte sich bei einem harmlosen Gespräch über Schiffsbauten, das der alte Seemann begonnen hatte, in der Materie so bewandert, daß eine der Damen bemerkte, er müsse die polytechnische Schule besucht haben.
„Gnädige Frau,“ antwortete er, „ich glaube, man kann es als einen Ruhmestitel ansehen, wenn man dort aufgenommen wird.“
Trotz lebhaften Drängens lehnte er höflich aber bestimmt die Bitte ab, zum Essen dazubleiben, und schnitt die Gegengründe der Damen mit der Bemerkung ab, daß er der Hippokrates seiner jungen Schwester sei, deren zarte Gesundheit seine besondere Sorgsamkeit erfordere.
„Der Herr ist wohl Arzt?“ fragte eine Schwägerin Emilies ironisch.
„Der Herr hat die polytechnische Schule besucht,“ entgegnete freundlich Fräulein von Fontaine, deren Antlitz sich mit blühender Farbe belebte, als sie vernahm, daß das junge Mädchen auf dem Balle Herrn Longuevilles Schwester war.
„Aber, meine Liebe, man kann doch ein Arzt sein und trotzdem die polytechnische Schule besucht haben, nicht wahr, mein Herr?“
„Dem steht nichts im Wege, gnädige Frau,“ erwiderte der junge Mann.
Aller Augen richteten sich jetzt auf Emilie, die mit einer gewissen ängstlichen Neugier den verführerischen Unbekannten betrachtete. Sie atmete erst wieder auf, als er lächelnd hinzufügte: „Ich

selbst habe nicht den Vorzug, ein Arzt zu sein, und ich habe sogar darauf verzichtet, eine Stellung bei der Wege- und Wasserbauverwaltung anzunehmen, um mir meine Unabhängigkeit zu bewahren."

„Und Sie haben wohl daran getan," sagte der Graf. „Aber wie können Sie es als einen Vorzug ansehen, ein Arzt zu sein?" fügte der vornehme Bretone hinzu. „Für einen Mann wie Sie, mein junger Freund..."

„Herr Graf, ich habe eine unbegrenzte Hochachtung vor allen Berufen, die einen nützlichen Zweck haben."

„Oh, darin sind wir einig: ich nehme an, daß Sie vor diesen Berufen denselben Respekt haben, wie ein junger Mann vor einer alten Stiftsdame."

Der Besuch des Herrn Longueville war weder zu lang noch zu kurz. Er empfahl sich, sobald er wahrnahm, daß er allgemein gefallen und jeden neugierig bezüglich seiner Person gemacht hatte.

„Das ist ein schlauer Bruder," sagte der Graf, als er in den Salon zurückkehrte, nachdem er ihn hinausbegleitet hatte.

Fräulein von Fontaine, die allein von diesem Besuch vorher unterrichtet war, hatte sehr sorgfältig Toilette gemacht, um die Blicke des jungen Mannes auf sich zu ziehen; aber sie mußte, was ihr etwas Kummer verursachte, bemerken, daß er ihr nicht so viel Aufmerksamkeit schenkte, wie sie zu verdienen glaubte. Die Familie war ziemlich erstaunt über das Schweigen, das sie bewahrt hatte. Gewöhnlich entfaltete Emilie vor neuen Besuchern ihre Koketterie, ihr geistreiches Geschwätz und die unerschöpfliche Beredsamkeit ihrer Blicke und ihrer Attitüden. War es nun die melodische Stimme des jungen Mannes oder sein anziehendes Wesen, was sie entzückte, oder war es, daß sie ernsthaft Liebe empfand und daß dieses Gefühl sie umgewandelt hatte: ihr Wesen hatte alles Affektierte verloren.

Wenn sie sich so einfach und natürlich gab, mußte sie noch schöner erscheinen. Einige ihrer Schwestern und eine alte Dame, eine Freundin der Familie, hielten dies Benehmen für raffinierte Koketterie. Sie nahmen an, daß Emilie, wenn sie den jungen Mann für ihrer würdig hielt, sich wahrscheinlich vorgenommen hatte, ihre Vorzüge nur langsam zu entwickeln, um ihn dann, wenn er ihr gefallen haben würde, plötzlich völlig zu blenden. Alle Familienglieder waren begierig, zu erfahren, wie das launische Mädchen über den Fremden dachte; aber als während des Diners ein jeder sich darin gefiel, an Herrn Longueville einen neuen Vorzug zu rühmen und behauptete, daß er allein ihn entdeckt hätte, blieb Fräulein von Fontaine eine Zeitlang stumm; eine kleine spöttische Bemerkung ihres Onkels weckte sie plötzlich aus ihrer Apathie und sie bemerkte ziemlich spitz, daß eine solche göttliche Vollkommenheit irgendeinen großen Fehler verdecken müsse, und daß sie sich hüte, auf den ersten Blick über einen so gewandten Menschen ein Urteil abzugeben. „Wer derart aller Welt gefällt, gefällt niemandem“, fügte sie hinzu, „und der schlimmste Fehler ist, wenn man keinen Fehler hat.“ Wie alle verliebten jungen Mädchen schmeichelte sich Emilie mit der Hoffnung, sie könne ihr Fühlen im tiefsten Herzen verborgen halten und die

Argusaugen ihrer Umgebung irreführen; aber nach Verlauf von vierzehn Tagen war jedes Mitglied der zahlreichen Familie in das häusliche Geheimnis eingeweiht. Beim dritten Besuche, den Herr Longueville machte, glaubte Emilie zu erkennen, daß sie der Hauptanlaß dazu sei. Diese Entdeckung verursachte ihr eine so berauschende Freude, daß sie selber in Erstaunen geriet, als sie darüber nachdachte. Denn es lag darin etwas, was ihren Stolz schmerzlich berührte. Gewöhnt, sich zum Mittelpunkte der Gesellschaft zu machen, mußte sie nun eine Macht anerkennen, die sie gegen ihren Willen an sich zog; sie versuchte, sich dagegen aufzulehnen, aber sie konnte das verführerische Bild des jungen Mannes nicht aus ihrem Herzen verbannen. Dazu kamen bald noch andere Beunruhigungen. Zwei Eigenschaften des Herrn Longueville standen der allgemeinen Neugierde und besonders der des Fräuleins von Fontaine entgegen, nämlich seine unerwartete Zurückhaltung und seine Bescheidenheit. Den geschickten Fragen, die Emilie in die Unterhaltung einfließen ließ, und den Fallen, die sie dabei stellte, um dem jungen Manne Näheres über sein Leben zu entlocken, wußte er mit der Gewandtheit eines Diplomaten, der sein Geheimnis hüten will, auszuweichen. Sprach sie über Malerei, so antwortete ihr Herr Longueville als Kenner. Machte sie Musik, so bewies ihr der junge Mann, ohne sich damit zu brüsten, daß er ein guter Klavierspieler war. An einem Abende entzückte er die ganze Gesellschaft, als er seine wundervolle Stimme mit der Emilies in einem der schönsten Duette Cimarosas vereinigte; wenn man aber versuchte, ihn auszuforschen, ob er ein Künstler wäre, so scherzte er mit solcher Gewandtheit darüber hinweg, daß er diesen Damen, die so geübt in der Kunst des Gedankenlesens waren, keine Möglichkeit gewährte, herauszubekommen, zu welcher gesellschaftlichen Sphäre er gehörte. Wie kühn auch der alte Onkel seinen Enterhaken gegen dieses Schiff schleuderte, Longueville verstand ihm auszuweichen und den Reiz des Geheimnisvollen zu bewahren; und es wurde ihm um so leichter, in der Villa Planat „der schöne Unbekannte" zu bleiben, als die Neugierde niemals die Grenzen der Höflichkeit überschritt. Emilie, die diese Zurückhaltung peinlich empfand, hoffte bei der Schwester ein besseres Resultat vertraulicher Eröffnungen zu erzielen, als bei dem Bruder. Unterstützt von dem Onkel, der sich auf derartige Manöver wie auf Schiffsmanöver verstand, versuchte sie, die bisher stumme Persönlichkeit des Fräuleins Klara Longueville auf die Szene zu bringen. Die Gesellschaft der Villa bezeugte bald den dringenden Wunsch, eine so liebenswürdige Person kennenzulernen und ihr etwas Zerstreuung zu verschaffen. Ein zwangloser Ball wurde in Vorschlag gebracht und akzeptiert. Die Damen waren ziemlich hoffnungsvoll, daß sie ein junges Mädchen von sechzehn Jahren würden zum Reden bringen können. Trotz der kleinen Wolken, die der Verdacht zusammenzog und die Neugierde entstehen ließ, hatte doch heller Sonnenschein über Fräulein von Fontaines Seele sich ergossen, die einen köstlichen Genuß darin fand, sich mit einem anderen Wesen verbunden zu fühlen. Sie begann jetzt auch, die gesellschaftlichen Pflichten besser zu verstehen.

Sei es, daß das Glück uns besser macht, sei es, daß sie zu sehr mit sich selbst beschäftigt war, um andere zu quälen, sie wurde weniger boshaft, nachgiebiger, sanfter. Über diese Wesensänderung war ihre Familie erstaunt und entzückt. Es war wohl möglich, daß ihr Egoismus sich in Liebe verwandelt hatte. Die Ankunft ihres schüchternen und geheimnisvollen Anbeters zu erwarten, bereitete ihr eine tief empfundene Freude. Ohne daß ein Wort über ihre Leidenschaft zwischen ihnen laut geworden war, wußte sie, daß sie geliebt wurde, und sie kostete den Genuß aus, alle Schätze ihres reich entwickelten Geistes vor dem jungen Unbekannten auszubreiten. Sie merkte wohl, daß auch sie eingehend geprüft wurde, und sie bemühte sich, alle Fehler, die auf ihrer Erziehung beruhten, abzulegen. Es war die Liebe, die sie veranlaßte, sich zum erstenmal zu unterwerfen und sich selbst bittere Vorwürfe zu machen. Sie wollte gefallen und sie entzückte, sie liebte und sie wurde angebetet. Da ihre Angehörigen wußten, daß ihr Stolz sie ausreichend beschützte, so ließen sie ihr genügend Freiheit, so daß sie alle die kleinen beglückenden Kindereien auskosten konnte, die der ersten Liebe so viel Reiz und so viel Kraft verleihen. Mehr als einmal gingen der junge Mann und Fräulein von Fontaine allein in den Alleen des Parks spazieren, der von der Natur geschmückt war, wie eine Frau zum Balle. Mehr als einmal erfreuten sie sich an dem ziel- und zwecklosen Geplauder, dessen Sätze, wenn sie anscheinend keinen rechten Sinn haben, um so wärmeres Empfinden in sich bergen. Gemeinsam bewunderten sie oftmals die herrlichen Farben des Sonnenuntergangs. Sie pflückten Gänseblümchen, um die Blätter abzuzupfen, und sangen die leidenschaftlichsten Duette, indem sie sich der Töne Pergoleses oder Rossinis als getreuer Dolmetscher für ihr heimliches Empfinden bedienten.

So kam der Balltag heran. Klara Longueville und ihr Bruder, den die Kammerdiener hartnäckig mit dem Adelsprädikat nannten, waren der Glanzpunkt des Abends. Zum erstenmal in ihrem Leben bereitete der Triumph eines andern jungen Mädchens Fräulein von Fontaine Freude. Sie überhäufte Klara mit ehrlich gemeinten liebevollen Zärtlichkeiten und Bemühungen, die die Frauen einander gewöhnlich nur dann erweisen, wenn sie die Männer eifersüchtig machen wollen. Emilie aber verfolgte ein bestimmtes Ziel, sie wollte Geheimnisse herausbekommen. Aber Fräulein Longueville bewies als weibliches Wesen noch mehr geistige Gewandtheit als ihr Bruder; dabei machte sie gar nicht den Eindruck, als ob sie etwas verschweigen wolle, und verstand es, die Unterhaltung auf einem Gebiet, das mit persönlichen Angelegenheiten nichts zu tun hatte, festzuhalten, und sie tat das in einer so reizenden Weise, daß Fräulein von Fontaine von einer Art Neid ergriffen wurde und sie eine „Sirene" nannte. Während Emilie geplant hatte, Klara zum Reden zu bringen, forschte Klara Emilie aus; sie wollte sich ein Urteil bilden, und sie wurde von der andern ins Verhör genommen; sie ärgerte sich wiederholt, daß sie Züge ihres Charakters in einzelnen Antworten hatte deutlich werden lassen, die Klara in raffinierter Weise aus ihr herausgelockt hatte, wobei sie eine bescheidene, harmlose Miene aufsetzte, die jeden Verdacht an böswillige Absicht fernhielt. Einmal schien Fräulein von Fontaine ärgerlich zu sein, weil sie sich zu einer von Klara provozierten Bemerkung über die Bürgerlichen hatte verleiten lassen.

„Liebes Fräulein," sagte das reizende junge Wesen, „ich habe Maximilian so viel von Ihnen reden hören, daß ich, aus Liebe zu ihm, den lebhaftesten Wunsch hatte, Sie kennenzulernen; und Sie kennenlernen wollen, ist das nicht dasselbe, wie Sie liebhaben wollen?"

„Ach, liebe Klara, ich hatte Angst, es könnte Ihr Mißfallen erregen, weil ich so über die gesprochen habe, die nicht von Adel sind."

„Oh, beruhigen Sie sich. Heute hat so etwas ja keine Bedeutung mehr. Mich selber berührt das nicht: ich komme hierbei nicht in Frage."

Wie zweideutig diese Antwort auch klang, Fräulein von Fontaine war hocherfreut darüber; denn wie alle leidenschaftlich erregten Menschen legte sie sie sich wie einen Orakelspruch in dem Sinne aus, der ihren Wünschen entsprach, und war froher als je, wenn sie beim Tanzen auf Longueville blickte, der in Wesen und Eleganz beinahe noch ihr erträumtes Ideal übertraf. Und sie empfand eine um so tiefere Befriedigung, wenn sie nun dachte, daß er adelig sei; ihre schwarzen Augen strahlten, und sie gab sich dem Tanze mit all der Wonne hin, die man in Gegenwart des Geliebten empfindet. Niemals verstanden sich die beiden Liebenden besser als jetzt; und mehrmals fühlten sie, wie ihre Finger bebten, wenn sich ihre Hände beim Kommando des Kontertanzes berührten.

So kam für das schöne Paar der Beginn des Herbstes unter dauernden Festen und Vergnügungen heran, während es sich weiter dem süßesten Gefühl, das das Leben kennt, hingab und es durch tausend kleine Geschehnisse, die sich jeder vorstellen kann, noch stärker werden ließ: die Liebeshändel gleichen einander ja alle. Dabei suchte einer den andern auszuforschen, soweit eine solche Prüfung geschehen kann, wenn man verliebt ist.

„So schnell hat ein Liebeshandel wohl noch nie zu einer Neigungsheirat geführt, wie es hier kommt", sagte der alte Onkel, der die beiden jungen Leute mit seinen Blicken verfolgte, wie wenn ein Naturforscher ein Insekt unter das Mikroskop nimmt.

Bei diesem Worte erschraken Herr und Frau von Fontaine. Der alte Vendéer war bezüglich der Heirat seiner Tochter doch nicht so indifferent, wie er vor kurzem erklärt hatte. Er hatte in Paris Erkundigungen angestellt und nichts erfahren können. Beunruhigt über diese mysteriösen Verhältnisse und noch ohne Nachricht über das Ergebnis einer Nachforschung, mit der er einen Pariser Sachwalter in Bezug auf die Familie Longueville betraut hatte, hielt er sich für verpflichtet, seiner Tochter ein vorsichtiges Verhalten anzuraten.

„Wenn du ihn liebst, meine liebe Emilie, so gestehe ihm das wenigstens nicht!"

„Es ist wahr, lieber Vater, ich liebe ihn, aber ich werde es ihm nicht eher sagen, als bis Sie es mir erlaubt haben."

„Jedenfalls mußt du bedenken, Emilie, daß du

über seine Familie und seinen Beruf noch ganz im Unklaren bist."

„Wenn ich das auch bin, das gilt mir gleich. Sie wünschen doch, lieber Vater, daß ich mich verheirate, und haben mir gestattet, frei zu wählen; meine Wahl ist unwiderruflich getroffen, was ist also noch weiter nötig?"

„Es ist nötig, mein liebes Kind, zu wissen, ob der Mann deiner Wahl der Sohn eines Pairs von Frankreich ist", erwiderte ironisch der ehrenwerte Edelmann.

Emilie verharrte einen Augenblick in Schweigen. Bald aber erhob sie das Gesicht, sah ihren Vater an und sagte mit einer gewissen Unruhe: „Sind die Longueville?" ...

„Erloschen mit der Person des alten Herzogs von Rostein-Limbourg, der 1793 auf dem Schaffot geendet hat. Er war der letzte Abkömmling der letzten jüngeren Linie."

„Aber es gibt, lieber Vater, doch sehr gute Familien, die von Bastarden abstammen. Die Geschichte Frankreichs wimmelt von Fürsten, deren Wappen einen Querbalken trägt."

„Deine Ansichten haben sich sehr geändert", sagte der alte Edelmann lächelnd.

Der nächste Tag war der letzte, den die Familie Fontaine in der Villa Planat zubringen wollte. Emilie, die die Mitteilungen ihres Vaters sehr beunruhigt hatten, erwartete mit lebhafter Ungeduld die Stunde, zu der der junge Longueville zu erscheinen pflegte, um eine Erklärung von ihm zu erlangen. Nach dem Diner begab sie sich allein in den Park und lenkte ihre Schritte nach einem verschwiegenen Boskett, wo sie der sehnsüchtige junge Mann, wie sie wußte, aufsuchen würde; während sie hinging, überlegte sie, wie sie dieses wichtige Geheimnis, ohne sich bloßzustellen, herausbekommen sollte; ein recht schwieriges Unternehmen! Bisher hatte noch kein offenes Geständnis die Neigung, die sie mit dem Unbekannten verband, offenbart. Sie, wie Maximilian, beide hatten die Süße der ersten Liebe genossen, aber da beide gleich stolz waren, schien jeder sich vor dem Geständnis, daß er liebe, zu scheuen.

Maximilian Longueville, dem Klara hinreichend begründete Bedenken über Emilies Charakter eingeflößt hatte, wurde abwechselnd bald von der Heftigkeit der Leidenschaft eines jungen Mannes hingerissen, bald von dem Verlangen zurückgehalten, die Frau, deren Händen er sein Lebensglück anvertrauen wollte, genau kennenzulernen und zu prüfen. Seine Liebe hatte ihn nicht gehindert, bei Emilie die Vorurteile wahrzunehmen, die dieses junge Wesen verunzierten; aber er wollte wissen, ob er geliebt würde, bevor er gegen sie ankämpfte; er wollte sein Liebesglück ebensowenig aufs Spiel setzen wie sein Lebensglück. Er hatte daher beständig Schweigen bewahrt, wenn auch seine Blicke, seine Haltung und das Geringste, was er tat, es Lügen straften. Auf der andern Seite hinderte der natürliche Stolz eines jungen Mädchens, der bei Fräulein von Fontaine noch durch die törichte Eitelkeit auf ihre vornehme Geburt und ihre Schönheit gesteigert war, diese, eine Erklärung herauszufordern, wozu ihre wachsende Leidenschaft sie manchmal drängen wollte. So hatten die beiden Liebenden instinktiv ihre Situation verstanden, ohne sich über ihre geheimen Beweggründe klarzuwerden. Es gibt im Leben Augenblicke, da jungen Seelen das Ungewisse lieb ist. Gerade weil jeder schon allzulange mit der Aussprache gezögert hatte, schienen sich alle beide ein grausames Vergnügen mit ihrem Abwarten zu machen. Der eine suchte zu erforschen, ob er wirklich bis zur Überwindung, die ein Geständnis seine stolze Geliebte kosten würde, geliebt werde, die andere hoffte jeden Augenblick, daß das allzu zurückhaltende Schweigen gebrochen werden würde.

Auf einer Gartenbank sitzend, überdachte Emilie alles, was sich während dieser herrlichen drei Monate ereignet hatte. Der Verdacht ihres Vaters war das letzte Bedenken, das sie noch hindern konnte, und sie machte etliche Gegengründe dagegen geltend, wie solche einem jungen unerfahrenen Mädchen durchschlagend erschienen. Vor allem war sie mit sich einig darüber, daß sie sich unmöglich täuschen könne. Während der ganzen Saison hatte sie bei Maximilian keine einzige Geste, kein einziges Wort bemerken können, die eine niedrige Herkunft oder einen gewöhnlichen Beruf verrieten; im Gegenteil, seine Art zu diskutieren ließ einen Mann erkennen, der sich mit hohen Staatsangelegenheiten beschäftigte. „Übrigens hätte ein Bureaumensch," sagte sie sich, „ein Finanzier oder ein Kaufmann nicht die Muße gehabt, hier eine ganze Saison hindurch zu verweilen, um mir auf dem Lande den Hof zu machen und so frei über seine Zeit zu verfügen wie ein Edelmann, der ein ganzes sorgloses Leben vor sich hat." Dann überließ sie sich andern Gedanken, die ihr viel interessanter waren, als die früheren; da verriet ihr ein leichtes Rauschen der Blätter, daß Maximilian sie schon eine Zeitlang, gewiß mit Sehnsucht, beobachtete.

„Wissen Sie, daß das sehr schlecht ist, ein junges Mädchen so zu überraschen?“ sagte sie lächelnd.

„Besonders wenn es mit seinen Geheimnissen beschäftigt ist“, erwiderte Maximilian listig.

„Warum sollte ich keine Geheimnisse haben? Sie haben ja sicher auch welche.“

„Dachten Sie wirklich über Ihre Geheimnisse nach?“ entgegnete er lachend.

„Nein, ich dachte an die Ihrigen. Meine kenne ich.“

„Aber,“ rief der junge Mann zärtlich aus und bot Fräulein von Fontaine den Arm, „vielleicht sind meine Geheimnisse die Ihrigen und Ihre die meinen.“

Nach einigen Schritten befanden sie sich unter einer Baumgruppe, die die Farben der untergehenden Sonne wie mit einer rötlichbraunen Wolke umhüllten. Diese wunderbare Naturerscheinung verlieh dem Momente eine gewisse Feierlichkeit. Die lebhafte freie Bewegung des jungen Mannes und vor allem der Aufruhr seines pochenden Herzens, dessen hastige Schläge zu Emiliens Arm redeten, versetzten sie in eine um so tiefergehende Erregung, als diese durch die einfachsten und harmlosesten Umstände veranlaßt worden war. Die Zurückhaltung, in der die jungen Mädchen der vornehmen Gesellschaftskreise sonst zu leben gewohnt sind, gibt ihren Gefühlsausbrüchen eine unglaubliche Gewalt, und sie geraten in die größte Gefahr, wenn sie mit einem leidenschaftlichen Geliebten zusammentreffen. Noch niemals hatten die Augen Emilies und Maximilians sich so vieles, was man nicht auszusprechen wagt, gesagt. Hingerissen von dieser Trunkenheit, vergaßen sie leicht die kleinen Bedenken ihres Stolzes und die kühlen Erwägungen ihres Mißtrauens. Sie konnten zuerst ihrem seligen Gefühl nur durch einen heißen Druck ihrer Hände Ausdruck geben.

„Herr Longueville, ich muß eine Frage an Sie richten", sagte Fräulein von Fontaine zitternd und erregt. „Aber ich bitte Sie dringend, zu bedenken, daß ich zu dieser Frage gewissermaßen durch die ziemlich eigenartige Lage gezwungen bin, in der ich mich meiner Familie gegenüber befinde."

Eine für Emilie schreckliche Pause trat nach diesen fast gestammelten Sätzen ein. Während dieser Stille wagte das stolze junge Mädchen nicht, dem leuchtenden Blicke dessen, den sie liebte, zu begegnen, denn sie hatte im geheimen die Empfindung, daß das, was sie jetzt sagen würde, erniedrigend war: „Sind Sie adelig?"

Als diese Worte ausgesprochen waren, hätte sie sich am liebsten auf dem Meeresgrunde versteckt.

„Mein Fräulein," erwiderte Longueville, während sein erregtes Gesicht den Ausdruck würdevollen Ernstes annahm, „ich verspreche Ihnen, diese Frage ohne Umschweife zu beantworten, wenn Sie mir aufrichtig auf die antworten wollen, die ich an Sie zu richten habe." Er ließ den Arm des jungen Mädchens los, das plötzlich die Empfindung hatte, daß es allein in der Welt stünde, und sagte: „Was bezwecken Sie mit dieser Frage nach meiner Herkunft?" Unbeweglich, kalt und stumm blieb sie stehen. „Mein Fräulein," fuhr Maximilian fort, „gehen wir nicht weiter, wenn wir uns nicht verstehen. – Ich liebe Sie", sagte er, und seine Stimme klang warm und herzlich. „Und nun sagen Sie mir," fügte er mit glücklichem Gesicht hinzu, als er einen Ausruf des Entzückens vernahm, den das junge Mädchen nicht hatte zurückhalten können, „weshalb fragen Sie mich, ob ich adelig bin?"

„Könnte er so sprechen, wenn er es nicht wäre?" rief eine innere Stimme, die Emilie aus der Tiefe ihres Herzens zu vernehmen glaubte. Sie erhob dankbar den Kopf, schien neue Kraft aus dem Blicke des jungen Mannes zu schöpfen und reichte ihm den Arm, als ob sie einen neuen Bund mit ihm schließen wollte.

„Haben Sie geglaubt, daß ich so sehr auf den Rang sehe?" fragte sie mit feinem Spotte.

„Ich habe meiner Frau keinen Titel anzubieten", entgegnete er, halb scherzhaft, halb ernst. „Aber wenn ich sie von hohem Range und aus einem Kreise wähle, wo sie das väterliche Vermögen an Luxus und an die Annehmlichkeiten des Reichtums gewöhnt hat, so weiß ich, wozu mich eine solche Wahl verpflichtet. Die Liebe entschädigt zwar für alles, aber nur die Liebenden. Für die Ehe ist doch ein wenig mehr nötig als das Dach des Himmelszeltes und der Teppich der Wiesen."

Er ist reich, dachte sie. Und was er von den Titeln sagte, damit will er mich vielleicht prüfen! Man wird ihm hinterbracht haben, daß ich in den Adel vernarrt sei, und daß ich einen Pair von Frankreich heiraten wolle. Meine scheinheiligen Schwestern werden mir diesen Streich gespielt haben. – „Ich versichere Ihnen, mein Herr," sagte sie laut, „daß ich früher über das Leben und die Gesellschaft recht übertriebene Ansichten gehabt habe; heute aber," fuhr sie mit Nachdruck fort und warf ihm einen Blick zu, der ihn närrisch machen konnte, „heute weiß ich, worin für die Frau der wahre Reichtum zu finden ist."

„Ich bedarf des Glaubens, daß Sie aufrichtig sprechen", erwiderte er mit freundlichem Ernst. „Noch in diesem Winter, meine teure Emilie, vielleicht schon eher als in zwei Monaten, werde ich stolz auf das sein, was ich Ihnen anbieten kann, wenn Sie auf den Genuß von Reichtum Wert legen. Das soll das einzige Geheimnis sein, das ich hier noch bewahre," sagte er und wies auf sein Herz; „denn von dem Erfolge hängt mein Glück, ich wage nicht zu sagen, unser Glück, ab ..."

„Oh, sagen Sie es, sagen Sie es!"

So kehrten sie, mit schönen Zukunftsplänen beschäftigt, langsamen Schrittes zu der Gesellschaft im Salon zurück. Noch niemals hatte Fräulein von Fontaine ihren Anbeter so liebenswürdig und so geistvoll gesehen: seine schlanke Figur, sein anziehendes Wesen erschienen ihr noch reizvoller, seitdem die eben stattgehabte Unterredung sie des Besitzes eines Herzens versichert hatte, um das sie alle Frauen beneiden konnten. Sie sangen ein italienisches Duett mit solchem Ausdruck, daß die Gesellschaft begeistert Beifall klatschte. Ihr Abschied hatte etwas Konventionelles, hinter dem sie ihr Glück verbergen wollten. So wurde dieser Tag für das junge Mädchen eine Kette, die sie noch fester an das Geschick des Unbekannten fesselte. Die Kraft und Würde, die er bei der Szene, in der sie sich ihre Gefühle gestanden, entwickelt hatte, mußten Fräulein von Fontaine mit der Achtung erfüllen, ohne die es keine wahre Liebe gibt. Als sie allein mit ihrem Vater im Salon zurückgeblieben war, ging der ehrwürdige Vendéer auf sie zu, nahm sie zärtlich bei der Hand und fragte sie, ob sie irgendeine Aufklärung über das Vermögen und die Familie des Herrn Longueville erhalten hätte.

„Ja, lieber Vater," erwiderte sie, „ich bin noch glücklicher, als ich es mir wünschen konnte. Herr von Longueville ist der einzige Mann, den ich heiraten will."

„Gut, Emilie," antwortete der Graf, „dann weiß ich, was ich zu tun habe."

„Sollten Sie irgendein Hindernis kennen?" fragte sie mit wirklicher Angst.

„Mein liebes Kind, niemand kennt diesen jungen Mann; aber, vorausgesetzt, daß er kein unehrenhafter Mann ist, soll er mir von dem Augenblick an, wo du ihn liebst, ebenso teuer sein wie ein Sohn."

„Ein unehrenhafter Mann?" erwiderte Emilie, „darüber bin ich ganz beruhigt. Der Onkel, der ihn uns vorgestellt hat, kann Ihnen für ihn gutsagen. Sagen Sie doch, lieber Onkel, ist er ein Seeräuber, ein Freibeuter, ein Korsar gewesen?"

„Das habe ich mir gedacht, daß es dahin kommen würde", rief der alte Seemann, der aus dem Schlafe erwachte, aus.

Er sah sich im Salon um, aber seine Großnichte war verschwunden, wie ein Sankt-Elmsfeuer, um seinen üblichen Ausdruck anzuwenden.

„Nun also, lieber Onkel," begann Herr von Fontaine wieder, „wie haben Sie uns nur alles, was Sie über den jungen Mann wissen, verheimlichen können? Sie mußten doch sehen, wie beunruhigt wir waren. Ist Herr von Longueville von guter Familie?"

„Ich kenne ihn nicht von Adams oder von Evas Seite her“, rief der Graf von Kergarouet aus. „Ich habe mich auf den Takt unsres kleinen Tollkopfs verlassen und ihr ihren Saint-Preux durch ein mir bekanntes Mittel zugeführt. Ich weiß nur, daß der Junge wunderbar schießt, ein vortrefflicher Jäger ist, vorzüglich Billard, Schach und Triktrak spielt; er ficht und reitet wie der selige Ritter Sankt Georg. Er ist kultiviert wie unsere Weinberge. Er rechnet wie Barème, er zeichnet, tanzt und singt gut. Also, was, zum Teufel, wollt ihr denn noch? Wenn das nicht ein vollkommener Edelmann ist, so zeigt mir doch einen Bürgerlichen, der das alles kann, einen Menschen, der so vornehm lebt wie er. Tut er irgendwas? Entwürdigt er sich damit, daß er in ein Bureau geht, um sich vor den Parvenus, die ihr Generaldirektoren nennt, zu verneigen? Er geht mit erhobenem Haupte umher, er ist ein Mann. Übrigens habe ich eben in meiner Westentasche die Karte gefunden, die er mir überreicht hat, als die arme Unschuld dachte, ich wollte ihm den Hals brechen! Die heutige Jugend ist nicht sehr gerissen. Hier ist sie.“

„Rue du Sentier Nummer fünf“, sagte Herr von Fontaine und versuchte sich zu erinnern, ob unter den Auskünften, die er erhalten hatte, eine sich auf den jungen Unbekannten beziehen könnte. „Was, zum Teufel, bedeutet das? Die Herren Palma, Werbrust und Kompanie, deren Hauptgeschäft ein Engroshandel mit Musselin, Schirting und bunten Stoffen ist, die wohnen ja dort. Jetzt weiß ich Bescheid, Longueville, der Abgeordnete, ist bei ihrem Hause beteiligt. Aber Longueville hat, wie ich weiß, nur einen Sohn von zweiunddreißig Jahren, der unserm hier absolut nicht ähnlich ist, und dem er fünfzigtausend Franken Rente mitgeben will, damit er die Tochter eines Ministers heiratet; er möchte gern, wie andere auch, zum Pair ernannt werden. Niemals habe ich ihn von diesem Maximilian reden hören. Hat er eine Tochter? Und ist das diese Klara? Übrigens kann sich ja jeder Schwindler Longueville nennen. Aber ist die Firma Palma, Werbrust und Kompanie nicht halb ruiniert durch eine Spekulation in Mexiko und Indien? Ich werde das alles aufklären."

„Du redest ganz allein, als ob du auf der Bühne ständest, und scheinst mich für eine Null anzusehen", sagte plötzlich der alte Seemann. „Weißt du denn nicht, daß ich, wenn er ein Edelmann ist, mehr als einen Sack in meinen Luken stehen habe, mit dem ich seinem Vermögen aufhelfen werde?"

„Was das anlangt, so hat er das, wenn er ein Sohn von Longueville ist, nicht nötig; aber", sagte Herr von Fontaine und wiegte den Kopf hin und her, „sein Vater hat ja nicht einmal ‚Seife an die Kanaille verkauft'. Vor der Revolution war er Staatsanwalt, und das ‚von', das er seit der Restauration sich angeeignet hat, gehört ihm ebensogut, wie die Hälfte seines Vermögens."

„Ja, ja! Glücklich die Leute, deren Väter gehenkt worden sind", rief der Seemann vergnügt.

Drei oder vier Tage nach diesem denkwürdigen Tage war Fräulein von Fontaine an einem der schönen Novembervormittage, da die Pariser Boulevards durch die scharfe Kälte des ersten Frostes trocken geworden sind, in einem neuen Pelz, den sie in Mode bringen wollte, mit ihren beiden Schwägerinnen, die sie früher am meisten mit Bosheiten überschüttet hatte, ausgefahren. Die drei Damen waren zu dieser Promenade in Paris weit weniger veranlaßt worden, weil sie einen neuen, sehr eleganten Wagen probieren oder Kleider, die für die Wintermode den Ton angeben sollten, zeigen wollten, als um eine Pelerine anzusehen, die einer ihrer Freundinnen in einem vornehmen Wäschegeschäft an der Ecke der Rue de la Paix aufgefallen war. Als die drei Damen den Laden betreten hatten, zog die Baronin von Fontaine Emilie am Ärmel und zeigte ihr Maximilian Longueville, der im Kontor saß und damit beschäftigt war, mit kaufmännischer Gewandtheit einer Nähterin, mit der er zu verhandeln schien, ein Goldstück zu wechseln. In der Hand hielt der „schöne Unbekannte" mehrere Proben, die keinen Zweifel über seinen ehrenwerten Beruf ließen. Ohne daß jemand es wahrnahm, wurde Emilie mit Eiskälte durchrieselt. Aber dank der Lebensart der guten Gesellschaft verbarg sie vollkommen die Wut, die ihr ans Herz griff, und antwortete ihrer Schwägerin: „Ich wußte es!" mit so voller Stimme und so unnachahmlicher Betonung, daß die berühmteste Schauspielerin dieser Zeit sie darum beneidet haben würde. Dann näherte sie sich dem Kontor. Longueville erhob den Kopf, steckte die Proben mit verzweifelter Kaltblütigkeit in die Tasche, grüßte Fräulein von Fontaine und näherte sich ihr, indem er ihr einen durchdringenden Blick zuwarf.

„Fräulein," sagte er zu der Nähterin, die ihm mit unruhiger Miene gefolgt war, „ich werde zu Ihnen schicken und die Rechnung bezahlen lassen, unsere Firma wünscht es so. Aber, halt," fügte er leise hinzu und gab ihr einen Tausendfrankenschein, „nehmen Sie das: aber das ist eine Sache unter uns. – Ich hoffe, Sie werden mir verzeihen", sagte er und wandte sich wieder an Emilie. „Haben Sie die Güte, mich mit dem Drange der Geschäfte zu entschuldigen."

„Das kann mir wohl sehr gleichgültig sein, mein Herr", erwiderte Fräulein von Fontaine und betrachtete ihn mit einer Selbstsicherheit und einer spöttischen Gleichgültigkeit, daß man glauben mußte, sie sähe ihn zum ersten Male.

„Sprechen Sie im Ernst so?" fragte Maximilian mit stockender Stimme.

Emilie wandte ihm mit unglaublicher Verachtung den Rücken. Die wenigen, leise gewechselten Worte waren der neugierigen Aufmerksamkeit der beiden Schwägerinnen entgangen. Nachdem sie die Pelerine gekauft hatten und wieder in den Wagen gestiegen waren, konnte Emilie, die rückwärts saß, sich nicht enthalten, noch einen letzten Blick auf das Innere des verhaßten Ladens zu werfen, in dem sie Maximilian mit gekreuzten Armen stehen sah, in der Haltung eines Mannes, der über das Unglück, das ihn so plötzlich betroffen hat, erhaben ist. Ihre Augen begegneten sich und warfen sich zwei unversöhnliche Blicke zu. Jeder von beiden hoffte, daß er das Herz, das er liebte, grausam verletze. In einem Augenblick fühlten sich alle beide einander so fern, als ob der eine in China, der andere in Grönland lebte. Läßt der Hauch der Eitelkeit nicht alles vertrocknen? Ein Opfer der heftigsten Kämpfe, die das Herz eines jungen Mädchens erschüttern können, brachte Fräulein von Fontaine die reichste Schmerzensernte heim, die jemals Vorurteile und kleinlicher Sinn in eine

Menschenseele gesät hatten. Ihr noch eben frisches, sammetweiches Gesicht zeigte Runzeln, einen gelblichen Ton und rote Flecke, und der weiße Teint ihrer Wangen erschien plötzlich grünlich. In der Hoffnung, ihre Erregung vor ihren Schwägerinnen verbergen zu können, zeigte sie ihnen lachend einen Passanten oder eine lächerliche Toilette; aber ihr Lachen war krampfhaft. Von dem schweigenden Mitleid ihrer Schwägerinnen fühlte sie sich viel stärker verletzt, als wenn sie sich mit boshaften Bemerkungen gerächt hätten. Sie wandte all ihren Geist auf, um sie in eine Unterhaltung zu ziehen, wobei sie ihrer Wut durch unsinnige Paradoxe Luft zu machen suchte, indem sie die Kaufleute mit den schnödesten Beschimpfungen und dem geschmacklosesten Spott überhäufte. Bei der Heimkehr wurde sie von einem Fieber befallen, das zuerst einen etwas gefährlichen Charakter zeigte. Erst nach Verlauf eines Monats hatte die Pflege ihrer Angehörigen und des Arztes die Sorgen der Ihrigen beseitigt. Jeder hoffte nun, daß diese ziemlich starke Lektion Emiliens Charakter bessern würde, die unmerklich ihre früheren Gewohnheiten wieder aufnahm und sich von neuem in das Gesellschaftstreiben stürzte. Sie erklärte, es sei keine Schande, wenn man sich getäuscht habe. Hätte sie aber, sagte sie, wie ihr Vater, irgendwelchen Einfluß in der Kammer, so würde sie ein Gesetz beantragen, wonach die Kaufleute, besonders die Schirtinghändler, mit einem Brandmal an der Stirn, wie die Schafe von Berri, bis in die dritte Generation gezeichnet werden müßten. Sie wollte, daß der Adel allein das Recht hätte, die alte französische Tracht, die den Höflingen Ludwigs XV. so

gut stand, zu tragen. Wenn man sie hörte, war es vielleicht ein Unglück für die Monarchie, daß kein äußerlich sichtbarer Unterschied zwischen einem Kaufmann und einem Pair von Frankreich bestand. Tausend andere solche Scherze, die man sich denken kann, folgten schnell aufeinander, sobald ein unvorhergesehener Anlaß sie auf dieses Thema brachte. Aber die, die Emilie liebten, nahmen hinter ihren Spöttereien einen Schatten von Melancholie wahr. Augenscheinlich herrschte Maximilian Longueville immer noch in diesem unverständlichen Herzen. Manchmal wurde sie so liebenswürdig, wie während des flüchtigen Sommers, der ihre Liebe hatte entstehen sehen, und manchmal benahm sie sich unerträglicher als je. Jeder entschuldigte ihre wechselnden Launen, die aus ihrem geheimen, aber allen bekannten Schmerz entsprangen. Der Graf von Kergarouet erlangte dadurch einige Macht über sie, daß er sie verschwenderisch mit Geschenken überhäufte, eine Art von Trost, der bei jungen Pariserinnen selten seine Wirkung verfehlt. Der erste Ball, den Fräulein von Fontaine besuchte, fand bei dem neapolitanischen Gesandten statt. Gerade als sie sich zu der prächtigsten Quadrille anstellte, bemerkte sie einige Schritte neben sich Longueville, der ihrem Tänzer leicht zunickte.
„Ist der junge Mann ein Freund von Ihnen?" fragte sie ihren Kavalier mit verächtlicher Miene.
„Er ist nur mein Bruder", erwiderte er.
Emilie konnte ein Erzittern nicht unterdrücken.
„Oh," fuhr er begeistert fort, „das ist gewiß die edelste Seele von der Welt..."
„Kennen Sie meinen Namen?" unterbrach ihn Emilie lebhaft.

„Nein, gnädiges Fräulein. Ich gestehe, es ist ein Verbrechen, daß ich einen Namen nicht behalten habe, der auf aller Lippen ist, ich müßte sagen, in allen Herzen; aber ich habe eine annehmbare Entschuldigung: ich kehre eben aus Deutschland zurück. Mein Gesandter, der in Paris auf Urlaub ist, hat mich heute hierher als Begleiter seiner Frau beordert, die Sie dort hinten in der Ecke sehen können."

„Eine wahrhaft tragische Maske", sagte Emilie, nachdem sie die Gesandtin betrachtet hatte.

„Das ist ihr Ballgesicht", erwiderte der junge Mann lachend. „Aber ich werde doch mit ihr tanzen müssen. Und dafür habe ich mich entschädigen wollen." Fräulein von Fontaine verneigte sich.

„Ich bin sehr überrascht gewesen," fuhr der schwatzhafte Gesandtschaftssekretär fort, „meinen Bruder hier zu treffen. Als ich aus Wien hier ankam, erfuhr ich, daß der arme Junge krank sei und zu Bett liege. Ich wollte ihn, bevor ich zum Balle fuhr, aufsuchen; aber die Politik läßt uns nicht immer Zeit, den Familienpflichten nachzukommen. Die ‚padrona della casa' hat mir nicht erlaubt, zu meinem armen Maximilian hinaufzugehen."

„Ist Ihr Herr Bruder, ebenso wie Sie, Diplomat?"

„Nein," sagte der Sekretär seufzend, „der arme Junge hat sich für mich aufgeopfert! Er und meine Schwester Klara haben auf ihren Anteil an dem Vermögen meines Vaters verzichtet, damit für mich ein Majorat gebildet werden kann. Mein Vater träumt von der Pairschaft, wie alle, die für das Ministerium stimmen. Er hat schon die Zusage, daß er ernannt wird", fügte er leise hinzu.

„Nachdem er schon einiges Kapital zusammengebracht hatte, hat sich mein Bruder mit einem Bankhause assoziiert; ich weiß, daß er ein Spekulationsgeschäft mit Brasilien unternommen hat, das ihn zum Millionär machen kann. Ich bin sehr froh, daß ich durch meine diplomatischen Beziehungen zum Erfolge beitragen konnte. Ich erwarte sogar ungeduldig eine Depesche der brasilianischen Gesandtschaft, deren Inhalt ihm die Sorgenfalten der Stirn glätten wird. Wie finden Sie ihn?"

„Aber das Gesicht Ihres Herrn Bruders sieht nicht so aus, wie das eines Mannes, der sich mit Geldgeschäften befaßt."

Der junge Diplomat warf einen scharfen, prüfenden Blick auf das anscheinend ruhige Gesicht seiner Tänzerin.

„Wie denn", sagte er lächelnd, „vermögen die jungen Damen auch Liebesgedanken hinter stummen Stirnen zu ahnen?"

„Ist Ihr Herr Bruder verliebt?" fragte sie mit einer neugierigen Gebärde.

„Jawohl. Meine Schwester Klara, für die er wie eine Mutter sorgt, hat mir geschrieben, daß er sich in diesem Sommer in eine sehr hübsche Person verliebt hat; seitdem habe ich aber nichts Weiteres über den Liebeshandel gehört. Würden Sie glauben, daß der arme Junge jeden Morgen um fünf Uhr aufgestanden ist und seine Geschäfte erledigt hat, damit er sich um vier Uhr nachmittags bei seiner Schönen auf dem Lande einfinden konnte? Deshalb hat er auch ein prachtvolles Rassepferd, das ich ihm geschickt hatte, zuschanden geritten. Vergeben Sie mir mein Geschwätz, gnädiges Fräulein, aber ich komme eben aus Deutschland. Seit einem Jahre habe ich nicht richtig Französisch sprechen hören, ich hungere nach französischen Gesichtern und bin übersatt von deutschen, so sehr, daß ich in meinem wütenden Patriotismus sogar, wie ich glaube, mit den Fabelfiguren eines Pariser Kandelabers mich unterhalten würde. Wenn ich außerdem mit einer für einen Diplomaten wenig passenden Offenheit rede, so liegt die Schuld an Ihnen, mein gnädiges Fräulein. Haben Sie mir nicht meinen Bruder gezeigt? Wenn von ihm die Rede ist, dann bin ich unerschöpflich. Ich möchte der ganzen Welt erzählen, wie gut und edelmütig er ist. Bei den Einkünften des Gutes Longueville handelt es sich um nicht weniger als um hunderttausend Franken."

Wenn Fräulein von Fontaine diese Aufklärungen erhielt, so verdankte sie das zum Teil der Geschicklichkeit, mit der sie ihren vertrauensvollen Kavalier auszufragen verstand, nachdem sie erfahren hatte, daß er der Bruder ihres verschmähten Liebhabers war.

„War es Ihnen nicht peinlich, zu sehen, wie Ihr Bruder Musselin und Schirting verkaufte?" fragte Emilie nach der dritten Figur des Kontertanzes.

„Woher wissen Sie das?" fragte der Diplomat. „So sehr ich mich meinem Redefluß überlassen habe, so bin doch, Gott sei Dank, ebensogut wie alle Anfänger in der diplomatischen Karriere, die ich kenne, noch imstande, nicht mehr zu sagen, als ich will."

„Doch, Sie haben es mir gesagt, ich versichere es Ihnen."

Herr von Longueville betrachtete Fräulein von

Fontaine voller Erstaunen mit einem durchdringenden Blicke. Ein Verdacht tauchte bei ihm auf. Nacheinander befragte er die Augen seines Bruders und seiner Tänzerin, ahnte den ganzen Zusammenhang, preßte seine Handflächen gegeneinander, erhob seine Augen zur Decke, fing an zu lachen und sagte: „Was bin ich für ein Dummkopf! Sie sind die schönste Dame auf dem Balle, mein Bruder blickt verstohlen nach Ihnen, er tanzt trotz seines Fiebers, und Sie tun, als ob Sie ihn nicht sähen. Machen Sie ihn glücklich," sagte er, während er sie zu ihrem alten Onkel zurückführte, „ich werde nicht eifersüchtig auf ihn sein; aber ich werde mich immer ein bißchen fürchten, wenn ich Sie meine Schwester nennen soll ..."

Indessen schienen die beiden Liebenden sich unerbittlich gegeneinander zu verhalten. Gegen zwei Uhr morgens wurde ein kaltes Büfett in einer riesigen Galerie aufgetragen; damit sich die Personen desselben Kreises ungehindert zusammensetzen konnten, waren einzelne Tische, wie in einem Restaurant, aufgestellt worden. Durch einen Zufall, wie er immer Liebenden begegnet, fand Fräulein von Fontaine ihren Platz an einem Tische, der sich neben dem befand, an den sich die vornehmste Gesellschaft gesetzt hatte. Zu ihr gehörte auch Maximilian. Emilie, die aufmerksam der Unterhaltung ihrer Nachbarn folgte, konnte ein Gespräch mit anhören, wie es so häufig zwischen jungen Frauen und jungen Männern, die die Anmut und die Formen Maximilian Longuevilles besitzen, geführt wird. Die Dame, die sich mit dem jungen Bankier unterhielt, war eine neapolitanische Herzogin, deren Augen Blitze sprühten und deren weiße Haut wie Seide schimmerte. Die Vertraulichkeit, die der junge Longueville ihr gegenüber an den Tag zu legen suchte, verletzte Fräulein von Fontaine um so mehr, als sie sich eben mit noch zehnmal stärkerer Zärtlichkeit als früher ihrem Geliebten wieder zugewandt hatte.

„Ja, mein Herr, in meinem Lande vermag die echte Liebe jedes Opfer zu bringen", sagte die Herzogin.

„Ihr empfindet eben eine andere Leidenschaft als die Französinnen", sagte Maximilian und warf einen flammenden Blick auf Emilie. „Die bestehen nur aus Eitelkeit."

„Mein Herr," entgegnete das junge Mädchen lebhaft, „ist es nicht schlecht, sein Vaterland zu verleumden? Hingebung ist in allen Ländern zu finden."

„Glauben Sie, mein Fräulein," erwiderte die Italienerin mit spöttischem Lächeln, „daß eine Pariserin bereit wäre, ihrem Geliebten überallhin zu folgen?"

„Oh, verständigen wir uns, gnädige Frau. Man geht wohl mit ihm in die Wüste und wohnt in einem Zelte, aber man setzt sich nicht in einen Laden."

Sie schloß ihren Satz mit einer Gebärde der Verachtung, die ihr entschlüpfte. Und damit vernichtete Emilie, unter dem Einfluß ihrer verderblichen Erziehung, zum zweitenmal ihr aufkeimendes Glück. Die zur Schau getragene Kälte Maximilians und das Lächeln einer Frau hatten sie zu einer ihrer sarkastischen Bemerkungen verleitet, zu denen das boshafte Vergnügen, das sie dabei empfand, sie immer wieder verlockte.

„Mein Fräulein“, sagte Longueville leise, während das Geräusch der sich vom Tische erhebenden Damen seine Worte vor den andern übertönte, „niemand wird heißer für Ihr Glück beten als ich; gestatten Sie mir, Ihnen das zu versichern, bevor ich fortreise. In einigen Tagen gehe ich nach Italien.“

„Wohl mit der Herzogin?“

„Nein, mein Fräulein, aber mit einer vielleicht tödlichen Krankheit.“

„Ist das nicht eine Einbildung?“ fragte Emilie und warf ihm einen beunruhigten Blick zu.

„Nein,“ sagte er, „es gibt Wunden, die niemals vernarben.“

„Sie werden nicht abreisen“, sagte das stolze Mädchen lächelnd.

„Ich werde reisen“, entgegnete Maximilian ernst.

„Dann werden Sie mich, wenn Sie wiederkommen, verheiratet finden, ich warne Sie“, sagte sie mit kokettem Ausdruck.

„Ich wünsche es.“

„Abscheulicher!“ rief sie aus, „wie grausam rächt er sich!“

Vierzehn Tage später reiste Maximilian Longueville mit seiner Schwester nach den warmen, poetischen Gefilden des schönen Italiens ab und ließ Fräulein von Fontaine als Beute der heftigsten Gewissensbisse zurück. Der junge Gesandtschaftssekretär machte die Anklage seines Bruders zu der seinigen und wußte sich für das verachtungsvolle Verhalten Emiliens eklatant zu rächen, indem er die Gründe für den Bruch der beiden Liebenden öffentlich mitteilte. Er gab seiner Tänzerin die boshaften Bemerkungen, mit denen sie vorher Maximilian überhäuft hatte, mit Zinsen zurück und brachte häufig mehr als eine Exzellenz zum Lächeln, wenn er die schöne Feindin der Kontore schilderte, die Amazone, die zu einem Kreuzzug gegen die Bankiers aufrief, das junge Mädchen, deren Liebe sich vor einem Stückchen Musselin verflüchtigte. Der Graf von Fontaine war genötigt, seinen Einfluß aufzubieten, damit August Longueville eine Mission nach Rußland erhielt, um seine Tochter vor der Lächerlichkeit zu schützen, die der junge gefährliche Verfolger mit vollen Händen über sie ausschüttete. Bald darauf ernannte das Ministerium, das zu einem Pairschub genötigt war, um die aristokratische Mehrheit zu stützen, die, wie sich ein berühmter Schriftsteller ausdrückte, in der edlen Kammer ins Wanken geraten war, Herrn „Guiraudin" von Longueville zum Pair von Frankreich und zum Vicomte. Auch Herr von Fontaine erhielt die Pairswürde als Belohnung für seine Treue während der schlimmen Tage und im Hinblick auf seinen Namen, der in der erblichen Kammer fehlte.

Emilie, die jetzt majorenn geworden war, stellte nun wohl ernsthafte Betrachtungen über ihre Zukunft an, denn sie änderte deutlich ihren Ton und ihr Benehmen: statt, wie üblich, ihrem Großonkel Bosheiten zu sagen, brachte sie ihm mit unveränderlicher Liebenswürdigkeit, die die Spaßvögel zum Lachen reizte, seinen Krückstock; sie bot ihm den Arm, fuhr in seinem Wagen aus und begleitete ihn auf allen Spaziergängen; sie redete ihm sogar ein, daß sie den Geruch seiner Pfeife gern habe, und las ihm seine geliebte „Quotidienne" vor, während der boshafte Seemann ihr absichtlich seinen Tabaksrauch ins Gesicht blies; sie lernte Pikett spielen, um dem alten Grafen darin gewachsen zu sein; und endlich hörte die junge, sonst so launische Person geduldig den immer wiederkehrenden Erzählungen von dem Kampfe der „Belle-Poule“, den Manövern der „Ville-de-Paris“, der ersten Expedition des Herrn von Suffren oder der Schlacht von Aboukir zu. Obwohl der alte Seemann oft erklärt hatte, daß er seine Länge und Breite zu gut kenne, um sich von einer jungen Korvette kapern zu lassen, erfuhren eines schönen Morgens die Pariser Salons die Nachricht von der Heirat des Fräuleins von Fontaine mit dem Grafen von Kergarouet. Die junge Gräfin gab, um sich zu zerstreuen, glänzende Feste; aber sie fand auf dem Grunde dieses Trubels das leere Nichts: der Luxus verhüllte nur mangelhaft die Einsamkeit und das Unglück ihrer kranken Seele; trotz der Ausbrüche einer gemachten Lustigkeit zeigte ihr schönes Gesicht meistenteils den Ausdruck dumpfer Melancholie. Im übrigen überhäufte Emilie ihren alten Gemahl mit Aufmerksamkeiten, der oft, wenn er abends bei den fröhlichen Klängen des Orchesters seine Privatgemächer aufsuchte, sagte: „Ich erkenne mich nicht wieder. Mußte ich dazu zweiundsiebzig Jahre warten, um mich als Lotse auf der ‚Schönen Emilie‘, nach zwanzig Jahren ehelicher Galeerenstrafe, einzuschiffen?“ Das Benehmen der Gräfin war ein so streng zurückhaltendes, daß auch die hellsichtigste Kritik ihr nichts anhaben konnte. Manche Beobachter meinten, daß der Vizeadmiral sich das Recht vorbehalten hätte, frei

über sein Vermögen zu verfügen, um seine Frau stärker an sich zu fesseln; eine solche Annahme wäre für den Onkel wie für die Nichte eine Beleidigung gewesen. Die Haltung der beiden Ehegatten war übrigens eine so klug abgewogene, daß auch die jungen Leute, denen am meisten daran gelegen war, das Geheimnis dieser Ehe zu erfahren, nicht ahnten, ob der alte Graf seiner Frau gegenüber Gatte oder Vater war. Man hörte ihn oft sagen, daß er seine Nichte wie eine Schiffbrüchige aufgenommen habe, und daß er auch früher niemals mit der Gastfreundschaft Mißbrauch getrieben habe, wenn es sich ereignet hatte, daß er einen Feind vor der Wut des Unwetters rettete. Obgleich die Gräfin den Anspruch erhob, über Paris zu herrschen und sich auf gleiche Stufe mit den Herzoginnen von Maufrigneuse, von Chaulieu, den Marquisen d'Espard und d'Aiglemont, den Gräfinnen Féraud, von Montcornet, von Restaud, der Frau de Camps und dem Fräulein des Touches zu stellen, so gab sie doch der Liebe des jungen Vicomte von Portenduère nicht nach, der sie anbetete.
Zwei Jahre nach ihrer Verheiratung hörte Emilie in einem der alten Salons des Faubourg Saint-Germain, wo man ihren der alten Zeiten würdigen Charakter bewunderte, wie der Vicomte von Longueville gemeldet wurde; in der Ecke des Salons, wo sie eine Partie Pikett mit dem Bischof von Persepolis spielte, konnte ihre Aufregung von niemandem bemerkt werden: als sie den Kopf umwandte, hatte sie ihren alten Bewerber in vollem Glanze der Jugend hereintreten sehen. Der Tod seines Vaters und seines Bruders, den das böse

Klima von Petersburg hingerafft hatte, hatte auf das Haupt Maximilians die erblichen Federn des Pairhutes übertragen; sein Vermögen kam seinen Beziehungen und seinem Verdienste gleich; noch am Abend vorher hatte seine junge, glühende Beredsamkeit in der ersten Kammer Aufsehen erregt. So erschien er der betrübten Gräfin in diesem Augenblick als freier Mann und mit allen Vorzügen ausgestattet, die sie früher von ihrem Ideal gefordert hatte. Alle Mütter heiratsfähiger Töchter bewiesen einem jungen Manne, der die Vorzüge, die man bei ihm voraussetzte, wirklich besaß, und dessen Anmut man bewunderte, das liebenswürdigste Entgegenkommen; aber besser als jede andere wußte Emilie, daß der Vicomte von Longueville jene Charakterstärke besaß, in der kluge Frauen die Gewähr des Glückes sehen. Sie warf einen Blick auf den Admiral, der, nach seinem familiären Ausdruck, sich noch lange an Bord halten würde, und verwünschte ihre jugendlichen Verirrungen.

In diesem Moment sagte der Herr von Persepolis mit bischöflicher Liebenswürdigkeit: „Meine schöne Dame, Sie haben den Coeurkönig abgeworfen, ich habe gewonnen. Aber Ihr Verlust braucht Ihnen nicht leid zu tun, ich hebe das Geld für meine kleinen Seminaristen auf.“

☆

☆

FÜR HINGEBUNGSBEREITE SEELEN IST DIE Stunde, da es noch nicht Nacht und nicht mehr Tag ist, besonders reizvoll; die Beleuchtung der Dämmerung umgibt dann alle Gegenstände mit ihren weichen Tönen und eigenartigen Reflexen und begünstigt einen Traumzustand, der sich unmerklich mit dem Spiel von Licht und Schatten verknüpft. Die um diese Zeit fast immer herrschende Stille macht diese Stunde den Künstlern besonders lieb, die sich jetzt von der Arbeit erholen, einige Schritte von ihrem Werk, an dem sie nicht mehr arbeiten können, zurücktreten und es prüfen, während sie sich zugleich für das Sujet begeistern, dessen tieferer Sinn sich alsdann dem inneren Schauen des Genies offenbart. Wer nicht an der Seite eines Freundes in solchen Momenten poetischen Träumen nachgehangen hat, wird dieses unsagbare Glück schwerlich nachfühlen können. In diesem Zwielicht verschwinden die Merkmale der Kunstgriffe, mit denen die Wirklichkeit vorgetäuscht werden soll, vollständig. Handelt es sich um ein Bild, so scheinen die dargestellten Personen zu sprechen und sich zu bewegen: der Schatten wird zum wirklichen Schatten, das Tageslicht zum wirklichen Licht, das Fleisch wird lebendig, die Augen blicken umher, das Blut rollt in den Adern, und die Stoffe schillern. Die Einbildungskraft hilft der Naturwahrheit jeder Einzelheit nach und sieht nur noch die Schönheit des Werkes. Zu dieser Stunde herrscht die Illusion unumschränkt:

vielleicht wird sie gleichzeitig mit der Nacht geboren! Ist die Illusion für den Geist nicht eine Art von Nacht, die wir mit Träumen bevölkern? Die Illusion entfaltet dann ihre Flügel, trägt die Seele in das Reich der Phantasie empor, das so voll von köstlichen Einfällen ist, und in dem der Künstler die wirkliche Welt vergißt, das Gestern, das Morgen, die Zukunft, alles bis zu den erbärmlichen Nichtigkeiten hin, den guten wie den üblen. In dieser magischen Stunde war ein junger talentreicher Maler, der sich der Kunst nur um der Kunst willen gewidmet hatte, auf seine Stehleiter gestiegen, die er beim Malen eines großen, hohen, fast vollendeten Bildes benutzen mußte. Als er dort oben sein Werk prüfte, es ehrlich für gut befand und dabei sich der Flucht seiner Gedanken überließ, verfiel er in jenes tiefe Sinnen, das die Seele entzückt und erhebt, sie liebkost und tröstet. Dieser Traumzustand währte anscheinend ziemlich lange Zeit. Es wurde Nacht. Sei es nun, daß er von der Leiter heruntersteigen wollte, oder daß er eine unvorsichtige Bewegung machte, weil er schon unten auf dem Fußboden zu stehen glaubte — was auch geschehen war, er konnte sich nicht mehr erinnern, welche Ursache den Unfall veranlaßt hatte, denn er war heruntergefallen, hatte mit dem Kopfe auf ein Taburett aufgeschlagen, das Bewußtsein verloren und war bewegungslos, wie lange, wußte er selbst nicht, liegen geblieben. Aus der Ohnmacht, die ihn umfangen hatte, wurde er durch eine süße Stimme erweckt. Als er die Augen öffnete, ließ ihn ein grelles Licht sie schnell wieder schließen; aber mit seinen noch umschleierten Sinnen vernahm er das Flüstern zweier weiblicher

Stimmen und fühlte zwei junge schüchterne Hände, auf denen sein Haupt ruhte. Er kam bald wieder zu Bewußtsein und konnte nun beim Scheine einer jener alten Lampen „mit doppelter Luftzuführung" den entzückendsten Kopf eines jungen Mädchens, den er jemals gesehen hatte, erkennen, einen von den Köpfen, die oft einer Laune des Pinsels zugeschrieben werden, der nun aber plötzlich die Theorien über das Schönheitsideal, das jedem Künstler vorschwebt und auf dessen Basis sein Talent sich entfaltet, für ihn zur Wirklichkeit werden ließ. Das Antlitz der Unbekannten gehörte gewissermaßen zu dem feinen zarten Typ der Prudhonschule und hatte auch den poetischen Reiz, den Girodet seinen träumerischen Gesichtern zu geben weiß. Der frische Teint der Schläfen, die regelmäßigen Augenbrauen, die reinen Linien, die aus jedem Gesichtszuge sprechende Jungfräulichkeit machten das junge Mädchen zu einem vollendeten Schöpfungswerke. Der Körper war elastisch und schlank, die Formen zart. Das einfache saubere Kleid ließ weder auf Reichtum noch auf Armut schließen. Als er wieder zu sich gekommen war, drückte der Maler sein Erstaunen durch einen Blick der Überraschung aus und stammelte verwirrt seinen Dank. Er fühlte, daß ein Taschentuch gegen seine Stirn gepreßt wurde und verspürte durch den charakteristischen Ateliergeruch hindurch einen starken Geruch nach Äther, mit dem man ihn sicher aus seiner Betäubung erweckt hatte. Schließlich erblickte er eine alte Frau, die wie eine Marquise des Ancien Regime aussah und die die Lampe hielt, während sie der jungen Unbekannten Ratschläge gab.

Auf eine der Fragen, die der Maler stellte, während er noch unter dem Eindruck der Verwirrtheit seiner Sinne sich befand, die der Sturz verursacht hatte, antwortete das junge Mädchen: „Meine Mutter und ich haben gehört, wie Sie zu Boden stürzten und glaubten dabei ein Stöhnen zu vernehmen. Die Stille, die nach dem Sturz eintrat, hat uns erschreckt, und so sind wir eilig heraufgekommen. Da wir den Schlüssel in der Tür stecken sahen, haben wir uns glücklicherweise erlaubt, einzutreten und fanden Sie bewegungslos auf dem Fußboden liegen. Meine Mutter hat dann alles Erforderliche geholt, um Ihnen eine Kompresse anzulegen und Sie wieder ins Bewußtsein zurückzurufen. Sie haben sich an der Stirn verletzt, hier, fühlen Sie es?"
„Jawohl, jetzt", sagte er.
„Oh, es wird nichts von Bedeutung sein", fuhr die alte Mutter fort. „Ihr Kopf ist glücklicherweise auf die Gliederpuppe hier gefallen."
„Es geht mir schon erheblich besser," erwiderte der Maler, „ich möchte nur einen Wagen haben, um nach Hause zu fahren. Die Portierfrau wird mir einen holen."
Er wollte nun nochmals den beiden Unbekannten seinen Dank aussprechen, aber die alte Dame unterbrach ihn mitten im Satze: „Denken Sie daran, sich morgen Blutegel setzen oder einen Aderlaß vornehmen zu lassen, trinken Sie einige Tassen eines Heilkräutertees und schonen Sie sich, solche Stürze sind gefährlich."
Das junge Mädchen betrachtete verstohlen den Maler und die Bilder im Atelier. Ihre Haltung und ihr Blick waren vollkommen dezent; sie sah nicht

neugierig umher, sondern nur wie zerstreut, und ihr Blick schien das Interesse auszudrücken, das die Frauen mit selbstverständlicher Güte allem Unglück, das wir tragen, entgegenbringen. Die beiden Frauen schienen die Werke des Malers angesichts des leidenden Malers zu übersehen. Als er sie über sein Befinden beruhigt hatte, entfernten sie sich, nachdem sie ihn nochmals mit einer Sorgfalt untersucht hatten, die gleich weit von Übertreibung wie von Vertraulichkeit entfernt war, ohne indiskrete Fragen zu stellen und ohne ihm nahezulegen, sie kennenzulernen. Ihre Haltung zeigte eine Mischung von reiner Natürlichkeit und gutem Geschmack. Ihr vornehmes und dabei einfaches Äußere machte zuerst nur geringen Eindruck auf den Maler; aber später, als er sich aller Nebenumstände des Unfalls erinnerte, trat es ihm lebendig vor Augen. Als er bis zu dem Stockwerk, das unter dem Maleratelier lag, gekommen war, sagte die alte Dame leise: „Adelaide, du hast die Tür offen gelassen."
„Das geschah gewiß meinetwegen", erwiderte der Maler mit dankbarem Lächeln.
„Liebe Mutter, Sie waren ja selbst eben hinuntergegangen", bemerkte das junge Mädchen errötend.
„Wollen Sie, daß wir Sie bis nach unten begleiten?" fragte die Mutter den Maler. „Die Treppe ist ziemlich dunkel."
„Ich danke Ihnen, gnädige Frau, es geht mir viel besser."
„Halten Sie sich nur gut am Geländer fest."
Die beiden Frauen blieben auf dem Treppenabsatz stehen, um dem jungen Manne zu leuchten, solange sie seine Schritte hörten.

Um ganz zu verstehen, wie eigenartig und unerwartet diese Szene auf den Maler wirken mußte, ist noch zu erwähnen, daß er erst seit einigen Tagen das Atelier im Dachgeschoß dieses Hauses bezogen hatte, das in dem dunkelsten, schmutzigsten Teil der Rue de Suresne, fast direkt vor der Madeleinekirche, gelegen war, ein paar Schritte von seiner Wohnung in den Champs-Elysées entfernt. Berühmt geworden durch seine Begabung, die ihn zu einem der gefeiertsten französischen Künstler gemacht hatte, begann er der Not ledig zu werden und genoß, wie er sich ausdrückte, das Ende seiner Armut. Um nicht mehr in einem der Ateliers draußen in der Vorstadt arbeiten zu müssen, deren bescheidene Miete mit seinem bisherigen bescheidenen Einkommen in Einklang stand, hatte er einen Wunsch, der sich täglich lauter geltend machte, endlich befriedigt, indem er sich einen langen Weg und den Verlust an Zeit ersparte, die ihm kostbarer als je geworden war. Kein Mensch war mehr geeignet, Interesse zu erregen, als Hippolyte Schinner, wenn er eingewilligt hätte, in die Öffentlichkeit hinauszutreten; aber er gewährte nicht so leicht jemandem Einblick in sein Privatleben. Er war das Idol einer armen Mutter, die sich für seine Erziehung die äußersten Entbehrungen auferlegt hatte. Fräulein Schinner, die Tochter eines elsässischen Pächters, war nie verheiratet gewesen. Ihr zärtliches Empfinden wurde von einem reichen Manne, der gerade kein großes Zartgefühl in Liebesangelegenheiten besaß, grausam getäuscht. Der Tag, an dem das junge Mädchen, in der Blüte seiner Schönheit und im vollen Glanze seiner Jugend, diese Enttäuschung erfuhr – die wir alle so langsam und schnell zugleich erleben, denn wir möchten so spät als möglich an das Unglück glauben, und doch scheint es uns immer zu schnell über uns hereingebrochen zu sein — dieser Tag war mit Nachdenken ausgefüllt, das für ein Jahrhundert ausgereicht hätte, und es war auch der Tag frommer Gedanken und der Tag der Ergebung. Sie lehnte ein Almosen des Mannes, der sie betrogen hatte, ab, zog sich von der Welt zurück und machte ihren Fehltritt zu ihrem Stolz. Sie kannte nichts anderes mehr als die Mutterliebe, und suchte in ihr den Ersatz für die gesellschaftlichen Freuden, auf die sie verzichtet hatte. Sie lebte von ihrer Arbeit und zog sich in ihrem Sohn einen Schatz auf. Und eines Tages erschien die Stunde, da sie für ihre so lange andauernden Opfer und Entbehrungen entschädigt wurde. Bei der letzten Ausstellung hatte ihr Sohn das Kreuz der Ehrenlegion erhalten. Die Zeitungen, einstimmig in ihrer Anerkennung des bis dahin unbekannten Talentes, waren noch voll des ernstgemeinten Lobes. Selbst die Künstler erkannten Schinner als einen Meister an, und die Händler bezahlten seine Bilder nach ihrem Gewichte in Gold. Mit fünfundzwanzig Jahren war sich Hippolyte Schinner, der das weibliche Empfinden von seiner Mutter geerbt hatte, klar über seine Stellung in der Gesellschaft. Da er seiner Mutter die gesellschaftlichen Annehmlichkeiten, deren sie so lange Zeit beraubt gewesen war, wieder verschaffen wollte, so lebte er nur für sie und hoffte, sie vermöge seines Ruhmes und Reichtums dereinst glücklich, reich, geachtet und von berühmten Leuten umgeben zu sehen. Schinner hatte sich deshalb einen Freundeskreis von durchaus ehrenhaften und ausgezeichneten Männern gebildet. Schwer zu befriedigen bei der Auswahl seiner Beziehungen, wollte er eine noch höhere Stellung einnehmen als die, zu der ihn seine Begabung schon erhoben hatte. Die groß denkende Mutter hatte ihn genötigt, einsam zu leben, und die Arbeit, der er sich von Jugend auf gewidmet hatte, hatte ihm den schönen Glauben bewahrt, der die ersten jungen Jahre auszeichnet. Seiner Jünglingsseele war keine der tausend schamhaften Empfindungen fremd, die den jungen Mann zu einem besonderen Wesen machen, dessen Herz von Glück, von poetischen Gefühlen und von jugendfrohen Hoffnungen überfließt, die in den Augen blasierter Leute kaum etwas bedeuten, die aber in ihrer Schlichtheit tief sind. Er besaß die Liebenswürdigkeit und Höflichkeit, die das Wesen so erfreulich machen, und die selbst diejenigen verführen, die sie nicht begreifen. Er hatte ein schönes Äußere. Seine Stimme, die von Herzen kam, erweckte bei den andern edle Empfindungen, und verriet durch eine gewisse Reinheit des Ausdrucks ehrliche Bescheidenheit. Bei seinem Anblick fühlte man sich zu ihm durch eine innere Anziehungskraft hingezogen, die die Gelehrten glücklicherweise noch nicht zu analysieren verstehen, denn sonst würden sie darin ein galvanisches Phänomen oder die Wirkung irgendeines Fluidums sehen und unsere Gefühle in die Formel eines Verhältnisses von Sauerstoff und Elektrizität bringen. Diese Einzelheiten werden vielleicht auch dreiste und elegante Leute begreifen lassen, weshalb Hippolyte Schinner während der Abwesenheit des Portiers, den er an das

Ende der Rue de la Madeleine nach einem Wagen geschickt hatte, an die Portierfrau keine Frage über die beiden Personen stellte, deren Gutherzigkeit sich ihm offenbart hatte. Aber obgleich er auf die bei dieser Gelegenheit natürlichen Fragen, die die Frau in bezug auf seinen Unfall und das dienstbereite Eintreten der Mieter der vierten Etage an ihn richtete, nur mit Ja oder Nein antwortete, so konnte er sie doch nicht hindern, nach der Art der Portiers zu schwatzen; und so redete sie über die beiden Unbekannten vom Standpunkte ihrer persönlichen Interessen und mit der Beurteilung, wie sie der Sphäre einer Kellerwohnung entsprach. „Ach," sagte sie, „das war gewiß Fräulein Leseigneur und ihre Mutter, die hier seit vier Jahren wohnen. Wir wissen immer noch nicht, was diese Damen eigentlich machen; nur von früh bis um zwölf Uhr kommt eine alte halbtaube Aufwartefrau, die so stumm ist, wie eine Mauer, zum Aufräumen; abends erscheinen zwei oder drei alte Herren, die einen Orden haben, wie Sie, Herr, und von denen einer eine Equipage und Dienerschaft hat und sechzigtausend Franken Rente haben soll, bei ihnen und bleiben häufig sehr lange. Übrigens sind es sehr ruhige Mieter, so wie Sie, Herr; und dann sparsam, sie leben rein von nichts; sobald ein Brief kommt, bezahlen sie ihn. Es ist merkwürdig, die Mutter heißt anders als die Tochter. Und wenn sie in die Tuilerien gehen, dann sieht die Tochter sehr elegant aus, und wenn sie zurückkommt, dann folgen ihr gewöhnlich junge Leute; sie schließt ihnen aber die Tür vor der Nase zu, und daran tut sie recht. Der Hauseigentümer würde nicht erlauben ..."

Da der Wagen ankam, hörte Hippolyte nichts weiter und kehrte nach Hause zurück. Die Mutter, der er sein Abenteuer erzählte, legte ihm einen frischen Verband auf die Wunde und erlaubte ihm nicht, am nächsten Tage ins Atelier zu gehen. Ein Arzt wurde geholt, der verschiedenes verordnete, und Hippolyte blieb drei Tage zu Hause. Während dieser Abgeschlossenheit vergegenwärtigte ihm seine anderweit unbeschäftigte Einbildungskraft lebhaft und stückweise die Einzelheiten der Szene, die auf seine Ohnmacht gefolgt war. Das Profil des jungen Mädchens zeichnete sich scharf auf dem dunklen Grunde seines inneren Schauens ab: er sah wieder das welke Gesicht der Mutter vor sich und fühlte noch die Hände Adelaides, er besann sich wieder auf eine Bewegung, die ihm zuerst kaum aufgefallen war, deren wunderbarer Reiz aber in der Erinnerung hervortrat; eine Stellung oder der Klang einer wohllautenden Stimme tauchten entfernt im Gedächtnis plötzlich verschönert wieder auf, wie ins Wasser gefallene Gegenstände, wenn sie wieder an die Oberfläche kommen. An dem Tage, an dem er seine Arbeit wieder aufnehmen durfte, ging er zeitig ins Atelier; aber der wahre Grund für seine Eile war der Besuch, den er mit unzweifelhaftem Recht seinen Nachbarn machen durfte, und über dem er bereits seine Bilder vergaß. In dem Moment, da eine Leidenschaft ihre Hülle durchbricht, empfindet man ein unerklärliches Glücksgefühl, das alle die kennen, die geliebt haben. Deshalb wird mancher verstehen, weshalb der Maler die Stufen zum vierten Stock so langsam hinaufstieg, und sie werden das beschleunigte Schlagen seines Herzens mitempfinden, als er die braune Tür erblickte, die zu der bescheidenen Wohnung des Fräuleins Leseigneur führte. Dieses Mädchen, das nicht den Namen seiner Mutter trug, hatte tausend sympathische Gefühle bei dem jungen Maler wachgerufen; er glaubte zwischen ihr und sich eine gewisse Ähnlichkeit ihrer Lage zu erkennen und dachte, daß über ihrer Geburt derselbe Unglücksstern geleuchtet hätte, wie über der seinigen. Mitten bei seiner Arbeit überließ er sich gern seinen Liebesgedanken und benahm sich sehr laut, um den beiden Damen Anlaß zu geben, sich mit ihm ebenso zu beschäftigen, wie er mit ihnen. Er blieb sehr lange im Atelier und speiste dort; dann, gegen sieben Uhr, ging er zu seinen Nachbarinnen hinunter.

Kein Sittenschilderer hat es bisher, wahrscheinlich, weil er sich davor scheute, unternommen, uns das wahrhaft interessante Interieur gewisser Pariser Existenzen zu schildern und uns in das Geheimnis solcher Behausungen einzuweihen, aus denen so frische, elegante Toiletten und so glänzende Damen heraustreten, die draußen anscheinend reich, zu Hause alle Anzeichen zweifelhafter Vermögensumstände erkennen lassen. Wenn die Schilderung hier zu unverhüllt gemalt und zu lang ausgedehnt erscheint, so möge man der Darstellung keine Schuld beimessen, die sozusagen mit dieser Geschichte unlösbar verknüpft ist; denn der Anblick der von seinen beiden Nachbarinnen bewohnten Räume war von großem Einfluß auf die Gefühle und Hoffnungen Hippolyte Schinners.

Das Haus gehörte einem jener Hausbesitzer, denen ein tiefer Abscheu vor Reparaturen und Verbesserungen angeboren ist, und die den Zustand des

Hausbesitzens als einen Beruf betrachten. In der langen Kette der verschiedenen Charaktere bilden sie das Mittelglied zwischen dem Geizhals und dem Wucherer. Optimisten aus Berechnung, halten sie getreu an dem Status quo Österreichs fest. Spricht man mit ihnen davon, daß ein Aufsatz oder eine Tür geändert, oder ein unentbehrliches Luftloch in Ordnung gebracht werden solle, so glühen ihre Augen, sie werden wütend und bäumen sich wie erschreckte Pferde. Wenn der Wind ein paar Ziegelsteine von ihren Schornsteinen heruntergerissen hat, werden sie krank und versagen sich, wegen der Reparaturkosten, in das Gymnase oder das Theater der Porte-Saint-Martin zu gehen. Hippolyte, der bei Gelegenheit gewisser Verbesserungen in seinem Atelier gratis eine komische Szene von dem Herrn Molineux vorgespielt bekommen hatte, war nicht überrascht von dem dunklen, fettigen Ton, der öligen Schmutzfarbe, den Flecken und sonstigen häßlichen Mängeln des Holzwerks. Diese Merkmale des Elends besitzen übrigens in den Augen eines Künstlers einen gewissen poetischen Reiz.

Fräulein Leseigneur öffnete selbst die Tür. Sie erkannte den jungen Maler und begrüßte ihn; gleichzeitig wandte sie sich mit der Pariser Gewandtheit und der Geistesgegenwart, die der Stolz verleiht, um und schloß die Tür eines Glasverschlages, durch den Hippolyte an einer Wäscheleine aufgehängte Wäsche über einem Sparherde, ein altes Gurtbett, ein Kohlenfeuer, Plätteisen, einen Wasserausguß, Geschirr und all die andern Gegenstände kleiner Haushaltungen hätte sehen können. Ziemlich saubere Musselinvorhänge verbargen sorgfältig dieses „Kapernaum", wie die vulgäre Bezeichnung für diese Art von Laboratorium lautet, das an trüben Tagen auch noch mangelhaftes Licht von einem Nachbarhofe empfing. Mit dem schnellen Blick des Künstlers umfaßte Hippolyte den Charakter, die Möbel, den Gesamteindruck und den Zustand dieses ersten Zimmers, das in zwei Teile geteilt war. Der bessere Teil, der gleichzeitig als Vorzimmer und als Eßzimmer diente, hatte eine alte rosafarbene Tapete mit einer sammetartigen Borte, zweifellos aus der Fabrik von Reveillon stammend, deren Löcher und Flekken sorgfältig mit Oblaten überklebt waren. Stiche nach den Alexanderschlachten von Lebrun in Rahmen, von denen das Gold abgegangen war, waren symmetrisch an den Wänden aufgehängt. In der Mitte stand ein massiver Mahagonitisch von altmodischer Form mit abgestoßenen Kanten. Ein kleiner Ofen, dessen gerades, knieloses Rohr man kaum bemerkte, stand vor dem Kamin, dessen Öffnung einen Schrank bildete. In eigenartigem Kontrast hiermit wiesen die Stühle Spuren vergangenen Glanzes auf, sie waren aus geschnitztem Mahagoniholz; aber das rote Maroquinleder der Sitze, die vergoldeten Nägel und der Golddraht wiesen so viele Narben auf wie ein alter Sergeant der kaiserlichen Garde. Das Zimmer war eine Art Museum von Dingen, die man nur in diesen widerspruchsvollen Haushaltungen findet, von solchen schwer zu benennenden Sachen, die ebenso an Luxus wie an Elend gemahnen. Unter andern merkwürdigen Dingen fiel Hippolyte ein kostbar verziertes Fernrohr auf, das über einem kleinen grünlichen Spiegel, mit dem der Kamin geschmückt war, hing. Zu diesem eigenartigen Mobiliar paßte ein zwischen dem Kamin und dem Verschlage stehendes schlechtes Büfett, das in der Farbe des Mahagonis gemalt war, eines Holzes, das sich von allen am schlechtesten nachahmen läßt. Aber der rote schlüpfrige Fußboden, die elenden kleinen Teppiche vor den Stühlen, die Möbel – alles war sauber abgerieben, was den alten Sachen einen falschen Glanz verlieh und ihre Mängel, ihr Alter und ihren langen Gebrauch noch deutlicher hervortreten ließ. Ein undefinierbarer Geruch herrschte in dem Zimmer, ein Gemisch von Ausdünstungen des Kapernaums, des Speisezimmers und der Treppe, obgleich das Fenster geöffnet war und die Straßenluft die Perkalvorhänge bewegte, die sorgfältig zugezogen waren, um die Fensternischen zu verhüllen, wo die früheren Mieter ihre Anwesenheit mit verschiedenen Schmutzüberzügen, einer Art häuslicher Fresken, verewigt hatten. Adelaide öffnete schnell die Tür zu dem andern Zimmer, in das sie den Maler mit einem gewissen Vergnügen hineinführte. Auf Hippolyte, der früher bei seiner Mutter die gleichen Zeichen der Bedürftigkeit gesehen hatte, machten sie den eigenartigen lebhaften Eindruck, der unsre frühesten Gedächtnisbilder kennzeichnet, und mehr als jedem anderen wurden ihm alle Einzelheiten dieses Milieus deutlich. Da er die Umgebung seiner Kindheit wiedererkannte, empfand der edeldenkende junge Mann weder Verachtung über diese verschämte Armut, noch Stolz bei dem Gedanken an den Reichtum, den er seiner Mutter zu verschaffen im Begriff war.

„Nun, lieber Herr? Ich hoffe, Sie spüren nichts

mehr von den Folgen Ihres Sturzes", sagte die Mutter, erhob sich von einem alten Sofa, das in der Kaminecke stand und bot ihm einen Sessel an.

„Nein, gnädige Frau. Ich komme, um Ihnen für die freundlichen Dienste, die Sie mir geleistet haben, zu danken, und besonders dem Fräulein, die mich hat hinfallen hören."

Während er diese Worte mit der reizenden Unbehilflichkeit äußerte, mit der die erste Verwirrung echter Liebe den Geist zu trüben pflegt, betrachtete Hippolyte das junge Mädchen. Adelaide zündete die Lampe mit der doppelten Luftzuführung an, um ein Licht nicht sehen zu lassen, das in einem großen kupfernen Handleuchter steckte, an dem an mehreren Stellen die Kerzenmasse stark herabgeflossen war. Sie verbeugte sich leicht, brachte den Leuchter in das Vorzimmer, stellte die Lampe auf den Kamin und setzte sich neben ihre Mutter, etwas von dem Maler entfernt, um ihn nach Belieben betrachten zu können, während sie sich anscheinend eifrig an der Lampe zu schaffen machte, deren Flamme, von der Feuchtigkeit des beschlagenen Zylinders getrübt, hin und her flackerte und im Kampfe mit einem verkohlten, schlecht beschnittenen Docht war. Als Hippolyte den großen Spiegel über dem Kamin wahrnahm, benutzte er ihn, um seinerseits sofort Adelaide bewundernd zu betrachten. Die kleine List des jungen Mädchen diente daher nur dazu, sie beide verlegen zu machen. Während er mit Frau Leseigneur – Hippolyte nannte sie unbefangen mit diesem Namen – plauderte, sah er sich unauffällig und verstohlen in dem Salon um. Die ägyptischen Figuren der eisernen Feuerböcke in der

Feuerstelle waren kaum zu erkennen; diese lag voll Asche, und zwei Feuerbrände versuchten vergeblich, sich vor einem imitierten Holzkloben aus Terrakotta zu vereinigen, der ebenso sorgfältig vergraben war wie der Schatz eines Geizhalses. Ein alter, stark ausgebesserter, sehr fadenscheiniger und wie der Rock eines Invaliden abgenutzter Aubussonteppich bedeckte den Fußboden nicht ganz, dessen Kälte man an den Füßen verspürte. Die Wände waren mit einer rötlichen Tapete, die einen gelbgemusterten Stoff vorstellen sollte, versehen. In der Mitte der dem Fenster gegenüberliegenden Wand entdeckte der Maler einen Riß und Brüche in der Tapete, die von den Türen eines Alkovens verursacht waren, in dem jedenfalls Frau Leseigneur schlief, und die ein Sofa, das vor diese versteckte Öffnung gestellt war, nur schlecht verbarg. Dem Kamin gegenüber, oberhalb einer Kommode aus Mahagoni mit reichen und geschmackvollen Verzierungen, hing das Porträt eines hohen Offiziers, das der Maler bei der schlechten Beleuchtung nicht erkennen konnte; aber das Wenige, was er davon sah, ließ ihn annehmen, daß dieses schauderhafte Stück in China gemalt sein müsse. Die rotseidenen Vorhänge an den Fenstern waren ebenso verblaßt wie die gelben und roten Möbelbezüge dieses Salons mit zwei Ausgängen. Auf der Marmorplatte der Kommode trug ein kostbares Tablett aus Malachit ein Dutzend Kaffeetassen mit prächtiger Malerei, die sicher aus Sèvres stammten. Auf dem Kamin stand die unvermeidliche Uhr im Empirestil, ein Krieger, der am Zügel die vier Pferde eines Wagens führte, dessen Räder an jeder Speiche eine Stundenziffer trugen. Die Kerzen auf dem Armleuchter waren vom Rauch gelb geworden, auf den beiden Ecken des Gesimses sah man Porzellanvasen mit Moos und künstlichen Blumen voller Staub. In der Mitte des Zimmers bemerkte Hippolyte einen aufgeschlagenen Spieltisch mit neuen Karten. Für einen Beobachter lag eine gewisse Trostlosigkeit in dem Bilde dieses geschminkten Elends, wie wenn ein altes Weib mit ihrem Gesicht Jugend vortäuschen will. Dieses Schauspiel hätte jeden gesunden Menschenverstand im stillen sofort vor ein Dilemma gestellt: entweder waren die beiden Frauen die Anständigkeit selbst, oder sie lebten von Intrigen und vom Spiel. Beim Anblick Adelaides aber mußte ein so rein empfindender junger Mann wie Schinner an die vollkommenste Unschuld glauben und für dieses widerspruchsvolle Interieur nur ehrenhafte Gründe annehmen.

„Mein Kind, mir ist kalt," sagte die alte Dame zu dem jungen Mädchen, „mach etwas Feuer und gib mir meinen Schal."

Adelaide ging in das anstoßende Zimmer, in dem sie gewiß schlief, und brachte der Mutter einen Kaschmirschal, der neu sehr kostbar gewesen sein mußte, denn er hatte ein indisches Muster; aber alt, abgenutzt und vielfach ausgebessert, wie er war, paßte er zu dem übrigen. Frau Leseigneur umhüllte sich damit sehr kunstvoll und mit der Geschicklichkeit einer alten Frau, die an die Wahrheit ihrer Worte glauben machen will. Dann eilte das junge Mädchen in das Kapernaum und kehrte mit einer Handvoll kleingemachten Holzes zurück, das sie ungesäumt ins Feuer warf, um es wieder anzufachen.

Es wäre ziemlich schwierig, die Unterhaltung, die sich zwischen den drei Personen entspann, wiederzugeben. Mit dem Takt, der alle die kennzeichnet, die von ihrer Kindheit an das Elend durchgemacht haben, wagte Hippolyte nicht, sich irgendeine Bemerkung über die Lage seiner Nachbarinnen zu erlauben, wenn er auch rings um sich die Anzeichen schlecht verhehlter Not sehen mußte. Auch die harmloseste darauf bezügliche Frage wäre indiskret und erst einer lang erprobten Freundschaft gestattet gewesen. Trotzdem war der Maler tief ergriffen von dieser verschämten Armut und sein großmütiges Empfinden litt darunter; da er aber wußte, daß jede, selbst die liebevollste Spur von Mitleid als etwas Beleidigendes empfunden werden konnte, so fühlte er sich infolge des Mißverhältnisses zwischen seinen Gedanken und seinen Worten unbehaglich. Die beiden Damen sprachen zuerst über Malerei, denn die Frauen kennen recht gut die heimliche Verlegenheit, die bei einem ersten Besuche verspürt wird; sie fühlen sie vielleicht selber, aber ihre Natur besitzt tausend Hilfsquellen, um sie verschwinden zu lassen. Indem sie den jungen Mann über die Technik seiner Kunst und über seine Studien befragten, verstanden es Adelaide und ihre Mutter, ihn zum Plaudern zu bringen. Unmerkliche kleine Wendungen ihrer von Liebenswürdigkeit belebten Unterhaltung brachten Hippolyte von selbst zu Bemerkungen und Darlegungen, die ein Bild seiner Lebensweise und seines Denkens gaben. Kummer hatte das Antlitz der alten Dame, das früher schön gewesen sein mußte, frühzeitig welk gemacht; jetzt hatte es nur noch scharfe Züge und Umrisse, es war, kurz gesagt, nur noch das Skelett einer Physiognomie, im ganzen aber von großer Feinheit und voller Anmut im Blick der Augen, die den besonderen unbeschreibbaren Ausdruck der früheren Hofdamen besaßen. Hinter diesen so feinen und so beweglichen Zügen konnten sich ebensowohl in hohem Maße schlimme Gefühle, Verschlagenheit und weibliche List verbergen, wie die zarten Empfindungen einer schönen Seele. Das weibliche Antlitz ist in der Tat für den gewöhnlichen Beobachter schwer zu beurteilen, weil er den Unterschied zwischen Freimütigkeit und Doppelzüngigkeit, zwischen dem Wesen der Intrige und dem der reinen Empfindung des Herzens nicht zu erkennen vermag. Nur wer einen scharfen Blick besitzt, hat eine Ahnung von diesen fast ungreifbaren Nuancen, die eine mehr oder weniger gekrümmte Linie, ein mehr oder weniger tiefes Grübchen, ein mehr oder weniger hervortretender Vorsprung anzeigt. Die Würdigung dieser Anzeichen gehört ganz in das Reich der Intuition, die allein das aufzudecken vermag, was jeder zu verstecken bemüht ist. Mit dem Gesicht der alten Dame verhielt es sich ebenso wie mit ihrer Wohnung: es war ebenso schwer, zu wissen, ob hinter diesem Elend Lasterhaftigkeit oder höchste Ehrenhaftigkeit versteckt war, ebenso schwer zu erkennen, ob Adelaides Mutter eine alte Kokette war, die alles erwog, alles berechnete, alles verkaufte, oder eine Frau voll Liebe, Adel und trefflichen Eigenschaften. Aber in dem Alter, in dem Schinner stand, besteht die erste Regung des Herzens darin, an das Gute zu glauben. Und wenn er die vornehme, fast abweisend stolze Stirn Adelaides betrachtete und ihre Augen voll Geist und Seele, so atmete er sozusagen den süßen reinen Duft der Tugend ein. Mitten in der Unterhaltung ergriff er die Gelegenheit, von Porträts im allgemeinen zu sprechen, um das Recht zu haben, das schreckliche Pastellbild zu betrachten, dessen Töne völlig verblaßt und dessen Farben zum größten Teil abgefallen waren.

„Sie hängen gewiß an diesem Bilde wegen seiner Ähnlichkeit, meine Damen, denn die Ausführung ist abscheulich", sagte er mit einem Blick auf Adelaide.

„Es ist in Kalkutta gemacht worden, und zwar in großer Eile", erwiderte die Mutter mit bewegter Stimme.

Sie betrachtete die unförmliche Skizze mit der vollen Hingebung, die die Erinnerungen an glückliche Zeiten hervorrufen, wenn sie wieder erwachen und sich über das Herz ergießen, wie die erfrischende Wirkung eines wohltätigen Taus, der man sich gern überläßt; aber der Gesichtsausdruck der alten Dame zeigte auch die Spuren unauslöschlicher Trauer. So wenigstens wollte sich der Maler die Haltung und die Miene der alten Dame erklären, neben der er jetzt Platz nahm.

„Gnädige Frau," sagte er, „es wird nur noch kurze Zeit dauern, dann werden die Farben dieses Pastells vollkommen verschwunden sein. Dann wird das Bild nur noch in Ihrem Gedächtnisse weiter existieren. Dort, wo Sie noch ein Ihnen teures Antlitz sehen werden, werden die andern nichts mehr wahrnehmen können. Wollen Sie mir gestatten, die Ähnlichkeit der Züge auf die Leinwand zu übertragen? Dort wird sie dauerhafter festgehalten sein als auf diesem Papier. Gewähren Sie mir freundschaftlich als Nachbarin diese Gunst und das Vergnügen, Ihnen einen Dienst leisten zu können. Es gibt Stunden, in denen ein Künstler sich gern von den Anstrengungen bei seinen großen Kompositionen an weniger wichtigen Arbeiten erholt; es wird für mich eine Zerstreuung sein, diesen Kopf nachzubilden."

Bei diesen Worten fing die alte Dame an zu zittern, und Adelaide warf auf den Maler einen nachdenklichen Blick, der wie aus der Tiefe der Seele hervorbrach. Hippolyte wollte sich ein Band schaffen, das ihn mit seinen beiden Nachbarinnen verknüpfte und ihm das Recht gab, sich mit ihren Angelegenheiten zu befassen. Sein Anerbieten, das sich an die wärmsten Gefühle des Herzens richtete, war das einzige, das er machen durfte: es lag Künstlerstolz darin, und es hatte nichts Verletzendes für die beiden Damen. Frau Leseigneur nahm es an, nicht begeistert und nicht widerwillig, sondern mit dem Bewußtsein großer Seelen von der Bedeutung des Bandes, das solche Verpflichtungen knüpfen, und worin ein warmes Lob und ein Beweis von Hochachtung enthalten sind.

„Mir scheint," sagte der Maler, „daß dies die Uniform eines Marineoffiziers ist."

„Jawohl," sagte sie, „es ist die eines Schiffskapitäns. Herr von Rouville, mein Mann, ist in Batavia an den Folgen einer Verwundung gestorben, die er beim Kampfe gegen ein englisches Schiff erhalten hat, dem er an der asiatischen Küste begegnete. Er befehligte eine Fregatte von sechsundfünfzig Kanonen, und der ‚Revenge' war ein Schiff von sechsundneunzig. Der Kampf war also sehr ungleich; aber er verteidigte sich so tapfer, daß er, bis es Nacht wurde, durchhielt und entrinnen konnte. Als ich nach Frankreich zurückkehrte, war Bonaparte noch nicht an der Regierung, und man verweigerte mir eine Pension. Als ich letzthin von neuem darum einkam, sagte mir der Minister mit harten Worten, daß, wenn der Baron von Rouville sich den Emigranten angeschlossen hätte, er mir erhalten geblieben wäre; daß er heute sicherlich Konteradmiral sein würde; und Seine Exzellenz schloß die Unterredung damit, daß er auf ich weiß nicht welches Gesetz über den Pensionsverlust hinwies. Ich habe diesen Schritt, zu dem mich Freunde gedrängt hatten, nur um meiner armen Adelaide willen getan. Ich habe immer einen Widerwillen dagegen empfunden, wegen eines Verlustes, bei dem einer Frau die Stimme und die Kräfte versagen, die Hand auszustrecken. Ich liebe eine Geldentschädigung für unrettbar vergossenes Blut nicht..."

„Liebe Mutter, dieser Gesprächsgegenstand ist immer so schmerzlich für Sie."

Bei diesem Worte Adelaidens neigte die Baronin Leseigneur von Rouville das Haupt und versank in Schweigen.

„Ich dachte, Herr Schinner," sagte das junge Mädchen zu Hippolyte, „daß die Arbeit des Malers im allgemeinen wenig Geräusch mache."

Bei dieser Frage errötete Schinner in Gedanken an den Lärm, den er gemacht hatte. Aber Adelaide vollendete nicht und ersparte ihm eine Ausrede, indem sie sich plötzlich beim Geräusch eines Wagens, der vor der Tür stillhielt, erhob und in ihr Zimmer ging, aus dem sie gleich wieder mit zwei vergoldeten Armleuchtern mit frischen Kerzen zurückkehrte, die sie anzündete; und ohne das Anschlagen der Glocke abzuwarten, öffnete sie die Tür des ersten Zimmers, in dem sie die Lampe stehen ließ. Das Geräusch eines empfangenen und erwiderten Kusses verspürte Hippolyte bis in sein Herz. Die Ungeduld des jungen Mannes, denjenigen zu sehen, der sich gegen Adelaide so vertraut benahm, wurde nicht so schnell befriedigt, denn die Angekommenen hatten mit dem jungen Mädchen eine leise geführte Unterhaltung, die er ziemlich lange dauernd fand. Endlich erschien Fräulein von Rouville wieder, gefolgt von zwei Männern, deren Kleidung, Gesicht und Erscheinung eine ganze Geschichte für sich bedeuteten. Der erste, ein Mann im Alter von etwa sechzig Jahren, trug einen Anzug, wie er, wie ich glaube, für Ludwig XVIII., der damals regierte, erfunden worden war, und durch den das schwierigste Bekleidungsproblem von einem Schneider gelöst war, der sich damit sicher unsterblich gemacht hat. Dieser Künstler verstand unzweifelhaft die Kunst der Übergänge, die ja auch das Wesen dieser politisch so beweglichen Zeit ausmachten. Und ist es nicht ein sehr seltenes Verdienst, wenn man seine Epoche richtig zu beurteilen versteht? Dieses Kleid, das die jungen Männer von heute für eine Fabel halten werden, war weder ein Zivil- noch ein Militärrock und konnte abwechselnd bald für das eine, bald für das andere angesehen werden. Aufgestickte Lilien schmückten die Aufschläge der beiden rückwärtigen Schöße. Die vergoldeten Knöpfe zeigten ebenfalls das Lilienmuster. Auf den Schultern verlangten die beiden leeren Stege nach nutzlosen Epauletten. Diese beiden militärischen Abzeichen wirkten da wie eine Petition ohne die erforderliche Nachschrift. Das Knopfloch des königsblauen Rockes des alten Herrn war mit mehreren Ordensbändern geschmückt. Seinen Dreispitz mit goldener Schnur trug er sicherlich immer in der Hand, denn die schneeweißen Flügel seines gepuderten Haars zeigten keine Spur eines Huteindrucks. Er sah nicht älter aus als fünfzigjährig und schien sich einer robusten Gesundheit zu erfreuen. Wiewohl sie den loyalen und freimütigen Charakter eines alten Emigranten anzeigte, verriet seine Physiognomie doch auch die lockeren, leichtfertigen Sitten, die lustigen Passionen und die Unbekümmertheit jener Musketiere, die einst in den Annalen der galanten Welt so berühmt gewesen waren. Seine Bewegungen, seine Haltung, seine Manieren zeigten deutlich, daß er weder auf seine royalistische Gesinnung, noch auf seine Religion, noch auf seine Liebesabenteuer verzichten wollte.

Ein wahrhaft phantastisches Gesicht erschien hinter diesem anspruchsvollen „Voltigeur Ludwigs XVI." (das war der Spitzname, den die Bonapartisten diesen adligen Überbleibseln der Monarchie gegeben hatten); aber um es deutlich zu zeichnen, müßte man es zum Hauptgegenstand des Gemäldes machen, in dem es nur eine Nebenfigur ist. Man stelle sich eine vertrocknete magere Person vor, die wie der erste Besucher gekleidet, aber sozusagen nur sein Abglanz war, oder, wenn man will, sein Schatten. Der Rock, bei dem einen neu, war bei dem andern alt und abgebraucht.

Der Haarpuder schien bei ihm weniger weiß, das Gold der Lilien weniger glänzend, die Epaulettenstege hoffnungsloser und zusammengeschrumpfter, die Intelligenz schwächer und das Leben dem verhängnisvollen Ende näher zu sein, als bei dem andern. Kurz, er schien Rivarols Wort über Champcenetz wahr zu machen: „Das ist mein Mondschein." Er war nur eine Dublette des andern, eine matte, erbärmliche Dublette, denn es bestand zwischen ihnen der volle Unterschied wie zwischen dem ersten und dem letzten Abdruck einer Lithographie. Dieser stumme Alte war ein Geheimnis für den Maler und blieb es auch beständig. Dieser Chevalier, er war Chevalier, redete nicht, und es sprach auch niemand mit ihm. War es ein Freund, ein armer Verwandter, ein Mann, der sich neben dem alten Galan wie ein Gesellschaftsfräulein neben einer alten Dame hielt? War er ein Mittelding zwischen einem Hunde, einem Papagei und einem Freunde? Hatte er seinem Wohltäter sein Vermögen oder auch nur das Leben gerettet? War er der „Trim" eines anderen Kapitäns Tobias? Überall erregte er, wie bei der Baronin von Rouville, Neugier, die niemals befriedigt wurde. Wer konnte sich unter der Restauration an das Verhältnis erinnern, das vor der Revolution den Chevalier mit der Frau seines Freundes, die vor zwanzig Jahren verstorwar, verbunden hatte?
Die Persönlichkeit, die von diesen beiden Trümmern vergangener Zeit als die noch neuere erschien, näherte sich galant der Baronin von Rouville, küßte ihr die Hand und nahm neben ihr Platz. Der andere verbeugte sich und stellte sich

neben sein Vorbild, zwei Stühle von ihm entfernt. Adelaide lehnte sich mit den Ellbogen auf die Rücklehne des Sessels, in dem der alte Edelmann saß, wobei sie unbewußt die Haltung annahm, die Guérin auf seinem berühmten Bilde Didos Schwester gegeben hat. Obgleich die Vertraulichkeiten des Edelmanns wie die eines Vaters waren, schienen die Freiheiten, die er sich erlaubte, dem jungen Mädchen in diesem Moment unangenehm zu sein.

„Nun, schmollst du mit mir?“ sagte er. Dann warf er auf Schinner einen anzüglichen Blick voll Schlauheit und Listigkeit, einen Diplomatenblick, der die ängstliche Vorsicht und höfliche Neugier wohlerzogener Leute verriet, die beim Anblick eines Unbekannten zu fragen scheinen: „Gehört er in unsern Kreis?“

„Sie sehen hier unsern Nachbarn,“ sagte die alte Dame und wies auf Hippolyte, „der Herr ist ein berühmter Maler, dessen Name Ihnen bekannt sein muß, wie wenig Sie sich auch um die Künste kümmern.“

Der Edelmann merkte die boshafte Anspielung seiner alten Freundin, die absichtlich keinen Namen genannt hatte, und verbeugte sich vor dem jungen Manne.

„Ich habe sicherlich von seinen Bildern auf der letzten Ausstellung viel reden hören“, sagte er. „Das Talent genießt große Vorrechte“, fügte er hinzu, während er auf das rote Band des Künstlers blickte. „Diese Auszeichnung, die wir uns mit unserm Blut und nach langem Dienst verdienen mußten, Sie erhalten sie schon als junger Mann; aber alle solche Auszeichnungen muß man als gleichberechtigt ansehen", schloß er, indem er die Hand an sein Sankt Ludwigskreuz legte. Hippolyte stammelte einige Worte des Dankes und verfiel wieder in Schweigen, indem er sich damit begnügte, mit wachsender Begeisterung den schönen Kopf des jungen Mädchens, das ihn entzückte, zu betrachten. In diese Betrachtung versank er bald so sehr, daß er die elende Behausung ganz vergaß. Adelaides Antlitz hob sich für ihn wie vor einem Hintergrunde voller Glanz ab. Er antwortete nur kurz auf an ihn gestellte Fragen, die er glücklicherweise verstand, dank der merkwürdigen Elastizität unseres Geistes, dessen Aufnahmefähigkeit sich zuweilen gewissermaßen zu verdoppeln vermag. Wem ist es nicht schon passiert, daß er, in Nachdenken über Freudiges oder Trauriges versunken, auf die Stimme seines Inneren gehört und sich dabei doch an einer Unterhaltung beteiligt oder eine Lektüre fortgesetzt hat? Ein wunderbarer Dualismus, der uns oft hilft, die Gesellschaft langweiliger Leute geduldig zu ertragen! Verheißungsvoll lächelnd trug ihm die Hoffnung tausend Gedanken glückversprechender Erwartungen zu, und er mochte auf nichts anderes, was ihn umgab, mehr achten. Und wie einem vertrauensvollen Kinde schien es ihm verächtlich, über sein Glücksgefühl nachzudenken. Nachdem eine gewisse Zeit so vergangen war, bemerkte er, daß die alte Dame und ihre Tochter mit dem alten Edelmanne Karten spielten. Sein Trabant, seiner Rolle als Schatten getreu, hielt sich aufrecht hinter seinem Freunde, dessen Spiel er verfolgte, und antwortete auf die stummen Fragen, die der Spieler an ihn richtete, nur mit leichten zustimmenden Grimassen, die die fragenden Bewegungen des andern Gesichts nachmachten.

„Du Halga, ich verliere immer", sagte der Edelmann.

„Sie legen schlecht heraus", erwiderte die Baronin von Rouville.

„Seit drei Monaten habe ich keine einzige Partie gewinnen können", begann er wieder.

„Haben Sie Asse, Herr Graf?" fragte die alte Dame.

„Ja, ich habe sie schon angesagt", erwiderte er.

„Wollen Sie, daß ich Ihnen helfe?" sagte Adelaide.

„Nein, nein, bleib nur mir gegenüber. Heiliges Kreuz! Das wäre ein zu großer Verlust, wenn ich auch noch dich nicht vor mir sehen sollte."

Endlich war die Partie zu Ende. Der Edelmann zog seine Börse, warf zwei Louisdor auf den Tisch und sagte ein wenig ärgerlich „Vierzig Franken, vollwichtiges Gold. Aber, Donnerwetter, es ist ja elf Uhr."

„Es ist elf Uhr", wiederholte die stumme Person und sah den Maler an.

Da dem jungen Mann diese Worte etwas deutlicher ins Ohr klangen, als die sonst gesprochenen, so merkte er, daß es Zeit war, sich zurückzuziehen. Indem er so wieder in die Welt des Alltäglichen sich zurückfand, äußerte er einige Gemeinplätze, empfahl sich bei der Baronin, ihrer Tochter und den beiden Unbekannten und entfernte sich, ganz durchdrungen von dem ersten Glücksgefühl echter Liebe und ohne den kleinen Vorfällen dieses Abends weiter nachzusinnen.

Am andern Morgen empfand der junge Maler

das heißeste Verlangen, Adelaide wiederzusehen. Wäre er seiner Sehnsucht gefolgt, so hätte er seine Nachbarinnen schon um sechs Uhr früh, als er in seinem Atelier anlangte, aufgesucht. Er hörte aber doch noch soweit auf seine Vernunft, daß er damit bis zum Nachmittag wartete. Sobald er aber meinte, bei Frau von Rouville vorsprechen zu dürfen, ging er hinunter und klingelte, nicht ohne starkes Herzklopfen; und während er wie ein junges Mädchen errötete, bat er Fräulein Leseigneur, die ihm öffnete, um das Porträt des Barons von Rouville.

„Aber kommen Sie doch herein", sagte Adelaide, die ihn jedenfalls aus seinem Atelier herunterkommen gehört hatte.

Der Maler folgte ihr schüchtern, verwirrt und ohne zu wissen, was er sagen sollte, so sehr hatte ihn sein Glücksgefühl überwältigt. Adelaide zu sehen und das Rauschen ihres Kleides zu hören, nachdem er sich den ganzen Vormittag gesehnt hatte, bei ihr sein zu dürfen, nachdem er hundertmal aufgesprungen war und sich gesagt hatte: „Ich gehe hinunter" und doch nicht gegangen war, das bedeutete für ihn ein so reiches Hinströmen von Leben, daß er, wenn solche Erregungen allzulange gedauert hätten, geistig Schaden genommen hätte. Das Herz besitzt die eigenartige Fähigkeit, auch den unbedeutendsten Dingen den größten Wert beizulegen. Welche Freude empfindet nicht ein Reisender, dem es gelingt, einen Grashalm, eine unbekannte Pflanze zu pflücken, wenn er auf der Suche danach sein Leben gewagt hat! So steht es auch mit diesen Nichtigkeiten bei der Liebe. Die alte Dame befand

sich nicht im Salon. Da das junge Mädchen mit dem Maler allein war, so holte sie einen Stuhl, um das Porträt herunterzunehmen; weil sie aber sah, daß sie es nicht losmachen konnte, ohne auf die Kommode zu steigen, so wandte sie sich an Hippolyte und sagte errötend: „Ich bin nicht groß genug. Wollen Sie es nicht herabnehmen?"
Ein Gefühl der Scham, das im Ausdruck ihres Gesichts und im Klange ihrer Stimme deutlich wurde, war der wahre Grund für ihre Frage, und der junge Mann, der sie wohl verstand, warf ihr einen verständnisvollen Blick zu, in dem sich die zärtlichste Liebe aussprach. Adelaide, die empfand, daß er sie verstanden hatte, schlug die Augen mit einer stolzen Bewegung nieder, die ein Geheimnis jungfräulicher Wesen ist. Da er nichts zu sagen wußte und fast ganz verschüchtert war, nahm der Maler das Bild, prüfte es, ans Fenster tretend, eingehend und entfernte sich, ohne daß er Fräulein Leseigneur etwas anderes zu sagen vermochte, als: „Ich werde es Ihnen bald wiederbringen."
Während dieses flüchtigen Moments empfanden beide die tiefe Erregung, deren Eindruck auf die Seele sich mit der Wirkung eines in einen See geworfenen Steines vergleichen läßt. Die süßesten Empfindungen entstehen und folgen unmerklich aufeinander, vervielfacht, ohne Ziel, und bewegen das Herz, wie die kreisrunde Bewegung, die von dem Punkte, wo der Stein hinabgesunken ist, ausgeht, lange Zeit die Welle schwanken macht.
Bewaffnet mit dem Porträt kehrte Hippolyte in sein Atelier zurück. Auf der Staffelei war schon eine Leinwand zurechtgestellt, die Farben auf der Palette gemischt, die Pinsel gereinigt, der Platz

und das Licht gewählt. So arbeitete er bis zur Dinerstunde an dem Porträt mit dem Eifer, den die Künstler ihren Liebhabereien zuwenden. An demselben Abend erschien er wieder bei der Baronin von Rouville und blieb von neun bis elf Uhr. Abgesehen von verschiedenen Gegenständen der Unterhaltung, glich dieser Abend ganz genau dem vorhergegangenen. Die beiden alten Herren erschienen zur gleichen Stunde, dieselbe Partie Pikett wurde gespielt, dieselben Redensarten beim Spiel gewechselt, und die von Adelaides Freund verlorene Summe war ebenso beträchtlich, wie die am Abend vorher; nur Hippolyte, ein wenig kühner geworden, wagte es, sich mit dem jungen Mädchen zu unterhalten.

So verflossen acht Tage, während deren die Empfindungen des Malers und Adelaides alle die köstlichen, langsam sich entwickelnden Veränderungen erfuhren, die die Gemüter zu vollem Einverständnis zusammenführen. Und so wurde von Tag zu Tag Adelaides Blick, mit dem sie ihren Freund empfing, herzlicher, vertrauensvoller, heiterer und freier, ihre Stimme und ihr Wesen anschmiegsamer und vertraulicher. Schinner wollte das Pikettspiel lernen. Als unwissender Neuling machte er natürlich Fehler über Fehler und verlor, wie der alte Herr, fast alle Partien. Ohne sich ihre Liebe gestanden zu haben, wußten die beiden Liebenden doch, daß sie einander gehörten. Beide lachten, plauderten, teilten sich ihre Gedanken mit und redeten von sich selbst mit der Naivetät zweier Kinder, die im Verlaufe eines Tages so bekannt miteinander geworden sind, als ob sie sich schon seit drei Jahren gesehen hätten. Hippolyte gefiel sich darin, seine Macht gegenüber seiner furchtsamen Geliebten geltend zu machen. Adelaide gab ihm meistens nach und litt, schüchtern und hingebend, wie sie war, unter dem gemachten Schmollen, das auch der ungeschickteste Liebhaber und das naivste junge Mädchen zu gebrauchen verstehen, und dessen sie sich fortdauernd bedienen, wie verwöhnte Kinder die Vorrechte, die ihnen die mütterliche Liebe zugesteht, mißbrauchen. So hatten auch alle Vertraulichkeiten zwischen dem alten Grafen und Adelaide aufgehört. Das junge Mädchen verstand die trübe Stimmung des Malers und die Gedanken, die sich hinter den Falten seiner Stirn und hinter dem scharfen Ton der wenigen Worte, die er sprach, verbargen, sobald der alte Herr Adelaide die Hand oder den Hals küßte. Ihrerseits verlangte Fräulein Leseigneur bald genaue Rechenschaft über alles, was er tat: sie war sehr unglücklich und besorgt, wenn Hippolyte nicht erschien; sie verstand es so gut, ihm wegen seiner Abwesenheit Vorwürfe zu machen, daß der Maler bald darauf verzichten mußte, seine Freunde zu sehen und Gesellschaften zu besuchen. Adelaide ließ sich die den Frauen angeborene Eifersucht deutlich anmerken, wenn sie hörte, daß der Maler manchmal, wenn er Frau von Rouville verlassen hatte, noch um elf Uhr Besuche machte und in den glänzendsten Salons von Paris erschien. Nach ihrer Meinung war solch eine Lebensweise ungesund; und mit der tiefen inneren Überzeugung, der der Ton, die Geste und der Blick einer geliebten Person so viel Kraft verleiht, behauptete sie, daß ein Mann, der gleichzeitig mehreren Frauen seine Zeit und den Reichtum seines Geistes opfern müsse, nie der Gegenstand einer wahrhaft warmen Zuneigung sein könne. Und so wurde der Maler ebensosehr durch den despotischen Zwang seiner Leidenschaft wie durch das Verlangen eines liebenden jungen Mädchens dahin gebracht, sein Leben nur noch in der kleinen Wohnung zu verbringen, wo ihm alles gefiel. Nie war eine Liebe reiner und heißer. Und auf beiden Seiten ließ das gleiche Vertrauen, das gleiche zarte Empfinden die Leidenschaft noch größer werden, ohne daß Opfer gebracht zu werden brauchten, durch die viele glauben, dem andern ihre Liebe beweisen zu müssen. Der ständige Austausch ihrer zärtlichen Empfindungen war so gleichmäßig, daß sie nicht wußten, wer von beiden mehr gab und wer mehr empfing. Ungewollt wurden sie zu einander so hingezogen, daß ihre Seelen sich immer enger zusammenschlossen, und das Fortschreiten hierin war so schnell vor sich gegangen, daß zwei Monate nach dem Unfall, dem der Maler die Bekanntschaft mit Adelaide zu verdanken hatte, ihrer beider Leben eins geworden war. Wenn das junge Mädchen frühmorgens seinen Schritt hörte, konnte sie sich sagen: „Er ist da!" Wenn Hippolyte zur Essensstunde sich zu seiner Mutter begab, verfehlte er niemals, seine Nachbarinnen zu begrüßen; und am Abend eilte er zur gewohnten Stunde mit der Pünktlichkeit des Liebenden herbei. Auch die in der Liebe tyrannischste und anspruchsvollste Frau hätte dem jungen Maler nicht den leisesten Vorwurf machen können. Adelaide empfand daher ein ungetrübtes grenzenloses Glück und sah das Ideal, von dem man in ihrem Alter zu träumen pflegt, uneingeschränkt verwirklicht. Der alte Edelmann ließ sich jetzt seltener sehen, und der eifersüchtige Hippolyte war an seine Stelle am Spieltische getreten, auch darin, daß er beständig Unglück im Spiel hatte. Dabei quälte ihn, mitten in seinem Glück, im Hinblick auf die traurige Lage der Frau von Rouville, von der er mehr als einen Beweis erfahren hatte, ein lästiger Gedanke. Mehrmals schon hatte er sich, wenn er nach Hause ging, gefragt: „Wie ist das möglich? An jedem Abend zwanzig Franken!" Aber er wagte es nicht, einem häßlichen Verdacht nachzuhängen. Zwei Monate verwandte er auf die Fertigstellung des Porträts, und als es vollendet, gefirnißt und gerahmt war, da hielt er es für eins seiner besten Werke. Die Baronin von Rouville hatte niemals wieder mit ihm davon gesprochen. War das Gleichgültigkeit oder Stolz? Der Maler wollte sich über dieses Schweigen keine Gedanken machen. Er hatte mit Adelaide freudig ein Komplott geschlossen, daß sie das Porträt während der Abwesenheit der Frau von Rouville aufhängen wollten. Eines Tages, als die Mutter ihren gewöhnlichen Spaziergang im Tuileriengarten machte, begab sich daher Adelaide zum erstenmal allein in Hippolytes Atelier hinauf, unter dem Vorwande, das Porträt in dem günstigen Lichte, bei dem es gemalt worden war, sehen zu wollen. Stumm und unbeweglich blieb sie davor stehen, in entzückte Betrachtung versunken, in der alle ihre weiblichen Empfindungen sich auflösten. Flossen sie nicht alle zusammen in der Bewunderung des geliebten Mannes? Als der Maler, beunruhigt durch dieses Schweigen, sich vorbeugte und das junge Mädchen ansah, reichte sie ihm die Hand, ohne ein Wort hervorbringen zu können; nur zwei Tränen lösten sich von ihren Augen; Hippolyte ergriff die Hand, bedeckte sie mit Küssen, und einen Augenblick lang sahen sie einander stillschweigend an; alle beide wollten sich ihre Liebe gestehen, aber sie wagten es nicht. Der Maler behielt Adelaides Hand in der seinen, und die gleiche Glut und die gleiche Erregung verriet ihnen, daß ihre Herzen gleich stark pochten. In tiefster Bewegung machte sich das junge Mädchen sanft von Hippolytes Hand los und mit einem Blick voll Unschuld sagte sie: „Sie werden meine Mutter sehr glücklich machen."

„Nur Ihre Mutter?" fragte er.

‚Ach, ich, ich bin es ja schon allzusehr."

Der Maler senkte das Haupt, überrascht von der Gewalt der Gefühle, die der Ton dieser Worte in seinem Herzen aufrührte. Da sie beide das Gefährliche dieser Situation erkannten, so gingen sie hinunter und hängten das Porträt an seinem alten Platze auf. Hippolyte speiste zum erstenmal bei der Baronin, die, zu Tränen gerührt, ihn umarmen wollte. Am Abend machte der alte Emigrant, ein alter Kamerad des Barons von Rouville, seinen beiden Freundinnen einen Besuch, um ihnen mitzuteilen, daß er eben zum Vizeadmiral ernannt worden war. Seine Schiffsreisen zu Lande durch Deutschland und Rußland waren ihm als Feldzüge zur See angerechnet worden. Als er das Porträt betrachtet hatte, drückte er dem Maler herzlich die Hand und rief aus: „Wahrhaftig, wenn auch mein altes Gerippe nicht wert ist, verewigt zu werden, so würde ich doch gern fünfhundert Pistolen bezahlen, um mich ebensogut getroffen zu sehen wie meinen alten Rouville."

Bei diesem Vorschlag sah die Baronin ihren Freund an und lächelte ihm zu, während sich zugleich auf ihrem Gesichte alle Zeichen der Dankbarkeit malten. Hippolyte glaubte zu merken, daß der alte Admiral mit dem Preise für sein Porträt ihm beide Bilder bezahlen wollte. Sein Künstlerstolz, vielleicht auch seine Eifersucht fühlten sich bei diesem Gedanken verletzt, und er erwiderte: „Herr Graf, wenn ich Porträtmaler wäre, hätte ich dieses Bild nicht gemalt."
Der Admiral biß sich auf die Lippen und setzte sich zum Spiel nieder. Der Maler nahm neben Adelaide Platz, die ihm eine Pikettpartie vorschlug, worauf er einging. Während er spielte, beobachtete er bei der Frau von Rouville eine Spielwut, die ihn in Erstaunen setzte. Noch niemals hatte die alte Baronin einen so brennenden Wunsch, zu gewinnen, deutlich werden lassen, noch nie eine so lebhafte Freude bezeigt, wenn sie die Goldstücke des Edelmanns in der Hand fühlte. Ein böser Verdacht begann während des Abends Hippolytes Glück zu trüben und machte ihn mißtrauisch. Lebte Frau von Rouville vom Spiel? Spielte sie jetzt so, um eine Schuld zu begleichen, oder von der Not getrieben? Vielleicht hatte sie ihre Miete nicht bezahlen können. Dieser alte Herr schien doch klug genug zu sein, um sich nicht ungestraft sein Geld wegnehmen zu lassen. Welches Interesse zog ihn, den reichen Mann, in dieses arme Haus? Warum benahm er sich früher so vertraulich gegen Adelaide, und warum hatte er plötzlich auf diese Freiheiten verzichtet, auf die er vielleicht ein Recht hatte, und die man ihm gewähren mußte? Solche Gedanken trieben ihn

unwillkürlich dazu, mit erneuter Aufmerksamkeit den Alten und die Baronin zu beobachten, deren Zeichen des Einverständnisses und deren anzügliche, auf Adelaide und ihn geworfenen Blicke ihm mißfielen. „Sollte man mich betrügen wollen?“ Das war der letzte, fürchterliche, vernichtende Gedanke Hippolytes, dem er gerade genug Glauben schenkte, um davon gepeinigt zu werden. Er wollte noch, nachdem die beiden alten Herren gegangen waren, bleiben, um seinen Verdacht zu bekräftigen oder zu zerstreuen. Er hatte seine Börse gezogen, um Adelaide seine Schuld zu bezahlen; aber in seine bohrenden Gedanken versunken, legte er die Börse auf den Tisch und verfiel in eine kurze Träumerei; darauf erhob er sich, ärgerlich über sein Stillschweigen, beantwortete eine gleichgültige Frage der Frau von Rouville und näherte sich ihr, um, während er sprach, ihr altes Gesicht schärfer zu prüfen. Dann entfernte er sich, tausendfachen Ungewißheiten ausgeliefert. Als er einige Stufen hinabgegangen war, drehte er wieder um und kehrte zurück, um seine Börse zu holen, die er vergessen hatte.

„Habe ich meine Börse hier liegen lassen?“ sagte er zu dem jungen Mädchen.

„Nein“, antwortete sie und wurde rot.

„Ich glaubte, ich hätte sie dort hingelegt“, fuhr er fort und zeigte auf den Spieltisch. Er schämte sich für Adelaide und die Baronin, daß er sie nicht mehr dort sah, blickte sie mit so fassungsloser Miene an, daß sie lachten, erblaßte und sagte, indem er seine Weste befühlte: „Ich habe mich geirrt, ich werde sie gewiß bei mir haben.“

In der einen Hälfte der Börse befanden sich fünfzehn Louisdors, in der andern einiges Kleingeld. Der Diebstahl war so handgreiflich und mit so kecker Stirn abgeleugnet, daß Hippolyte keine Zweifel mehr über die Moral seiner Nachbarinnen hatte; er blieb auf der Treppe stehen und konnte nur mit Mühe weiter gehen: seine Beine zitterten, es schwindelte ihm, kalter Schweiß brach ihm aus, und er konnte kaum vorwärts, in bitterster Aufregung über das Zusammenbrechen aller seiner Hoffnungen. Jetzt tauchten in seiner Erinnerung eine Menge scheinbar unerheblicher Beobachtungen auf, die nun aber seinen schrecklichen Verdacht bestärkten und die, indem sie die Wahrheit des zuletzt Geschehenen bewiesen, ihm die Augen über den Charakter und das Leben der beiden Frauen öffneten. Hatten sie etwa erst die Übergabe des Porträts abgewartet, um ihm dann seine Börse zu stehlen? So überlegt, erschien der Diebstahl noch abscheulicher. Zu seinem Unglück erinnerte sich der Maler, daß seit zwei oder drei Abenden Adelaide, während sie scheinbar mit der Neugierde eines jungen Mädchens die eigenartige Arbeit des abgenutzten Netzwerks untersucht hatte, wahrscheinlich feststellte, wieviel Geld in der Börse war, indem sie mit gespielter Unschuld darüber scherzte und nur den geeigneten Moment erspähen wollte, wo die Summe, die sie enthielt, groß genug war, um die Unterschlagung zu lohnen. ‚Der alte Admiral hat wahrscheinlich genügend gute Gründe, um Adelaide nicht zu heiraten, deshalb wird die Baronin versucht haben, mich ...‘ Bei dieser Erwägung stand er still und brachte den Gedanken nicht zu Ende, denn dieser wurde durch das sehr vernünftige Räsonnement widerlegt: „Wenn die Baronin mich mit ihrer Tochter hätte verheiraten wollen, dann würden sie mich doch nicht bestohlen haben." Dann suchte er, um nicht auf jede Illusion über seine schon so stark erschütterte Liebe verzichten zu müssen, nach einer Rechtfertigung durch irgendeinen Zufall. „Die Börse wird auf die Erde gefallen sein," sagte er sich, „sie wird auf meinem Stuhl liegen geblieben sein. Oder vielleicht habe ich sie bei mir, ich bin ja so zerstreut!" Eiligst durchsuchte er alle Taschen, aber die verdammte Börse wollte sich nicht finden. Seine Erinnerung zeigte ihm mit grausamer Schärfe die fatale Wahrheit. Deutlich sah er die Börse auf dem Tische liegen; und da er nun nicht länger an dem Diebstahl zweifeln konnte, so versuchte er, Adelaide zu entschuldigen, indem er sich sagte, daß man über unglückliche Menschen nicht so schnell den Stab brechen dürfe. Sicherlich müsse hinter dieser anscheinend so niedrigen Tat irgendein Geheimnis stecken. Er wollte nicht zugeben, daß dieses stolze, edle Antlitz lügen könne. Trotzdem erschien ihm jetzt die elende Wohnung von dem poetischen Zauber der Liebe, der alles verschönert, entblößt: er sah sie vor sich, schmutzig und abgenutzt, und sie erschien ihm als das Sinnbild eines häuslichen Lebens, das ohne jede Vornehmheit, untätig und lasterhaft war. Drückt sich unser Empfinden nicht gewissermaßen den Dingen auf, die uns umgeben? Am nächsten Morgen erhob er sich, ohne ein Auge geschlossen zu haben. Sein Seelenschmerz, dieses schwere geistige Leiden, hatte furchtbare Fortschritte gemacht. Ein erträumtes Glück verlieren, auf alle Zukunftshoffnungen verzichten müssen, darunter leidet man schwerer als unter dem Zurückdenken an ein zerstörtes Glück, wie vollkommen es auch gewesen sein mag: denn bedeutet die Hoffnung nicht mehr als die Erinnerung? Das Nachdenken, in das unsre Seele plötzlich versinkt, ist dann wie ein uferloses Meer, in dem wir wohl eine Weile schwimmen können, in dem aber unsere Liebe untergeht und ertrinkt. Und das ist ein furchtbarer Tod. Sind diese Empfindungen nicht der köstlichste Teil unseres Lebens? Ihre Vernichtung führt bei manchen zarten wie bei manchen starken Naturen zu einer furchtbaren Zerstörung, die auf Enttäuschungen und betrogenen Hoffnungen und Liebesleidenschaften beruht. So ging es auch dem jungen Maler. Er eilte frühmorgens fort, um in dem erfrischenden Schatten der Bäume des Tuileriengartens herumzuwandeln, tief in Gedanken versunken und alles um sich her vergessend. Da begegnete ihm zufällig einer seiner intimsten Freunde, ein Kamerad von der Schule und dem Kunstunterricht her, mit dem er näher als mit einem Bruder verbunden war.

„Nun, Hippolyte, was ist dir denn?" sagte Franz Souchet, ein junger Bildhauer, der eben den Grand Prix davongetragen hatte und in Kürze nach Italien gehen sollte.

„Ich bin sehr unglücklich", antwortete Hippolyte traurig.

„Dann kann es nur eine Herzenssache sein, die dir Kummer macht. Denn Geld, Ruhm, Ansehen, alles das hast du."

Unmerklich begann der Maler sein Herz auszuschütten und erzählte von seiner Liebe. Sobald er

die Rue de Suresne erwähnte und die junge Person, die dort im vierten Stock wohnte, rief Souchet lachend aus: „Halt, das ist ja die Kleine, die ich jeden Morgen in der Kirche de l'Assomption sehe und der ich den Hof mache. Aber die kennen wir ja alle, mein Lieber. Ihre Mutter soll eine Baronin sein? Und du glaubst an Baroninnen, die im vierten Stock wohnen? Brrr! Du lebst wohl noch im goldenen Zeitalter. Alle Tage treffen wir hier in dieser Allee die alte Mutter; ihr Gesicht und ihr Aussehen sagen doch alles. Wie? Hast du denn nicht schon an der Art, wie sie ihren Beutel trägt, gemerkt, was das für eine ist?"
Die beiden Freunde gingen lange Zeit auf und ab, und mehrere junge Männer, Bekannte Souchets und Schinners, schlossen sich ihnen an. Das Abenteuer des Malers, das ihm wenig zu bedeuten schien, wurde ihnen von dem Bildhauer mitgeteilt.
„Er hat die Kleine auch gesehen!" sagte er.
Es wurden nun Bemerkungen darüber gemacht, man lachte und spottete mit der unbekümmerten zwanglosen Art der Künstler, die aber Hippolyte fürchterliche Qualen verursachte. Eine gewisse Keuschheit des Empfindens bereitete ihm Schmerz, wenn er sah, wie leichtfertig sein Herzensgeheimnis behandelt, sein leidenschaftliches Gefühl in Fetzen gerissen und über ein fremdes junges Mädchen, das ein so bescheidenes Leben zu führen schien, wahr oder falsch mit solcher Ungeniertheit abgeurteilt wurde. Er stellte sich, als ob ihn das zum Widerspruch reizte und fragte jeden Einzelnen ernsthaft, welche Beweise er für seine Behauptungen hätte; aber da begannen die Spöttereien von neuem.

„Aber, lieber Freund, hast du denn den Schal der Baronin nicht gesehen?“ sagte Souchet.
„Bist du der Kleinen mal nachgegangen, wenn sie morgens in die l'Assomption trippelt?“ sagte Joseph Bidau, ein junger Atelierschüler von Gros.
„Die Mutter besitzt, außer anderen Vorzügen, ein gewisses graues Kleid, das ich geradezu für typisch halte“, sagte der Karikaturzeichner Bixiou.
„Höre, Hippolyte,“ begann der Bildhauer wieder, „komm doch mal gegen vier Uhr hierher und sieh dir Mutter und Tochter genau an, wenn sie vorbeigehen. Wenn du dann noch Zweifel hast, dann ist dir nicht zu helfen: dann bist du imstande, die Tochter deiner Portierfrau zu heiraten.“
Von den widersprechendsten Empfindungen durchwühlt. verließ der Maler seine Freunde. Adelaide und ihre Mutter schienen ihm über solche Anschuldigungen erhaben zu sein, und im Innersten seines Herzens verspürte er Gewissensbisse, daß er die Reinheit dieses jungen, so schönen und so schlichten Mädchens beargwöhnt hatte. Er begab sich in sein Atelier, ging an der Tür vorbei, hinter der sich Adelaide befand, und fühlte im Herzen einen Schmerz, über den keine Täuschung möglich war. Er liebte Fräulein von Rouville so leidenschaftlich, daß er sie, trotz des Diebstahls der Börse, immer noch anbetete. Seine Liebe glich der des Chevaliers des Grieux, der seine Geliebte noch verehrte und für rein halten wollte, als sie schon in dem Karren saß, der sie in das Gefängnis für liederliche Frauenzimmer brachte. ‚Warum sollte meine Liebe sie nicht zur reinsten aller Frauen machen können? Warum soll ich sie dem

Bösen und dem Laster überlassen, ohne ihr die rettende Freundeshand zu reichen?‘ Eine solche Aufgabe erschien ihm verlockend. Die Liebe weiß alles zu ihren Gunsten zu wenden. Nichts ist für einen jungen Mann so verführerisch wie die Aussicht, bei einer Frau die Rolle des guten Genius zu spielen. Es steckt eine gewisse Romantik in einem solchen Vorhaben, das leidenschaftliche Seelen gut kleidet. Ist das nicht die vollkommenste Hingebung in ihrer höchsten und holdesten Form? Liegt nicht eine gewisse Größe darin, daß man stark genug liebt, um auch da noch zu lieben, wo die Liebe bei andern erlischt und erstirbt? Hippolyte setzte sich in seinem Atelier hin, betrachtete sein Bild, ohne etwas daran zu machen, denn er sah die Gesichter darauf nur durch die Tränen hindurch, die seine Augen verschleierten, während er beständig den Pinsel in der Hand hielt, sich der Leinwand näherte, um einen Ton zu mildern, und doch nicht daran rührte. In dieser Stellung überraschte ihn die Nacht. Die Dunkelheit weckte ihn aus seiner Träumerei, er ging hinunter, begegnete dem alten Admiral auf der Treppe, warf ihm beim Grüßen einen traurigen Blick zu und flüchtete davon. Er hatte die Absicht gehabt, zu seinen Nachbarinnen hinein zu gehen, aber der Anblick des Beschützers Adelaides verursachte ihm ein eisiges Gefühl und ließ ihn sein Vorhaben aufgeben. Zum hundertsten Male fragte er sich, welches Interesse diesen reichen alten Mann mit achtzigtausend Franken Renten in diesen vierten Stock hinaufführen konnte, wo er jeden Abend gegen vierzig Franken verlor; und er glaubte dieses Interesse zu ahnen.

Am nächsten und an den folgenden Tagen stürzte sich Hippolyte in die Arbeit und versuchte, seine Leidenschaft durch die eifrige Beschäftigung mit seinen künstlerischen Ideen und durch das Versenken in ihre Konzeption zu bekämpfen. Aber es gelang ihm nur halb. Die Arbeit gewährte ihm Trost, aber er vermochte nicht, die Erinnerung an die vielen süßen Stunden, die er mit Adelaide verbracht hatte, auszulöschen. Eines Abends, als er sein Atelier verließ, fand er die Tür zur Wohnung der beiden Damen offen. Eine Person stand in der Fensternische. Die Tür und die Treppe lagen so, daß er nicht vorbeigehen konnte, ohne Adelaide zu sehen; er grüßte kühl und richtete einen gleichgültigen Blick auf sie; da er aber den Kummer des jungen Mädchens nach dem seinigen beurteilte, erbebte er innerlich, wenn er bedachte, welche Bitterkeit dieser Blick und diese Kühle einem liebenden Herzen verursachen mußten. Sollte er das süßeste Glück, das jemals zwei reine Seelen genossen hatten, mit der Vernachlässigung in diesen acht Tagen und der tiefsten völligen Verachtung beendigen? ... Was für eine schreckliche Lösung! Vielleicht hatte sich die Börse doch gefunden, und vielleicht hatte Adelaide ihren Freund an jedem Abend erwartet? Dieser so einfache und so natürliche Gedanke verursachte dem Liebenden neue Gewissensbisse; er fragte sich, ob die Beweise der Zuneigung, die ihm das junge Mädchen gegeben, ob das reizende Geplauder voller Liebe, das ihn entzückt hatte, nicht wenigstens eine Untersuchung verdienten und eine Rechtfertigung wert waren. Er schämte sich, daß er eine Woche lang seinem

Herzenswunsche Widerstand geleistet hatte und sah in diesem Kampfe fast ein Verbrechen; und so begab er sich noch an demselben Abende zu Frau von Rouville. All sein Verdacht, alle seine schlimmen Gedanken verflüchtigten sich, als er das blasse, abgemagerte Mädchen erblickte.

„Mein Gott, was fehlt Ihnen denn?" sagte er, nachdem er die Baronin begrüßt hatte.

Adelaide antwortete nicht, aber sie warf ihm einen Blick voll von Melancholie, einen traurigen, hoffnungslosen Blick zu, der ihm weh tat.

„Sie haben gewiß viel zu arbeiten gehabt", sagte die alte Dame, „man sieht es Ihnen an. Wir sind wohl die Ursache für Ihre Zurückgezogenheit. Das Porträt wird Arbeiten, die wichtig für Ihren Ruf sind, verzögert haben."

Hippolyte war glücklich, eine so gute Entschuldigung für seine Unhöflichkeit gefunden zu haben.

„Jawohl," sagte er, „ich war sehr beschäftigt, aber ich war auch leidend..."

Bei diesen Worten erhob Adelaide den Kopf, sah den Geliebten an, und in ihrem beunruhigten Blicke war kein Vorwurf mehr zu lesen.

„Haben Sie denn angenommen, daß das, was Sie Gutes oder Böses erleben, uns ganz gleichgültig ist?" sagte die alte Dame.

„Es war nicht recht von mir. Immerhin gibt es Kummer, den man niemandem, wer es auch sei, anvertrauen kann, selbst einer weniger jungen Freundschaft, als die ist, mit der Sie mich beehren..."

„Echte und warme Freundschaft sollte man nicht nach der Zeit bemessen. Ich habe gesehen, daß alte Freunde im Unglück nicht eine Träne für

den andern übrig hatten", sagte die Baronin kopfschüttelnd.
„Aber was fehlt Ihnen denn?" fragte der junge Mann Adelaide.
„Ach, nichts", antwortete die Baronin. „Adelaide ist mehrere Nächte aufgeblieben, um eine wirkliche Arbeit fertig zu machen, und hat nicht auf mich hören wollen, wenn ich ihr sagte, daß es dabei auf einen Tag mehr oder weniger nicht ankäme..."
Hippolyte hörte nicht, was sie sagte. Wenn er diese beiden vornehmen, ruhigen Gesichter ansah, dann schämte er sich seines Verdachtes und schrieb den Verlust der Börse irgendeinem unbekannten Zufall zu. Es wurde für ihn und vielleicht auch für sie ein köstlicher Abend. Es gibt Geheimnisse, die junge Seelen so gut zu durchschauen vermögen. Adelaide ahnte Hippolytes Gedanken. Ohne sein Unrecht eingestehen zu wollen, erkannte der Maler es doch an und wandte sich seiner Geliebten wieder mit heißerer, leidenschaftlicherer Liebe zu, indem er dadurch stillschweigende Verzeihung zu erlangen versuchte. Und Adelaide genoß nie ein so vollkommenes, so süßes Glück, daß es ihr mit dem Kummer, der sie so grausam gepeinigt hatte, nicht zu teuer bezahlt erschien. Aber die vollkommene Übereinstimmung ihrer Seelen, dieser geheimnisvolle Einklang, wurde durch ein Wort der Baronin von Rouville wieder erschüttert.
„Wollen wir nicht unsere kleine Partie machen?" sagte sie, „mein alter Kergarouet läßt mich im Stiche."
Dieser Satz ließ alle Befürchtungen des jungen Malers wieder wach werden, der errötete und

Adelaides Mutter scharf ansah; aber er konnte auf ihrem Gesicht nur den Ausdruck des Wohlwollens ohne jede Falschheit erkennen: kein Hintergedanke störte den harmonischen Reiz, und die Klugheit hatte nichts von Listigkeit; das Spöttische war harmlos, und keine Gewissensbisse trübten die Ruhe der Züge. Er setzte sich nun an den Spieltisch. Adelaide wollte sich an seinem Spiel beteiligen, indem sie behauptete, er verstände das Pikettspiel noch nicht und brauche die Hilfe eines Partners. Während des Spiels machten sich Frau von Rouville und ihre Tochter Zeichen des Einverständnisses, die Hippolyte um so mehr beunruhigten, als er gewann; aber zum Schluß machte ein letzter Umschwung die beiden Liebenden zu Schuldnern der Baronin. Als der Maler nach Geld in seiner Tasche suchen wollte und die Hände vom Tische nahm, sah er plötzlich vor sich eine Börse liegen, die Adelaide, ohne daß er es gemerkt, hingeschoben hatte; in der Hand hielt das arme Kind die alte Börse und tat, als ob sie darin nach Geld suche, um ihre Mutter zu bezahlen. Alles Blut strömte Hippolyte so gewaltsam zum Herzen, daß er beinahe die Besinnung verloren hätte. Die neue Börse, die die alte ersetzen sollte, und in der die fünfzehn Louisdors lagen, war aus Goldperlen hergestellt. Die Ringe, die Quasten, alles zeugte von dem guten Geschmack Adelaides, die sicher ihren Sparschatz für die Ausschmückung dieser reizenden Arbeit erschöpft hatte. Man konnte unmöglich mit mehr Zartheit ausdrücken, daß das Geschenk des Malers nur durch eine solche Bezeugung liebevollen Empfindens erwidert werden dürfte. Als Hippolyte,

überwältigt von seinem Glücksgefühl, seine Augen auf Adelaide und die Baronin richtete, sah er sie vor Freude und entzückt darüber, daß ihre freundschaftliche List gelungen war, erzittern. Er kam sich kleinlich, niedrig, nichtig vor; er hätte sich zur Strafe das Herz zerreißen mögen. Tränen traten ihm in die Augen, von unwiderstehlichem Drange getrieben erhob er sich, umarmte Adelaide, preßte sie an sein Herz und raubte ihr einen Kuß; dann rief er mit dem Freimut des Künstlers, indem er die Baronin ansah, aus: „Ich erbitte mir ihre Hand von Ihnen.“
Adelaide warf dem Maler einen etwas erzürnten Blick zu, und Frau von Rouville suchte etwas erstaunt nach einer Antwort, als diese Szene durch den Ton der Klingel unterbrochen wurde. Der alte Vizeadmiral erschien, gefolgt von seinem Schatten und von Frau Schinner. Da sie die Ursache des Kummers, den ihr Sohn vergeblich vor ihr zu verbergen suchte, ahnte, hatte Hippolytes Mutter bei mehreren Freunden Erkundigungen über Adelaide eingezogen. Weil sie nun durch die Verläumdungen, die über das junge Mädchen ohne Wissen des Grafen von Kergarouet, dessen Namen sie von der Portierfrau erfahren hatte, ausgesprengt waren, in Unruhe versetzt worden war, hatte sie den Vizeadmiral aufgesucht und ihm alles mitgeteilt; in seinem Zorn hatte dieser ausgerufen, er wolle hingehen „und diesem Bettelvolk die Ohren abschneiden“. In seinem Ärger teilte der Admiral Frau Schinner das Geheimnis seiner absichtlichen Spielverluste mit; es war die einzige, von ihm ausgedachte Möglichkeit, sie zu unterstützen, die der Stolz der Baronin zuließ.

Als Frau Schinner Frau von Rouville begrüßt hatte, sah diese der Reihe nach den Grafen von Kergarouet, den Chevalier du Halga, den alten Freund der seligen Gräfin von Kergarouet, Hippolyte und Adelaide an und sagte dann mit dankbarem Herzen:
„Mir scheint, daß wir uns heute abend im Kreise der Familie befinden."

☆

☆

EIN PARISER BANKIER, DER SEHR AUSGEdehnte Handelsbeziehungen in Deutschland besaß, hatte einmal einen Geschäftsfreund, den er lange nicht gesehen hatte, mit dem er aber in Korrespondenz stand, zu Gast.

Dieser Freund, der Inhaber irgendeiner bedeutenden Nürnberger Firma, war ein biederer, dicker Deutscher. Er verfügte über Geschmack und Bildung und war ein leidenschaftlicher Pfeifenraucher; er hatte ein hübsches, breites Nürnberger Gesicht und eine viereckige, offene Stirn, die von spärlichen, blonden Haaren umrahmt war. Er war der echte Sohn des reinen und edlen Germanien, das so fruchtbar ist an ehrenwerten Charakteren, deren friedfertige Sitten sich selbst nach sieben Invasionen nicht verleugnen. Der Fremde hatte ein argloses Lachen, hörte aufmerksam zu und trank sein gehöriges Quantum; dem Champagner schien er ebensoviel Geschmack abzugewinnen wie dem Johannisberger.

Er hieß Hermann, wie fast alle Deutschen, die uns von den Schriftstellern geschildert werden. Als ein Mensch, der nichts leichtzunehmen weiß, saß er behäbig am Tisch des Bankiers und speiste mit dem in Europa so berühmtem, altem deutschen Appetit, mit Bewußtsein die Vorschriften der Fastenzeit mißachtend.

Um seinen Gast zu ehren, hatte der Hausherr einige vertraute Freunde, Kapitalisten oder Kaufleute eingeladen und auch etliche liebenswürdige,

hübsche Damen, deren anmutiges Geplauder und ungezwungene Natürlichkeit mit der germanischen Herzlichkeit gut zusammenstimmten.
Ja, wirklich, wer wie ich die Freude gehabt hätte, diesen fröhlichen Kreis von Leuten zu betrachten, die ihre Kaufmannskrallen eingezogen hatten, um sich nur den Annehmlichkeiten des Daseins zu weihen – dem wäre es schwer geworden, die Wucherzinsen zu hassen und die Konkurse zu verfluchen. Der Mensch kann nicht immer Böses tun. Selbst unter Piraten muß es dann und wann ruhige Stunden geben, während derer man auf ihrem finsteren Schiff glauben kann, sich auf friedlicher Schaukel zu befinden.
„Bevor Herr Hermann uns verläßt, wird er uns hoffentlich eine deutsche Geschichte erzählen, daß uns ein Schauder über den Rücken läuft."
Diese Worte sprach beim Dessert ein bleiches, blondes, junges Mädchen, das Hoffmanns Novellen und Walter Scotts Romane sicher gelesen hatte. Die Sprecherin war die einzige Tochter des Bankiers, ein hinreißendes Geschöpf, das in die Stücke, die am Gymnase-Theater gespielt wurden, vernarrt war.
Die Gäste befanden sich gerade in dem behaglichen Zustand von Faulheit und Schweigen, in den uns ein auserlesenes Mahl versetzt, wenn wir unserer Verdauungskraft ein bißchen zuviel zugemutet haben. Den Rücken an die Stuhlwand gelehnt, die Hand leicht auf dem Tischrand ruhend, spielte jeder Gast nachlässig mit dem vergoldeten Griff seines Messers.
In diesem Stadium des Diners spielen die einen mit dem Kern einer Birne, die andern rollen eine

Brotkrume zwischen Zeigefinger und Daumen; der Verliebte setzt aus den Obstschalen ungestalte Buchstaben zusammen; der Geizhals zählt seine Nüsse und bringt sie in Reih und Glied, wie ein Regisseur im Hintergrund der Bühne seine Statisten aufstellt. Das sind so kleine gastronomische Glückseligkeiten, die der sonst so vollkommene Brillat-Savarin in seinem Buche nicht erwähnt. Die Diener hatten sich entfernt. Das Dessert glich einer Schwadron nach dem Kampf, alles war zersprengt und verwüstet. Die Platten irrten auf dem Tisch herum, obwohl die Herrin des Hauses immer wieder hartnäckig versuchte, sie an ihren Platz zurückzubringen. Einige Leute betrachteten die Schweizer Landschaften, die in symmetrischen Abständen an den grauen Wänden des Speisesaals hingen. Keiner von den Gästen langweilte sich. Gibt es doch keinen Menschen, der sich nach einer guten Mahlzeit in trauriger Stimmung der Verdauung überließe. Wir lieben es dann, in einem Ruhezustand zu verharren, der zwischen der Träumerei des Denkers und der Befriedigung der wiederkäuenden Geschöpfe die richtige Mitte hält; einen solchen Zustand könnte man die materielle Melancholie der Gastronomie nennen. Jetzt wandten sich alle Gäste dem biederen Deutschen zu, alle waren entzückt, eine Ballade zu vernehmen, selbst eine uninteressante.

Bei solch einer gemütlichen Pause scheint unseren erschlafften Sinnen die Stimme eines Erzählers immer köstlich, sie schafft ihnen ein negatives Glück. Als Liebhaber von Bildern, bewunderte ich die von einem Lächeln belebten, vom Kerzenlicht bestrahlten Gesichter, die das ausgiebige Mahl ge-

rötet hatte; ihr verschiedener Ausdruck bot inmitten der Kandelaber, des Porzellangeräts, der Früchte und der Kristallschalen einen reizvollen Anblick.
Plötzlich wurde meine Phantasie durch einen Gast, der mir gerade gegenübersaß, gefesselt. Es war ein Mann von mittlerem Wuchs, ziemlich korpulent, der häufig lachte und das Aussehen und Gehaben eines Wechselmaklers hatte; er schien mir von mittelmäßigen Geistesgaben zu sein. Ich hatte ihn noch gar nicht bemerkt. Jetzt hatte sein vom Schatten des Kerzenlichts verdunkeltes Gesicht gleichsam den Ausdruck verändert; es bot einen schrecklichen Anblick, violette Töne durchzuckten es. Man glaubte den Totenschädel eines Sterbenden zu erblicken. Er saß unbeweglich, wie die gemalten Figuren in einem Diorama, seine stumpfen Blicke hafteten an den glitzernden Facetten des Kristallstöpsels; er zählte sie aber sicher nicht, sondern schien in eine Phantasie der Zukunft oder der Vergangenheit verloren.
Als ich dies zweideutige Gesicht lange angesehen hatte, machte es mich nachdenklich: „Leidet er?“ fragte ich mich. „Hat er zuviel getrunken? Hat die Baisse der Staatspapiere ihn ruiniert? Denkt er darüber nach, wie er seine Gläubiger begaunern kann?“
„Sehen Sie,“ sagte ich zu meiner Nachbarin, auf das Gesicht des Unbekannten weisend, „ist das nicht ein Bankrott, wie er leibt und lebt?“
„Oh,“ erwiderte sie mir, „er wird schon fröhlicher werden.“
Dann fügte sie mit graziösem Kopfschütteln hinzu: „Wenn der da jemals Bankrott machte, würde

ich die Nachricht bis Peking bringen. Er besitzt eine Million in Grundbesitz. Er ist ein ehemaliger Armeelieferant der kaiserlichen Heere, ein origineller Bursche. Er hat sich aus Berechnung wieder verheiratet und macht seine Frau trotzdem sehr glücklich. Er hat eine hübsche Tochter, die er lange nicht anerkennen wollte; aber der Tod seines im Duell getöteten Sohnes hat ihn veranlaßt, sie zu sich zu nehmen, denn er bekommt wohl keine Kinder mehr. Das arme Mädchen ist auf diese Art eine der reichsten Erbinnen von Paris geworden. Der Verlust seines einzigen Sohnes hat den braven Mann in einen Kummer gestürzt, der ihn nie ganz verläßt."

In diesem Augenblick hob der Armeelieferant die Augen zu mir auf; sein Blick ließ mich erzittern, so düster und gedankenvoll war er. Dieser Blick enthielt sicher sein ganzes Leben. Aber plötzlich wurde sein Aussehen heiter; er nahm den Kristallstöpsel, setzte ihn mit einer mechanischen Bewegung einer vor seinem Teller stehenden Wasserflasche auf und wandte sich lächelnd Herrn Hermann zu. Dieser Mann, den seine gastronomischen Freuden verklärten, wälzte zweifellos nicht zwei Gedanken in seinem Hirn. Wahrscheinlich dachte er an gar nichts. Ich schämte mich daher etwas, meine psychologischen Kenntnisse in anima vili eines feisten Bankiers verschwendet zu haben.

Während ich so ganz ergebnislose phrenologische Studien trieb, hatte sich der biedere Deutsche eine Prise genehmigt, und er begann seine Erzählung. Es wäre mir nicht leicht, sie wortgetreu mit ihren häufigen Unterbrechungen und wortreichen Abschweifungen wiederzugeben. Ich habe sie daher auf meine Weise niedergeschrieben, die Fehler dem Nürnberger überlassen und mir selbst alles genommen, was sie an Poetischem und Interessantem enthalten mochte. Das habe ich mit der Treuherzigkeit der Autoren getan, die vergessen, über ihre Bücher zu setzen: Aus dem Deutschen übersetzt.

✩

GEDANKE UND TAT

„ENDE DES VENDÉMIAIRE IM JAHRE VII nach der Zeitrechnung der Republik, nach unserer also am 20. Oktober 1799, langten zwei junge Leute, die morgens von Bonn aufgebrochen waren, bei Sonnenuntergang in der Nähe von Andernach an, einer kleinen Stadt auf dem linken Rheinufer, nicht weit von Koblenz.

Damals manövrierte das vom General Augereau befehligte französische Heer unter den Augen der Österreicher, die das rechte Stromufer besetzt hielten. Das Hauptquartier der republikanischen Division war in Koblenz, und eine Halbbrigade des Korps Augereau hatte ihr Standquartier in Andernach.

Die beiden Reisenden waren Franzosen. An ihren blau und weißen Uniformen mit roten Samtaufschlägen, ihren Säbeln und vor allem an ihrer Kopfbedeckung mit dem trikoloregeschmückten Federbusch hätten selbst deutsche Bauern sie als Feldärzte erkannt, als Leute von Bildung und Verdienst, die überall beliebt waren, nicht nur beim Heer, sondern auch bei der Bevölkerung der von unseren Truppen besetzten Gebiete.

In dieser Zeit hatten die durch das Aushebungs-

gesetz ihrem medizinischen Beruf entrissenen jungen Leute es natürlich vorgezogen, ihre Studien auf dem Schlachtfeld fortzusetzen, als sich dem Dienst mit der Waffe zu unterziehen, der mit ihrer bisherigen Erziehung und ihrer friedlichen Bestimmung so wenig in Einklang stand. Diese studierten und hilfsbereiten jungen Leute taten in all dem Elend Gutes, und es bestand eine Gesinnungsgemeinschaft zwischen ihnen und den Gebildeten der verschiedenen Gegenden, durch die die grausame Zivilisation der Republik hindurchmarschierte.
Die beiden jungen Leute, die mit einem Reisepaß und einer Legitimation als Unterärzte ausgerüstet waren, begaben sich zur Halbbrigade, der sie zugeteilt waren. Beide gehörten mäßig begüterten Bürgerfamilien aus Beauvais an, in denen sanfte Sitten und provinziale Ehrbarkeit sich weitervererbten. Eine bei jungen Menschen natürliche Neugier hatte sie schon vor der Gestellungszeit auf den Kriegsschauplatz geführt; die Reise bis Straßburg hatten sie mit der Post gemacht. Obwohl mütterliche Vorsicht ihnen nur eine kleine Summe mitzunehmen erlaubt hatte, glaubten sie sich doch reich im Besitz einiger Louisdor, die in einer Zeit, da die Assignaten den niedrigsten Stand ihres Wertes erreicht hatten und das Gold großen Kaufwert besaß, einen wahren Schatz darstellten. Die beiden Feldunterärzte, die höchstens zwanzig Jahre alt waren, gaben sich mit aller Begeisterung ihrer Jugend der Poesie ihrer Lage hin. Von Straßburg bis Bonn hatten sie das Kurfürstentum und die Ufer des Rheins als Künstler, Philosophen und Beobachter durchwandert.

Wenn wir eine wissenschaftliche Bestimmung haben, sind wir in diesem Alter sehr vielseitige Geschöpfe. Selbst wenn er sich mit der Liebe beschäftigt oder eine Reise macht, muß ein Unterarzt bestrebt sein, die Fundamente seines Vermögens oder seines künftigen Ruhmes zu legen. Die beiden jungen Leute hatten sich also der tiefen Bewunderung hingegeben, von der alle Gebildeten beim Anblick der Rheinufer zwischen Köln und Mainz ergriffen werden. Diese Landschaft ist eine reiche, hügelige Gegend voller Naturschönheiten, voller Erinnerungen an das Mittelalter, ein blühendes Land, das aber überall die Merkmale von Verheerungen aufweist, die die Feldzüge Ludwig XIV. und Turennes hinterlassen haben. Hier und da zeugen Ruinen von dem Hochmut oder vielleicht der Vorsicht des Königs von Versailles, der die wundervollen Schlösser, die einst diesen Teil Deutschlands zierten, schleifen ließ. Beim Anblick dieses herrlichen Landes mit seinen Wäldern und seinen zahlreichen malerischen Ruinen aus dem Mittelalter, begreift man den deutschen Genius, seine Träume und seine Mystik.

Der Aufenthalt der beiden Freunde diente indessen nicht nur dem Vergnügen, sondern auch gleichzeitig einem wissenschaftlichen Zweck. Das große Lazarett des französisch-holländischen Heeres und die Division Augereau hatten im kurfürstlichen Schloß Quartier bezogen. Die frischgebackenen Unterärzte hatten sich also dorthin begeben, um Kameraden zu besuchen, ihren Vorgesetzten Empfehlungsbriefe zu übergeben und sich mit den elementaren Angelegenheiten ihres Berufes vertraut zu machen. Hier wie auch anderswo befreiten sie sich von den Vorurteilen, die wir zugunsten der Baulichkeiten und Naturschönheiten unseres Vaterlandes hegen. Überrascht vom Anblick der Marmorsäulen, die das kurfürstliche Schloß schmücken, bewunderten sie die Großzügigkeit der deutschen Bauwerke, und bei jedem Schritt stießen sie auf neue Kunstschätze aus Altertum oder Neuzeit.

Dann und wann führten die Wege, auf denen die Freunde bei ihrem Marsch nach Andernach wandelten, auf den Gipfel eines Granitbergs, der die andern überragte. Von dort aus konnten sie durch einen Waldeinschnitt oder durch eine Felsenschlucht den Rhein erblicken, den Sandsteinhügel umsäumten oder üppige Auen. Täler, Wege und Bäume hauchten den herbstlichen Duft aus, der zur Träumerei verführt. Die Wipfel der Wälder begannen schon sich golden zu färben, warme, braune Töne verkündeten, daß es mit dem Sommer zu Ende war; die Blätter fielen, aber der Himmel leuchtete noch in schönem Blau, und die trockenen Wege zeichneten gelbe Striche in die Landschaft, die im Glanze der untergehenden Sonne lag.

Eine halbe Stunde vor Andernach wandelten die beiden Freunde inmitten eines tiefen Schweigens, es war, als ob der Krieg niemals dies schönes Land verheert hätte. Sie schritten über einen Ziegenpfad, der über die hohen Mauern aus bläulichem Granit führte, zwischen denen der Rheinstrom schäumte. Bald stiegen sie den Abhang einer Schlucht hinab, in deren Tiefe die kleine Stadt malerisch am Ufer ruht und den Schiffern einen bequemen Hafen bietet.

‚Deutschland ist ein sehr schönes Land', rief einer der jungen Leute, namens Prosper Magnan, als er die bemalten Häuser Andernachs erblickte, die sich wie Eier in einem Korb aneinanderdrängten. Zwischen den Häusern erkannte man Bäume, Gärten und Blumen. Eine Zeitlang bewunderte er die spitzen Dächer mit den vorspringenden Giebeln, die Holztreppen und Galerien tausend friedlicher Heimstätten und die Boote, die sich auf den Wellen des Hafens schaukelten."

In dem Augenblick, da Herr Hermann den Namen Prosper Magnan nannte, ergriff der Armeelieferant die Karaffe, goß sich ein Glas Wasser ein und leerte es mit einem Zug.

Diese Bewegung hatte meine Aufmerksamkeit auf ihn gelenkt, ich glaubte zu bemerken, daß seine Hände zitterten und Schweißtropfen von seiner Stirn rannen.

„Wie heißt der ehemalige Armeelieferant?" fragte ich meine gefällige Nachbarin.

„Taillefer", antwortete sie mir.

„Fühlen Sie sich unwohl?" sagte ich, da ich den sonderbaren Menschen erbleichen sah.

„Nein, nein", gab er mit einer freundlichen Geste zurück. „Ich höre zu", wandte er sich mit einem Kopfneigen an die übrigen Mitglieder der Tafelrunde, die ihn alle gleichzeitig anblickten.

„Den Namen des andern jungen Mannes habe ich vergessen", sagte Herr Hermann. „Aus den Mitteilungen Prosper Magnans weiß ich lediglich, daß sein Kamerad braun und ziemlich mager und ein fröhlicher Geselle war. Mit Ihrer Erlaubnis werde ich ihn Wilhelm nennen, um Unklarheiten in meiner Geschichte zu vermeiden."

Der biedere Deutsche nahm seine Erzählung wieder auf, nachdem er also ohne Rücksicht auf Romantik und Lokalfarbe den französischen Unterarzt mit einem deutschen Namen getauft hatte.
„Es war bereits Nacht, als die beiden jungen Leute in Andernach anlangten. In der Annahme, auf der Suche nach ihren Vorgesetzten und bei der Vorstellung dort zu viel Zeit zu verlieren, und weil sie in der bereits mit Soldaten überfüllten Stadt kein militärisches Nachtquartier mehr zu finden glaubten, beschlossen sie, die letzte Nacht der Freiheit in einer etwa hundert Schritt von Andernach entfernten Herberge zu verbringen, deren schöne Farben sie beim Sonnenuntergang bereits von der Höhe der Felsen aus bewundert hatten. Dieser vollständig rotbemalte Gasthof zeichnete sich sehr reizvoll in der Landschaft ab, sei es, weil er sich vor die Hauptmasse der Stadt schob, sei es, weil er sich wie ein roter Vorhang vom Grün der verschiedenen Laubsorten und in seiner lebhaften Färbung vom monotonen Grau des Wassers abhob. Das Haus verdankte seinen Namen der Bemalung, die ihm sicher vor unvordenklichen Zeiten die Laune seines Begründers gegeben haben mochte. Ein bei den verschiedenen Besitzern sehr natürlicher kaufmännischer Aberglaube hatte wohl die Beibehaltung des Brauches veranlaßt. Bei den Rheinschiffern stand das Haus in großem Ansehen.
Als der Wirt vom „Roten Wirtshaus" das Pferdegetrappel vernahm, erschien er auf der Schwelle. ‚Wahrhaftig, meine Herren,' rief er aus, ‚etwas später, und Sie hätten im Freien übernachten müssen, wie die meisten Ihrer Landsleute, die auf

der anderen Seite von Andernach biwakieren. Bei mir ist alles besetzt. Wenn Sie in einem guten Bett schlafen wollen, so kann ich Ihnen nur mein eigenes Zimmer anbieten. Ihren Pferden werde ich in einer Ecke des Hofes Streu hinlegen lassen. Mein Stall ist heute voller Christenmenschen ... Kommen die Herren aus Frankreich?' fuhr er nach einer kleinen Pause fort. ‚Aus Bonn,' rief Prosper, ‚und wir haben seit heute morgen nichts gegessen.' ‚Oh, was das Essen anlangt,' sagte der Wirt, ‚man kommt zehn Meilen weit, um im ‚Roten Wirtshaus' sich gütlich zu tun. Sie sollen ein fürstliches Mahl haben, Rheinfisch! Das sagt alles.'

Nachdem sie dem Wirt, der vergebens nach seinen Knechten rief, ihre ermüdeten Gäule anvertraut hatten, gingen die beiden Unterärzte in die Wirtsstube. Dichte und weiße Tabakschwaden erlaubten ihnen im menschenwimmelnden Zimmer zunächst nicht, die Leute zu erkennen, mit denen sie sich hier zusammen aufhalten sollten. Mit der durch Erfahrung erworbenen Geduld des philosophischen Reisenden, der weiß, daß es doch keinen Zweck hat, Lärm zu schlagen, nahmen sie an einem Tisch Platz und unterschieden bald im Tabaksqualm die üblichen Requisiten eines deutschen Gasthofs: den Ofen, die Standuhr, die Tische, die Bierkrüge und die langen Pfeifen; hier und dort absonderliche Gestalten, Juden, Deutsche, etliche rauhe Schiffergesichter. Die Epauletten französischer Offiziere glitzerten im Nebel, und das Klirren von Sporen und Säbeln hallte andauernd auf dem steinernen Fußboden wider. Die einen spielten Karten, andere unter-

hielten sich oder schwiegen, aßen, tranken oder gingen auf und ab.
Eine kleine dicke Frau mit schwarzer Samthaube, mit blau und silbernem Mieder, mit gelocktem Haare, dem Schlüsselbund und silberner Schnalle, den typischen Merkmalen aller deutschen Wirtinnen, deren Tracht so häufig auf Kupferstichen dargestellt worden ist, daß sich eine Schilderung erübrigt – die Frau des Wirtes also wußte mit außerordentlicher Geschicklichkeit die beiden Freunde geduldig und ungeduldig zu stimmen. Schließlich wurde der Lärm schwächer, die Reisenden zogen sich zurück, und der Qualm verflog. Als für die Unterärzte serviert wurde, und der berühmte Rheinsalm aufgetragen wurde, schlug es elf Uhr, und der Saal war leer.
In der Stille der Nacht konnte man hören, wie die Pferde ihr Futter kauten oder mit den Hufen aufstampften. Man hörte das Murmeln der Wellen des Rheinstroms und all die undefinierbaren Geräusche, die ein Gasthaus beleben, wenn alle schlafen gehen. Fenster und Türen wurden geöffnet und geschlossen, es gab Stimmengemurmel und dann und wann einen Ruf aus den Zimmern.
So herrschte Stille und Lärm. Die beiden Franzosen hörten ihrem Wirte zu, der ihnen Andernach, das Essen, seinen Rheinwein, das republikanische Heer und seine Gattin pries – da wurden plötzlich rauhe Schifferrufe und das Geräusch eines im Hafen anlegenden Bootes vernehmbar.
Der Wirt, dem die Kehllaute der Schiffer offenbar vertraut waren, stürzte hinaus und kam bald zurück. Er brachte einen kleinen dicken Mann mit, hinter dem zwei Schiffer ein schweres Fell-

eisen und mehrere Ballen schleppten. Als seine Sachen im Saal niedergelegt waren, nahm der kleine Mann sein Felleisen an sich und setzte sich ohne weiteres den Unterärzten gegenüber an den Tisch. ‚Legt euch im Boot schlafen,' sagte er zu den Schiffern, ‚das Gasthaus ist besetzt. Das wird schon das beste sein.' ‚Mein Herr,' sagte der Wirt zu dem eben Angekommenen, ‚das ist alles, was von meinen Vorräten noch übrig ist...' Und er zeigte auf das den Franzosen aufgetragene Abendessen. ‚Ich habe keine Brotkruste, keinen Knochen mehr im Hause.' – ‚Und Sauerkraut?' ‚Nicht so viel, wie in den Fingerhut meiner Frau geht. Wie ich Ihnen bereits sagen mußte, können Sie kein anderes Bett haben als den Stuhl, auf dem Sie sitzen, und kein anderes Zimmer als diesen Saal.'

Bei diesen Worten warf der Kleine auf den Wirt, auf den Saal und die beiden Franzosen einen Blick, in dem sich Sorge und Angst in gleicher Weise malten."

„Ich muß hier bemerken," unterbrach sich Herr Hermann, „daß wir den wahren Namen und die Geschichte des Unbekannten niemals erfahren haben. Aus seinen Papieren ging nur hervor, daß er aus Aachen stammte; er nannte sich Walhenfer und besaß in der Gegend von Neuwied eine ziemlich bedeutende Stecknadelfabrik. Wie alle Fabrikanten seiner Gegend trug er einen Überrock aus derbem Tuch, Hose und Weste aus dunkelgrünem Samt, Stiefel und einen breiten Ledergürtel. Sein Gesicht war ganz rund, sein Benehmen freimütig und freundlich; aber an diesem Abend fiel es ihm gar nicht leicht, geheime Befürchtungen oder vielleicht grausame Sorgen nicht laut werden zu lassen. Die Meinung des Wirtes war immer, der deutsche Kaufmann sei auf der Flucht aus seinem Vaterlande gewesen. Später habe ich in Erfahrung gebracht, daß seine Fabrik durch einen der unglücklichen Zufälle, die in Kriegszeiten so häufig sind, abgebrannt war. Trotz seinem sorgenerfüllten Gesichtsausdruck deutete sein Aussehen auf großes Wohlwollen. Er hatte sympathische Züge und einen breiten Hals, dessen Weiße durch ein schwarzes Halstuch vorteilhaft hervorgehoben wurde; Wilhelm machte seinen Freund Prosper scherzend darauf aufmerksam."

Hier trank Herr Taillefer ein Glas Wasser.

„Prosper bot dem Kaufmann höflich an, das Mahl mit ihnen zu teilen, und Walhenfer nahm an, ohne viel Umstände zu machen, wie einer, der sich imstande weiß, eine solche Höflichkeit zu erwidern. Er legte sein Felleisen auf die Erde, stellte die Füße darauf, nahm seinen Hut ab, rückte an den Tisch heran, entledigte sich seiner Handschuhe und zweier Pistolen, die am Gürtel hingen. Der Wirt hatte schnell noch ein Gedeck gebracht, und die drei Tischgenossen begannen schweigend ihren Hunger zu stillen. Die Luft im Saal war so schwül, und es gab so viele Fliegen, daß Prosper den Wirt bat, das Fenster zu öffnen, das auf den Hafen ging, um frische Luft hineinzulassen. Das Fenster war durch eine Eisenstange verbarrikadiert, deren Enden in zwei Löchern ruhten, die in der Fensteröffnung angebracht waren. Zur größeren Sicherheit waren die Fensterläden mit je einer Schraube in die Schraubenmutter eingeschraubt. Zufällig beobachtete Prosper den Griff, mit dem der Wirt das Fenster öffnete."

„Da ich gerade von der Örtlichkeit spreche," sagte Herr Hermann, „so muß ich Ihnen die innere Anlage des Gasthofs schildern, da das Interesse an dieser Geschichte von der genauen Kenntnis des Schauplatzes abhängig ist. Der Saal, in dem die drei Leute sich befanden, hatte zwei Ausgänge. Der eine ging auf die Straße nach Andernach, die den Rhein entlang führt. Dort vor dem Wirtshaus befand sich natürlich ein kleiner Landungsplatz, wo das Boot, das der Kaufmann für seine Reise gemietet hatte, vor Anker gegangen war. Die andere Tür ging auf den Hof des Gasthauses. Dieser Hof war von sehr hohen Mauern umschlossen und zur Zeit ganz von Vieh und Pferden angefüllt, da die Ställe voller Menschen waren.

Das große Haustor war so sorgsam verschlossen, daß der Wirt in der Eile den Kaufmann und die Schiffer durch die Tür des Saales, die auf die Straße ging, eingelassen hatte. Nachdem er, wie Prosper Magnan gebeten, das Fenster geöffnet hatte, machte er sich daran, diese Tür zu schließen, er schob die Riegel vor und schloß die Schrauben.

Das Zimmer des Wirtes, wo die beiden Unterärzte schlafen sollten, grenzte an den für die Gäste bestimmten Raum und war von der Küche, wo die Wirtsleute zu übernachten gedachten, durch eine dünne Wand getrennt. Die Magd war ausgegangen, um auf irgendeiner Krippe, in einem Winkel des Speichers oder sonstwo zu übernachten. Leicht begreiflich, daß der für die Gäste bestimmte Raum, das Zimmer des Wirtes und die

Küche gewissermaßen von den übrigen Räumen getrennt waren. Im Hofe gab es zwei starke Hunde, deren gefährliches Gebell ihre Wachsamkeit verriet.
,Welche Stille und welch' schöne Nacht', sagte Wilhelm und betrachtete den Himmel, als der Wirt die Tür verschlossen hatte.
Das Plätschern der Wellen war der einzige Laut, der vernehmbar war.
,Meine Herren,' wandte sich der Kaufmann an die beiden Franzosen, ,gestatten Sie mir, Ihnen ein paar Flaschen Wein anzubieten, um ihren Rheinsalm zu begießen. Wenn wir trinken, erholen wir uns von diesem mühsamen Tag. An Ihrem Aussehen und am Zustand Ihrer Kleider ersehe ich, daß Sie, ebenso wie ich, heute einen weiten Weg zurückgelegt haben.'
Die beiden Freunde nahmen an, und der Wirt ging durch die Küchentür hinaus, um in den Keller hinabzusteigen, der sich offenbar unter diesem Teil des Gebäudes befand. Als fünf vom Wirt herbeigebrachte Flaschen auf dem Tisch standen, war seine Frau mit der Bedienung der Gäste gerade fertig geworden. Sie warf einen Hausfrauenblick auf den Saal und die Gerichte, und als sie sicher war, daß für alle Bedürfnisse der Reisenden gesorgt sei, zog sie sich in die Küche zurück.
Die vier Tischgenossen, denn der Wirt war noch dazu geladen worden, hörten nicht, daß sie schlafen ging; aber später, während der Gesprächspausen, brachten sehr deutliche Schnarchlaute, die durch die gewölbten Balken des Hängebodens, auf dem sie sich eingenistet hatte, noch sonorer

wurden, die Freunde, und besonders den Wirt, zum Lachen.

Um Mitternacht, als nur noch Gebäck und Käse, Dörrobst und guter Wein auf dem Tisch standen, wurden die Tischgenossen, besonders die jungen Franzosen, mitteilsam. Sie sprachen von ihrem Vaterland, ihren Studien und vom Krieg. Zum Schluß wurde die Unterhaltung sehr lebhaft. Prosper Magnan rührte den auf der Flucht befindlichen Kaufmann bis zu Tränen, als er mit der Freimütigkeit der Pikarden und der Harmlosigkeit eines guten und zärtlichen Jungen sich in Vermutungen darüber erging, was gerade in diesem Augenblick wohl seine Mutter tun würde, in diesem Augenblick, da er sich an den Ufern des Rheinstroms befand.

‚Ich sehe sie,' sagte er, ‚wie sie vor dem Schlafengehen ihr Abendgebet liest. Sie vergißt mich gewiß nicht und fragt sich: Wo mag mein armer Prosper jetzt sein? Hat sie aber beim Spiel einer Nachbarin, deiner Mutter vielleicht' – dabei stieß er Wilhelm mit dem Ellbogen an – ‚einige Sous abgewonnen, so wird sie sie in den großen Tontopf tun, wo sie die Summe spart, mit der sie die dreißig Morgen Land, die in ihren kleinen Grundbesitz in Lescheville hineingemengt sind, aufkaufen will. Diese dreißig Morgen sind etwa sechzigtausend Franken wert. Welch prachtvolle Wiesen! Wenn ich sie eines Tages besäße, so würde ich ohne Ehrgeiz mein ganzes Leben in Lescheville verbringen. Wie oft hat sich mein Vater diese dreißig Morgen und den hübschen Wasserlauf, der sich durch die Wiesen schlängelt, gewünscht. Und er ist gestorben, ohne sie kaufen zu können. Dort hab' ich so oft gespielt . . . Herr Walhenfer, haben Sie nicht auch so eine Sehnsucht?' fragte Prosper. ‚O doch, aber jetzt ist alles so gekommen und jetzt . . .' Er schwieg, ohne seinen Satz zu vollenden. ‚Ich', sagte der Wirt, dessen Gesicht eine etwas rötliche Färbung angenommen hatte, ‚habe im letzten Jahr einen Weinberg gekauft, den ich mir seit zehn Jahren gewünscht hatte.' So plauderten sie wie Leute, deren Zunge der Wein gelöst hatte, und sie empfanden für einander diese vorübergehende Freundschaft, mit der wir auf der Reise so freigebig sind, und so geschah es, daß, als man sich schlafen legen wollte, Wilhelm dem Kaufmann sein Bett anbot. ‚Sie können das um so eher annehmen,' sagte er, ‚da ich ja bei Prosper schlafen kann. Das wird nicht das erste und sicher nicht das letzte Mal sein. Sie sind unser Senior, wir müssen das Alter ehren.' ‚Das Bett meiner Frau', sagte der Wirt, ‚hat mehrere Matratzen; davon können Sie eine auf den Boden legen.'

Und er schloß das Fenster und machte dabei den Lärm, den eine solche Tätigkeit mit sich brachte. ‚Ich nehme an', sagte der Kaufmann. ‚Ich gestehe,' fügte er mit leiser Stimme und einem Blick auf die beiden Freunde hinzu, ‚daß mir dieser Vorschlag sehr nach Wunsch ist. Meine Schiffer sind mir verdächtig. Es ist mir sehr lieb, diese Nacht in Gesellschaft zweier tapferer und wackerer jungen Leute, französischer Soldaten, zuzubringen. Ich habe hunderttausend Franken in Gold und Diamanten in meinem Felleisen.'

Die Zurückhaltung, mit der diese unvorsichtige Vertraulichkeit von den beiden jungen Leuten

entgegengenommen wurde, beruhigte den guten Deutschen. Der Wirt half seinen Gästen, eins der Betten umzubauen. Dann, als alles aufs beste geordnet war, wünschte er ihnen gute Nacht und ging auch schlafen.
Der Kaufmann und die beiden Unterärzte scherzten über ihre komischen Kopfkissen. Prosper legte sein und Wilhelms chirurgisches Besteck unter seine Matratze, um sie auf diese Weise zu erhöhen und das Kopfkissen zu ersetzen, das ihm fehlte. In diesem Augenblick bemerkte er, daß Walhenfer überängstlich sein Felleisen unter sein Kopfkissen schob. ‚Wir schlafen beide auf unserem Vermögen: Sie auf Ihrem Gold; ich auf meinem Chirurgenbesteck! Bleibt nur zu wissen, ob meine Instrumente mir so viel einbringen wie das Gold, das Sie sich erworben haben.' ‚Hoffen Sie es immerhin,' meinte der Kaufmann, ‚Arbeit und Rechtschaffenheit erreichen alles; haben Sie nur Geduld.'
Walhenfer und Wilhelm schliefen bald ein. Prosper blieb wach, vielleicht weil sein Bett zu hart war, vielleicht weil er übermüdet oder seelisch allzusehr erregt war. Unwillkürlich kam er auf böse Gedanken. Immer mußte er an die hunderttausend Franken denken, auf denen der Kaufmann schlief.
Für ihn waren hunderttausend Franken ein ungeheueres Vermögen. Er begann, sie auf tausend verschiedene Arten zu verwenden, er baute Luftschlösser, wie wir es alle mit so großem Behagen in der Stunde vor dem Einschlafen tun, wenn unser Hirn die seltsamsten Dinge ausbrütet und im Schweigen der Nacht der Gedanke oft eine

magische Macht bekommt. Er erfüllte die Wünsche seiner Mutter, er kaufte die dreißig Morgen Wiesenland, er heiratete ein Fräulein aus Beauvais, auf das das Mißverhältnis der beiderseitigen Vermögen ihn vorläufig zu verzichten zwang. Mit dieser Summe schuf er sich ein herrliches Leben, er sah sich glücklich, als Familienvater, reich, geachtet in seiner Heimatprovinz, vielleicht wurde er gar Maire von Beauvais. Sein pikardischer Schädel glühte, er suchte nach Mitteln, seine Hirngespinste in Wirklichkeit zu verwandeln. Mit heftiger Leidenschaft ersann er in der Theorie ein Verbrechen.

Er träumte vom Tod des Kaufmanns, er sah ganz deutlich das Gold und die Diamanten. Seine Augen waren geblendet. Sein Herz zitterte. Diese Überlegung war ja zweifellos schon ein Verbrechen. Fasziniert von so viel Gold sprach er sich Mut zu mit Gründen, die Mördern in solchen Fällen zu Gebote stehen. Er fragte sich, ob das Leben dieses armen Deutschen wohl wirklich eine Notwendigkeit sei, und nahm an, er hätte niemals existiert. Kurz, er beschloß das Verbrechen, aber so, daß er straflos dabei blieb. Das andere Rheinufer war von den Österreichern besetzt; unter dem Fenster waren Schiffer und ein Boot; er konnte dem Manne den Hals abschneiden, ihn in den Rhein werfen, sich mit dem Felleisen durch das Fenster flüchten, den Schiffern Gold anbieten und das von den Österreichern besetzte Ufer erreichen. Er stellte schon in Rechnung, daß er bei Handhabung seiner Instrumente eine solche Geschicklichkeit erworben hatte, daß er sein Opfer köpfen konnte, ohne daß es einen einzigen Schrei ausstieß.“

Hier trocknete sich Herr Taillefer die Stirn und trank wieder ein wenig Wasser.
„Prosper erhob sich langsam ohne Geräusch zu machen. Sicher, niemanden geweckt zu haben, zog er sich an und begab sich in die Wirtsstube; dann schraubte er mit der verhängnisvollen Klugheit, mit der Umsicht und Willenskraft, die der Mensch plötzlich in sich entdeckt, und die den gefangenen Verbrechern bei Ausführung ihrer Pläne eignet, die Eisenstangen los, und ohne das leiseste Geräusch nahm er sie aus ihren Löchern heraus, er lehnte sie an die Wand und öffnete die Fensterläden, mit seinem ganzen Gewicht drückte er auf die Angeln, um ihr Knirschen nicht laut werden zu lassen. Der Mond, dessen bleiches, klares Licht über dieser Szene lag, ließ ihn die Gegenstände im Zimmer, wo Wilhelm und Walhenfer schliefen, undeutlich erkennen. Dort machte er einen Augenblick Halt, wie er mir selbst erzählt hat. Das Zukken seines Herzens war so heftig, stark und laut, daß es ihn ganz verstörte. Er fürchtete daher, nicht kaltblütig handeln zu können; seine Hände zitterten, und es kam ihm vor, als ob seine Fußsohlen auf glühenden Kohlen stünden. Aber die Ausführung seiner Absicht war von so glücklichen Umständen begleitet, daß er in dieser Gunst des Schicksals so etwas wie Vorbestimmung erblickte. Er öffnete das Fenster, kehrte ins Zimmer zurück und nahm sein Chirurgenbesteck und suchte das zur Ausführung seines Verbrechens am meisten geeignete Instrument heraus. ‚Als ich vor dem Bett war', erzählte er mir später, ‚empfahl ich mich mechanisch Gottes Gnade.'
Als er gerade den Arm mit voller Kraft erhob,

klang es in ihm wie eine innere Stimme. Er glaubte einen Lichtstrahl zu bemerken. Er warf das Instrument auf sein Bett, floh ins andere Zimmer und stellte sich ans Fenster. Dort empfand er tiefes Entsetzen vor sich selbst; da er fühlte, daß sein Wille zur Tugend schwach war, und da er fürchtete, wieder dem Wahn, dessen Opfer er war, zu unterliegen, stürzte er schnell auf die Straße und ging am Rhein entlang auf und ab und spielte so gewissermaßen Schildwache vor dem Wirtshaus. Oft kam er bei seiner eiligen Wanderung nach Andernach, oft führten ihn seine Schritte an den Abhang, an dem er zum Wirtshaus heruntergestiegen war. Aber das Schweigen der Nacht war so tief, und er vertraute so sehr auf die Wachhunde, daß er manchmal das Fenster, das er offen gelassen hatte, aus den Augen verlor. Er wollte sich ermüden und schläfrig werden.

Wie er so unter dem wolkenlosen Himmel dahinwanderte und die schönen Sterne bewunderte, versank er bei der reinen Nachtluft und dem melancholischen Plätschern der Wellen in eine Träumerei, die ihn allmählich wieder zu gesunden Gedanken zurückführte. Die Vernunft kam wieder und der Wahn des Augenblicks verflog. Seine Erziehung, die Vorschriften der Religion, und vor allem, so sagte er mir, die Bilder des bescheidenen Lebens, das er bis dahin im Elternhaus geführt, triumphierten über die bösen Gedanken.

Als er nach einer langen Betrachtung, in die er sich am Ufer des Rheins, auf einen großen Stein gekauert, beseeligt verloren, zurückkehrte, hätte er, wie er mir erzählte, neben einer Milliarde Gold nicht nur schlafen, sondern auch wachen können.

In dem Augenblick, da seine Rechtschaffenheit sich stark und stolz aus diesem Kampfe erhob, kniete er glückselig und begeistert nieder und dankte Gott; er fühlte sich glücklich, leicht und zufrieden wie am Tag seiner ersten Kommunion, da er sich der Engel würdig wähnte, weil er den Tag verbracht hatte, ohne in Worten, Taten oder Gedanken zu sündigen.

Er ging zum Wirtshaus zurück, schloß das Fenster, ohne darauf zu achten, ob ein Geräusch dabei entstehe und legte sich sofort schlafen. Seine körperliche und seelische Ermattung überlieferte ihn widerstandslos dem Schlaf. Kurz nachdem er sich hingelegt, fiel er in die erste, traumerfüllte Schlaftrunkenheit, die dem tiefen Schlummer vorangeht. Die Sinne erschlaffen und das Leben scheint aufzuhören; die Gedanken sind unvollständig, und die letzten Zuckungen unserer Sinne werden zu Träumereien. ‚Wie schwül es ist', dachte Prosper. ‚Mir ist, als ob ich feuchten Dampf atmete.'

Er erklärte sich diese Wirkung der Atmosphäre durch den Unterschied, der zwischen der Temperatur des Zimmers und der frischen Luft bestehen mußte. Bald hörte er ein regelmäßiges Geräusch, es war, als ob Wassertropfen aus einem Brunnenhahn fielen. Panischer Schrecken ergriff ihn, er wollte aufstehen, den Wirt rufen, den Kaufmann oder Wilhelm wecken; da erinnerte er sich unglücklicherweise der Standuhr, und er hielt das Geräusch für den Pendelschlag, in dieser wirren, undeutlichen Vorstellung schlief er ein."

„Wünschen Sie etwas Wasser, Herr Taillefer?"

sagte der Hausherr, wie er sah, daß der Bankier mechanisch die Karaffe nahm.

Sie war leer.

Nach einer kurzen Pause, während derer der Bankier Gegenstand der allgemeinen Aufmerksamkeit war, fuhr Herr Hermann in seiner Erzählung fort.

„Am nächsten Morgen," sagte er, „wurde Prosper Magnan durch einen großen Lärm geweckt. Er glaubte durchdringende Schreie vernommen zu haben, und er empfand die heftige Nervenerschütterung, die uns befällt, wenn wir noch beim Erwachen eine peinliche Empfindung, die schon im Schlaf begonnen hat, weiter spüren. Es vollzieht sich dann ein physiologischer Vorgang, ein „Ruck", um mich eines volkstümlichen Ausdrucks zu bedienen, es ist ein Vorgang, der noch nicht genügend aufgeklärt ist, obwohl er merkwürdige Erscheinungen für die Wissenschaft enthält. Diese furchtbare Angst, die vielleicht von einer zu plötzlichen Vereinigung unserer beiden fast immer getrennten Naturen während des Schlafes hervorgerufen ist, dauert gewöhnlich nicht lange. Bei dem armen Unterarzt aber währte sie lange, steigerte sich sogar und erregte ihm den gräßlichsten Schauder, als er ein Blutmeer zwischen seiner Matratze und dem Bette Walhenfers entdeckte. Der Kopf des armen Deutschen lag auf dem Boden, der Körper war noch im Bett. Alles Blut war aus dem Halse geströmt.

Als Prosper Magnan die noch offenen und starren Augen erblickte und das Blut, das seine Tücher und selbst seine Hände befleckte, und als er sein chirurgisches Instrument auf dem Bett wieder erkannte, sank er in Ohnmacht und fiel in Walhenfers Blut. ‚Das war schon', sagte er mir, ‚eine Strafe für meine Gedanken.'

Als er das Bewußtsein wiedererlangte, befand er sich in der Gaststube. Er saß auf einem Stuhl, inmitten von französischen Soldaten und einer neugierig gaffenden Menge. Stumpfen Blickes sah er, wie ein republikanischer Offizier die Zeugenaussagen aufnahm und das Protokoll fertigstellte. Er erkannte den Wirt, die Frau des Wirts, die beiden Schiffer und die Magd. Das chirurgische Instrument, dessen sich der Mörder bedient hatte ..."

Hier hustete Herr Taillefer, zog sein Taschentuch aus der Tasche, schnaubte sich und trocknete sich die Stirn. Diese so natürlichen Bewegungen wurden nur von mir beobachtet; alle Tischgenossen schauten auf Herrn Hermann und hingen mit Begierde an seinen Lippen. Der Armeelieferant stützte den Ellenbogen auf den Tisch, legte den Kopf in die rechte Hand und blickte Hermann fest an. Von da an ließ er sich kein Zeichen von Erregung oder Interesse mehr entschlüpfen; aber sein Aussehen blieb gedankenvoll und schrecklich wie in dem Augenblick, da er mit dem Stöpsel der Karaffe gespielt.

„Das chirurgische Instrument, dessen sich der Mörder bedient hatte, befand sich auf dem Tisch ebenso das Felleisen, das Portefeuille und die Papiere Prospers. Der Anwesenden Blicke richteten sich abwechselnd auf diese Beweisstücke und den jungen Mann, der wie tot schien und dessen erloschene Augen nichts sahen. Der wirre Lärm von draußen stammte von der Menge, die

durch die Kunde von dem Verbrechen und vielleicht auch durch den Wunsch, den Mörder zu sehen, angelockt war. Der Schritt der unter den Fenstern der Wirtsstube aufgestellten Schildwachen und das Klirren ihrer Waffen beherrschten das Gemurmel der Menge; aber das Wirtshaus war geschlossen und der Hof war leer und still.
Prosper Magnan war unfähig den Blick des ihn verhörenden Offiziers zu ertragen. Er fühlte, wie jemand seine Hand ergriff, und er hob die Augen, um zu sehen, wer wohl unter dieser feindlichen Menge sein Beschützer sei. An der Uniform erkannte er den Oberarzt der Halbbrigade, die in Andernach lag. Der Blick dieses Mannes war so durchdringend und streng, daß der arme junge Mann erschauerte und den Kopf auf die Stuhllehne sinken ließ. Ein Soldat ließ ihn Essig atmen, und alsbald erlangte er sein Bewußtsein wieder. Seine verstörten Augen waren jedoch so sehr ohne Teilnahme und Leben, daß der Wundarzt, nachdem er Prospers Puls befühlt, zu dem Offizier sagte: ‚Herr Hauptmann, es ist unmöglich, den Menschen jetzt zu verhören.' – ‚Schön,' unterbrach der Hauptmann den Wundarzt, ‚führt ihn also ab,' und er wandte sich an einen Unteroffizier, der hinter dem Wundarzt stand.
‚Verdammter Feigling', raunte ihm der Soldat zu. ‚Versuche wenigstens vor diesen deutschen Kötern stramm aufzutreten, um die Ehre der Republik zu retten.'
Dieser Zuruf weckte Prosper Magnan, der aufstand und einige Schritte machte; als aber die Tür geöffnet wurde und er den Windhauch

spürte und die Menge eindringen sah, verließen ihn die Kräfte, seine Knie zitterten, er schwankte. ‚Dieser verdammte Arztlehrling verdient zweimal den Tod. Vorwärts marsch!' sagten die beiden Soldaten, die ihn unter den Arm nahmen, um ihn zu halten. ‚Oh, der Feigling, seht den Feigling ... Da ist er, da.'
Es war ihm, als spräche eine einzige Stimme diese Worte, die tumultuarische Stimme der Masse, die ihn mit Verwünschungen begleitete und sich bei jedem Schritt vergrößerte. Während dieser Überführung vom Wirtshaus zum Gefängnis, während die Volksmenge und die Soldaten lärmten und der Gefangene den Himmel sah und die Stadt Andernach und den Rheinstrom, berührten alle diese Eindrücke seine Seele nur matt und verworren, wie alles, was er seit seinem Erwachen empfunden hatte. Es gab Augenblicke, so erzählte er mir, da er glaubte, nicht mehr zu leben."
„Ich war damals im Gefängnis", unterbrach sich Herr Hermann. „Begeistert wie man mit zwanzig Jahren ist, hatte ich mein Vaterland verteidigen wollen und kommandierte eine Freischar, die ich in der Umgegend von Andernach organisiert hatte. Einige Tage vorher war ich in der Nacht einer französischen Abteilung, die aus achthundert Mann bestand, in die Hände gefallen. Wir waren insgesamt nur zweihundert Mann. Meine Spione hatten mich verkauft. Ich wurde in Andernach ins Gefängnis geworfen. Ich sollte erschossen werden, an mir sollte zur Einschüchterung des Landes ein Exempel statuiert werden. Die Franzosen wollten Repressalien ausüben, aber der Mord, den sie an mir rächen wollten, war nicht

im Kurfürstentum begangen worden. Mein Vater hatte einen Aufschub von drei Tagen erlangt, um beim General Augereau meine Begnadigung nachzusuchen, der sie ihm gewährte.
Ich sah also Prosper Magnan in dem Augenblick, als er das Gefängnis von Andernach betrat, und er flößte mir das tiefste Mitleid ein. Obgleich er bleich und mitgenommen aussah und blutbesudelt war, hatte sein Gesichtsausdruck doch etwas Reines und Unschuldiges, das mich tief berührte. Auf mich wirkte er mit seinen langen blonden Haaren und seinen blauen Augen wie ein Deutscher. Als Abbild meines ohnmächtigen Vaterlandes erschien er mir: als Opfer, nicht aber als Mörder. Als er unter meinem Fenster vorüberging, warf er einen lächelnden Blick, der doch voller Schwermut und Bitterkeit war, ins Ungewisse, wie ein Irrer, der einen flüchtigen, lichten Moment hat. Dies Lächeln war sicher nicht das eines Mörders. Als ich den Kerkermeister sah, fragte ich ihn über seinen neuen Gefangenen aus. ‚Seit er in seiner Zelle ist, hat er noch nicht gesprochen. Er hat sich hingesetzt, den Kopf zwischen die Hände gelegt, er schläft oder grübelt über seine Sache nach. Wie die Franzosen sagen, wird morgen früh mit ihm abgerechnet, binnen vierundzwanzig Stunden wird er erschossen.'
Abends, während der kurzen Zeit, die man mir zu einem Spaziergang im Gefängnishof eingeräumt hatte, ging ich ans Fenster des Gefangenen. Wir plauderten miteinander, und er erzählte mir freimütig sein Abenteuer und beantwortete richtig meine verschiedenen Fragen. Nach dieser kurzen Unterhaltung zweifelte ich nicht mehr an

seiner Unschuld. Ich erbat und erlangte die Vergünstigung, einige Stunden bei ihm zu bleiben. Ich sah ihn also noch öfter und der arme Junge weihte mich ohne Vorbehalt in alle seine Gedanken ein. Er hielt sich gleichzeitig für schuldig und unschuldig. Wenn er der gräßlichen Versuchung gedachte, der zu widerstehen er die Kraft gehabt hatte, fürchtete er, im Schlaf oder in einem Anfall von Somnambulismus, das Verbrechen, von dem er als Wacher geträumt, begangen zu haben.

‚Aber Ihr Kamerad?' fragte ich ihn. ‚Oh,' rief er feurig, ‚Wilhelm ist nicht imstande...'

Er sprach nicht zu Ende. Bei diesen Worten, aus denen Jugend und Tugend sprachen, drückte ich ihm die Hand.

‚Bei seinem Erwachen', fuhr er fort, ‚war er sicher entsetzt, er wird den Kopf verloren und sich in Sicherheit gebracht haben.'

‚Ohne Sie zu wecken', sagte ich. ‚Aber dann wäre Ihre Verteidigung ja leicht, da Walhenfers Felleisen ja nicht ausgeraubt sein müßte.'

Plötzlich brach er in Tränen aus.

‚Ja, ja, ich bin unschuldig', rief er. ‚Ich habe nicht getötet. Ich erinnere mich noch meiner Träume. Ich spielte Fangen mit meinen Kameraden. Ich kann dem Kaufmann doch nicht den Kopf abgeschnitten haben, während ich träumte, daß ich lief.'

Trotzdem ein Hoffnungslicht ihn manchmal etwas beruhigte, fühlte er sich doch immer von Gewissensbissen zerrissen. Er hatte ja wirklich den Arm erhoben, um dem Kaufmann den Kopf abzuschneiden. Er hielt Gerichtstag über sich und fand sein Herz nicht mehr rein, nachdem er das Verbrechen in Gedanken begangen hatte. ‚Aber ich bin doch ein guter Mensch,' rief er. ‚Oh, meine arme Mutter. Vielleicht sitzt sie jetzt gerade heiter mit ihren Nachbarinnen in ihrer kleinen guten Stube beim Spielchen. Wenn sie wüßte, daß ich auch nur die Hand erhoben, um einen Menschen umzubringen ... oh, sie würde sterben. Und ich bin im Gefängnis, unter Anklage eines Verbrechens. Wenn ich den Kaufmann nicht getötet habe, so bringe ich doch sicher meine Mutter unter die Erde.'

Bei diesen Worten weinte er nicht mehr; aber von der plötzlichen Raserei gepackt, die bei Pikarden häufig vorkommt, warf er sich an die Mauer, und er hätte sich den Kopf zerschmettert, wenn ich ihn nicht zurückgehalten hätte.

‚Warten Sie Ihr Urteil ab', sagte ich. ‚Sie werden freigesprochen. ‚Sie sind ja unschuldig. Und Ihre Mutter ...' ‚Meine Mutter,' rief er wild, ‚sie wird doch von der Anklage gegen mich erfahren. In Kleinstädten ist das immer so. Und die arme Frau wird vor Kummer sterben. Ich bin übrigens nicht unschuldig. Wollen Sie die ganze Wahrheit wissen? Ich fühle, daß ich meines Gewissens Unschuld verloren habe.'

Nach diesem schrecklichen Wort setzte er sich hin, kreuzte die Arme über der Brust, senkte den Kopf und blickte finster zu Boden. In diesem Augenblick kam der Schließer und ersuchte mich, mich in meine Zelle zurückzuverfügen. Ich war betrübt, meinen Genossen in einem Augenblick tiefster Mutlosigkeit verlassen zu müssen, und ich schloß ihn freundschaftlich in meine Arme.

‚Haben Sie Geduld,‘ sagte ich zu ihm, ‚vielleicht wird alles gut gehen. Wenn das Wort eines ehrenhaften Mannes Ihre Zweifel zum Schweigen bringen kann, so empfangen Sie die Versicherung, daß ich Sie achte und Sie liebe. Nehmen Sie meine Freundschaft an und suchen Sie Ruhe an meinem Herzen, wenn Sie in Ihrem keinen Frieden finden.‘

Am andern Morgen wurde er von einem Unteroffizier und vier Füsilieren abgeholt. Als ich den Lärm hörte, den die Soldaten verursachten, stellte ich mich ans Fenster. Als der junge Mann über den Hof ging, sah er mich an. Niemals werde ich diesen Blick vergessen, diesen gedankenschweren Blick, der voller Vorahnung und Resignation und gewissermaßen voller trauriger Anmut und Melancholie war. Es war ein schweigendes und doch beseeltes Testament, mit dem ein Freund sein verlorenes Leben seinem letzten Freunde vermachte.

Die Nacht war zweifellos sehr hart, sehr einsam für ihn gewesen; aber vielleicht war die Blässe, die sich auf seinem Antlitz ausprägte, der Beweis für einen Stoizismus, den er aus einer neuen Selbstachtung schöpfte. Vielleicht fühlte er sich durch seine Gewissensqualen gereinigt und er glaubte seine Verfehlung durch Leid und Scham hinweggespült. Er ging mit festem Schritt, und er hatte die Blutflecken ausgetilgt, mit denen er sich unfreiwillig beschmutzt hatte. ‚Meine Hände sind wohl hineingetaucht, während ich schlief, denn mein Schlaf ist immer sehr unruhig‘, hatte er mir am Abend vorher in gräßlicher Verzweiflung gesagt.

Ich erfuhr, daß er vor einem Kriegsgericht erscheinen sollte. Die Division sollte am übernächsten Tage den Vormarsch antreten und der Kommandant der Halbbrigade wollte Andernach nicht verlassen, ohne das Verbrechen am Tatort selbst abzuurteilen. Während der Dauer der Verhandlung war ich in tödlicher Angst. Endlich, um die Mittagszeit wurde Prosper Magnan ins Gefängnis zurückgebracht. Ich machte eben meinen gewohnten Spaziergang; er bemerkte mich und stürzte sich in meine Arme.

‚Verloren,' sagte er zu mir; ‚ich bin verloren, hoffnungslos. Hier hält mich jeder für einen Mörder.'

Stolz hob er den Kopf.

‚Diese Ungerechtigkeit hat mich vollkommen meiner Unschuld zurückgegeben. Mein Leben wäre voller Verwirrung gewesen, mein Tod wird ohne Makel sein. Aber gibt es ein Fortleben nach dem Tode?'

In dieser plötzlichen Frage lag das ganze achtzehnte Jahrhundert. Er blieb nachdenklich.

‚Was haben Sie denn geantwortet? Was hat man Sie gefragt? Haben Sie nicht, wie mir gegenüber den Hergang ganz offen erzählt?'

Er sah mich einen Augenblick starr an, dann, nach einer furchtbaren Pause, erwiderte er mit fieberhafter Lebhaftigkeit: ‚Zuerst hat man mich gefragt: ‚Haben Sie den Gasthof nachts verlassen?' Das habe ich bejaht. ‚Auf welchem Wege?' ‚Durch das Fenster,' antwortete ich errötend. ‚Sie hatten es also geöffnet.' Ich bejahte auch das. ‚Das müssen Sie sehr vorsichtig gemacht haben. Der Wirt hat nichts gehört.' Ich war verdutzt. Die Schiffer bekundeten, sie hätten mich auf und ab wandern sehen, bald nach Andernach, bald nach dem Walde zu. Ich hätte, sagten sie, den Weg ein paarmal gemacht. Das Gold und die Diamanten hätte ich vergraben. Das Felleisen ist nicht wieder aufgefunden worden. In meinem Gewissen tobte die ganze Zeit ein Kampf. Wenn ich sprechen wollte, rief mir eine unerbittliche Stimme zu: ‚Du hast das Verbrechen begehen wollen.' Alles war gegen mich, sogar ich selbst. Ich wurde über meinen Kameraden ausgefragt, und ich habe ihn nach Kräften verteidigt. Darauf erklärte man mir: ‚Nur Sie, Ihr Kamerad, der Wirt und seine Frau können die Schuldigen sein. Heute morgen fand man alle Türen und Fenster geschlossen.' ‚Bei dieser Bemerkung', fuhr er fort, ‚versagte mir die Stimme; mit meiner seelischen Kraft war es zu Ende. Meines Freundes war ich sicherer als meiner selbst, ich konnte ihn nicht beschuldigen. Ich begriff, daß wir beide als gemeinsame Täter galten, und daß ich als der Gefährlichere erschien. Ich wollte die Mordtat als im Somnambulismus begangen erklären und meinen Freund rechtfertigen; ich redete wirres Zeug. Ich bin verloren. Ich las meine Verurteilung in den Augen der Richter, die mir mit ungläubigem Lächeln zuhörten. Die Ungewißheit ist aus. Morgen werde ich erschossen. Ich denke nicht mehr an mich, nur noch an meine arme Mutter.'

Er hielt inne, sah zum Himmel empor und vergoß keine Träne mehr. Seine Augen waren trocken und krampfhaft verdreht. ‚Friedrich ...'

„Ja, der andere hieß Friedrich, ganz richtig,

Friedrich. Ja, so hieß er", rief Hermann triumphierend.
Meine Nachbarin stieß mich mit dem Fuß an und machte mir, auf Herrn Taillefer deutend, ein Zeichen.
Der ehemalige Armeelieferant hatte die Hand lässig auf seine Augen gelegt, zwischen seinen Fingern glaubten wir zu sehen, daß sein Blick wie eine düstere Flamme brannte.
„Wenn er nun Friedrich hieße?" flüsterte sie mir zu.
Ich gab ihr mit dem Auge ein Zeichen, das bedeuten sollte: „Still."
Hermann fuhr folgendermaßen fort:
‚Friedrich,' rief der Unterarzt, ‚Friedrich hat mich feige verlassen. Er hat wohl Angst gehabt. Vielleicht hat er sich im Gasthof verborgen, denn am Morgen standen unsere beiden Pferde noch im Hof. – Welch unbegreifliches Geheimnis,' fügte er nach einem Augenblick des Schweigens hinzu. ‚Der Somnambulismus, der Somnambulismus! Ich habe in meinem ganzen Leben nur einen Anfall gehabt, und dazu noch in meinem sechsten Lebensjahr. Soll ich sterben,' und er stampfte dabei mit dem Fuß auf den Boden, ‚und all meinen Glauben an Freundschaft verlieren? Ich muß doppelten Tod erleiden, wenn ich an einer Freundschaft zweifeln muß, die begann, als ich fünf Jahre alt war, und die sich auf der Schule und während der Studienzeit fortsetzte. Wo ist Friedrich?'
Er weinte. Ein Gefühl ist uns also kostbarer als das Leben.
‚Gehen wir ins Gefängnis zurück', sagte er zu

mir. ,Ich bin lieber in meiner Zelle. Ich möchte nicht, daß man mich weinen sieht. Ich werde mutig in den Tod gehen, aber ich kann nicht zur Unzeit heroisch sein, ich gestehe, daß mein junges, schönes Leben mich dauert. Ich habe die letzte Nacht nicht geschlafen, an meine Kindheit hab' ich denken müssen, ich hab' mich durch die Wiesen laufen sehen, die vielleicht meinen Untergang verschulden. Ich hatte eine Zukunft. Was ist jetzt meine Zukunft? Zwölf Mann, ein Leutnant, der kommandiert: ,Gewehr auf, legt an, Feuer!' Ein Trommelwirbel. Schluß. Oh, es muß einen Gott geben, sonst wäre all das doch zu sinnlos.'

Dann ergriff er mich und preßte mich mit aller Kraft an sich.

,Sie sind der letzte Mensch, dem ich mein Herz ausschütten kann. Sie werden wieder frei werden. Sie werden Ihre Mutter wiedersehen. Ich weiß nicht, ob Sie arm oder reich sind, ganz gleich. Für mich sind Sie die ganze Welt. Der Krieg wird nicht ewig dauern. Gehen Sie nach Beauvais, wenn wieder Friede ist. Wenn meine Mutter die Trauerkunde von meinem Tode überlebt, so suchen Sie sie auf. Sagen Sie ihr die tröstenden Worte: ,Er war unschuldig.' Sie wird Ihnen glauben. Ich will ihr schreiben. Sie aber werden ihr meinen letzten Blick überbringen, Sie werden ihr sagen, daß Sie der letzte Mensch sind, den ich umarmt habe. Wie wird sie Sie lieben, die arme Frau. Sie, der Sie mein letzter Freund gewesen sind... Hier,' sagte er nach einem Augenblick des Schweigens, da seiner Erinnerungen Last ihn zu überwältigen schien, ,hier sind Vorgesetzte und Soldaten mir unbekannt, und ich flöße ihnen allen Schauder ein. Ohne Sie wäre meine Unschuld ein Geheimnis zwischen dem Himmel und mir.'

Ich schwor ihm zu, seinen letzten Willen als heiliges Vermächtnis zu erfüllen. Meine Worte, meine Herzlichkeit rührten ihn. Kurz danach holten ihn die Soldaten wieder ab und führten ihn wieder vors Kriegsgericht. Er war verurteilt.

Ich weiß nicht, welche Formalitäten es gab, ich weiß nicht, ob der junge Chirurg sein Leben nach allen Regeln verteidigte; aber er war darauf vorbereitet, am nächsten Morgen in den Tod zu gehen, und er verbrachte die Nacht damit, seiner Mutter zu schreiben.

‚Wir werden beide frei sein', sagte er lächelnd, als ich ihn am anderen Morgen besuchte. ‚Ich habe gehört, daß der General Ihre Begnadigung unterzeichnet hat.'

Ich blieb schweigsam und betrachtete ihn, um mir seine Züge gut einzuprägen. Er machte eine verdrossene Miene und sagte:

‚Ich bin doch ein trauriger Feigling. Ich habe die ganze Nacht diese Mauern um Erbarmen angefleht.' Und er wies auf die Wände seiner Zelle.

‚Ja, ja,' fuhr er fort, ‚ich habe vor Verzweiflung geheult, ich habe mich empört, ich habe die fürchterlichste Todesangst ausgestanden ... Ich war allein. Jetzt denke ich daran, was die andern sagen werden. Der Mut ist eine Maske. Ich muß mit gebührendem Anstand in den Tod gehen ...'

☆

„OH, ERZÄHLEN SIE NICHT ZU ENDE," UNTERbrach das junge Mädchen, das diese Geschichte verlangt hatte, den Nürnberger. „Ich will in Ungewißheit bleiben und glauben, daß er gerettet worden ist. Wenn ich heute hörte, er wäre erschossen worden, so könnte ich diese Nacht nicht schlafen. Erzählen Sie mir morgen den Schluß."

Wir standen vom Tisch auf. Meine Nachbarin nahm Herrn Hermanns Arm und sagte: „Nicht wahr, er ist erschossen worden?"

„Ja, ich war Zeuge der Urteilsvollstreckung."

„Wie, mein Herr, Sie konnten es über sich bringen ..."

„Er hatte es so gewünscht, gnädiges Fräulein. Es ist entsetzlich, dem Leichenzug eines lebendigen Menschen zu folgen, eines Menschen, den man liebt, eines Schuldlosen! Der arme junge Mann wandte keinen Blick von mir. Er schien nur noch in mir zu leben. Er wollte, ich solle seiner Mutter seinen letzten Seufzer überbringen."

„Haben Sie seine Mutter gesehen?"

„Nach dem Frieden von Amiens ging ich nach Frankreich, um seiner Mutter das schöne Wort: ‚Er war unschuldig' zu überbringen. Ich hatte diese Pilgerfahrt mit frommen Gefühlen unternommen. Aber Frau Magnan war inzwischen an der Auszehrung gestorben. Nicht ohne tiefe Rührung habe ich den Brief verbrannt, dessen Überbringer ich sein sollte. Sie machen sich vielleicht über meinen deutschen Gefühlsüberschwang lustig, ich aber erblickte hier ein Drama voll tiefer Melancholie in diesem ewigen Geheimnis, das dies

Lebewohl zwischen zwei Gräbern verhüllen sollte, von dem die ganze Menschheit nichts wußte."
„Und wenn man Sie einem der hier im Salon Versammelten gegenüberstellte und Ihnen sagte: ‚Da ist der Mörder', wäre das nicht auch ein Drama?" unterbrach ich ihn. „Und was täten Sie dann?"
Herr Hermann nahm seinen Hut und ging.
„Sie handeln wie ein unbesonnener, junger Mann", sagte meine Nachbarin zu mir. „Sehen Sie Taillefer. Er sitzt im Lehnstuhl am Kamin, Fräulein Fanny bietet ihm eine Tasse Kaffee an. Er lächelt. Könnte ein Mörder, den die Wiedergabe des Vorfalls doch auf die Folter spannen müßte, so ruhig dasitzen? Sieht er nicht wahrhaftig aus wie ein Patriarch?"
„Ja, aber fragen Sie ihn doch, ob er den Krieg in Deutschland mitgemacht hat?" rief ich.
„Warum nicht?"
Und mit der Kühnheit, die Frauen selten fehlt, wenn ein Abenteuer sie lockt oder ihr Sinn von Neugierde beherrscht ist, näherte sich meine Nachbarin dem Armeelieferanten.
„Sind Sie einmal in Deutschland gewesen?"
Taillefer ließ seine Untertasse fallen.
„Ich, gnädiges Fräulein? Nein. Niemals."
„Was sagst du da, Taillefer?" warf der Bankier ein, „warst du nicht beim Feldzug von Wagram beim Train?"
„Richtig," antwortete Herr Taillefer, „damals bin ich dabei gewesen."
„Sie irren sich, er ist ein Biedermann", sagte meine Nachbarin zu mir zurückkehrend.
„Nun gut," rief ich aus, „bevor der Abend zu

Ende ist, werde ich den Mörder aus dem Kote jagen, in dem er sich versteckt."
Alle Tage spielen sich im Leben Vorgänge von erstaunlicher Tiefe ab, die aber so einfach scheinen, daß wir sie gar nicht bemerken.
Wenn sich in einem Salon zwei Menschen begegnen, von denen der eine das Recht hat, den anderen zu verachten oder zu hassen, sei es, weil er von einem geheimen Vergehen weiß, das den anderen befleckt, sei es, daß er eine Rache zu nehmen hat, so erraten die beiden einander, und sie fühlen den Abgrund, der sie trennt oder trennen sollte. Sie beobachten einander unbewußt, und sie beschäftigen sich in Gedanken miteinander; ihre Blicke, ihre Gesten hauchen in unerklärlicher Weise ihre Gedanken aus, eine magnetische Kraft besteht zwischen ihnen. Ich weiß nicht, was am meisten einander anzieht, Rachsucht oder Verbrechen, Haß oder Schande. So wie ein Priester in Anwesenheit eines bösen Geistes die Hostie nicht weihen kann, so fühlen sich beide gelähmt und mißtrauisch; der eine ist höflich, der andere abweisend, der eine errötet oder erbleicht, der andere zittert. Oft ist der Rächer ebenso feig wie das Opfer.
Nur wenige Menschen haben den Mut, ein Unglück zu veranlassen, selbst wenn es notwendig ist; und viele Leute schweigen oder verzeihen, weil sie den Skandal nicht lieben, oder weil sie eine tragische Lösung fürchten. Diese Spannung der Seele und der Gefühle entzündete einen geheimen Kampf zwischen dem Armeelieferanten und mir.
Seit der ersten Anrede, mit der ich mich wäh-

rend Herrn Hermanns Erzählung an ihn gewandt, floh er vor meinen Blicken. Vielleicht vermied er auch die Blicke aller Tischgenossen. Er plauderte mit der unerfahrenen Fanny, der Tochter des Bankiers; zweifellos empfand er wie alle Verbrecher das Bedürfnis, sich der Unschuld zu nähern, in der Hoffnung, dort Ruhe zu finden. Obwohl ich weit von ihm entfernt saß, hörte ich genau und mein durchdringender Blick bannte den seinen. Wenn er glaubte, mich ungestraft belauern zu können, so trafen sich unsere Blicke, und seine Pupillen senkten sich dann sofort.

Von dieser Folter ermüdet, machte Taillefer ihr schnell ein Ende, indem er zum Spieltisch ging. Ich kam dazu, um auf seinen Gegner zu wetten, wünschte aber dabei, mein Geld zu verlieren. Mein Wunsch erfüllte sich. Ich nahm den Platz des ausscheidenden Spielers ein und befand mich Stirn gegen Stirn dem Mörder gegenüber.

„Wollen Sie“, sagte ich zu ihm, „die Freundlichkeit haben, die Karten anzusagen?“

Er warf die Spielkarten schnell von rechts nach links. Meine Nachbarin war nah zu mir herangekommen, und ich warf ihr einen Blick des Einverständnisses zu.

„Sind Sie vielleicht“, wandte ich mich an den Armeelieferanten, „Herr Friedrich Taillefer, dessen Familie in Beauvais ich gut gekannt habe?“

„Ja“, erwiderte er.

Er ließ seine Karten fallen, erbleichte, ließ den Kopf in die Hände sinken und bat einen derer, die auf ihn wetteten, für ihn zu spielen. Dann stand er auf.

„Es ist zu heiß hier“, rief er. „Ich fürchte ...“

Er vollendete seinen Satz nicht. Plötzlich zeigten seine Züge, daß er furchtbar litt. Er ging schnell hinaus. Der Hausherr, der lebhaften Anteil an seinem Zustand zu nehmen schien, begleitete ihn. Meine Nachbarin und ich sahen uns an, ich glaubte einen bitteren Zug in ihrem Gesicht zu entdecken.

„Ist Ihr Benehmen barmherzig?" fragte sie mich, und sie führte mich in eine Fensternische, nachdem ich das Spiel verloren hatte. „Möchten Sie die Macht haben, in allen Herzen zu lesen? Warum lassen Sie der göttlichen und menschlichen Gerechtigkeit nicht ihren Lauf? Wenn wir der einen entgehen, so fallen wir der anderen in die Hände. Ist ein Gerichtspräsident wohl um sein Amt zu beneiden? Sie haben beinah das Henkeramt ausgeübt . . ."

„Nachdem Sie meine Neugierde geteilt und aufgereizt haben, halten Sie mir jetzt eine Moralpredigt."

„Ihr Verhalten hat mich nachdenklich gemacht."

„Also Friede den Verbrechern, Krieg den Unglücklichen und Vergötterung dem Gold. Aber lassen wir das", fügte ich lächelnd hinzu. „Sehen Sie sich doch bitte die junge Dame an, die gerade hereinkommt."

„Und?"

„Ich habe sie vor drei Tagen auf dem Ball des neapolitanischen Gesandten gesehen, ich habe mich leidenschaftlich in sie verliebt. Sagen Sie mir doch bitte ihren Namen. Niemand hat . . ."

„Es ist Fräulein Victorine Taillefer."

Mich befiel ein Taumel.

„Ihre Stiefmutter", sagte meine Nachbarin, deren

Stimme ich kaum vernahm, „hat sie vor kurzem erst aus dem Kloster genommen, wo ihre Erziehung etwas verspätet vollendet wurde. Ihr Vater hat sich lange geweigert, sie anzuerkennen. Sie kommt zum erstenmal hierhin. Sie ist sehr schön und sehr reich."

Diese Worte wurden von einem sardonischen Lächeln begleitet.

In diesem Augenblick hörten wir heftige, aber erstickte Schreie. Sie schienen aus einem benachbarten Zimmer zu kommen und hallten in den Gärten schwach wider.

„Ist das nicht Taillefers Stimme?" rief ich.

Wir richteten unsere Aufmerksamkeit gespannt auf dies Geräusch und schreckliche Seufzer drangen an unser Ohr. Die Gemahlin des Bankiers lief schnell auf uns zu und schloß das Fenster.

„Daß es nur keine Szenen gibt", sagte sie zu uns. „Wenn Fräulein Taillefer ihren Vater hörte, könnte sie einen Nervenchoc bekommen."

Der Bankier kam wieder in den Salon zurück, suchte Victorine dort und flüsterte ihr etwas zu. Das junge Mädchen stieß einen Schrei aus, stürzte zur Tür und verschwand. Dieser Vorfall rief große Aufregung hervor. Die Spielpartien wurden im Stich gelassen. Ein jeder befragte seinen Nachbarn. Das Stimmengewoge wuchs an, und es bildeten sich Gruppen.

„Sollte sich Herr Taillefer...?" „Getötet haben", rief meine spöttische Nachbarin, „Sie würden die Trauer heiter tragen."

„Aber was ist ihm denn geschehen?"

„Der arme Mann", erwiderte die Herrin des Hauses, „ist einer Krankheit unterworfen, deren

Namen ich nicht behalten kann, obgleich Herr Brousson ihn mir oft genug genannt hat. Jetzt hat er einen Anfall."

„Von welcher Art ist denn diese Krankheit?" fragte plötzlich der Untersuchungsrichter.

„Oh, es ist ein schreckliches Leiden", antwortete sie. „Die Ärzte kennen kein Heilmittel dagegen. Es scheint fürchterliche Qualen zu verursachen. Eines Tages hatte der arme Taillefer während eines Aufenthaltes auf meinem Landsitz einen Anfall, ich mußte damals zu einer Nachbarin flüchten, um sein Schreien nicht hören zu müssen; er stößt gräßliche Schreie aus und will sich ums Leben bringen; seine Tochter mußte ihn auf seinem Bett festbinden und ihm die Zwangsjacke anlegen. Der arme Mann behauptet, Tiere im Kopf zu haben, die ihm das Gehirn zerfressen; es sind stechende Schmerzen, es ist ihm, als ob eine Säge in jedem Nerv zerrte. Er hat solche Schmerzen im Kopf, daß er die Brennkegel gar nicht spürte, die man ihm auflegte, um die Schmerzen abzulenken. Herr Brousson, sein Arzt, hat sie verboten, er behauptet, daß es sich um eine Nervenüberreizung, eine Nervenentzündung handelt, gegen die er Blutegel im Nacken und Opium auf den Kopf für notwendig hält. Und die Anfälle sind wirklich seltener geworden und treten nur noch jedes Jahr gegen Ende des Herbstes auf. Wenn er wieder genesen ist, wiederholt Taillefer unaufhörlich, daß er lieber gerädert werden als noch einmal solche Schmerzen erdulden möchte."

„Er scheint also sehr zu leiden", sagte ein Wechselagent, der Schöngeist des Salons.

„Oh,“ erwiderte sie, „im vorigen Jahr ist er fast zugrunde gegangen. Er war allein auf seinen Landsitz gefahren, einer dringlichen Sache wegen; er lag vierundzwanzig Stunden in Erstarrung und wie tot da, vielleicht weil es ihm an Hilfe gebrach. Er ist nur durch ein sehr heißes Bad gerettet worden.“

„Es ist also eine Art Starrkrampf?“ fragte der Wechselagent.

„Ich weiß nicht“, erwiderte sie. „Ungefähr dreißig Jahre hat er mit dieser Krankheit zu tun, die er sich im Heeresdienst zugezogen hat; wie er sagt, ist ihm, als er in ein Boot fiel, ein Holzsplitter in den Kopf gedrungen; Brousson hofft aber, ihn zu heilen. Man behauptet, die Engländer hätten ein Mittel erfunden, um diese Krankheit gefahrlos durch Blausäure zu heilen.“

In diesem Augenblick tönte ein besonders durchdringender Schrei durchs Haus und ließ uns vor Schreck erstarren.

„Darauf habe ich jeden Augenblick gewartet“, fuhr die Gattin des Bankiers fort. „Das schleudert mich vom Stuhl und reißt mir an den Nerven. Aber sonderbar. Trotz seiner unerhörten Schmerzen ist der arme Taillefer niemals in Lebensgefahr. Während der Pausen, die das schreckliche Leiden ihm läßt, ißt er und trinkt er wie gewöhnlich. Die Natur ist wirklich sonderbar. Ein deutscher Arzt hat ihm gesagt, es wäre eine Art Kopfgicht; das würde mit der Meinung Broussons einigermaßen übereinstimmen.“

Ich verließ die Gruppe, die sich um die Herrin des Hauses gebildet hatte, und ging mit Fräulein Taillefer hinaus, die ein Lakai abgerufen hatte.

„Oh, mein Gott, mein Gott,“ rief sie weinend, „was hat mein Vater dem Himmel getan, daß er ihm solche Leiden auferlegt?... Er ist doch so gut.“
Ich ging mit ihr die Treppe hinunter, und als ich ihr in den Wagen half, sah ich ihren Vater wie ein Häufchen Unglück dasitzen. Fräulein Taillefer versuchte, das Stöhnen ihres Vaters zu ersticken, indem sie seinen Mund mit einem Taschentuch bedeckte; unglücklicherweise bemerkte er mich, sein Gesicht zog sich noch mehr zusammen, ein krampfhafter Schrei zerriß die Luft, er warf mir einen schrecklichen Blick zu, und der Wagen fuhr ab.
Dieses Diner, dieser Abend übten einen grausamen Einfluß auf mein Leben und meine Gefühle aus. Ich liebte Fräulein Taillefer, vielleicht gerade deshalb, weil Ehre und Feingefühl mir verboten, mich mit einem Mörder zu verbinden, mochte er ein noch so guter Vater und Gatte sein. Ein Verhängnis brachte mich dazu, mich gerade in den Häusern zu zeigen, in denen ich glaubte, Victorine zu begegnen.
Oft, wenn ich mir selbst das Ehrenwort gegeben hatte, auf ihren Anblick zu verzichten, fand ich mich noch am selben Abend in ihrer Gesellschaft. Meine Wonne war unvergleichlich. Meine Liebe, in die sich eingebildete Gewissensbisse mischten, bekam die Glutfarbe einer verbrecherischen Leidenschaft. Ich verachtete mich, weil ich Taillefer grüßte, wenn er zufällig einmal mit seiner Tochter zusammen war; aber ich grüßte ihn doch. Zum Unglück ist Victorine nicht nur ein hübsches Mädchen, sie ist mehr, gebildet,

talentvoll und anmutig, und dabei ohne die geringste Pedanterie oder Anmaßung. Sie plaudert mit Zurückhaltung, und ihr Charakter besitzt eine melancholische Anmut, der niemand widerstehen kann. Sie liebt mich oder läßt es mich wenigstens glauben; sie hat ein Lächeln, das nur für mich bestimmt ist, und für mich wird ihre Stimme noch sanfter. Oh, sie liebt mich, aber sie betet ihren Vater an, sie rühmt mir seine Güte, seine Milde, seine auserlesenen Eigenschaften. Solche Lobreden sind ebensoviel Dolchstöße, mit denen sie mein Herz zersticht.

Eines Tages machte ich mich fast zum Mitschuldigen des Verbrechens, auf dem der Reichtum der Familie Taillefer beruht: ich wollte um Victorines Hand anhalten. Da entfloh ich, ich reiste, ich ging nach Deutschland, nach Andernach. Aber ich kehrte zurück. Ich sah Victorine wieder, sie war bleich und mager geworden. Hätte ich sie gut aussehend und heiter wiedergesehen, so wäre ich wohl gerettet gewesen. Meine Leidenschaft flammte wieder aufs heftigste auf.

Da ich befürchtete, meine Skrupel könnten zur Monomanie werden, beschloß ich eine Versammlung reiner Herzen zu befragen, um in dies moralische und philosophische Problem einiges Licht zu bringen. Seit meiner Rückkehr war der Fall noch viel komplizierter geworden.

Vorgestern versammelte ich daher diejenigen meiner Freunde, denen ich am meisten Rechtschaffenheit, Fein- und Ehrgefühl zutraue. Ich hatte zwei Engländer, einen Gesandtschaftssekretär und einen Puritaner eingeladen, einen ehemaligen, mit allen Feinheiten der Politik vertrauten Minister, einen

Priester, einen Greis, dann meinen früheren Vormund, einen reinen Menschen, der mir die schönste Vormundschaftsabrechnung geliefert hat, deren man sich im Justizpalast erinnern kann, einen Advokaten, einen Notar, einen Richter, kurzum alle gesellschaftlichen Anschauungen, alle Tugenden des praktischen Lebens gaben sich ein Stelldichein. Wir fingen damit an, gut zu speisen, zu reden, Lärm zu machen; dann, beim Dessert, erzählte ich ganz schlicht meine Geschichte und bat um gute Ratschläge; den Namen meiner Erwählten verschwieg ich.

„Gebt mir euren Rat, liebe Freunde", sagte ich zum Schluß. „Beratet über den Fall, als ob es sich um einen Gesetzentwurf handelte. Die Urne und die Billardkugeln werden euch gebracht, und ihr sollt euch in geheimer Abstimmung für oder gegen meine Heirat entscheiden."

Plötzlich herrschte tiefes Schweigen. Der Notar weigerte sich, an der Abstimmung teilzunehmen.

„Es handelt sich hier um einen Vertrag", äußerte er.

Der Wein hatte meinen früheren Vormund schweigsam gemacht, und man mußte ihn unter Vormundschaft stellen, damit ihm auf dem Heimweg nichts zustoße.

„Ich verstehe", rief ich. „Sich der Abstimmung enthalten, bedeutet, mir energisch zu sagen, was ich tun muß."

Es ging eine Bewegung durch die Gesellschaft.

Ein Hausbesitzer, der für arme Kinder und das Grab des Generals Foy gespendet hatte, rief:

„Die Tugend nicht allein, das Laster auch kennt Stufen."

„Schwätzer", sagte der ehemalige Minister leise, und er stieß mich mit dem Ellenbogen an.
„Worin besteht denn die Schwierigkeit?", fragte ein Herzog, dessen Vermögen aus Gütern bestand, die nach Aufhebung des Edikts von Nantes den widerspenstigen Protestanten abgenommen worden waren.
Der Advokat erhob sich:
„Die juristische Seite des Falles dürfte nicht die geringste Schwierigkeit machen. Der Herr Herzog hat recht", rief der Vertreter des Gesetzes. „Gibt es denn keine Verjährung? Wo kämen wir alle hin, wenn man den Ursprung der Vermögen erforschen wollte? Das ist nur Sache des Gewissens. Wenn Sie die Sache unbedingt vor einen Schiedsrichter bringen wollen, so gehen Sie damit zum Beichtvater."
Dies Fleisch gewordene Gesetzbuch setzte sich und trank ein Glas Champagner. Der Mann, dessen Amt es war, die heilige Schrift zu deuten, der gute Priester, erhob sich.
„Gott hat uns schwach geschaffen", sagte er mit Würde. „Lieben Sie die Erbin des durch das Verbrechen erworbenen Gutes, so heiraten Sie sie, aber begnügen Sie sich mit ihrem mütterlichen Erbteil, und geben Sie das Vermögen des Vaters den Armen."
„Aber," rief einer dieser mitleidslosen Rechthaber, denen man so oft in der Welt begegnet, „der Vater hat vielleicht nur deshalb eine gute Partie machen können, weil er reich geworden war. Ist nicht der geringste Glücksfall in seinem Daseins immer eine Frucht des Verbrechens?"
„Die Erörterung ist an sich schon ein Urteil! Es

gibt Dinge, die kein Diskussionsthema sind", rief mein früherer Vormund, der die Gesellschaft durch einen betrunkenen Geistesblitz aufzuklären wähnte.
„Ja", sagte der Gesandtschaftssekretär.
„Ja", rief der Priester.
Die beiden Männer konnten sich nicht verständigen.
Ein Doktrinär, dem bei hundertundfünfzig Wählern nur hundertundfünfzig Wahlstimmen gefehlt hatten, erhob sich.
„Meine Herren, dieser außerordentliche Fall des seelischen Lebens gehört zu denen, die ganz besonders vom normalen Zustand der Gesellschaft abweichen", sagte er. „Die Entscheidung, die wir fällen, muß uns von unserem Gewissen eingegeben sein, sie muß eine Erleuchtung sein, ein lehrreicher Richterspruch, sie muß ..."
„Stimmen wir ab", riefen meine Gäste.
Ich ließ jedem zwei Kugeln bringen, eine weiße und eine rote. Die weiße, das Symbol der Jungfräulichkeit, sollte die Ehe in Acht und Bann tun; die rote Kugel sollte die Ehe billigen. Aus Taktgefühl enthielt ich mich selbst der Abstimmung.
Siebzehn meiner Freunde waren anwesend; die Zahl neun bildete also die absolute Mehrheit. Jeder legte seine Kugel in den enghalsigen Weidenkorb, in den die numerierten Kugeln hineingesteckt werden, wenn die Spieler ihren Platz beim Billard auslosen. Wir waren sehr neugierig, denn diese Abstimmung geläuterter Moral hatte etwas Originelles.
Als ich das Ergebnis der Abstimmung feststellte,

fand ich neun weiße Kugeln. Das setzte mich nicht in Erstaunen; ich ließ es mir einfallen, unter meinen Richtern die jungen Leute meines Alters zu zählen. Es gab neun Kasuisten unter meinen Freunden, und sie hatten alle denselben Gedanken gehabt.

„Oh, oh,“ sagte ich mir, „es gibt also eine geheime Übereinstimmung für die Ehe und gegen die Ehe. Wie komme ich da nur heraus?“

„Wo wohnt der Schwiegervater?“ fragte unbesonnen einer meiner Studiengenossen, der weniger heuchlerisch als die andern war.

„Es gibt keinen Schwiegervater mehr“, rief ich aus. „Vorher sprach mein Gewissen klar genug, um eüre Befragung überflüssig zu machen. Und wenn meines Gewissens Stimme heute schwächer ist, so seht hier die Gründe meiner Feigheit. Vor zwei Monaten bekam ich diesen verführerischen Brief.“

Ich zog folgende Einladung aus der Tasche und zeigte sie ihnen:

„Sie werden gebeten, an der Leichenfeier für Herrn Johann Friedrich Taillefer vom Hause Taillefer & Co., ehemaligen Armeelieferanten, Ritter der Ehrenlegion und des goldenen Sporens, Hauptmann der ersten Kompagnie der zweiten Legion der Nationalgarde von Paris teilzunehmen. Herr Taillefer ist am 1. Mai in seinem Hause Rue Joubert, entschlafen. Das Begräbnis findet statt usw.“

„Was soll ich jetzt tun?“ fuhr ich fort. „Ich will euch die Frage ganz ausführlich darlegen. Allerdings fließt ein Blutmeer durch Fräulein Taillefers Besitzungen, das Vermächtnis ihres

Vaters ist ein ungeheueres Hacelma. Aber Prosper Magnan hat keine Erben hinterlassen, es ist mir auch nicht möglich gewesen, die Familie des in Andernach ermordeten Stecknadelfabrikanten wieder aufzufinden. Wem könnte man also das Vermögen wiedererstatten? Und soll man das ganze Vermögen wiedererstatten? Habe ich das Recht, ein von mir erschlichenes Geheimnis zu verraten, die Mitgift eines unschuldigen, jungen Mädchens um einen abgeschnittenen Kopf zu vergrößern, ihr böse Träume zu verursachen, ihr eine schöne Illusion zu rauben, ihr den Vater zum zweitenmal dadurch zu töten, daß ich ihr sage: ‚Alle deine Taler sind blutbefleckt'. Ich habe mir von einem alten Geistlichen einen ‚Ratgeber in Gewissenssachen' geliehen und dort keine Lösung meiner Zweifel gefunden.
Sollte man für das Seelenheil Prosper Magnans, Walhenfers, Taillefers eine fromme Stiftung machen? Wir leben doch im neunzehnten Jahrhundert. Ein Hospiz erbauen oder einen Tugendpreis stiften? Der würde doch nur Schurken gegeben werden. Und die meisten Hospize erscheinen mir nur als Zufluchtsstätten des Lasters. Außerdem, bedeuten solche mehr oder minder der Eitelkeit schmeichelnden Gründungen wirklich eine Wiedergutmachung? Und schulde ich eine solche? Ich liebe leidenschaftlich. Meine Liebe ist mein Leben. Wenn ich grundlos einer an Luxus gewöhnten jungen Dame, die sich jeden Kunstgenuß verschaffen kann und es liebt, in ihrer Opernloge zu sitzen und Rossinis Musik zu lauschen, wenn ich ihr vorschlagen würde, sich zugunsten blöder Greise oder gespenstischer Aus-